주요섭 소설 전집 **1**

인력거꾼,
사랑손님과 어머니 외

주요섭 소설 전집 ❶

인력거꾼, 사랑손님과 어머니 외

초판 인쇄 · 2023년 7월 15일
초판 발행 · 2023년 7월 25일

지은이 · 주요섭
엮은이 · 정정호
펴낸이 · 한봉숙
펴낸곳 · 푸른사상사

주간 · 맹문재 | 편집 · 지순이 | 교정 · 김수란, 노현정 | 마케팅 · 한정규
등록 · 1999년 7월 8일 제2-2876호
주소 · 경기도 파주시 회동길 337-16(서패동 470-6)
대표전화 · 031) 955-9111~2 | 팩스 · 031) 955-9114
이메일 · prun21c@hanmail.net
홈페이지 · http://www.prun21c.com

ⓒ 정정호, 2023
ISBN 979-11-308-2074-3   04810
         979-11-308-2073-6 (세트)
값 29,000원

주요섭 소설 전집 ❶

인력거꾼,
사랑손님과 어머니 외

정정호 책임편집

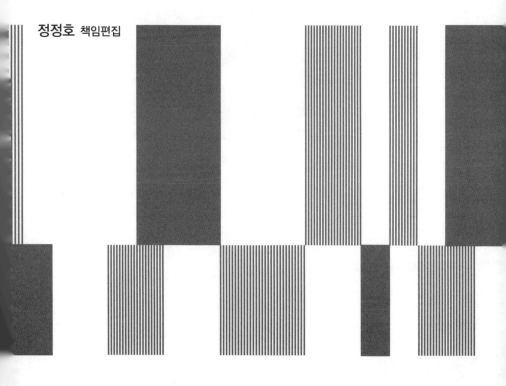

푸른사상
PRUNSASANG

주요섭 朱耀燮 (1902~1972)

한국 문학사 최초의 세계주의 작가

"[내가] 후세에 이름을 남긴다면 학자로서보다는 작가로서 남기고 싶다"[1]

— 주요섭

"정(情)! 그것은 인류 최고의 과학을 초월한 생의 향기이다."

— 주요섭, 「미운 간호부」

"문학작품의 기능은 지식 전달에 있는 것이 아니라, 인간생활의 본질을 분석하는 데 있기 때문이다. 문학작품은 많이 읽음으로써 각자가 소속되어 있는 특수 사회의 진상과 본질을 파악할 수 있을 뿐 아니라, 자기 소속 외 딴 가지각색 사회의 진상과 본질까지도 파악하게 되어 그 결과로는 남을 이해하게 되고 편견이 감소되는 것이다."

— 주요섭, 「이성(理性)·독서(讀書)·상상(想像)· 유머」

2022년은 소설가 여심(餘心) 주요섭(朱耀燮, 1902~1972) 탄생 120주기이고 서거 50주기였다.

주요섭은 1920년 1월 3일 『매일신보』에 처녀작 단편소설 「이미 떠난 어린 벗」

---

1   김용성, 『한국현대문학사 탐방』, 국학자료원, 2011, 126쪽에서 재인용.

발표를 시작으로 1972년 타계할 때까지 50여 년간 단편소설 39여 편, 중편소설 6편, 그리고 장편소설 6편을 써냈다.[2] 주요섭은 1934년부터 9년간 베이징의 푸런(輔仁)대학에서 영문학 교수 그리고 1953년부터 1967년까지 14년간 경희대학 영문학과 교수로 재직한 것 외에도 수많은 사회활동을 하였기에 전업작가는 아니었다. 그럼에도 그가 발표한 작품 수를 볼 때 결코 적게 쓴 과작(寡作)의 작가는 아니었다.

한국 문학계나 문단의 주류 담론에서 소설가 주요섭에 관한 평가가 지나치게 박하다. 주요섭은 주요 문학사나 평론에서 「사랑손님과 어머니」 같은 단편소설 몇 편을 제외하고는 별로 언급되지 않는다. 일례로 1972년 초 당대 최고의 평론가들이 저술한 『현대 한국문학의 이론』[3]에도, 그리고 2000년대 초에 나온 한국문학자들이 쓴 『우리 문학 100년』[4]에도 주요섭에 대한 일언반구의 언급도 없다. 이것은 아마도 우리 학계와 문단의 전업작가 우선주의와 동시에 한 장르만 파고드는 장르순수주의의 결과가 아닐까 한다. 주요섭이 도산 안창호 선생의 영향으로 상하이의 후장대학과 미국 스탠퍼드대학교 대학원에서 교육학을 전공하고 베이징과 서울에서 영문학 교수를 20년 이상 했기 때문일까?

주요섭은 소설뿐 아니라 여러 가지 주제의 수많은 산문을 써냈고 번역 또한 양적으로도 상당하다. 그리고 순수 문인이라기보다는 『신동아』 편집과 영자신문 사장 그리고 국제PEN 한국본부 회장, 한국아메리카학회 초대 회장, 한국번역가협회 초대 회장 등 많은 단체 일도 보았다. 아마도 주요섭이 한 곳에 집중하지 않고 팔방미인이라 소설가로서 충분한 평가를 받지 못하는 듯하다. 그러나 양적으로나 질적으로 볼 때 주요섭이 한국의 소설가가 아니면 누가 소설가란 말인가?

2   영문으로 창작한 단편, 중편, 장편 소설들, 『동아일보』에 연재 중 일제에 의해 강제 중단된 장편소설 『길』, 베이징에서 일제에 압수되어 분실된 영문 장편소설까지 포함.
3   김병익·김주연·김치수·김현, 『현대 한국문학의 이론』, 민음사, 1972.
4   김윤식·김재홍·정호웅·서경석, 『우리 문학 100년』, 현암사, 2001.

주요섭은 흔히 말하는 "위대한" 작가는 아닐지도 모른다. 그러나 그는 우리에게 "필수적인" 작가이다. 적어도 1910년 한일 강제 병합 이후 해방 공간과 6·25 전쟁을 겪은 그의 소설들은 한반도의 경제·문화·정치의 양상을 이해하기 위한 다양한 역사적 사실과 인간에 대한 깊은 이해를 보여주기 때문이다. 미국 작가 마크 트웨인, 영국 작가 조지 오웰, 중국 작가 루쉰, 러시아의 톨스토이도 각 국가의 "필수적인 작가"들이다. 주요섭은 평양에서 태어나 중학교 때까지 그곳에서 살았고 중국 상하이에서 7년, 베이징에서 9년, 미국에서 최소 2년 반, 일본에서 수년간 그 후 주로 서울에서 살았다. 20세기 초중반 기준으로 볼 때 소설가 주요섭은 한국 문학사 최초의 세계시민이었으며 전 지구적 안목을 가지고 국제적 주제를 다룬 한국문학에서 보기 드문 작가였다.

그동안 주요섭 소설들은 단편소설 위주로 소개되고 논의되었다. 지금까지 출간된 십수 종의 작품집들을 보면 주로 「인력거꾼」, 「사랑손님과 어머니」 등의 십수 편의 단편소설 위주로 중복 출판을 이어왔다. 중편소설 「미완성」과 「첫사랑 값」, 장편소설 『구름을 찾으려고』와 『길』은 출판되었다. 그러나 상당수의 단편들과 중편, 장편들은 거의 출판되지 않았다. 이러한 상황에서는 주요섭의 소설문학에 대한 전체적인 논의와 조망은 불가능하다. 편자는 수년 전 이러한 주요섭 소설문학에 편향된 시각과 몰이해를 일부나마 교정하기 위해 주요섭 장편소설 4편을 모두 신문과 문예지에 연재되었던 원문과 일일이 대조하여 출간한 바 있다.

이번에는 단편소설 39편 전부와 중편소설 4편 전부를 가능한 한 원문 대조 과정을 거쳐 출판하게 되었다. 이렇게 되면 명실공히 주요섭 소설세계의 전모가 드러날 수 있게 된다. 뒤늦었지만 이제 일반 독자들은 물론 연구자들도 주요섭 문학에 대한 새로운 그리고 총체적 접근을 할 수 있게 될 것이다.

문학평론가 백철은 주요섭을 가리켜 "동서양의 문학사상을 섭렵한 작가"로 반세기의 작가 생활에서 주옥같은 소설작품들을 창작한 "군자형과 선비형 작가"로 평가하였다. 주요섭은 일생 동안 전업 소설가는 아니었지만 타고난 이야기꾼으로 일제강점기 초기부터 해방 공간, 6·25전쟁, 4·19혁명 등 1960년 말까지 50년간 한반도는 물론 상하이, 베이징, 만주 그리고 일본과 미국에 이르기까지 광대한 지역을 횡단하면서 50여 편의 단편, 중편, 장편, 영문 소설을 써낸 세계주의적인 소설가였다. 주요섭은 한국 문학사 그리고 한국 소설사에 지울 수 없는 커다란 족적을 남겼다.

주요섭 소설의 재평가를 주장하는 경우를 살펴보자. 장영우 교수는 그가 편집한 주요섭 중단편집의 「작품 해설」에서 "주요섭은 우리의 길지 않은 현대소설사에서 제외되어도 좋은 통속작가가 결코 아니며, 하루 빨리 그의 문학이 정당한 해석과 평가를 받아 한국 문학사의 결락(缺落) 부분이 온전히 보완되어야 할 것이다"고 지적하였다. 이승하 교수도 편집한 주요섭 단편집의 「해설」에서 "국제적인 감각을 갖춘 소설가의 혜안으로 시대의 문제점을 잘 파악한 이들 소설은 지금 이 시대에도 여전히 문학적인 값어치를 지니고 있다"고 전제하고 주요섭에 대해 "그의 세 편의 장편소설과 다수의 중편소설은 평가가 전해지지 않고 있다. 주요섭론은 이제부터 새로이 쓰여야" 한다고 강조한 바 있다.

소설가 주요섭의 계보

그렇다면 주요섭은 어떻게 소설가가 되었을까? 주요섭이 만년에 쓴 문학 회고문을 보면 그가 소설가가 된 동기와 배경은 타고난 이야기꾼인 할머니였다. 할머니는 어린 손자 주요섭에게 옛날이야기를 나름대로 첨가하고 변개하여 들려주었다. 어린 주요섭은 할머니에게 들은 이야기를 다시 번안하고 편집해서 친구들에게 말해주어 친구들은 주요섭을 "재미있는 이야기꾼"이라 불렀다. 주요섭은 "그때부터 나는 허구를 위주로 하는 창작가가 되었던 모양"이라고 훗날 회고했다. 주요섭은 평양의 소학교에서 한글 읽기를 깨우치자마자 교과서보다 소설 읽기를 더 좋아했다. 신구약 성경을 신앙심 때문만이 아니라 재미난 이야기들이 많아 통독했다. 그리고 생가 사랑채에 한글로 된 소설책이 많아 닥치는 대로 읽었다고 한다.

문맹(文盲)이신 할머니 이야기주머니가 바닥나자 이번에는 주요섭이 읽은 이야기책들에 나오는 이야기를 할머니에게 해드렸다. "책 세놓는 가게"에서 「춘향전」, 「홍길동전」 등 고전소설과 『혈의 누』, 『추월색』 등 신소설과 나아가 여러 권으로 된 『삼국지』, 『수호지』 등 중국 소설을 빌려 읽고 다시 그 이야기들을 할머니에게 해드리는 과정에서 "나 자신도 도취되어서 이렇게 재미나고, 아기자기하고, 엉뚱하고, 신기하고, 무섭고, 우스운 이야기들을 나도 써보았으면 하는 욕망이 솟아오르곤 하였다"라고 적고 있다. 당시 어린이 잡지 『소년』의 애독자였던 주요섭은 처음에는 셰익스피어의 비극 작품인지도 모르고 『리어 왕』의 번안을 읽고서 "가장 감명 깊고 인상 깊게 읽은 작품"이라고 토로하였다. 주요섭이 소설가가 되기까지 1919년 2월 창간된 『창조』 동인들인 친형 주요한과 후에 소설가가 된 2년 연상의 동향인이자 평양 소학교 선배인 김동인이 주요섭의 창작욕에 많은 자극을 주었다.

1919년 3월 1일 독립만세사건이 일어나자 당시 일본 중학교 유학 중이던 주요섭은 즉시 고향인 평양으로 귀국하여 '검은 나비당'이라는 비밀결사의 일원이 되어 등사판 「독립신문」을 만들어 돌리다 체포되어 10개월의 징역을 판결받아 유년감에 갇혔다. 1919년 여름 주요섭은 감옥 안에서 영어로 된 안데르센 동화집을 일영사전에 의존하여 한국어로 번역하였다. 주요섭은 "이것이 계기가 되어 나의 문학 활동은 외국 동화 번역과 동화 창작에서 출발되었다. 그러나 동화에만 만족하지 못하게 된 나는 단편소설(?) 한 편을 옥중에서 썼다"고 적고 있다. 같은 감방에 있던 잡범 소년이 간수방에서 훔쳐온 한 통의 편지를 읽고 그것을 토대로 비극적인 단편 연애소설을 썼고 17세 또래 만세범들은 함께 읽고 "걸작"이라고 인정해주었다.

1919년 말에 형기를 마치고 출옥한 후 주요섭은 그 단편을 원고지에 옮겨 적어 『매일신보』 신춘문예에 응모하여 3등으로 당선되어 상금 3원도 받았다. 주요섭이 "이것이 나의 처녀작이요, 처음 활자화된 단편이었다"고 말한 작품이 바로

1920년 1월 3일자 『매일신보』에 실린 단편소설 「이미 떠난 어린 벗」이었다. 이렇게 해서 주요섭이라는 소설가가 조선반도에 처음 등장하게 되었다. 그 후 상하이로 건너가 대학에 유학하면서 상하이 지역 신문 보도에서 힌트를 얻어 단편소설 「치운 밤」을 써서 경성으로 우송한다. 그 작품이 『개벽』(1921년 4월호)에 실려 이제 명실상부한 소설가가 된 주요섭은 그 후 그 길을 50년간 걷게 되었다.

50년간의 주요섭 소설세계

이제부터 1920년부터 시작하여 그 후 50년간 계속된 주요섭 소설세계를 개괄해보자.

1920년 1월 3일 『매일신보』에 발표된 첫 단편소설 「이미 떠난 어린 벗」과 1920년대 중반 상하이 중심으로 쓴 단편소설 「인력거꾼」, 「살인」, 그리고 중편 연재소설 「첫사랑 값」은 그 이후 50년간의 작가 생활을 비추어볼 때 매우 중요한 의미를 가진다 하겠다. 주요섭의 1920년대 초기 소설들이 1930년대 소설에 비해 중요도가 떨어지는 것은 결코 아니다. 오히려 주요섭의 작가로서의 전 생애를 볼 때 초기 작품들의 중요성은 재평가되어야 한다. 1930년대 이후 작품들은 모두 1920년대 작품의 "반복과 차이"라고 볼 수 있기 때문이다. 1920년대 작품들은 1930년대 이후 작품의 모태이며 씨앗이다.

1920년대 작품에 나타난 "사랑주의"와 "사회의식"은 그 후 계속 반복되어 나타난다. 주요섭의 처녀작인 단편소설 「이미 떠난 어린 벗」은 편지를 중심으로 한 액자소설이고 중편소설 「첫사랑 값」은 일기를 중심으로 한 액자소설로 모두 사랑과 연애가 주제이다. 1920년대 「치운 밤」, 「인력거꾼」, 「살인」 등 작품들은 모두 당대 자본주의 사회의 갈등과 모순을 비판적으로 다룬 사회주의적 평등과 분배가 주제이다.

주요섭 소설에 대한 접근은 그동안 주로 시기별로 신경향적인 사회의식, 사랑 이야기와 자연주의, 역사의식과 리얼리즘 등의 문예사조적 접근이 대세를 이루었다. 이러한 방식도 통찰력을 주는 것은 사실이다. 그럼에도 불구하고 이러한 논의 방식은 지나치게 단편소설 중심으로 전개되어 중편소설 대부분과 장편소설 전체에 대한 논의가 거의 배제되어 있다는 흠이 있다. 1920년부터 1970년까지 50년간 주요섭의 소설세계는 시대에 따라 단계적으로 바뀌는 선형적이고 연대기적 구성이 아니라 다양한 방식과 여러 가지 주제와 "정(情) 즉 사랑"이라는 대주제를 중심으로 교차, 단절, 반복되는 나선형의 구성을 보이고 있다.

주요섭은 1921년 봄 상하이에 도착하자마자 당시 대한민국 임시정부 일을 보던, 평소 깊이 존경하던 도산 안창호 선생을 만났고, 도산이 1913년에 미국 샌프란시스코에서 창단한 흥사단에 즉시 가입하였다. 그는 당시 대한민국 임시정부의 노선 중 조선 독립을 위해 기본적으로 안창호의 준비론을 따랐으나 한때 이동형을 비롯한 혁명을 목표로 하는 공산, 사회주의자에 빠져 하층계급인 노동자, 농민을 위해 사회주의에 동조한 것도 분명하다. 그의 초기작 「치운 밤」, 「인력거꾼」, 「살인」 등은 이런 계열의 소설이다.

그러나 주요섭은 1930년대부터는 사회주의에서 탈피하여 민족주의 계열로 가지 않고 중간노선인 '사실주의'에 머무르게 되었다. 이것은 1934년 전후한 복잡한 한국 문인 계보를 만든 김팔봉의 글 「조선문학의 현재와 수준」에서도 그대로 드러난다. 김팔봉은 한국문학을 크게 카프문학(동반자적 문학 경향 포함)과 민족주의 경향 계열, 이렇게 두 부분으로 나누고 주요섭을 민족주의 계열 중에서도 사실주의파에 김동인, 염상섭, 강경애와 함께 포함시켰다.[5] 이렇게 볼 때 주요섭은 1920년대의 사회주의적이며 계급주의적인 신경향적 경향에서 이탈했음이 분명하다.

그 후 백철이 주요섭을 당대 민족문학파와 프로문학파라는 이분법적 구도에서 벗어나 제3지대에 머무른 "중간파"라고 분류한 것은 매우 적절한 평가라 볼 수 있다. 소설가 주요섭은 문단의 이러한 논쟁에 거리를 두고 어떤 특정 이념에

---

5 김윤식, 『한국 근대문예비평사 연구』, 한얼문고, 1973, 208쪽.

빠지지 않고 소설을 오직 현실을 "있는 그대로" 그리려는 사실주의자(리얼리스트)였다. 그리고 한국 문단에서 보기 드물게 조선반도에서 벗어나 전 세계를 함께 박애주의적 시각으로 바라보려는 거의 최초의 세계주의자 문인이었다고 볼 수 있다.

따라서 50년을 관통하는 몇 개의 작은 주제들이 반복과 차이의 양상을 보인다고 볼 수 있다. 편자는 단편, 중편, 장편, 영문 소설까지 모두 고려하여 대체로 주요섭의 소설 세계를 ① 신경향(사회주의)적 요소, ② 사랑 이야기, ③ 세태 관찰과 비판, ④ 인본주의 또는 인도주의, ⑤ 역사 서지적 기록, ⑥ 디아스포라(민족주의), ⑦ 죽음의 문제라는 7개의 변주곡이 차이를 보이면서 반복되는 역동적인 나선형의 구성으로 파악하고자 한다.

정(情) 즉 사랑

이 7개의 변주곡을 함께 묶는 대주제인 정(情) 즉 사랑에 대해 논의해보자. 편자는 주요섭 문학을 사회주의, 사랑주의, 인도주의, 사실주의 등으로 나누기에 앞서 과연 50년의 주요섭 문학 활동의 근저를 흐르는 무의식 또는 대전제 또는 대주제는 무엇인가를 논해보고자 한다. 주요섭 소설문학의 대주제는 "정(情)" 즉 사랑이다. 주요섭과 상하이 후장대학 유학 시절부터 일생 동안 가장 가깝게 지냈던 후배인 피천득은 주요섭 문학의 본질은 "정"이라 보았다. 피천득은 주요섭이 타계한 직후인 1972년 11월에 『동아일보』에 쓴 추도사에서 다음과 같이 적었다.

형[주요섭]이 상해 학생 시절에 쓴 「개밥」, 「인력거꾼」 같은 작품은 당신의 인도주의적 사상에 입각한 작품이라고 봅니다. 형은 정[情]에 치우치는 작가입니다. 수필 「미운 간호부」에서 보는 바와 같이 형은 몰인정을 가장 미워합니다.

주요섭은 여러 편의 수필 중 「미운 간호부」(『신동아』 1932년 9월호)를 스스로 대표작으로 꼽았다. 이 수필에서 주요섭은 전염병을 앓다 일찍 죽은 어린 딸을 사망실 즉 시체보관실에서라도 보여달라는 어머니의 간청을 매정하게 거절하는 간호부를 심하게 꾸짖는다.

> 그러나 그것을 염려하는 어머니의 심정! 이 숭고한 감정에 동정할 줄 모르는 간호부가 나는 미웠다. 그렇게까지 간호부는 기계가 되었던가?
> …(중략)…
> **정(情)! 그것은 인류 최고의 과학을 초월한 생의 향기이다.**(강조-필자)

이처럼 주요섭 문학의 요체는 "정 즉 사랑", 나아가 넓은 의미의 인도주의(humanism, humanitarianism)라 규정할 수 있다. 주요섭은 1960년 한국영어영문학회가 출간한 영미어문학총서(전 10권) 제4권 『영미소설론』에서 서론격인 「소설론」을 집필했다. 이 글에서 우리는 주요섭의 소설에 관한 기본적인 생각을 알 수 있다. 주요섭은 소설의 핵심을 상상력(imagination)으로 보았다.

> 소설은 과학 논문이나 역사 서술과 달리 단지 작가의 상상[력]이 깃들어 있는 글이라고 하기도 한다. 그런데 상상력이라고 하는 것은 단순히 공상 혹은 환상적(幻想的)만을 말하는 것은 아니다. …(중략)… 특히 낭만주의자들이 강조하는 것은 상상은 환상만으로 끝나는 것이 아니고 지성과 사상과 추리력까지 포함하는 것이[다].

주요섭은 그 상상력의 대표적 예로 영국 낭만주의 서정시인 P. B. 셸리(1792~1822)가 1821년에 써낸 『시의 옹호』에서 한 인용문을 끌어오고 있다.

> "사람이 위대하고 선량하려고 하면 강하고 넓은 상상력을 가지지 않으면 안된다. 그는 자신을 남(他), 많은 남의 입장에다 두지 않아서는 안 된다. 동포의 희로애락이 곧 자신의 희로애락이 되어야 한다"고 말한 것을 보면 상상력은

humanism[인도주의, 인간주의]도 포함하고 있다고 보아야 할 것이다.

여기서 주요섭이 셸리의 핵심적인 구절을 인용하면서 말하려는 요지는 "사랑"이란 결국 상상력이고 상상력은 또다시 나 자신이 아닌 타인이 되는 "타자 되기"이다. 이 타자 되기라는 "역지사지(易地思之)"의 공감력(共感力)은 사랑의 진정한 모습인 것이다. 시[문학]는 결국 우리가 자신에게서 벗어나 이웃과의 사랑을 회복시키는 예술 양식인 것이다.

주요섭이 자신의 삶과 문학에서 "정 즉 사랑"을 가장 중요시한 것은 자신이 기독교 모태신앙자였고 아버지가 장로교 목사였다는 사실과도 어느 정도 관계가 있을 것이다. 자신의 이름도 구약에 나오는 요셉이란 이름에서 온 것이 아닌가? 요셉은 젊은 시절 배다른 형제들의 시기를 받아 이집트에 노예로 팔려갔으나 후에 우여곡절 끝에 파라오 대왕 다음으로 이집트의 제2인자인 총리가 되었다. 그 후 요셉은 형제들을 사랑으로 다 용서하고 모든 가족을 화해하여 재결합시켰다. 주요섭의 일부 초기 소설에는 기독교 비판적인 요소가 없지는 않지만 그렇다고 기독교 교리의 핵심인 사랑까지 의심한 것은 아니리라.

주요섭이 1920년대 상하이 유학 시절 가장 존경하고 영향을 받았던 사람은 당시 대한민국 임시정부에서 일하던 도산 안창호 선생이었다. 도산은 열렬한 기독교 신자는 아니었지만 기독교 교리인 사랑을 절대적으로 믿었다. 주요섭은 안창호의 감화로 당시 독립을 위한 무력 투쟁이나 외교적 해결에 앞서 무지몽매한 조선 백성의 의식을 깨우치고 교육을 먼저 시켜야 한다는 소위 "준비론"에 뜻을 같이했던 것이다.

편자는 주요섭 삶을 관통하는 핵심을 사랑으로 본다. "정 즉 사랑"은 주요섭 문학에서 모든 것이 다양하며 파생되어 나오는 등뼈이며 "원형(archetype)"이다.

말, 언어, 문학 : 주요섭의 서사 기법, 리얼리즘

주요섭은 말(언어) 즉 언어의 예술인 문학에 대해 어떤 생각을 가졌을까? 그는 흥사단의 기관지인 『동광(東光)』 창간호인 1926년 5월호에 게재한 글 「말(言語)」의 결론 부분에서 다음과 같이 언명하고 있다.

> 인류는 지금 언어의 세계에 산다. 짐승의 세계에는 다만 물건과 암송뿐이다. 그런데 사람에게는 언어라는 편리스러운 행복이 있는 것이다. 그리고 사회에서 언어를 써서 다른 사람에게 영향을 주거나 감동시키는 능력을 가진 사람에게 사회적 위대한 상급을 준다. 한 사람이 자기의 언어로 더 많은 사람을 이해시키고 감화시킬 수 있을수록 그 사람은 그 사회에서 위대한 인물이 된다. 예수가 그러하고 레닌이 그러하고 손문(孫文)이 그러하다.
> 언어의 힘이 얼마나 큰가.[6]

소설가는 말(언어)을 가지고 글을 써서 독자들에게 감동, 감화시키는 말의 예술가이다.

이제부터 주요섭의 이야기 전개 방식 또는 서사 기법에 대해 말해보자. 그의 소설은 가장 전통적인 사실주의(realism)이다. 주요섭은 영문학 교수로서 조지프 콘라드를 아주 좋아했고 큰 영향을 받았다. 소설에서 리얼리즘 기법이란 있는 그대로 보여주거나 묘사함으로써 서사를 전개시키는 방식이다. 흔히 말하는 영미 모더니즘 소설의 대가들인 제임스 조이스, 버지니아 울프, 윌리엄 포크너 등과 같은 작가들의 "의식의 흐름"이라든가 하는, 이야기를 비틀고 복잡하게 만드는 방식은 주요섭의 서사 전략이 아니다. 주요섭의 소설에 주인공의 심리 묘사 장면도 많이 있으나 난해한 "무의식"의 미로(迷路)를 찾는 경우는 별로 없다. 한마디로 그의 소설은 심리 분석보다 스토리 중심이며 작가의 상상력보다는 체험 중심이다.

---

6 『동광』 1926년 5월호, 40쪽.

주요섭은 1960년의 한 소설 심사평에서 소설가가 소설을 창작하는 이유는 "포착하기 어려운 진실의 본질에 대한 고민 때문"이라고 하였다. 또한 소설가들은 "가슴속에 무엇인가를 간직"하고 있어서 "진실의 어떤 환상이 그들에게 향하여 자꾸만 덤벼들 때 그것을 청산해버리는 방법으로 소설을 쓰게" 된다고 했다. 구체적으로 소설을 쓸 때 작가들은 내용, 주제, 기교, 구성 등은 각양각색이지만 "인간에 대한 기본적인 진실에 도달하려는 목표"를 가진다고 했다. 또한 소설가가 되기 위해서는 "예리한 관찰력으로 사사건건 자세히 관찰하여 직접적인 체험을 쌓아가는 동시에 남이 쓴 책을 많이 읽어 간접적인 경험을 될 수 있는 대로 풍부하게 간직해두어야 할 것"이라고 언명하였다.

독자에게 강한 인상을 주기 위해 작가에게는 강력하게 구성하는 재능을 가지고 적절한 어휘와 아름다운 문장, 클라이맥스(절정)를 만드는 능력뿐 아니라 기지와 풍부한 상상력과 독특한 지성까지도 요구된다. 이는 주요섭 자신이 창작한 소설작품을 읽을 때도 그대로 적용될 수 있을 것이다. 여기서 중요한 것은 첫째, 진실에 대한 추구이다. 진실에 대한 추구는 바로 현실을 있는 그대로 재현하여 보여주는 사실적 추구이다. 이를 문학적으로 말하면 리얼리즘이다. 굴절되지 않은 문물 현상을 있는 그대로 재현하는 것이 주요섭에게 가장 중요한 덕목이다.

주요섭의 소설세계는 1920년대부터 조선, 중국의 상하이와 베이징, 만주, 일본, 미국 서부 등지에서 자신이 직접 경험한 이야기를 소설로 만든 경우가 대부분이다. 어떤 소설은 자서전적 색채가 짙고, 또 어떤 소설은 당대 세태를 기록하고 보고하는 다큐멘터리이고, 장편소설들은 주로 역사적 리얼리즘 계열의 작품들이다. 한마디로 주요섭의 소설은 철저하게 자신의 시대 안에서, 개인적 체험에 토대를 두고 약간의 허구를 가미한 경우가 대부분이다.

주요섭은 기본적인 서사 방식은 리얼리즘이다. 그러나 그는 사회의 부조리와 타락상을 있는 그대로, 추한 모습까지 적나라하고 추문적으로 노출시키는 자연주의 기법도 가끔 사용하였다. 특히 1920년대 그의 일부 소설은 20세기 초 전후로 유럽과 미국에서 한때 일어났던 문예사조인 자연주의적 요소에 일정 부분 영향을 받은 것은 분명하다. 따라서 주요섭의 서사 방식은 단성(單聲, monophony)적이기보다 다성(多聲, polyphony)적이다. 단선적이고 정태적인 정반합의 변증법이기보다 다성적이고 역동적인 대화법에 더 가깝다.

그의 서사 구조는 선형적이 아니라 나선형적이고 그의 서사 주제는 단일체라기보다 다양체의 특성을 지닌다. 소설가 주요섭은 본질적으로 단성적 또는 순종(純種)적이 아니라 잡종적 또는 혼종주의(hybridism)인 작가이다. 그는 어느 한 유파나 한 사조에 자신을 매어놓지 않고 항상 나선형적으로 열려 있는 역동적인 작가였다고 결론지을 수밖에 없다.

4권으로 구성된 중단편소설집

책임편집자로서 필자는 주요섭 중단편소설을 4권으로 나누어 편집했다. 우선 1920년 『대한매일신문』에 실렸던 단편소설 「이미 떠난 어린 벗」에서부터 주요섭이 타계하고 1년 뒤인 1973년 『문학사상』에 실렸던 유고 단편소설 「여수」까지 편집자가 찾을 수 있었던 39편의 단편소설 전부를 다음과 같이 1, 2, 3권으로 분류하였다. 중편소설 4편은 모두 모아 제4권에 배치했다.

제1권에는 1920년부터 1937년까지 발표된 단편소설 15편을 수록하였다. 수록 작품은 발표 연도순으로 「이미 떠난 어린 벗」, 「치운 밤」, 「죽음」, 「인력거꾼」, 「살인」, 「영원히 사는 사람」, 「천당」, 「개밥」, 「진남포행」, 「대서(代書)」, 「사랑손님과 어머니」, 「아네모네의 마담」, 「북소리 두둥둥」, 「추물(醜物)」, 「봉천역 식당」이다. 특히 1921년 1월 3일자로 발표된 주요섭의 첫 단편소설 「이미 떠난 어린 벗」은 원문과 현대어 표기로 바꾼 수정본을 함께 제시하여 연구자나 일반 독자들에게 참고가 되게 했다. 흔히 「할머니」도 단편소설에 포함시키는 경우도 있으나 이 작품은 회고담이다. 「기적」은 창작이 아니고 번역 작품이다. 제1권의 제목은 1920년대의 대표작 「인력거꾼」과 1930년대의 대표작 「사랑손님과 어머니」를 병기한다.

제2권에는 1937년 후반부터 1954년까지 발표된 단편 소설 12편을 수록하였다. 수록 작품은 발표 연도순으로 「왜 왔든고?」, 「의학박사」, 「죽마지우(竹馬之友)」, 「낙랑고분의 비밀」, 「입을 열어 말하라」, 「눈은 눈으로」, 「시계당 주인」, 「극진한 사랑」, 「대학교수와 모리배」, 「혼혈(混血)」, 「이십오 년」, 「해방 1주년」이다. 제2권의 제목으로는 1930년대 후반에 발표된 「의학박사」와 해방 후인 1940년대 후반에 발표된 「시계당 주인」을 나란히 표기한다.

제3권에는 1955년부터 1970년대 초반까지 발표된 단편소설 12편을 수록하였다. 수록 작품은 발표 연도순으로 「이것이 꿈이라면」, 「잡초」, 「붙느냐 떨어지느냐」, 「세 죽음」, 「비명횡사한 유령의 수기」, 「열 줌의 흙」, 「죽고 싶어 하는 여인」, 「나는 유령이다」, 「여대생과 밍크코우트」, 「마음의 상채기」, 「진화(進化)」, 「여수(旅愁)」이다. 제3권의 제목으로 1950년대 후반 작품인 「붙느냐 떨어지느냐」와 1970년대 작품인 「여대생과 밍크코우트」를 나란히 놓는다.

제4권은 중편소설집으로 1925년부터 타계 후 1987년까지 발표된 중편소설들을 실었다. 발표 순서대로 「첫사랑 값」, 「쎌스 껄」, 「미완성」, 「떠름한 로맨스」를 배열하였다. 미국 유학에서 돌아온 직후 1930년 2~4월에 『동아일보』에 연재한 「유미외기(留美外記)」는 일부에서 중편소설로 보기도 하지만 주요섭이 어느 문학 회고문에서 이것을 자신의 유학 경험을 토대로 쓴 "잡문"이라고 확언하였기에 여기에 포함시키지 않았다. 주요섭의 중편소설 4편의 중심 주제는 특이하게도 모두 사랑과 결혼 이야기이다. 제4권의 제목은 「첫사랑 값」과 「미완성」으로 한다.

앞으로 문단, 학계, 그리고 일반 독자를 위해 주요섭의 단편소설, 중편소설, 장편소설 및 영문소설이 모두 실린 주요섭 소설전집의 완전한 결정판 정본이 후학들에 의해 나오기를 기대한다.

책임편집자는 이 전집을 위한 신문, 잡지 원문 복사, 출력, 입력 및 각주 작업에서 송은영, 정일수, 이병석, 허예진, 김동건, 권민규, 추승민, 박희선에게 큰 도움을 받았다. 이 자리를 빌려 고마움을 전한다. 그리고 주요섭 선생의 장남이시며 현재 미국 동부 뉴저지주에 거주하시는 주북명 선생의 따뜻한 관심과 지속적인 격려에도 깊은 감사를 드린다. 끝으로 어려운 출판계 사정에도 불구하고 한국문학 작품 발굴 사업에 대한 사명감과 열정으로 선뜻 나서주신 푸른사상사의 한봉숙 대표님의 결단과 편집부 여러분의 지속적인 노고에 감사를 드린다.

푸른사상사는 수년 전 편자가 준비한 『구름을 잡으려고』(1935), 『길』(1953), 『일억오천만대일』(1957~1958), 『망국노군상(1958~1960)』의 주요섭 장편소설 4권 전부를 이미 발간해주셨다. 이번 중단편소설 4권과 함께 장편소설 4권을 포함하면 주요섭이 한글로 쓴 소설 전부가 푸른사상사에서 나오게 된 셈이다.

50년 전에 서거하신 주요섭 선생 영전에 이미 출판된 장편소설 4권과 이 중단편소설 4권 모두를 삼가 올려드린다.

2023년 5월
서울 상도동 국사봉 자락에서
정정호 씀

차례

일러두기

1. 본 전집의 소설 본문은 단행본 또는 신문과 잡지에 최초로 실렸던 텍스트를 그대로 싣는 것을 원칙으로 삼는다.
2. 최초의 연재본이나 초판 출간본을 찾지 못한 경우 원문에 가장 가깝다고 판단되는 텍스트를 선택한다.(후에 작가 자신이 본문을 수정하여 발표한 작품 선집을 1차적으로 참고한다.)
3. 장르상 소설만을 선정한다. 작가가 소설 양식과 유사하지만 단순 기록, 번역, 잡기라고 분명하게 밝힌 것은 소설작품에서 제외한다. (예:「기적」,「할머니」,「유미외기」 등)
4. 작품 배열 순서는 첫 발표 연도 순으로 하고 각 작품이 끝나는 곳 괄호 안에 연도를 표기한다.
5. 원문에서 분명히 오자나 탈자로 여겨지는 것은 바로잡는다. 그러나 판독이 어려운 경우 편집자가 함부로 판단하지 않고 공란으로 남겨둔다.
6. 표기법은 발표 당시의 것을 가능한 한 그대로 따르되 띄어쓰기는 독자들의 편의를 위해 현대 어법에 맞게 바꾸었다. 기타 표기법은 일반 관례에 따른다.
7. 모든 대화는 쌍따옴표(" ")로 통일한다.
8. 모든 숫자는 아라비아 숫자로 통일한다.
9. 본문에 한자와 다른 외국어로만 표기된 것은 가능한 한 괄호 속에 한글 독음을 병기한다.
10. 고어(古語), 방언, 그리고 외래어는 설명이 꼭 필요한 경우에만 각주를 단다.

임의 쩌는 어린 벗

임의 쩌는 어린 벗[1]

平壤南山町 질그릇 生(생)

아아! 엇지홀신? 이를 엇지히? 늬 마음 속에 이 슯흠을! 임이 간 임의 쩌
는 어린 벗이여! 잘 쩌나 씰 쩌나 언제든지 슯흠을 갓치ᄒ고 깃븜을 갓치ᄒ
던 그! 그와 나의 사이에는 임의 世界 다르고 運命이 다른 帶으로 가리윗
다. 아아 昨年 그쌔! 昨年 그날 멀니 쩌나는 나를 보닉랴고 仁川港신지 홈
께 나왓던 그! 쎅 - 하는 汽笛 소리에 꼭 쥐엿든 손을 슬며시 놋코 그는 陸
贄의 사람 나는 船中의 사람이 되아 距離가 멀어지고 海霧가 사이를 막아
보이지 아니ᄒ기신지 그와 나와 두 사람이 눈에 눈물 먹음고 서로ᄎ 마주
보든 그 離別이 아아 마즈막 離別이 될 쥴이야! 아ᄉ! 그와 나는 永遠히 다
시 맛나지 못홀가! 아ᄉ 그는 늬가 釜山 잇슬 쩍에 元山 - 오날 저녁 이 쌍
이 자리에서 혼 多情혼 편지!의 記憶은 아즉도 나의 腦에 남앗스나 그러ᄎ
나는 이제 다시 혼번 읽어보랴 혼다.

---

1   1920년 1월 3일자 『매일신보』에 실린 주요섭의 첫 단편소설을 독자들에게 원문 그대로
    의 모습을 보여주기 위해 실었다. (한자도 있는 그대로 두었다.) 일반 독자들은 바로 뒤
    에 이어 실은 현대 한국어로 바꾼 것을 읽기 바란다.

사랑ᄒ시는 兄님 前에

元山秋月館에서

사랑ᄒ시는 兄님이여! 日氣는 次々 꼿짜운 봄을 맛는 이쩍에 兄님은 분쥬ᄒ신 몸이 萬安ᄒ시온지오. 사랑을 밧는 이 아우는 아침 히씀을 죠차 져녁 히질 쌔ᄭ지 每日 村로女 더부러 海邊에 죠기 줏는 것을 快樂 삼아 그 날々々을 보내나이다. 無限히 廣闊ᄒ 바다와 無限ᄒ 自然美를 품는 海邊에 싸히어 잇는 져는 只今을 當ᄒ야 兄님 압헤 큰 罪惡을 自白ᄒ려 ᄒ나이다. 네! 兄님! 果然 져는 兄님 압헤 모든 것을 숨기지 아니ᄒ엿고 모든 것을 밧치엇나이다만은 그러나 한 가지 兄님을 속이고 아직까지 兄님 압헤 숨긴 일이 잇나이다. 사랑ᄒ시는 兄님을 속인 것이 兄님 압헤 罪惡인 줄로 아나이다. 그러나 別로 뭇흘 말도 아니고 붓ᄭ러울 만한 말도 아니지만 그릭도 웨그런지 붓ᄭ러워서 이제ᄭ지 말을 못ᄒ엿셧나이다. 只今그 事實을 兄님 압헤 ᄒ나도 쎄지 안이ᄒ고 仔細히 告白ᄒ려 ᄒ나이다. 아々 쎠는 再昨年 가을이엇나이다. 가을도 느진 가을 아침져녁 바람이 쐬 션々한 어느 土曜日 날 掛鐘은 임의 午後 닐곱 시을 報ᄒ엿고 明朗ᄒ 달빗흔 東窓에 빗최는 밤 兄님은 무삼 會席에 가신다고 앗ᄭ부터 나가셧고 저는 홀로 無聊히 안졋다가 달빗도 밝거니와 기럭이 소릭도 쳐량ᄒ야 客懷가 散亂홈으로 잠간 散步나 홀가 ᄒ야 한 거름 두 거름 門을 나선 거시 畢竟은 압 江邊ᄭ지 이르럿더이다. 勿論 帽子도 안이 쓰고 表依도 안이 입고 廣大ᄒ 가을 江山에 四面은 고요ᄒ데 물 흐르는 소릭만 나며 江 건너 村家에 불빗흔 좁은 窓으로 반작반작 칼々ᄒ 가을 밤ᄒ날에 쑤렷히 솟은 달은 흐르는 물결을 희롱ᄒ야 번득々々ᄒ더이다. 江邊 모릭밧에는 銀방석을 까른 것 갓고 건너便 수

26

풀에서는 버레들의 自然을 노리ᄒᆞ는 쇼리쑨 참말이지 그날 밤 그 景致는 무엇이라고 形言홀 수 업시 아름다왓나이다. 허연ᄒᆞᆫ 모릭 언덕에 人跡이라고는 ᄒᆞ나도 업고 다만 져의 그림자 ᄒᆞ나가 가로누엇슬 쑨이엇나이다. 바삭ᄊᄊ 모릭밧을 밟는 발자최에 놀나 다꿈을 씨으는 물시이 풋덕 쇼리는 自然의 音樂을 갓쵸더이다. 저는 興나는 김에 唱歌도 ᄒᆞ고 나오는 딕로 고함도 치면서 천ᄊ히 徘徊ᄒᆞ얏나이다. 江邊 조고마흔 돌 우에 가만히 셔셔 어두움에 잠긴 먼 村만 바라보며 물 흐르는 소리에 귀를 기우렷슬 씨 져는 바삭ᄀ ᄒᆞ는 소리에 놀나 뒤를 도라다보앗나이다. 모릭 언덕 져편 흘깃헤 두 黑點이 오무작오무작 이편을 向ᄒᆞ여 오더이다. 져는 가만히 선 치로 그 點만 注視ᄒᆞ노라닛싯 次ᄊ 갓가워짐을 짜라 ᄒᆞ나는 男子이고 ᄒᆞ나는 女子임을 져는 認識ᄒᆞ엿나이다. 져便에셔도 져를 보앗느지 좀 쥬져ᄒᆞ는 듯흔 氣色이 잇셧스나 그들의 거름은 더욱ᄊᄊ 져를 向ᄒᆞ야 갓가히 오더이다. 두 사람과 져의 사이가 갓가와짐을 짜라 져는 그들이 져의 同窓生 朴君과 한 아는 그 누의동생인 것을 認識ᄒᆞ엿나이다. 져는 반가운 마음으로 쮜어가셔 "야! 朴君인가"ᄒᆞ며 져는 곗헤 셔 잇는 朴君의 妹氏를 보앗나이다. 그가 숙엿던 고기를 죠금 들 씨에 아아! 그찍에 져의 視線과 그의 視線은 마죠첫나이다. 그도 곳 머리를 숙이고 져도 곳 고기를 돌니엇나이다. 이 사이가 다만 一瞬間에 不過ᄒᆞ엿나이다 만은 만은! 이 一瞬間에 그의 반쟉이는 夜光珠 갓흔 눈동쟈가 졔에게는 큰 神祕흔 힘을 주엇고 큰 光明을 쥬엇나이다. 朴君은 놀나는 氣色으로 "엇더케 나왓나?" "나는 공연히 工夫홀 것도 업고 寂寂히셔 散步겸……"ᄒᆞ며 져는 다시 한번 엽헤 셧는 그를 보앗나이다. 그의 視線과 졔의 視線은 쏘 한 번 다시 마죠첫나이다. 그는 붓그러운 드시 머리를 숙엿스나 그찍 그 瞬間에 그의 態度는 져의 一生에 잇지 못홀 이 만큼 무슨 印象을 주엇나이다. 前에도 朴君의 집에셔 그를 더러 보앗스나 그날에 對面함은 一種 特別흔 늣김을 졔의 마음 가운딕에 들여첫나이다. 그 前

에는 일즉이 져의 가슴에 잇셔본 일이 업는 늦김을 朴君과 져는 압헤 셔고 그는 뒤에 셔셔 집을 向ᄒ야 도라왓나이다. 朴君은 午後부터 누의를 다리고 村에 사는 自己 한어머님 宅에 갓다가 只今 도라오는 길이라 ᄒ더이다. 이런 리약이 져런 리약이 ᄒ는 동안에 벌셔 朴君의 집압흘 當ᄒ엿더이다. 朴君은 쟉고 갓치 드러가 놀다 가라고 ᄒ나 그만 거긔셔 作別ᄒ 後 朴孃에게는 수인ᄉ도 못 ᄒ고 집으로 도라와셔 자려고 자리에 누엇스나 다만 情神에 가득 찬 것은 그이뿐이엿나이다. 江邊 모리 언덕을 거러오면셔 제가 뒤를 도라다볼 ᄯᅢ마다 그는 흠칫ᄒ며 좀 놀나고 붓그러운 氣色으로 머리를 푹 숙이고 오든 그 모양과 집에 다 와서 大門에 드러져셔 快活히 거러 드러가다가 뒤를 휙 도라다보고 아직도 제가 大門 밧게 셔 잇는 것을 보앗슬 ᄯᅢ에 붓그러운 듯이 고기를 숙이고 쮜여 드러가든 그 모양이 活動寫眞갓치 제의 머리쇽에셔 빙々 도라셔 아모리 ᄒ여도 잠을 잘 수가 업셧나이다. 잇흔날 시벽에 제가 "아 所爲 戀愛라는 것이 이것이 안일가? 흥 늬가 只今 사랑의 그물에 걸닌 몸이 안인가?" ᄒ는 싱각이 마음속에 싱길 ᄯᅢ 저의 놀남이 엇더ᄒ엿겟슴닛가 져는 쇽으로 "안이다. 々々々. 이리셔야 될 수 잇나. 이져바리자 이져바리자" 이갓치 작구 싱각ᄒ고 눈압에 낫ᄒ나는 幻影을 업시랴고 無限히 이를 썻나이다. 그러나 이 이씀은 다 無效로 도라가고 말엇나이다. 져는 무삼 罪나 지은 것 ᄀᆞ치셔 連히 祈禱도 ᄒ며 連히 다른 生角을 가지랴고 애를 無限히 썻스나 그것도 ᄯᅩᄒᆫ 無效로 도라가고 말앗나이다. 이것이 아아! 묏님! 이것이 사랑의 쳐음 싹인지요. 그리셔 져는 그만 "神聖ᄒᆫ 사랑에 무슨 상관이 있나" ᄒ고 속으로 고함치고 말앗나이다. 그러기는 그래도 속으로는 "안 된다 안 되여" ᄒ면셔도 발길은 自然히 朴君의 집으로 向하고 마음은 自然히 그에게 向ᄒ더이다.

그가치 되닛가 自然 朴君의 집에는 자죠 가게 되고 그리셔 朴先達 內外와도 親ᄒ게 되엿섯나이다. 그로부터 져의 마음은 ᄭᅳᆫ을 슈 업는 굴근 사랑의 鐵絲로 얼키인 바이 되엿나이다. 사랑의 종이 되엿나이다. 아 過去을 追想ᄒᆞᄂᆞᆫ 滋味에 그만 呪씌셔 보시기에 지리ᄒᆞ실 생각도 못 ᄒᆞ고 너머 만히 씨적거렷나이다. 그러ᄒᆞ오나 過去를 쓰는 것을 두 번에 난호아 쓰기도 실코 그만 簡單히 쓰려 ᄒᆞ나이다. 그 后로부터 제 마음은 흔 씩도 平安ᄒᆞᆯ 씩가 업셧나이다. 져의 마음속에 煩悶苦痛은 여간이 아니엿나이다. 이것이 닉가 或은 짝사랑이나 안일가? 그도 나를 사랑ᄒᆞᆯ가 웬걸 나 갓흔 病정이 보잘것업ᄂᆞᆫ 것을 도라다보기나 ᄒᆞᆯ가 글세 그릭도 알 슈 잇나 엇던 씩에 보면 그도 나를 사랑흔다는 表情이 나타나든걸 무엇이 아니지 그셰 엇덜가 고만 告白ᄒᆞ고 말가. 그러다가 쏘 정말 닉 사랑이 짝사랑인 것이 나타나면 엇지ᄒᆞᆯ고. 그씩에 나의 絶望은 엇더ᄒᆞᆯ가. 나의 몸은 엇더케 될가 或은 그의 비쳑을 밧아 다시ᄂᆞᆫ 그의 집에 발을 들여놋치도 못ᄒᆞᄂᆞᆫ 경우가 되면 엇지ᄒᆞᆯ가. 무엇 그도 나를 사랑ᄒᆞ겟지. 至性이면 感天이라니. 그러나 그릭도 쏘 알 수 잇나. 열길 물속은 알아도 한길 사람의 쇽은 모른다ᄂᆞᆫ 것이. 아 이를 엇지ᄒᆞ나. 그러흔 싱각에 呪님 네! 그릭셔 닉 사랑이 極度에 達흔 씩 '짝사랑'이라는 問題로 시ᄉᆞ지 치엇지요. 그씩에 呪님이 잘 지엇다고 칭찬ᄉᆞ지 ᄒᆞ시며 '짝사랑'이라는 것을 누구에게 배왓느냐고 ᄉᆞ지 무러보ᄋᆞ²지요. 네! 呪님! 그씩ᄉᆞ지도 呪님은 졔가 그러한 일이 잇슬 쥴은 아시지 못ᄒᆞ셧지오. 이렁져렁 月歲은 가는 것이니깐 졔가 그를 사랑흔 지가 벌셔 히가 넘엇슴니다. 아즉도 씨치지 안코 學校도 단니고 朴君의 집에도 자죠 갓나이다. 그런딘 그씩가? 呪님이 써나시기 흔 二三朔 前이올시다. 몃칠을 가야 도모지 그가 보이지를 안터이다. 졔에 마음은 안탁가와 견딜 슈가 업더이다. 惑 村에 一家집에를 갓나 或 몸에 病이나 아니 낫나. 그러나 물어볼 수도 업고 몃칠을 참말로 벙어리 닝가슴 알틋 ᄒᆞ엿나이다. ᄒᆞ로ᄂᆞᆫ 막 朴君의 집 大門

---

2 원본에는 지워져서 보이지 아니하나 '앗'으로 추정된다.

을 드러셔노라니시 는데업는 人力車 흔 채가 들어닷더이 져는 人力車에 ○△ 病院標가 잇음을 보고 쌈짝 놀나지 안이치 못흐얏나이다. 밧비 쒸여드러가 "누구가 알나" 흐고 朴君에게 물음을 던지엇더니 "응 우리 누의가" 함으로 져는 더욱 놀나셔 붓그러운 줄도 모르고 "重흔가" 흐며 다시 물은 즉 朴君은 아모 말도 업시 고기만 쓰덕이더이다. 아 그쩌에 저의 가슴에는 爆發彈이 터진 듯 문허지는 소리가 낫나이다. 아 참 너머 지리흐게 쎳나이다. 얼는々 긋을 막고 말겟나이다.

"그런데 무슨 病인가" 저는 얼마 後에야 겨우 이러케 물은 즉 "무엇 무슨 病이던지 아이고 생각이 나지 안는다. 左右間 머 빌이 썩는디. 오늘은 入院을 흐여야 흔다나 手術을 흐여야 흔다고" 이 말을 들은 后로부터 밤마다 쑴에 그가 衰弱흔 몸으로 手術臺에 눕고 쑹々흔 의사가 그에게 手術흐는 쑴을 늘 쑤엇셔요. 그러고는 그만 不知不識間에 져는 눌리어셔 소리를 쳐셔 단쑴을 쑤시는 兄님을 놀내게 흐고 흐엿지요. 아아 그리셔 그날 그쎄 兄님을 離別 后 우둑허니 아모것도 업는 바다를 물쓰럼히 넉을 일코 바라보다가 精神 차린 쎄는 벌셔 히가 西山을 넘엇슬 쎄어엿나이다. 져는 곳 밤車로 도라가 흐로 밤을 이리져리 둥글다가 아참히가 돗자마자 急히 朴君의 집을 챠자갓나이다. 大門을 막 드러셔노라니시 몬져 哭聲이 져를 놀리이게 흐더이다. 저의 가슴은 덜컥흐고 머리털은 쥿벗흐며 온몸에 소름이 쏙 일더이다. "오날 식벽에 그만" 흐는 朴君의 우름 셕근 말을 듯고 져는 그만 미친 드시 쒸어나왓나이다. 그만 캭 江에라도 쌔져 죽고 십흔 생각은 흐로에도 흔두 번이 아이엿나이다. 學校에도 쯧이 업고 다만 츔々흔 생각뿐이오, 더욱히 前부터 잇던 所謂 肺病도 졈々 더흘 쑨이더이다. 그리 져는 情 드린 學校를, 永遠히 자는 나의 사랑흐는 朴孃을 속으로 作別흐고 셥々히 故鄉을 쩌나셔 그만 이 元山으로 다라와 只今 秋月館에 留흐며 每日々 海邊의 景致에 情神을 팔고 잇나이다. 아아! 兄님 아즉신지도 져는 졔 사랑이 짝사랑이엿슴을 참사랑이엿슴을 도모지 理解치 못ᄒ엿나이다. 닉의 가슴에는 슬품이 잇슬뿐이오, 絕望이 잇잇슬 ᄯ름이오다. 아ᄽ! 사랑ᄒ시는 兄님이여. 져는 이 남은 一生을 이 조흔 海邊에셔 눈물과 흔숨으로 맛치려 ᄒ나이다. 눈물과 흔숨으로⋯⋯ 어졔밤에도 아홉 時쯤 되엿슬ᄭ 그만 자려고 누엇다 문틈으로 드러오는 明朗흔 달빗이 中天에 ᄯ든 기럭이 우름이 그만 져를 일으켯나이다. 지져는 ᄆᆞ슈 마루에 나안자 기럭이 우름을 드르면서 달빗을 의지ᄒᆞ야 지리케 ᄭᆞ적거렷나이다. 밤도 임이 깁헛는데 죠름도 오고 그만 붓대를 놋사오며 마즈막으로 흔마대는 오늘이 져의 사랑의 第二回 룐日임을 아시기를 바라나이다. 사오나운 바다 물결이 바우를 치는 소ᄅᆡ 어두운 밤에 요란히 들니나이다.

九月 二十日 金은

○○○

아아! 임의 간 어린 벗 ― 그에게도 사랑이 잇셧고나 ― 그이에게 熱烈흔 戀愛가 잇셧고나 ― 아아 그도 秋月館에 잇셧고 나도 ᄆᆞ슈 秋月館에 잇다만은ᄀ 그와 나는 다시 맛놀 수 업구나. 아아! 벌서 運命이 다르고나. 비야 오너라. 바람아 부러라. 元山 ᄯᅡ 北山에 바람아 마른 풀을 날니고 비야 말은 흙을 적시어라. 北山에ᄉ 무덤에 金君의 무덤에 밝은 달아 네 빗을 빗최어라. 元山 ᄯᅡ 北山에 金君의 무덤에 ᄶᆞ 닉 몸에 親舊를 일흔 이 외로운 몸은 이제 그의 靈魂이 徘徊[3]ᄒᆞ는 이 ᄯᅡᆼ 이 집에셔 親愛흔 그러 더부러 반가히 맛나는 단꿈으로 ᄭᆞ려 흔다. (1920)

---

3 원본에는 "徊"자가 지워져서 보이지 않으나 앞부분에 이 단어가 나오는 것으로 미루어 "徘徊"로 추정한다.

이미 떠난 어린 벗

이미 떠난 어린 벗

평양 남산정 질그릇 생

아아! 어찌할까? 이를 어찌해? 내 마음속에 이 슬픔을! 이미 간 이미 떠난 어린 벗이여! 잘 때나 깰 때나 언제든지 슬픔을 같이하고 기쁨을 같이하던 그—와 나의 사이거늘 이미 세계 다르고 운명이 다른 막으로 가리웠다. 아아, 작년 그때! 작년 그날 멀리 떠나는 이를 보내려고 인천항까지 함께 나왔던 그. 뻑— 하는 기적 소리에 꼭 쥐었던 손을 슬며시 놓고 그는 육지의 사람 나는 선중의 사람이 되어 거리가 멀어지고 해무[1]가 사이를 막아 보이지 아니하기까지 그와 나와 두 사람이 눈에 눈물 머금고 서로서로 마주 보든 그 이별이, 아아 마지막 이별이 될 줄이야! 아아! 그와 나는 영원히 다시 만나지 못할까! 아아 그는 내가 부산 있을 때에 원산 — 오늘 저녁 이 땅 이 자리에서 한 다정한 편지 — 의 기억은 아직도 나의 뇌에 남았으나 그러그러 나는 이제 다시 한 번 읽어보랴 한다.

---

1   해무 : 바다에 끼는 안개.

○ ○ ○

사랑하시는 형님 전에
원산 추월관에서

사랑하시는 형님이여! 일기는 차차 꽃다운 봄을 맞는 이때에 형님은 분주하신 몸이 만안하시온지요. 사랑을 받는 이 아우는 아침 해 뜸을 좇아 저녁 해질 때까지 매일 촌녀와 더불어 해변에 조개 줍는 것을 쾌락삼아 그날그날을 보내나이다. 무한히 광활한 바다와 무한한 자연미를 품는 해변에 쌓이어 있는 저는 지금을 당하여 형님 앞에 큰 죄악을 자백하려 하나이다. 네! 형님! 과연 저는 형님 앞에 모든 것을 숨기지 아니하였고 모든 것을 바치었나이다. 만은 그러나 한 가지 형님을 속이고 아직까지 형님 앞에 숨긴 일이 있나이다. 사랑하시는 형님을 속인 것이 형님 앞에 죄악인 줄로 아나이다. 그러나 별로 못할 말도 아니고 부끄러울 만한 말도 아니지만 그래도 왜 그런지 부끄러워서 이제까지 말을 못 하였었나이다. 지금 그 사실을 형님 앞에 하나도 빼지 아니하고 자세히 고백하려 하나이다. 아아, 때는 재작년 가을이었나이다. 가을도 늦은 가을 아침저녁 바람이 꽤 선선한 어느 토요일날 괘종은 이미 오후 일곱 시를 알렸고 명랑한 달빛은 동창에 비치는 밤 형님은 무슨 회석²에 가신다고 아까부터 나가셨고 저는 홀로 무료히 앉았다가 달빛도 밝거니와 기러기 소리도 처량하여 객회³가 산란하므로 잠깐 산보나 할까하여 한 걸음 두 걸음 문을 나선 것이 필경은 앞 강변까지 이르렀더이다. 물론 모자도 아니 쓰고 표의(表衣)⁴도 아니 입고 광대한 가을 강산에 사

---

2 회석 : 여러 사람이 함께 모임.
3 객회 : 객지에서 느끼는 외롭고 쓸쓸함.
4 표의(表衣) : 겉옷.

면은 고요한데 물 흐르는 소리만 나며 강 건너 촌가에 불빛은 좁은 창으로 반짝반짝 칼칼한 가을 밤하늘에 뚜렷이 솟은 달은 흐르는 물결을 희롱하여 번득번득하더이다. 강변 모래밭에는 은방석을 깔은 것 같고 건너편 수풀에서는 벌레들의 자연을 노래하는 소리뿐 참말이지 그날 밤 그 경치는 무엇이라고 형언할 수 없이 아름다웠나이다. 허연한 모래 언덕에 인적이라고는 하나도 없고 다만 저의 그림자 하나가 가로 누웠을 뿐이었나이다. 바삭바삭 모래밭을 밟는 발자취에 놀라 단꿈을 깨는 물새의 풋덕 소리는 자연의 음악을 갖추었더이다. 저는 흥 나는 김에 창가도 하고 나오는 대로 고함도 치면서 천천히 배회하였나이다. 강변 조그마한 돌 위에 가만히 서서 어두움에 잠긴 먼 촌만 바라보며 물 흐르는 소리에 귀를 기울였을 때 저는 바삭바삭하는 소리에 놀라 뒤를 돌아다보았나이다. 모래언덕 저편 한 끝에 두 흑점이 오무작오무작 이편을 향하여 오더이다. 저는 가만히 선 채로 그 점만 주시하노라니까 차차 가까워짐을 따라 하나는 남자이고 하나는 여자임을 저는 인식하였나이다. 저편에서도 저를 보았는지 좀 주저하는 듯한 기색이 있었으나 그들의 걸음은 더욱더욱 저를 향하여 가까이 오더이다. 두 사람과 저의 사이가 가까워짐을 따라 저는 그들이 저의 동창생 박군과 하나는 그 누이동생인 것을 인식하였나이다. 저는 반가운 마음으로 뛰어가서 "야! 박군인가." 하며 저는 곁에 서 있는 박군의 누이를 보았나이다. 그가 숙였던 고개를 조금 들 때에 아아! 그때에 저의 시선과 그의 시선은 마주쳤나이다. 그도 곧 머리를 숙이고 저도 곧 고개를 돌리었나이다. 이 사이가 다만 일순간에 불과하였나이다. 만은 만은! 이 일순간에 그의 반짝이는 야광주(夜光珠)[5] 같은 눈동자가 저에게는 큰 신비한 힘을 주었고 큰 광명을 주었나이다. 박군은 놀라는 기색으로 "어떻게 나왔나?" "나는 공연히 공부할 것도 없고

---

5   야광주(夜光珠) : 어두운 데서 빛을 내는 구슬.

적적해서 산보겸······." 하며 저는 다시 한번 옆에 섰는 그를 보았나이다. 그의 시선과 저의 시선은 또 한 번 다시 마주쳤나이다. 그는 부끄러운 듯이 머리를 숙였으나 그때 그 순간에 그의 태도는 저의 일생에 잊지 못 하리만큼 무슨 인상을 주었나이다. 전에도 박군의 집에서 그를 더러 보았으나 그날에 대면함은 일종 특별한 느낌을 저의 마음 가운데에 들여 쳤나이다. 그 전에는 일찍이 저의 가슴에 있어본 일이 없는 느낌을.

박군과 저는 앞에 서고 그는 뒤에 서서 집을 향하야 돌아왔나이다. 박군은 오후부터 누이를 데리고 촌에 사는 자기 한어머님 댁에 갔다가 지금 돌아오는 길이라 하더이다. 이런 이야기 저런 이야기 하는 동안에 벌써 박군의 집 앞을 당도하였더이다. 박군은 자꾸 같이 들어가 놀다 가라고 하나 그만 거기서 작별한 후 박양에게는 수인사⁶도 못 하고 집으로 돌아와서 자려고 자리에 누웠으나 다만 정신에 가득 찬 것은 그이뿐이었나이다. 강변 모래언덕을 걸어오면서 제가 뒤를 돌아다 볼 때마다 그는 흠칫하며 좀 놀라고 부끄러운 기색으로 머리를 푹 숙이고 오던 그 모양과 집에 다 와서 대문에 들어서서 쾌활히 걸어 들어가다가 뒤를 휙 돌아다보고 아직도 제가 대문 밖에 서 있는 것을 보았을 때에 부끄러운 듯이 고개를 숙이고 뛰어 들어가던 그 모양이 활동사진같이 저의 머릿속에서 빙빙 돌아서 아무리 하여도 잠을 잘 수가 없었나이다. 이튿날 새벽에 제가 '아 소위 연애라는 것이 이것이 아닐까? 흥 내가 지금 사랑의 그물에 걸린 몸이 아닌가?' 하는 생각이 마음속에 생길 때 저의 놀람이 어떠하였겠습니까. 저는 속으로 '아니다. 아니다. 이래서야 될 수 있나. 잊어버리자. 잊어버리자.' 이같이 자꾸 생각하고 눈앞에 나타나는 환영을 없애려고 무한히 애를 썼나이다. 그러나 이 애씀도 다 무효로 돌아가고 말았나이다. 저는 무슨 죄나 지은 것 같아서 계속 기도도

---

6   수인사 : 인사를 나눔.

하며 계속 다른 생각을 가지려고 애를 무한히 썼으나 그것도 또한 무효로 돌아가고 말았나이다. 이것이 아아! 형님! 이것이 사랑의 처음 싹인지요. 그래서 저는 그만 '신성한 사랑에 무슨 상관이 있나' 하고 속으로 고함치고 말았나이다. 그러기는 그래도 속으로는 '안 된다 안 되어' 하면서도 발길은 자연히 박군의 집으로 향하고 마음은 자연히 그에게 향하더이다.

그같이 되니까 자연 박군의 집에는 자주 가게 되고 그래서 박선달 내외와도 친하게 되었었나이다. 그로부터 저의 마음은 끊을 수 없는 굵은 사랑의 철사로 얽힌 바 되었나이다. 사랑의 종이 되었나이다. 아 과거를 추상하는 재미에 그만 형께서 보시기에 지루하실 생각도 못 하고 너무 많이 끄적거렸나이다. 그러하오나 과거를 쓰는 것을 두 번에 나누어 쓰기도 싫고 그만 간단히 쓰려 하나이다. 그 후로부터 제 마음은 한 때도 평안할 때가 없었나이다. 저의 마음속에 번민 고통은 여간이 아니었나이다. 이것이 내가 혹은 짝사랑이나 아닐까? 그도 나를 사랑할까. 웬걸, 나 같은 병든 보잘것없는 것을 돌아다보기나 할까. 글쎄, 그래도 알 수 있나 어떤 때에 보면 그도 나를 사랑한다는 표정이 나타나든걸. 무엇이, 아니지. 그새 어떨까. 고만 고백하고 말까. 그러다가 또 정말 내 사랑이 짝사랑인 것이 나타나면 어찌할꼬. 그때에 나의 절망은 어떠할까. 나의 몸은 어떻게 될까. 혹은 그의 배척을 받아 다시는 그의 집에 발을 들여놓지도 못하는 경우가 되면 어찌할까. 무엇 그도 나를 사랑하겠지. 지성이면 감천이라니. 그러나 그래도 또 알 수 있나. 열 길 물속은 알아도 한 길 사람의 속은 모른다는 것이. 아 이를 어찌하나. 그러한 생각에 형님 네! 그래서 내 사랑이 극도에 달한 때 "짝사랑"이라는 문제로 시까지 지었지요. 그때에 형님이 잘 지었다고 칭찬까지 하시며 "짝사랑"이라는 것을 누구에게 배웠느냐고까지 물어보셨지요. 네! 형님! 그때까지도 형님은 제가 그러한 일이 있을 줄은 아시지 못하셨지요. 이렁저렁 세월은 가는 것이니깐 제가 그를 사랑한 지가 벌써 해가 넘었습니다. 아직도 그치지 않고 학교에도 다니고 박군의 집에도 자주 갔나이다. 그런데 그때가? 형님이 떠나시기 한 이삼 삭(朔)[7] 전이올시다. 며칠을 가야 도모지 그가 보이지를 않더이다. 저의 마음은 안타까워 견딜 수가 없더이다. 혹 촌에 일갓집에를 갔나 혹 몸에 병이나 아니 났나. 그러나 물어볼 수도 없어 며칠을 참말로 벙어리 냉가슴 앓듯 하였나이다. 하루는 막 박군의 집 대문을 들어서노라니까 난데없는 인력거 한 채가 들어 닫더이다. 저는 인력거에 ○△ 병원 표가 있음을 보고 깜짝 놀라지 아니치 못하였나이다. 바삐 뛰어들어가 "누구가 앓나" 하고 박군에게 물음을 던지었더니 "응 우리 누이가" 하므로 저는 더욱 놀라서 부끄러운 줄도 모르고 "중한가" 하며 다시 캐물은 즉 박군은 아모 말도 없이 고개만 끄덕이더이다. 아 그때에 저의 가슴에는 폭발탄이 터진 듯 무너지는 소리가 낫나이다. 아 참 너무 지루하게 썼나이다. 얼른 얼른 끝을 막고 말겠나이다.

"그런데 무슨 병인가" 저는 얼마 후에야 겨우 이렇게 물은 즉 "무엇 무슨 병이던지 아이고 생각이 나지 않는다. 좌우간 머 밸이 썩는대. 오늘은 입원을 하여야 한다나. 수술을 하여야 한다고." 이 말을 들은 후로부터 밤마다 꿈에 그가 쇠약한 몸으로 수술대에 눕고 뚱뚱한 의사가 그에게 수술하는 꿈을 늘 꾸었어요. 그러고는 그만 부지불식간에 저는 놀래어서 소리를 쳐서 단꿈을 꾸시는 형님을 놀래게 하고 하였지요. 아아 그래서 그날 그때 형님을 이별 후 우두커니 아무것도 업는 바다를 물끄러미 낙을 잃고 바라보다가 정신 차린 때는 벌서 해가 서산을 넘었을 때이었나이다. 저는 곳 밤차로 돌아가 하루 밤을 이리저리 뒹굴다가 아침 해가 돋자마자 급히 박군의 집을 찾아갔나이다. 대문을 막 들어서노라니까 먼저 곡성이 저를 놀래게 하더이다. 저의 가슴은 덜컥하고 머리털은 쭈뼛하며 온몸에 소름이 쪽 일더이다.

---

7 삭(朔) : 달(月)을 세는 단위.

"오늘 새벽에 그만." 하는 박군의 울음 섞인 말을 듣고 저는 그만 미친 듯이 뛰어나왔나이다. 그만 칵 강에라도 빠져 죽고 싶은 생각은 하루에도 한두 번이 아니었나이다. 학교에도 뜻이 업고 다만 답답한 생각뿐이오, 더욱이 전부터 있던 소위 폐병도 점점 더할 뿐이더이다. 그래 저는 정들인 학교를, 영원히 자는 나의 사랑하는 박양을 속으로 작별하고 섭섭히 고향을 떠나서 그만 이 원산으로 달아와 지금 추월관에 유하며 매일매일 해변의 경치에 정신을 팔고 있나이다. 아아! 형님 아직까지도 저는 제 사랑이 짝사랑이었음을 참사랑이었음을 도무지 이해치 못하였나이다. 나의 가슴에는 슬픔이 있을 뿐이오, 절망이 있을 따름이오다. 아아! 사랑하시는 형님이여. 저는 이 남은 일생을 이 좋은 해변에서 눈물과 한숨으로 마치려 하나이다. 눈물과 한숨으로…… 어젯밤에도 아홉 시쯤 되었을까 그만 자려고 누웠다 문틈으로 들어오는 명랑한 달빛이, 중천에 뜬 기러기 울음이 그만 저를 일으켰나이다. 저는 지금 마루에 나앉아 기러기 울음을 들으면서 달빛을 의지하여 지리하게 끄적거렸나이다. 밤도 이미 깊었는데 졸음도 오고 그만 붓대를 놓사오며 마지막으로 한마디는 오늘이 저의 사랑의 제2회 기일임을 아시기를 바라나이다. 사나운 바다 물결이 바위를 치는 소리 어두운 밤에 요란히 들리나이다.

　구월 이십일 김은

○ ○ ○

아아! 이미 간 어린 벗 ─ 그이에게 열렬한 연애가 있었구나 ─ 아아 그도 추월관에 있었고 나도 지금 추월관에 있다만은, 만은 그와 나는 다시 만날 수 없구나. 아아! 벌써 운명이 다르구나. 비야 오너라. 바람이 불어라. 원산 땅 북산에 바람아 마른 풀을 날리고 비야 마른 흙을 적시어라. 북산에 무덤

이미 떠난 어린 벗

에 김군의 무덤에 밝은 달아 네 빛을 비추어라. 원산 땅 북산에 김군의 무덤에 또 내 몸에 친구를 잃은 이 외로운 몸은 이제 그의 영혼이 배회하는 이 땅 이 집에서 친애한 그와 더불어 반가이 만나는 단꿈으로 꾸려 한다. (1920)

치운 밤

치운 밤

어쩐 치운¹ 밤이엇다. 좁쌀알 가튼 쌀애기눈이 부슬부슬 地面(지면)을 덥고 살을 베이는 듯한 치운 바람이 눈보래를 지어 모든 地面(지면)을 눈으로 平面(평면)을 만들어노핫다. 밤은 깁헛다. 거리에는 行人(행인) 하나이 업고 집집마다는 平和(평화)스러운 단잠에 呼吸(호흡) 소리가 쉴힘업시 바람 소리와 和(화)햇다. 四面 廣野(사면 광야)에 싸힌 이 족으만² 洞里(동리)가 다 고즈낙한 現世(현세)를 쩌난 꿈의 나라이 되엇다. 조차서 집집마다에 시컴은 窓(창)들이 지독히 부는 바람에 哀願(애원)하는 듯한 무슨 소리를 들으며 물그럼히 눈 나리는 한울을 내다보고 잇섯다. 마치 房(방) 안에서 단꿈을 쑤는 사람들을 이 寒氣(한기)에서 保護(보호)하고 잇는 듯이.

모든 窓은 검엇다. 다만 洞里 한 끗 족으만 다 문허저가는 오막살이에 窓이 다 죽은 가운데 혼자 살아 잇는 것가티 히미한 불빗을 어두운 空氣에 내보내고 잇섯다. 그 집은 한 번만 보아도 貧寒(빈한)한 집이엇다. 三年 前에 잇고는 아즉 잇지 못한 草家(초가) 영³이 몹시도 凶(흉)하게 썩어젓고 이씨야

---

1 치운 : 추운(방언).
2 족으만 : 조그만.
3 영 : 이엉(초가집의 지붕에 덮기 위해 엮는 짚).

자로 발랏던 얄븐 담이 비와 눈에 부대끼어 여긔저긔 구멍이 낫다. 猛烈(맹렬)한 바람이 私情(사정)업시 썩어진 영을 날리고 집을 문허질 듯이 毒(독)한 목소리로 둘러쌋다.

이 千兵萬馬(천병만마)에게 둘러싸힌 듯한 느낌이 잇는 小屋(소옥)⁴ 속에 今年 13歲(세)의 어린 炳瑞(병서)가 졸린 눈으로 괴로웁게 숨을 쉬는 어머니를 바라보고 잇섯다. 그러고 쏘 입에 웃음을 씌우고 平和스럽게 잠든 그의 누의동생인 네 살 난 애기의 얼굴을 바라보앗다. 그러고 다시 눈을 돌려 여긔저긔 쑬려진 구멍으로 들어와 쌔힌 힌 눈을 보앗다. 그러고 오슬오슬 썰며 눈물이 핑 돌앗다.

힌 누덕이 하나로 몸을 겨우 가리우고 누운 病母(병모)가 다시 悲鳴(비명)을 發(발)하며 돌아누웟다. 괴로운 숨소리가 房 안에 雰圍氣(분위기)를 더하엿다. 炳瑞는 걱정스러운 눈으로 물그럼히 어머니를 바라보앗다. 그러고 아즉 비여 잇는 그의 父親(부친)의 입울을 얼른 들어다가 어머니를 덥허주엇다. 어머니는 실타는 듯이 두서너 번 손을 들엇스나 가만 잇고 말엇다. 어머니는 눈을 쓰지도 안코 그저 속으로 알아듯지 못하게 중얼중얼 무슨 말을 하고 잇섯다. 炳瑞(병서)는 꼿꼿 입울⁵로 어머니 몸을 덥고 다시 머리마테 쑤굴이고 안젓다. 그의 어린 눈에서는 恐怖(공포)와 愛憐(애정)의 情(정)이 넘쳐 쓰거운 눈물이 거침업시 흘럿다. 그러고 눈물이 쌤 우에서 얼엇다.

바람은 如前(여전)히 그에 獨特(독특)인 異常(이상)한 소리를 發(발)하며 炳瑞의 집 담 쑬려진 구멍으로 들이쳐 분다. 차디찬 눈이 房(방) 안에 허터젓다.

炳瑞는 單(단) 一分間(일분간)의 睡眠(수면)에서 쌔엿다. 그는 거의 얼어 죽을 地境(지경)이엇다. 그는 눈을 쓰고 四方(사방)을 둘러보앗다. "아버지는 아

---

4 소옥(小屋) : 작은 집.
5 입울 : 이불.

즉도……" 하고 원망스러운 듯한 목소리로 중얼거리고 치움에 발발 썰엇다. "밤도 몹시도 길다" 하고 생각했다. 그리고 어서 아츰이 되엇스면 햇다. 어머니의 呼吸 소리는 漸漸 急(점점 급)하여젓다.

한울은 如前(여전)히 컴컴하엿다. 바람은 亦是(역시) 칩고 매왓다.

열흘 前부터 病席(병석)에 누은 그의 어머니는 몹시도 피곤하엿다. 죽 한 번도 변변히 쑤어 들이지 못하고 藥(약) 한 봉지도 사다 들이지를 못한 어린 炳瑞의 마음은 터지는 듯하다.

病人은 벌서 自己의 最終期(최종기)를 깨달은 듯하엿다. 그는 쉰침업시 炳瑞를 불럿다. 또 애기를 불럿다. 그러나 그에 목소리는 모기 소리가티 弱(약)하고도 슯흠을 띈 呻吟(신음) 소리이엇다.

母親(모친)은 견딀일 수 업는 듯이 얼굴을 씽기며 힘업는 팔로 잠든 애기를 안앗다. 히미한 아주까리 기름 燈(등)에 몽롱히 비추이는 그의 씽긴 얼굴에는 그의 마음속에 타는 듯한 苦悶(고민)을 쏙쏙히 들어냇다. 그는 "휘-" 하고 한숨을 쉬고는 다시 炳瑞의 손을 맥업시 쥐엇다. 그는 벌써 自己의 最后(최후)를 覺悟(각오)한 듯이 그의 쌤에 눈물이 흘럿다. 그러고 무엇인지 알지 못할 어썬 悲聲(비성)[6]을 겨우 發(발)햇다.

炳瑞는 그만 견딀 수 업시 되엇다. 그는 어머니를 불럿다. 자꾸자꾸 어머니를 불럿다. 그러나 그 어머니의 입은 永遠(영원)히 다시 열지 아니하려는 듯이 꼭 담을엇다. 炳瑞는 소리를 내어 울엇다. 그리고 제 얼굴로 어머니의 얼굴을 문질럿다. 그는 쉬지 안코 어머니를 불럿다. 휘- 하는 한숨 소리와 가티 어머니는 눈을 半(반)쯤 썻다. 그리고 炳瑞를 바라보는 그 눈은 참으로 死人(사인)의 눈 그것과 가탓다. 어머니는 쩔리는 손으로 炳瑞를 안앗다. 그러나 그 손은 족음도 힘이 업섯다. 그는 무슨 말을 좀 해보려고 애쓰는 것

---

6 비성(悲聲) : 슬픈 소리.

이, 그의 부들부들 써는 입술과 熱情(열정)에 쓸는, 그러고도 힘업는 그 반쯤 쓴 눈 우에 쏙쏙히 들어낫다. 그는 한참 만에 겨우,

"炳瑞야!" 하고 말을 쓰내엇다. 말을 더 이을 힘이 업는 듯이 어머니는 다시 괴롭게 숨을 쉬다가,

"애기야!" 하고 입술을 썰엇다. 그리고 그는 自己 最后(최후)의 힘으로 炳瑞를 쎠안앗다. 그리고 잘 들리지도 안는 슯흔 곡조로,

"炳瑞야─ 너……." 어머니에 말은 中道(중도)에 슨허지고 말엇다. 炳瑞를 안앗던 그의 팔은 맥업시 풀리엇다.

어머니는 가슴이 찌저지는 듯한 목소리로 그에 苦痛(고통)을 呼訴(호소)하는 듯이 부르지젓다. 炳瑞는 어씨할 줄을 몰라 어머니 가슴을 집고 부르르 썰기만 햇다. 그의 놀라서 크게 쓴 눈에는 눈물이 말랏다. 그의 氣막힘과 슯흔 눈물로써 나타내일 程度(정도)에 그것은 아니엇다. 그의 슯흔 눈물로써는 到底(도저)히 나타내일 수 업는 눈물 以上의 極度(극도)에 슯흔 것이엇다. 그의 크게 쓴 눈이나 벌린 입이나 부르르 써는 손들이 그의 이 極度에 놀람과 슯음을 넉넉히 들어냇다.

몹시 부는 極寒(극한)의 바람에 등불이 거의 써질 듯 써질 듯하며 펄덕어리엇다. 조차서 여름내 파리쏭으로 새캄어케 된 그의 天井에 불 그림자가 커젓다 작아젓다 소리 업시 움직이엇다.

어머니의 머리마테 노힌 요강 속에 어머니의 게워노흔 밥찌씨가 짠짠하게 얼어서 惑(혹)은 빗나게 惑은 컴어케 보혓다. 웃간 모퉁이에 하야케 싸혓던 눈이 어쩐 바람을 바다 하야케 성애가 쓴 습한 담으로 기어오르다가는 다시 나려지기도 햇다.

病母는 손을 내어저엇다. 그 손을 내어젓는 것이 30年이라는 쌀으면 쌀다고 할 수 잇고 길다면 길다고 할 수 잇슬 그동안에 그가 넘우도 학대를 밧고 몹시도 버림을 밧던 이 無情한 世上을 하직하노라고 作別(작별)의 인사

를 하는 것가티 보엿다. 마는 또 한便(편)으로는 그러케도 괴로움을 밧고 그
러케도 버림을 바닷슬지라도 그래도 이 世上과는 무슨 인연이 잇는지 참으
로 써나기가 실혀서 그의 눈아페 와 섯는 死의 神(신)을 막노라고 내어젓는
것가티도 보엿다. 적어도 이것이 無精神(무정신) 狀態(상태)에 잇는 病人(병인)
은 이 두 가지 쯧을 다 兼(겸)하여 그의 손을 내어저엇슬 것이다.

그러나 그의 손은 넘우도 힘이 업섯다. 그는 다시 팔을 늘어털이고 가만
히 잇섯다.

한참 만에 病人의 最后의 힘을 모아 炳瑞를 쩌안앗다. 그리고 呻吟(신음)
의 소리를 連發(연발)하며 힘업는 눈으로 물그럼히 그를 드려다보앗다. 그
눈은 마치 炳瑞에게 이러케 말하는 것 가탓다.

"불상한 炳瑞야! 내가 죽으면 너는 어떠케 하겟니, 또 애기는! 아아! 너는
참으로 불상한 아이이다. 그러나 炳瑞야, 決(결)코 너이 아버지는 원망치 마
라. 그리고 또 이 치운 겨울에 너를 내어버리고 혼자 가는 이 어미를 야속되
게 생각치 마라. 죽음이라는 것은 到底(도저)히 自己 힘으로는 할 수가 업는
것이니라. 너는 只今(지금) 어렷스으니싼 잘 모르겟지만 너도 이제 크면 알
게 되리라⋯⋯ 참으로 이 世上이란 것은 괴로우니라. 참으로 나는 그새 눈
물도 만히 흘리고 氣맥히는 일도 만히 當(당)햇다. 너도 그 사이에 如干(여간)
當(당)하기는 햇지만⋯⋯ 아아! 炳瑞야, 이 치운 겨울에 너 혼자 어린 애기
를 다리고 어쩌케 지낼터이냐. 아아! 너이 아버지는 넘우도 無心하다. 그러
나⋯⋯ 그러나 決코 죽음도 원망치는 말아라⋯⋯. 아니 나는 죽지 안는다.
결단코 너를 두고 애기를 두고 어떠케 죽겟니⋯⋯."

炳瑞는 무슨 말로 어머니를 慰勞(위로)해주고 십헛다. 그리고 決코 죽지
아니리라구 믿고 십헛다. 그러나 그는 어쩌케 말을 쓰내야 될지를 몰라, 그
저 가만히 熱情 잇는 눈으로 드러다보고 잇섯다.

炳瑞는 저를 드러다보는 어머니의 눈이 次次(차차) 흐려지는 것을 보앗

다. 그리고 그를 안는 쇠약한 팔이 次次 强하여지는 것을 느꼇다. 마츰내 母親에 머리가 맥업시 늘어지엇다. 그리고 炳瑞를 안는 팔은 永遠(영원)히 炳瑞를 노치 안흐려는 듯이 꼭 쥐엿섯다.

그에 머리는 벼개 아래로 맥업시 느러지엇다. 거의 다 쌔진 검은 머리털이 그의 이마에 되는대로 허터지고 쌤 우를 지나 자리 우에 엉키어 잇섯다. 비웃는 듯한 微笑(미소)를 띠운 그의 입술은 다시 썰지 안핫다. 그리고 그의 고요하게 감은 작은 눈이 그의 슯음을 들어내는 듯하엿다. 그가 멋칠을 쓸어오던 그 괴로운 숨소리가 쓴어지고 말엇다. 그리고 그의 가슴을 짜내는 듯하던 슯흔 呻吟(신음)이 슬어지고 말엇다.

炳瑞는 무서움에 썰엇다. 그리고 '돌아가섯나!?' 하는 생각이 번개가티 그의 머리를 스첫다. 그리고 限업는 슯흠에 그의 가슴이 쪼개질 듯햇다. 그는 눈물 먹음고 썰리는 목소리로 어머니를 불럿다. 마는 어머니는 다시 對答(대답)이 업섯다.

그는 미친 듯이 어머니 얼굴에 數업시 입마추고 울며 쓸어졋다. 그의 얼굴은 푸르고 히엿고 그의 입술은 몹시도 떨엇다.

몹슨[7] 바람은 如前히 나는 모른다 하는 듯이 요란히 門窓(문창)을 울니우고 房 안으로 차고 흰 눈을 드려밀엇다. 가늘고 흐린 燈불이 吊喪(조상)[8]하는 듯이 바람에 펄덕어리고 잇섯다. 짤아서 모든 불 그림자들이 亦是(역시) 우줄우줄 슯음을 씨우고 吊喪을 하는 듯하엿다.

한참 만에 炳瑞는 얼굴을 들엇다. 찬바람이 그의 쌤을 시츨 째[9] 그는 어썬 銳敏(예민)한 感覺(감각)이 그를 썰게 함을 쌔달앗다.

그는 그의 어머니의 얼굴을 드려다보앗다. 아까 그의 最后(최후)의 一呼

吸을 쓸던 그 瞬間(순간)에 씌엇던 비웃는 듯한 微笑(미소)는 如前히 그의 입술에 써돌앗다. 그 꼭 담은 입술은 마치,

"나를 이 지경에 이르게 한 것은 그 누구인가." 하는 원망하는 듯한 표정이엇다.

"아아! 어머니!" 하고 그는 외첫다. "어머니를 이 지경에 이르게 한 것은…… 그것은…… 그것은…… 아아! 아버지…… 아니…… 아니." 하고 그는 마티 무슨 수수꺽기나 풀여는 듯한 表情(표정)을 지엇다. 그리고 그는 이 어머니의 찬 얼굴이 뭇고 잇는 그 무름에 對答(대답)을 求해내려고 무한히 애썻다. 어썬 생각이 猛烈(맹렬)히 그의 가슴을 衝動(충동)시켯다.

"아아! 어머니를 이 지경에 이르게 한 것은!" 하고 그는 외첫다. 그리고 그는 견디일 수 업는 마음과 憎惡(증오)의 念(염)을 感했다.

"아아! 그것이다. 그것이다!" 하고 마치 무슨 物件이 보이는 듯이 손을 내어저으며 외첫다. 그는 다시 업디엇다.

只今 그의 눈아페는 사흘 前 지낸 일이 쪽쪽히도 追想(추상)[10]이 되는 것이엇다. 그의 눈아페는 사흘 前 날 밤에 그의 아버지가 집으로 돌아오던 모양이 넘우도 分明히 나타낫다. 그쌔 그의 아버지는 얼굴과 衣服(의복)에 흙칠을 하엿섯다. 그리고 그의 거름은 完全한 사람의 거름이 아니엇다. 그에 몸에서는 퀴퀴한 내음새가 나고 그의 입에서는 쓸대업는 잔소리와 입에 담지 못할 더러운 소리가 새여나왓다. 그의 주머니에는 어머니에게 죽을 쑤어드려야 할 돈이 하나도 업섯다. 그러고두 一圓(일원) 돈이나 빗을 젓다고 자꾸 炳瑞에게 돈을 내어노흐라고 협박을 하엿다. 마츰내 그는 비틀비틀하는 거름으로 어머니의 病床(병상)으로 거러갓다. 그리고 그쌔 그 아버지는 어머니를, 病난 어머니를 쌔렷다……

---

10 추상(追想) : 지난 일을 돌이켜 생각함. 추억.

炳瑞는 더 생각할 수가 업섯다. 그는 벌쩍 일어섯다. 그리고 精神(정신)없이 외첫다. "아아 그것…… 그것…… 그것…… 그것이 우리 어머니를……."

그는 一種의 寒氣(한기)가 그의 몸에 핑 돌믈 깨달앗다. 그러구 그는 미친 듯이 밧그로 뛰어나왓다. 그는 精神업시 土房(토방)[11]에 세워두엇든 지게 버티개를 들고 눈 우으로 다름박질하여 갓다. 그의 몸은 확근확근 달고 그에 눈에는 불꼿이 날엿다.

그는 마츰내 어썬 집 아페 웃둑 섯다. 別로 조치도 못한 그 집 窓으로는 히미한 불빗이 흥분한 어린 炳瑞의 얼굴에 비추엇다.

그 집 周圍(주위)에는 견딜 수 업는 惡臭(악취)가 四方으로 허터젓다.

그는 全力을 다해 房門을 열엇다. 房문은 쉽게 열엿다. 확근확근 더운 김이 그의 언 코를 막히게 햇다. 그는 피빗이 된 눈으로 얼른 房 안을 한 번 둘러보앗다, 單 一秒 동안에.

房 안에는 불을 켜노흔 채 三四人이 되는대로 누워 잇섯다.

農夫(농부)들의 無曲調(무곡조)한, 집을 울리는 코 구는 소리와 알콜과 탄산까쓰가 合한 怪惡(괴악)한[12] 내음새가 그를 不快케만 할 샌 아니라, 精神을 아득하게 하엿다. 그의 이는 박박 갈리고 그의 몽동이를 든 손은 부르르 썰엿다. 그리고 소름이 오싹하며 온몸에서는 짬이 흘넛다. 그는 윈 웃간에 배를 내여노코 누어 잇는 그의 아버지를 보앗다. 그러고 一種 원망스럽고도 경멸스러운 眼光(안광)으로 그를 一秒間 쏘아보앗다. 그러고 그는 곧 살이 피둥피둥한 이 집 主人, 곳 술장수인 老人을 보앗다. 그리고 견댈 수 업는 憎惡(증오)의 念이 그의 마음을 괴롭게 햇다. 그는 다시 그에 父親(부친)을 보앗다. 아무 근심 걱정 없는 듯이 단쑴을 쑤고 잇는 그의 父親이 씁흐기도

---

11 토방 : 방에 들어가는 문 앞에 좀 높이 편평하게 다진 흙바닥. 여기에 쪽마루를 놓기도 한다.

12 괴악한 : 괴이하고 흉악한.

하고 원망스럽기도 했다. 그래서 콱 들어가서 쓸어안고 실컷 울고 쏘한 어머니의 臨終(임종)이 어쩌하였던 것을 ――(일일)이 말도 하고 십헛다. 만일 그가 그 일을 實行(실행)하기에는 그의 마음은 넘우 急急(급급)하엿다. 그는 쮜어들어가 집 主人 영감을 실컷 싸려주고 십헛다. 그러나 그가 그 房 알에 묵 머리마테 노힌 술단지를 볼 쌔 그의 全 視力(시력)과 全 精神, 全 能力은 다 그리로 모이고 말엇다. 쓰거운 피가 좍 머리로 모엿다. 그는 바쎄 쮜어 들어가,

"이 미운 놈아" 하고 몽동이를 들엇다. 一擊之下(일격지하)에 그 몽동이는 猛烈(맹렬)한 소리와 한끠 그 술단지를 쌔처버리고 말엇다.

그는 쏴르르 하는 술 흐르는 소리와 이 意外(이외)엣 音聲(음성)에 잠을 쌘 主人의 呻吟(신음) 소리를 들엇다. 그리고 그의 발이 液體(액체)에 젖은 것을 感햇다. 그러고는 제 衣服 바람에 겨오 팔락거리던 燈불이 죽어버린 것을 보앗다. 그리고 그는 쮜여나왓다.

그는 精神업시 아까 왓던 길을 돌오 쮜어갓다. 그의 마음은 얼마만침 報復(보복)을 行한 듯한 시언한 感이 잇섯다. 그러나 그가 다시 自己 집 房문을 열엇슬 쌔 그의 마음속에는 다시 怨恨(원한)과 슯흠으로 가득 찻다. 그는 좀 더 원수를 갑고 십헛다. 그리고 이 世上에 잇는 모든 술집들을 다 呪咀(저주)하고 십헛다. 그는 房문을 열어논 채 펄석 주저안저서 팔을 쏩내고 제 목소리를 다해서 고함첫다.

그는 견딜 수 업섯다. 그는 모든 술집들을 呪咀했다. 그리고 술을 마시는 사람들을, 곳 自己 아버지부터라도 不德(부덕)한 사람이라고 斷言(단언)햇다. 어쩐 偉大(위대)한 人物이 생겨서 이 天下의 모든 술집을 다 헐어버리고 오늘 제가 小部分으로 實行(실행)한 것가티 이 世上 모든 술독들을 모두 다 쌔려 부시어 업시 할 수가 잇게 되기만 爲하야 祈禱(기도)하엿다. 熱心으로 誠心(성심)으로 그것을 바랏다. 그리고 이제 이내 그런 人物이 날 것을 밋고

십헛고 坐 그르케 미덧다.

치운 바람에 鬼聲(귀성) 가튼 소리는 自己의 이 熱心(열심) 잇는 希望(희망)의 祈禱를 한울 우의 한우님 압까지 傳(전)해주는 使者(사자)의 소리가티 그의 귀에는 들리엇다. 그러고 自己가 願(원)하는 그 일의 實行(실행)이 目前에 臨迫(임박)한 것 가튼 快感(쾌감)을 깨달앗다. 그러고 소리 업시 내리는 흰 눈은 곳 所願을 일우어주리라는 한우님의 啓示(계시)가티 생각되엇다.

어머니의 "나를 이 지경에 이르게 한 것은 누구인가." 하는 무름을 包含(포함)한 듯한 얼굴의 表情(표정)이 그로 하여곰 더욱더욱 슯음을 感케햇다. 잠간 동안 가만히 안저 어머니의 얼굴을 드려다보던 그는 다시 새 슯흠에 새 눈물을 흘리며 제 힘껏 소리첫다.

"아아, 呪咀를 바들 너, 너는 萬世前[13]으로부터 幾萬(기만)의 生命을 殺害(살해)햇고, 現今(현금)[14]에도 坐한 數(수)업는 사람의 生命을 害(해)하는구나. 坐한 이 뒤로도 너는 너의 毒한 行實을 꺼림 업시 發揮(발휘)하겟구나. 呪咀를 바드라, 이 奸惡(간악)한 者여. 우리 人生에게 모든 不安과 恐怖(공포)와 不幸(불행)과 罪惡(죄악)과 害毒(해독)을 끼치는 너 惡毒한 者여, 永遠한 呪咀를 바드라." 하고 부르르 떨며 술을 呪咀했다. 그리고 술을 마시는 者를 가리처(勿論 自己 父親까지),

"불상한 者여!" 하엿다.

이 모든 소리에 困(곤)히 잠들엇던 애기가 깨엿다. 애기는 울 듯 울 듯하다가 炳瑞를 보고 방긋 웃엇다. 炳瑞는 말업시 쓴웃음을 웃으며 애기를 일으켜 안앗다. 그리고 어머니의 屍體(시체) 우에 쓸어젓다. 몸이 오싹오싹하고 甚(심)한 졸림이 오는 것을 깨달앗다.

그는 처음에 어머니의 死를 생각하고 슯히 울엇다. 이제 다시는 어머니

---

13 만세전(萬世前) : 아주 오래전에, 태고적에.
14 현금(現今) : 지금, 오늘날.

를 맛나볼 수가 업다 하는 생각이 그의 가슴을 몹시도 괴로웁게 하고 슬프
게 햇다. 애기도 꼼작도 아니하고 가만히 잇섯다. 새벽이 되어 오는지 空氣
가 次次 더욱 차저엇다.

끈힘업시 나리던 쌀아기눈도 어느 새 쑥 끈치고 살을 베히는 듯한 찬바
람이 如前히 눈을 휩쓸며 죽음이라도 구멍만 잇는 대면 한 군대도 아니 남
겨놀려는 듯이 쏴쏴 불엇다.

炳瑞는 다시 얼굴을 들지 안핫다. 그래서 그의 어머니의 "나를 이 지경에
이르게 한 것은 누구입니까." 하는 表情(표정)도 보지 안핫다. 한참 동안이나
술에 對한 憎惡의 念이 다시 그의 가슴에 끌엇다. 그러다가 그 怨恨의 念은
집에는 불 쌜 나무도 업고 밥 지을 쌀도 업시 저 혼자 나단이며 술을 마시는
그의 父親에게로 옴겻다. 그러다가는 쏘 그 怨恨(원한)은 술을 파는 李 서방
에게로 갓다가는 다시 쏘 술이라는 물건 自體(자체)로 갓다가는 쏘다시 自己
父親에게로 갓다. 해서 어느 것이 果然(과연) 낫븐 것인지를 알 수가 업섯다.
그래 그는 마츰내 이러케 생각햇다. "술을 먹는 사람이나 술을 파는 사람이
나 술 그 自體이나 다 한 가지로 낫븐 것이라고."

그러나 그가 이런 생각을 하는 것도 오래 동안은 아니엇다. 그는 그의
족으만 집에 집웅이 벗겨지고 한울 門이 크게 열린 것을 보앗다. 그러고
그리로부터 저의 어머니가 눈이 부시는 찬란한 옷을 입고 날아 나려오는
姿態(자태)를 보앗다. 그는 황홀히 "어머니!" 하고 외첫다. 어머니는 사랑스
럽게 웃으면서 그와 그의 애기를 兩手(양수)에 안고 여러 가지 재미잇는 말
로 慰勞(위로)해주엇다. 그는 이제는 칩지 안핫다. 슬프지도 안코 괴롭지도
안코 다만 싸스하고 즐거웟다. 그는 그의 즐거움을 마음껏 즐겨 할 수가
잇섯다.

이튿날 아츰 밝은 해는 다시 열어논 그의 窓門으로 들이비추엇다. 찬 世
上을 永遠히 쩌난 어머니의 表情은 亦是 "나를 이 지경에 이르게 한 것은

누구입니까." 하는 어제밤 表情 그것이엇다. 어머니 여페[15] 쓸어진 애기의 쌤에는 밤새도록 운 눈물이 얼음이 되어 잇섯다. 그는 쪽 어썬 재미잇는 쑴을 쑤는 얼굴 가탓다. 어머니의 가슴 우에 쪼굴이고 안저 永遠히 잠자는 그의 얼굴에는 '나는 幸福(행복)이외다.' 하는 表情이 쪽쪽히 나타낫다……. (1921)

---

15 여페 : 옆에.

죽엄

죽엄

無職者(무직자) 職業(직업)이 잇다 하면 法律(법률)이 許諾(허락)치 안는 不義
(불의)에 職. 一定한 住所가 업는 니르는 바[1] 가는 곳마다 제 집인 람루한 衣
服(의복)을 닙은 두 사람이 客主兼(객주겸) 술집인 집으로 쑥 드러갓다.

하나는 귀 크고 얼골이 所謂(소위) 잣나비샹[2]에 노란 수염이 두어 오락이
낫고 나흔 40 未滿(미만)에 A. 쏘 하나는 키가 A에 比해 씀찍이도 작고 얼골
이 막 망짝가치 얼근[3] 30 前后(전후)에 P. 두리서는 펄셕 주져안져 부글부글
쓸는 안쥬를 들여다보다가 갑작이 웨쳤다.

"아 오늘노 압재를 넘어야지— 자 술 얼는 주."

해는 거이 지려 힛다. 그들은 술을 마시며 발 느리운 새이[4]로 거리를 내다
보고 이섯다. 房 안에는 사람도 別로 없고 勞働者(노동자) 비슷한 사람 네 名
이 벌서 잔득들 취해서 무어시라고 짓거리고 이섯다. 房 안은 몹시도 더럽
고 담 썩은 내음새와 毒한 술내가 독하야 무어시라구 말할 수 업는 不快(불

---

1 니르는 바 : 이른바.
2 잣나비샹 : 원숭이 모양의 얼골.
3 망짝가치 얼근: 그물같이 얽은.
4 새이 : 사이.

쾌)한 내음새를 내엿다. A와 P도 半취는 되엿다.

그들의 밧겻흘 내다보는 情神 없는 듯한 어–ㄹ건 눈이 엇더케 엇든 物件(물건)에 멈으럿다. 그는 혹은 광이[5] 삽을 메이고 혹은 葬具(장구)[6]를 메이고 다 갓치 누–런 뵈[7] 衣服을 닙은 한 무리이엿다. A는 그 얼골에 맛지 안는 큰 소리로 웨첫다.

"야 녕감 져게 머야 져개."

술집 녕감은 놀난 드시 그러고도 공순히 對答(대답)했다.

"그건 葬事(장사)[8]하고 드러옵니다"

P가 그에 거쉰[9] 소리로 쏘 웨첫다. "흥 쟝사가 무어야 葬事(장사)가?"

녕감은 흥 취햇구나 하는 듯한 눈으로 조롱하는 드시 쌜니 말힛다. "葬事가 죽은 놈 파뭇는 거시지 무어야!"

두리서는 約束(약속)하엿든 드시 一時에 웨첫다. "죽은 놈! 죽엄!"

두리는 생각햇다. '죽엄! 죽엄이 어대 잇나 죽엄이 무어신가?

마츰내 P가 고함첫다. "아 죽엄이 어듸 잇나? 죽엄이 죽엄을 차즈러가 죽엄을!"

A도 니러섯다. "자 가자 죽엄! 죽엄!"

그들은 쮜여나갓다. 그리고 술집 녕감은 술갑슬 손바닥 위헤 놋코 들여다보여 "흥 취한 다음엔 그져 져 모양이로구나 독갑이국!" 하고 빙그레 우섯다.

두리서는 말업시 거럿다. 四方은 벌서 다 어두엇다. 그들은 말업시 죽엄을 생각햇다. 한참 만에 P가 무슨 니야기를 하려다가 그들이 벌서 고개 우

---

5 광이 : 괭이.
6 장구(葬具) : 장례에 쓰는 여러 가지 기구.
7 뵈 : 베(무명실 등으로 짠 옷감).
8 장사(葬事) : 죽음 사람을 땅에 묻거나 화장하는 일.
9 거쉰 : 목소리가 쉰 듯하고 굵직한.

깁흔 숩풀 속에 온 거슬 쌔다랏다. 그리고 져—편 압혜 무슨 희스무루한 무어시 움즈기는 거슬 보앗다. 그리고 말업시 얼는 A를 꾹 씨르고 압흘 가라쳣다. 말업시도 A와 P 兩人에 뜻슨 相通(상통)되엿다. 그들은 얼는 수풀 속에 업대엿다. 두리서는 숨소리를 죽이고, 나무 틈으로 엿보고 잇섯다.

발자구 소리는 졈졈 갓가히 왓다. 確實(확실)히 그는 매우 무섭고 황망한 모양이엿다. 그는 무엇 무거운 거슬 지고 가는 모양이엿다. 그는 무어시라 혼자 쭝얼거리며 다라나다십히 急히 거러갓다. A는 다시 P를 쑥 씰넛다. 그러고 一時에 품으로부터 싯퍼런 칼을 쌔엿다. 그리고 기다리고 잇섯다. 두 사람에 心장은 그대로 쒸엿다.

行人이 두 사람에 섯는 압흘 지날 째 두리서는 一時에 달녀들엇다. 그러고 번젹 칼을 行人에 압뒤에 대엿다.

行人은 놀나서 밋친드시 주져안지며 모기 소리만치 웨쳣다. 소리를 냇다가는 죽인다는 위협을 밧고 行人은 그저 엇절 줄을 모르고 벌벌 썰기만 하고 잇섯다.

그들은 行人을 얼는 결박을 지우고 몸둥이를 왼통 뒤저보앗다. 지고 가든 짐은 비단이엿다. 現金도 意外(의외)로 만헛다.

그들은 그에 잇는 거슬 말큼 다 쌔앗고 쌈내와 지린내 나는 수건으로 그에 입을 트러막고 그리고 나무에 잘 빗그러 매노핫다.

"來日 아츰까지 기다려—" 하고 두리서는 財物(재물)을 말큼 가지고 오든 길을 다시 나려왓다. 빗그러 매운 行人은 苦로운 드시 좀 요동을 하여보앗스나 無效(무효)이엿다. 아마 이제는 氣力이 쇠잔한 모양이엿다. 그리고 날이 져믄 후에 山을 넘든 제 일을 매우 後悔(후회)하는 氣色(기색)이 어두운 가운데 빗나는 그에 불꽃 갓흔 눈에 쏙쏙히 나타낫다.

두리서 왓든 길을 다시 나려가다가 A에게 엇더한 생각이 번개가치 그에 머리로 지나갓다. 그래 그는 P를 쓸고 엇던 나무 아래로 가 안젓다. 그러고 말힛다.

"이 財物은 못 되두 오백 圓은 될 터이야. 一生에 盜賊(도적)질을 數百番은 힛서두 이런 일은 처음이야. 자 내 돈 줄 게니 어서 나려가서 술이나 한 병 사오게. 祝賀잔을 들세. 자 아직 열 시도 못 되얏슬 터이니깐 자 어서 나는 쏘 여기서 그놈에 파수도 보구."

P도 快諾(쾌락)힛다.[10] 그리고 얼는 나려갓다.

그가 술을 한 병 사 가지고 도로 올나올 쌔 그는 생각힛다.

'적어두 五百 圓! 두리서 노느면 이백오십 圓밧기 못 된다. 아 혼자 다 가젓스면!' 엇던 생각이 휙 그에 머리를 지나갓다. 그리고 그는 微笑(미소)힛다. '올타. 혼자 가지자 혼이 가칠 수가 잇다.' 하고 생각힛다. 그리고 그는 얼는 늘 주머니에 넛코 다니든 毒藥(독약)을 술 속에 탓다. '이리고 나는 아니 마시고 응…… 그부터…… 하면…… 되엿다……' 힛다. 그래 그는 急히 A 잇는 곳으로 올나갓다.

그러나 그가 A 있는 곳에 다 니르기가 무섭게 그에 가슴으로는 엇던 선쑷한 거시 드러왓다. 그리고 그는 원망하는 듯한 눈으로 A를 보며 술병을 나리트리고 悲聲(비성)을 發햇다.

다시 한번 다시 한번 니여 겁퍼서[11] 數업는 負傷(부상)을 닙엇다. 그리고 피가 왼몸을 적시엿다. 그는 쌍 우에 쓰러져서 슬픈 드시 最后(최후)에 苦悶聲(고민성)을 發하고 그만 저世上 사람이 되고 마럿다.

눈에 피氣가 잇고 얼골에 殺氣(살기)가 등등한 A는 피 무든 칼을 P에 웃자락으로 씨쳐 품에 넛코 크게 우섯다.

우수수 하는 소리가 들넛다. A는 소름이 쏙 끼쳣다. 그리고 그만 쌍 우헤

---

10 쾌락(快諾)힛다 : 흔쾌히 승낙했다.
11 니여 겁퍼서 : 이어서 잇따라 거듭.

업드럿다. 心장(심장)이 無限(무한)히 자조 쮜놀앗다. 그는 苦로운 드시 씩〃[12]거리며 귀를 기우럿다. 아무 소리두 업섯다. 다만 바람 소리쑌이엿다. 한참 만에 그는 벌덕 니러섯다. 그에 얼골은 蒼白(창백)하엿다. 그는 四圍(사위)를 한 번 둘너보고 安心한 드시 微笑힛다. 그러고 업흐려져 죽은 P에 尸体(시체)를 보앗다. 그러고 속으로 고함쳤다. "죽엄이라는 게 그거다!" 하고.

그는 다시 녑헤 노힌 財物(재물)을 보앗다. 그러고 勝利(승리)에 우슴이 그에 입술에 쩌돌앗다. "이제는 이거시 내 해[13]다." 하는 생각에.

그는 곳 財物(재물)을 등에 지고 니러섯다. 그러나 그에 머리속으로 엇던 생각이 다시 번개갓치 지나갓다.

"그러타가 P가 아마 술을 사 왓겟지!" 하고 눈을 크게 쓰고 업대여서 잘 살펴보앗다. P에 尸体[14]에서 두어 자쯤 쩌나 술병이 너머져 이섯다.

그는 얼는 집어 마개를 쌔엿다. 그러고 "勝利(승리)에 祝盃(축배)!" 하고 혼자 우섯다.

그는 한 목음에 죽— 병나발을 부럿다. 그러고 술병을 깃븐드시며 다시 쏘 勝利에 우슴을 우섯다. 그러고 뒤 잔등에 진 財物(재물)을 만져보고 그러고 한 발자귀 내여 집헛다만은 그는 苦痛(고통)에 부르지즘과 共히 財物(재물)을 진 채 그 자리에 쏙구라젓다.

그도 쏘한 죽엄에 업[15] 길을 피치 못하엿다.

이갓치 하야 그들은 마츰내 實地(실지)로 그 죽엄을 맛보앗다.[16] (1921)

---

12 〃 : 같은 글자가 반복될 때 사용되었던 반복부호.
13 내 해 : 내 것(내 소유).
14 시체(尸体) : 시체(屍體)의 약자.
15 업(業) : 악행으로 받는 벌.
16 주요섭이 이 소설의 끝에 "이것은 조선 전래의 이야기"라고 적은 것으로 보아 전래민담을 단편소설로 각색한 것으로 보인다.

인력거꾼

인력거꾼

밤 새로 두 시에야 자리에 누엇든 아쎙이 아직 날이 채 밝기도 전에 조름 오는 눈을 부비면서 닐어낫다. 자리라는 것이 곳 되는대로 얼거리[1] 해노흔 막사리[2] 속에 누덕이와 집을 석거서 쌀아노흔 도야지 우리가튼 자리이엿다. 그 속에서는 아직도 도야지가티 쑹쑹한 동거자(同居者)가 흥흥거리며 자고 잇는 것을 쎄여 니리켜 가지고 아쎙이는 코를 흥 하고 풀어 문턱에 쌔려 뉘이면서 찌그러진 문을 열고 밧그로 나왓다.

잠자든 거리가 쎄기 시작하는 쌔이엿다. 상 해시가의 이백만 백성이 하루밤 동안 싸노흔 배설물을 실어 내가는 대변 구루마[3]들이 요란한 소리를 내이며 잔돌 쌀아 우두럭 투두럭한 길 우흐로 이리 달니고 저리 달니고 하는 것이 아쎙의 눈압헤 나타낫다. 동편으로 해가 써오르려 하는 쌔이다. 일즉 니러난 동네 집 부인님네들이 벌서 일본 사람의 밥통 비슷하게 생긴 쏭통들을 부시느라구 길가에 죽- 나서서 어성버성한[4] 참대 쑤시개로 일명한

---

1 얼거리 : 골자로만 된 엉성한 구조물.
2 막사리 : 막살이. '오막살이'의 방언.
3 구루마 : 수레.
4 어성버성한 : 대강 얽어 매어 엉성한.

리듬을 가진 소리를 내이면서 분주스럽게 수선거리엿다. 아찡이와 뚱뚱바위는 약조햇든 드시 한꺼번에 하품과 기지게를 길게 하고 바로 마즌편 썩집으로 갓다. 거리로 향한 왼편 구석에 널판지 얼거리가 잇고 그 얼거리 우에 원시덕 기분이 롱후한 검언 질그릇 속에 쎄죽쎄죽하게 콩기름에 지저낸 유재쎄(조반죽 반찬하는 썩)가 담쑥 솟처 잇고, 그 엽헤는 방금 지저노흔 먹음직한 쏘쎙(썩)[5]들이 불규측하게 담겨 잇는 우흐로는 벌서 잠코 밝은 파리 친구들이 몃 마리 달녀와서 윙— 하면서 이 썩 저 썩으로 도라다니며 먹고 십흔대로 실컷 그 고수하고 짭잘한 맛을 쌜아들이고 잇섯다. 이 선반 바로 뒤에는 사람의 중키만이나 하게 놉히 싸흔 우리나라 물독 비슷하게 생긴 가마가 노혓고 그 가마 밋 네모난 구멍에 지금 떡 굽는 사람이 풀무를 갓다대고 풀덕풀덕하며 가마 안엣 불을 활활 피우고 잇고 가마 우 나무 쑥쩡 아레에서는 길죽길죽하게 빗고 한편에 깨 몃 알 색린 쏘쎙들이 우구구 하면서 쓰거운 진흙가에 모래찜을 하고 잇섯다. 그것들이 모래찜을 실컷 하야 엉댕이가 감아특특하게 되면, 그 손톱이 세 치식이나 자란 썩 굽는 이의 손이 들어와서 하나식 하나식 잡아내다가 압헤 노힌 선반 파리 무리 잔채터에 던저주는 것이엿다. 바로 이 썩가마 왼편에는 기—다란 붓두막을 가진 가마가 걸녓고 그 우에서 지금 유자쐐들이 오그그그그 하면서 콩기름 속에서 부어오르고 잇섯다. 그러고 역시 행길 짝으로 향한 이편 한 모통이에는 네모 방정한 붓두막 우헤 보름달만츰이나 크게 둥글둥글한 서양털 쑥겅[6]을 덥흔 깁다란 가마들이 너다섯 개 쎙 둘너 걸녓고 붓두막 바로 중앙에는 직경이 두 치밧게 아니 될 쇠통이 쑬녀 잇서서 이 가마직이가 잇짜금 잇짜금 그 조그마코 쏭그런 쑥쩡을 열고는 바로 그 붓두막 안측에 싸하둔 물에 저즌 석탄 가루를 한 부삽씩 쏘르르 쏫는 것이엿다. 그러면 그 구멍 속으로부터는 쌈안내와

5 쏘쎙 : 소병(燒餠), 불에 구운 떡.
6 서양털 쑥겅 : 양철, 앞뒤를 주석으로 입힌 얇은 철판 뚜껑.

쌜간 불길이 홀깃홀깃하고 밧그로 치내미는 것을 서양텰 쑥경으로 덥허 막아버리고는 놋으로 만든 물푸개를 바른손에 들고 왼손으로 이편 가마 쑥경을 처들고는 부글부글 싫는 맥물을 퍼서 저편 가마 속에 쑤루루 쏫고는 또 다시 왼편 가마 속 물을 퍼다가 바른편 가마에 넛코 이러케 쑤룩쑤룩 소리를 내이면서 분주스리 퍼 옴기고 쏘다 옴기고 하다가는 엽전 두 닙, 나무 조각 서너 개식을 가지고 와서 쎙 둘너 섯는 아가씨들과 한머니[7]들의 서양텰 물통(오리주둥이 가튼 것이 달닌 짓) 세수대야 쇠주전자 사긔주전자 등에 엽전 두 푼에 한 물푸개식 주루룩 그 절절 끌는 물을 담아주는 곳이다.

아씽과 쑬루(도야지)라는 별명을 가진 동거자는 어둑컴컴한 부억 속으로 들어가서 둥그런 탁자를 가운데 놋코 뒤바치 업는 교의[8]에 쎙 둘너안즌 째무든 옷 닙은 친구들 틈에 끼여 안저서 쩍 두 개식과 써륵한[9] 묵물을 한 사발식 마시고 쩔렁쩔렁하는 전대 속에서 동전을 여섯 닙 끄내서 탁자 우에 메치고 코를 싱싱 방바닥에 풀어 붓치면서 걸어 나아왓다.

둘이서는 잠잠히 걸엇다. 조약돌을 쌀아 울투룩 불투락한 좁은 골목을 쒜여 나와 면차길을 끼고 한참을 나가다가 다시 족오만[10] 골목으로 족음 들어가서 人力車(인력거) 세방 압헤 다다랏다. 벌서 숫한 人力車(인력거)군들이 와서 널직한 창고 속에 줄줄히 가득 차게 세워둔 人力車를 한 채식 끌고 뒷문으로 나아갓다. 아씽도 연극장 입장권 파는 구멍 가튼 구멍으로 가서 거의 해여저 써러저가는 조희에 돌돌 싸둔 大洋[11]八拾錢(대양팔십전)을 人力車 하로 세 선금으로 支拂(지불)하고 票(표) 한 장을 엇더 들고 어둑한 창고로 들어가 제 차례에 오는 人力車를 한 채 들들 끌고 거리로 나아왓다. 그는 잠깐

7　한머니 : 할머니.
8　교의 : 의자.
9　써륵한 : 걸쭉한.
10　족오만 : 조그만.
11　대양(大洋) : 서양의 은화를 본떠 만든 1원짜리 은화.

우두머니 서서 분주스럽게도 왔다 갓다 하는 群衆(군중)을 바라다보다가 人力車 뒤채를 부득부득 밀면서 나아 오는 쑹쑹이에게 이러케 말햇다.

"오늘 엇재 신수가 궁한 것 갓해! 어제밤 꿈이 수상하더라니!"

쑹쑹이는 이 말을 대답할 새도 업시 벌서 저편 마즌 거리에서 오라구 손질하는 西洋 女子를 보고 설마 남에게 쌔앗길 사라 줄다름질을 처 가서 人力車 압채를 척 내려놋코 그 女子를 태왓다.

아씽은 절반이나 니저버려서 무엇인지 잘 생각도 아니나는 꿈을 되푸리해보려고 애를 쓰면서 停車場(정거장) 쪽으로 向해 갓다.

맛침 南京서 오는 막차가 새벽에 停車場에 다핫다. 齊燮元(제섭원)이가 盧永祥(노영상)[12]이를 드리친다구 風說(풍설)이 한참을 낫슬 쌔에 이번 車가 아마 마즈막 車일는지도 모른다구 소주서 곤산서 쓸어오는 避亂民(피난민)이 넓은 停車場이 찌여져라 하고 밀려 나아왓다. 停車場 正門은 벌서 그동안 各處(각처)에서 몰녀든 避亂民들의 일허버린 짐짝으로 가득 채와 交通(교통) 단절이 되고 左右間(좌우문)으로 쏠녀 나오는 群衆(군중)들이 문간에 守直(수직)하고 잇는 軍人들의 몸수색을 當하면서 이리 밀치우고 저리 밀치우고 흐늑흐늑하고 잇섯다.

아씽은 이 기회를 아니 노치리라구 이리 기웃 저리 기웃하며 기회만 엿보고 서 잇섯다. 저편 한구석으로 아니 가라나 늙은 한머니 한 분, 젊은 새악시 한 분, 쏘 돈푼이나 잇서 보히는 젊은 사내 하나이 고리싹, 참대 궤싹, 보구니 등 수십 개의 짐싹을 겨오 수색을 맛추고 세멘트 길바닥에 싸하놋코 쌈들을 씻고 잇섯다. 아씽은 곳 그리로 쒸여가려고 하다가 "이놈아!" 하고 웨치는 驛前巡査(역전순사) 고함 소리 밋헤 쥐 죽은 드시 한편으로 물너서면서 앗가운 드시 그쪽만을 바라보앗다. 짐은 산덤이처럼 싸하놋코 촌닭이 관

---

12 제섭원(齊燮元), 노영상(盧永祥) : 청나라말에 난립하던 군벌(軍閥)들.

청으로 온 모양[13]에 두리번두리번하든 젊은 사내가 마츰내 짐짝을 녀인들에게 잘 보라구 부탁하고 인력거를 부르려 뎡거장 구외로 나아왔다. 아씽은 人力車를 한 모퉁이에 집어던지고 번개처럼 달녀들엇다. 벌서 네다섯 다른 人力車군들도 달녀와서 이 젊은이를 에워쌋다.

"어데 가시려오? 어데요? 려관에 갈녀오?"

젊은이는 엇지해야 조흘넌지 몰으겟다는 모양으로 한참이나 어릿어릿하다가 겨오 상해말은 아닌 엇던 사투리로 려관까지 얼마에 가겟느냐고 물엇다.

"四馬路(사천로)까지 六拾錢(육십전)이오." 하고 한 人力車군이 즐거운 드시 우스면서 말햇다.

젊은이는 다시 우물우물하다가

"二十錢에 가면 가고 그러치 안으면 고만두어!" 하고 모기 소리만치 중얼거렷다. 人力車군 한 서넛이 펄적 쒸면서 한쩌번에 웨첫다.

"어듸를 우리 그러케 에누리 아니 한답니다."

"그자 村(촌)놈일다. 상해 말도 할 줄 몰은다." 하고 人力車군 하나이 고함을 첫다. 그들은 이 시골쯕이를 잠쏙 골려먹으려고 그냥 六十錢을 내라구 써들엇다. 얼마 동안에 오고가는 말이 계속되다가 갑은 마츰내 每人力車(매인력거)에 四十 젼式(보통 定價(정가)의 4倍)에 작정이 되엿다. 아씽이도 식전 새벽에 이게 웬 쩍이냐 하고 새벽 好運(호운)[14]을 웃고 써들어서 祝賀(축하)하는 동무 人力車군들과 석겨서 停車場 구내로 들어가서 고리짝을 한 개 들어내왔다. 아씽은 큰 고리짝 한 개와, 어더먹다 남앗는지 반찬대가리 싼 족으만 보쑤레미 한 개를 올녀놋코 압쌍을 서서 줄곳 다름질해 나아갓다.

---

13 촌닭 관청에 간 것 같다 : 번화한 곳에 가거나 경험하지 못한 일을 당하여 당황하고 어리둥절해서 어찌할 바를 모르는 경우를 비유적으로 이르는 말.
14 호운(好運) : 좋은 운수.

四馬路에 려관은 려관마다 避亂民으로 가득 찻다. 그래 그들은 짐들을 실고 이 려관 저 려관으로 한참이나 왓다 갓다 하다가 마츰내 엇썬 더럽고 족으마한 려관에 가서 남은 房은 업스나 응접실에서 자기로 하고 하로에 방세 二圓식 주기로 하야 마츰내 자리를 잡앗다. 人力車군들은 그동안 여긔저긔 끌녀단녓다는 것을 핑게로 해가지고 한참이나 요란스럽게 써들어서 마츰내 每人 大洋 一圓식을 쎄여 내엿다. 아쎙도 그에 왼손바닥에 노힌 번들번들하는 은전 大洋一圓을 눈이 부신 드시 바라다보면서 저구리 압짜락으로 흘너내리는 쌈을 씻고 서 잇엇다.

그가 人力車 채를 되는대로 질질 쓸면서 다시 큰 거리로 나아올 째 그는 혼자서

"이게 웬 쩍이냐! 꿈에 신수가 궁하면 정말은 신수가 조흔 법이야." 하면서 속으로는 좀 잇다가 방장에 선술집에 가서 한 잔 할 깃븜을 예상하면서 그 번들번들하는 큰 돈을 허리춤 전대에 잘 간수햇다.

정말로 그날은 特히 運이 조핫든지 큰거리에 척 나서자 가랭이 넓분 바지를 닙고 팽갱이[15] 가튼 모자를 쓴 美國海軍(미국해군) 하나를 태우고 팔레이쓰 호텔까지 갓다주고 海軍들이 보통 하는 버릇으로 그냥 막 집어주는 돈은 밧아 헤여보니 二十錢이 한 닙 동전이 열두 닙이엿다.

그는 넘우나 조화서 빙글빙글 우스면서 電車 궤도를 건너 人力車停留所(정류소)로 들어가 車를 내려놋코 그 손살대 우헤 편안히 거러안저서 行商(행상)하는 어린애를 불너다가 동전 두 푼을 주고 쏘빙(쩍)을 두 개를 더 사서 차 물로 목을 축여가며 맛이 잇게 먹엇다.

해는 벌서 거의 午正(오정)이 되엿스리라구 그가 생각 한 째 제 차례가 와 다앗다. 方今(방금) 팔레이쓰 호텔 문직이 印度人(인도인)이 망치를 휘둘으면

---

15 팽갱이 : 패랭이. 하층민들이 쓰던 갓.

서 "人力車슌" 하고 부르는 소리를 듯고 달녀가려고 펄석 니러서다가 아씽은 그만 벌썩 나가 잡바젓다.

아씽 뒤에서 참새눈깔 가튼 눈을 도록도록하고 잇든 샢족이가 번개가티 아씽 엽흐로 쮜여나가 손님을 태이려 달녀갓다.

아씽이는 다시 니러나면서 저도 몰으게 "에코" 하고 신음을 햇다. 한 停車場 안에서 雜談(잡담)들을 하구 잇든 동료들이 열아문이나 죽 둘너서서 웬일인가 물어보앗다. 아씽은 겨오 몸을 니르켜 人力車 우해 걸터 안즈면서 "오륵" 하고 바로 그 압헤다가 방금 먹은 것을 고채로 게워노핫다. 동료들은 한편으로는 놀나면서도 한편으로는 우수워서 하하 우스면서 그를 나려다보고 잇섯다. 그는 머리가 휭하고 왼몸이 노군한 것을 깨달앗다. 五分, 十分, 十五分, 그는 다시 제 기운을 채리려고 努力(노력)햇스나 無效(무효)이엿다.

동료 중에 그중 나이 좀 먹은 곰보 녕감이 마츰내 동정하는 드시 갓가히 와서 아씽이의 싸늘하게 식은 손을 주물느면서 이러케 말햇다.

"여보게. 요 골목 도라서 四川路(사천로) 靑年會(청년회)에 가면 돈 안 밧고 病 보아주는 醫士(의사) 어른 게시디. 그리 가보게. 그적게 우리 장손이가 갑작이 압해서 거긔 가서 약 두 봉지 타다 먹구 나핫다네. 어서 가보게."

아씽이는 無意識(무의식)하게 고개를 쯔득이엿다. 아마 곰보 녕감 말을 들어야 할가 보다 하고 흐릿하게 그는 생각햇다. 그러나! '어제밤 쑴이 不吉(불길)하더라니!' 엇던 무서운 생각이 번개가티 지나갓다. 그러면서 이 반작하는 뎐기가 그를 쮜여오르게 햇다. 그는 人力車도 아모것도 니저버리고 홋몸으로 쮜처나와 다름질처서 南京路(남경로)로 들어섯다.

그는 그가 엇던 모양으로 여긔까지 왓는지를 긔억할 수가 업섯다. 하여간 이 사람 저 사람에게 물어 핀잔을 먹어가면서 여긔까지 차자는 왓다. 房 안에는 저 外에 서너 勞動者(노동자)들이 몬저 와 안저서 아모 말도 업시 서로 번번히 처다보고들 안저 잇섯다. 한 사람은 어데서 구루마에 치엿는지 그냥 피가 쭉쭉 흐로는 팔을 추켜들고 "흐흐" 하면서 부들부들 떨고 잇섯다. 아찡은 한참이나 벽을 지대고 반쯤 누어 잇다가, 차차 정신이 드는 것을 깨달앗다. 이제는 정신은 쪽쪽한데 몸이 그저 사시나무 떨리듯 우들우들 떨니고 멋지를 안엇다.

의사님은 어데 갓는가?

下人 가튼 사람 하나히 비를 들고 들어왓다. 아찡은 거의 本能的(본능적)으로

"의사님 어데 가섯소?" 하고 물엇다. 下人은 대답 업시 비로 방 안을 두어번 슬적거리고 나서는 기지개를 하면서

"規則(규칙)이 의사님이 새루 두 시에야. 어데든지 갓다가 두 시에 오라우! 두 시 전에는 의사님이 아니 오는 規則이야." 하고 다시 방을 쓸기 시작햇다. 아찡은 풀석풀석 비 가는 대로 닐어나는 몬지를 흠썩 바드면서 니몸이 썩썩 마조부터서 떨니는 소리로 다시 말햇다.

"지금 멧 시쯤 됏소?"

"열한 시." 하고 下人은 時間(시간)을 짜로 외고 다니는 드시 쌜니 말햇다.

세 시간이 잇다. 그러나 여긔서 기다릴 밧게 업다. 이 모양으로는 아모 데도 갈 수가 업다. 웨 이러케 몸이 작고 떨닐가?

아찡이 한참이나 정신이 업시 잇다가 다시 정신을 채린 째에는 떨니는 증세는 모다 업서지고 그저 머리를 무슨 몽동이로 어더마진 드시 뭉덩할 쑨이엿다. 팔 부러진 사람은 아직도 그냥 "흐흐" 하고 안젓고 다른 사람들은 일절 나는 샹관업다 하는 드시 텬정들만 처다보고 잇섯다. 두려운 암시를 주기 알마즌 침묵이엿다. 흐리멍텅한 아찡의 귀에는 밧그로 쌩쌩 쓰르르 하고 오고가는 자동차 소리들이 어데 머ㅡㄹ리서 들녀오는 소리가티 들녓다.

그는 침묵이 실혓다.[16] 그래 그는 이 두려운 침묵을 쌔뜨리는 것이 그의 責任(책임)이라는 드시 "지금 몃 시나 뢧슬가요?" 하고 공중을 향해 물엇다. 텬정만 치여다보든 사람들이 잠간 얼골을 돌녀 表情(표정) 업는 흐리멍덩한 눈동자로 바라다볼 쑨이오. 아모도 대답하는 이가 업섯다. 아씽은 다시 엇던 무서운 생각이 나서 몸을 부르르 썰엇다.

"글세 어제밤 쑴이 흉하다니까!"

문이 열니면서 쌔긋한 洋服(양복)을 닙고 金테 안경을 쓴 쑹쑹한 신사가 한 분 들어왓다. 아씽은 直覺(직각)으로 이이가 의사 어른이어니 하고 벌썩 니러나면서

"의사 나리님 제가 오늘 갑작이……"

"아니요 아니요! 의사는 아즉도 두 시나 더 잇다가야 와요. 좀 더 기다리시요!" 하고 젊은 신사는 급급히 대답하면서 뒷문을 열고 안방으로 들어갓다. 족음 잇다가 그 젊은 신사가 다시 나아왓다. 압흔 몸과 가슴을 가진 그들의 눈들이 그의 一動一靜(일동일정)을 머ー르거니 바라다보고 잇섯다.

이 젊은 신사는 좀 쑹쑹한 짠에 쾌활스런 성격이엿다. 그는 조그마한 세 다리 교의에 펄석 주저안즈면서 구두발로 마루바닥을 한번 쿵쿵 굴느고 나서

"당신들, 의사 보러 왓소? 좀 더 기다리시요? 아 당신은 엇덕하다가 팔을 다첫소? 무슨 일 하오! 小車(소차) 쯔오? 人力車 쯔오?" 하고 이 사람 저 사람들을 번가라 보면서 대답은 쓸 데가 업다는 드시 주절주절 짓거리고 잇섯다.

한참 다시 침묵이 계속되엇다. 그래 이 表情(표정) 업슨 여러 눈들이 신사의 몸을 쩌나 다시 텬장으로 向하려 하는 쌔에 신사가 다시 버룩버룩 하면서 말을 쯔냇다.

---

16 실혓다 : 싫었다.

"세상은 괴롭지오?. 죄 째문이왼다! 아담 이와가 한번 죄를 진 후로 그 죄가 세상에 관영해서 세상이 이러케 괴롭게 되엿습니다." 하고는 가장 동정이나 구하는 드시 군중을 한 번 죽 둘너보앗다. 군중의 얼골들에는 일종 "무슨 소린지는 잘 모르겟다" 하는 그러면서도 약간에 호기심에 쓸닌 표정이 녁녁히 들어낫다. 아씽이도 무시무시한 호기심에 쓸니여 귀를 기우럿다. 잠간 동안 압흔 것을 니저버럿다.

"당신들은 기도해본 적이 잇소?" 하고 신사는 일동에게 물엇다.

아모도 대답하는 이는 업섯다. 모다 신사의 얼골만 렬심으로 바라다보앗다. 신사는 잠간 말을 멈추엇다가 "대답은 쓸데업소이다" 하는 드시

"기도함으로써 죄 사함을 엇습니다. 요한복음 삼 장 십륙 절에 말하기를 '한우님[17]이 세상을 이처럼 사랑하사 독생자를 주섯스니 누구든지 그를 밋으면 멸망하지 안코 영생을 엇으리라' 햇습니다. 한우님의 독생자 예수 그리스도가 우리 죄씸을 지시고 골고다 십자가에 못박혀 죽으서서 그 피로 우리 죄를 속햇습니다.[18] 그래서 누구든지 예수를 밋드면 세상에서는 이러케 괴로워도 죽어서 텬당에 가서 금거문고를 쓷고 텬군 텬사와 한우님을 노래하면서 생명수 가에 생명과를 먹으며 살아간담니다" 하고 절반이나 연설체로 흥분해서 한참 내려 엮고서는 다시 한번 일동을 둘너보고는 벌떡 니러서면 맛치 기도하는 태도로 눈을 한울을 향해 올려 쓰고

"오! 사랑하시는 한우님이여, 이 불상한 백성들을 굽어 살피사 당신의 거룩한 성신의 불로 그들의 죄를 태와버리고 그들의 마음을 감동식히사 한우님을 밋게 하시오며 풍성하신 은혜를 베푸소서" 하고는 다시 눈을 내려쓰면서 "여러분 오늘부터 예수 품 안에 들어오시오. 예수 말슴하시기를 '내 멍에는 가뷔엽고 쉬우니라' 하섯습니다. 이 세상 괴로움을 모다 닛고 예수만

---

17 한우님 : 하느님.
18 속햇습니다 : 구속(救贖)했습니다. (죄를) 씻어주었습니다.

진실히 밋엇다가 이 다음 죽은 후에 텬당에 가서 무궁한 복락을 가티 누립시다" 하고 기-ㄴ 설교를 ᄂᆞᆫ낸 후 일동을 다시 한번 죽 둘너보고 천천히 문밧그로 나가버렷다.

소눈깔가티 우둔한 눈으로 흥분한 신사의 머리짓 손짓을 열심으로 바라다 보든 눈들은 다시 일제히 어덴가 보히지 안는 곳을 물스럼히 바라다보면서 각기 입으로부터는 약속햇든 드시 한숨을 내쉬엿다.

아씽이는 열심으로 그 신사의 말을 들엇다. 그러나 그는 그것이 모다 무슨 말인지 알아들을 수가 업섯다. 무슨 "죽은 후에 금거문고를 타고 잘 산다"는 말을 알아듯고 '그러케 되엿스면 오작이나 조흐랴' 하고 속으로 부러워도 햇다. 그러나 지금 세상이 무슨 아담 이와 죄 째문에 괴롭게 되엿다는 소리는 무슨 소린지 몰을 소리라 햇다. 그럼 人力車군은 모다 아담 이와 죄의 형벌을 밧거니와 자동차 탄 양고자[19]나 잇싸금 제가 태와다주는 비단옷 닙은 새악시들은 엇재 아담 이와 죄 형벌을 안이 밧을가 하고 그는 생각햇다. 우리가튼 人力車軍은 이러케 늘 괴로워도 그 비단옷 닙고 금반지 ᄭᅵᆨ고 人力車나 馬車(마차)나 自動車(자동차)만 타고 다니는 그 사람들은 세상에 족음도 고생이라는 것이 업것 가티 보히엿다. 그리고 그 신사가

"한우님의 성신의 불로 그들의 죄를 태와버리고……" 운운할 적에는 그는 속으로

"한우님이 잇거든 한 ᄭᅵ 먹을 밥 한 그릇 듬쑥이 주고 이 몸 압흔 것이나 낫게 해주소" 하고 원햇다.

신사가 나아간 후에도 아씽이는 한참이나 그 신사가 한 말을 알아들은 대로는 되푸리해보앗다. "세상에서는 괴롭게 지내다가 일후 죽은 후에 텬당에 가서 금거문고를 타고……" 죽은 후에 금거문고를 타려면 웨 살아서

---

19 양고자 : 중국인들이 서양인을 낮춰서 부르는 말.

는 고생을 해야 되는가? 죽어서 텬군 텬사와 노래하려면 왜 살아서는 맛날 쑹쑹한 사람을 태우고 쌈을 흘녀야 하며 발길에 채와야 하고 순사 몽둥이로 어더마자야만 하는가? 죽은 다음에 생명수가 잇는 생명과를 배부르게 먹으려면 왜 살앗슬 적에는 남 다 먹는 아츰 죽 한 그릇도 못 어더먹고 쏘셍으로 요기하여야 하는가? 그것을 아씽이는 쌔달을 수가 업는 것이엿다. 그 신사가 말한 바 소위 그 텬당이라는 데는 그러면 우리 가튼 人力車쑨이나 몰려 가는 데인가? 그러면 양고자들과 양복 닙은 젊은 사람들과 순사들은 죽은 후에 엇던 곳으로 가는가? 그들도 그 텬당으로 가는가? 만일 그들도 텬당에를 가면 그들은 이 세상에서 고생도 안이햇스니 불공평 하지 안은가? 올타 만일 텬당이라는 데가 잇다면 거긔서는 필시 우리 이 세상 人力車군들은 앗가 그 사람이 말한 모양으로 금거문고 타고 생명과 배불리 먹고 놀고 이 세상에서 人力車 타든 사람들은 모다 人力車쑨이 되여서 누덕이를 닙고 주리고 썰면서 人力車를 끌고 와서 우리를 태와주게 되나 부다! 그러나 그러면 나도 한 번 그들을 "에잇씨놈" 하면서 발길로 차고 동전 세 닙 던저주고 예수 맛나보러 대문으로 들어가게 될 것일다. 정말 그런가 하고 그는 혼자 흥분하여젓다. 그래 그 신사가 아직 잇스면 텬당에도 人力車쑨이 있느냐고 물어보고 십헛다. 만일 그럿타구 하면 그는 이제라도 어서 죽을 것이엿다. 그래 그 조흔 텬당으로 한시 밧비 갓슬 것이다. 그는 호기심에 끌니서 미다지 간 막은 안방에서 무슨 책인지 웅얼웅얼하면서 닑고 잇는 방직이에게 말을 건넷다.

"여보 녕감 녕감두 예숙 밋소?" 웅얼하는 소리가 쑥 끈치고 한참이나 가만히 잇더니

"네 웨 그리우?" 하는 대답이 나왓다.

"텬당에두 人力車쑨이 잇다구 그럽데가?"

"人力車쑨. 천당에 人力車쑨 잇스면 텬당이랄 게 무어요. 업서요."

눈만 멀쑹멀쑹하고 잇든 다른 사람들도 빙그래 우섯다. 피가 쭉쭉 듯는 부러진 팔을 들고 안젓는 녕감만이 아모것도 귀찬타는 드시 그냥 물스럼히 팔을 드려다보고 안저 잇섯다.

아씽이는 락망햇다. 텬당에는 人力車군이 업다. 그러면 역시 고생하는 놈은 우리들쑌일다. 돈 만흔 사람은 세상에서나 텬당에서나 즐거운 것쑌일다.

그는 그런 텬당에는 가기가 실헛다. 텬당에 가서도 나즌 데 사람이 우에 가고 우엣 사람이 아레로 가지지 안는다구 할 것 가트면 그런 데까지 일부러 다리 압흐게 차자갈 필요는 업는 것이엿다. 차라리 괴롭더래도 이 세상에서나 쏘쎙이나마 잔득 먹고 몸이나 성해서 석 달에 한 번식 二十錢짜리 갈보[20]네 집에나 가면 그것이 더 幸福(행복)일다 하고 그는 생각햇다.

몸이 퍽 갓든해진 것가티 생각이 되여서 아씽이는 오지도 안는 의사를 기다리지 안이하겟다구 그만 밧그로 나와버렷다. 그러나 그가 분주스런 거리로 이 사람 저 사람 피하면서 걸어 나아갈 쌔 홀로 큰 고독을 깨달앗다. 아씽은 제가 갑작기 이 세상 밧게 난 것가티 생각이 되여서 슬펏다. 지내가는 사람, 지나오는 사람이 모다 희미하게 멀니 싼 세상에 사는 사람들 갓고, 져는 디구[21] 밧게 엇던 곳에 홀로 서서 이 사람 쎄를 바라다보는 것 갓햇다. 그는 이것이 흉조라구 생각하야 몸을 썰엇다.

그는 정신업시 다리가 움즉여지는 대로 자긔 집 잇는 싹으로 자연 가게 되엿다. 영대마로 어구에 내여버린 人力車는 기억에 나오지도 안엇다. 그것을 일허버리면 제 몸이 엇던 비참한 결과를 거둘 것도 인식되지 안엇다. 저도 무슨 일을 하는지 몰으게 집신짝으로 걸어오다가 건재약국에 들어가서 감초가루약을 동전 두 푼어치 사들고 그냥 걸어갓다.

---

20 갈보 : 몸을 파는 여자들을 낮춰 부르는 말.
21 디구 : 지구.

아씽이 얼마나 걸엇든지 제 집 동구 밧게까지 왓슬 째 동구 밧헤 울긋붉
긋한 긔를 느리운 책상 뒤에 안저 잇는 안경쓴 점쟁이를 보앗다. 아씽은 그
의 본능덕 엇든 공포가 그를 자연히 그 점쟁이게로 제 몸을 쓸고 가는 것을
째달앗다.

전대에서 二十錢짜리 銀錢(은전) 한 닙흘 쓰내 점쟁이 압헤 던지고 우두
머니 서 잇섯다. 점쟁이는 누런 안경 속으로 그 큰 두 눈을 휘번덕거리면서
아씽을 훌터보더니, 족으마한 상자 속에 손을 너허 돌돌 만은 조희 한 장을
쓰내 펴처 닑어보고서는 책상 밋헤서 커-다란 장지책[22] 한 권을 쓰내 세 치
나 자란 식커언 엄지 손톱으로 장장을 들치면서 엇던 곳을 차자 드려다보더
니 책을 덥어놋코서, 책상 위 류리판에 먹붓으로 글자를 넉 자를 써서 아씽
압헤 쑥 내밀엇다. 그 글자는 "天玄李紅(천현이홍)"이엿다. 그러나 아씽이 그
한문 글자를 알아볼 리가 업섯다. 그래 그는 고개를 흔들엇다. 점쟁이는 가
장 점잔을 쌔이면서 판화 비슷한 녕파 말로[23] 점 해석을 시작햇다. 이러쿵저
러쿵 중언부언하는 해석을 다 모하 노흐면 이러햇다.

"아씽이는 지금 큰 액에 들엇다. 지금 이 액을 넘기면 큰 락이 돌아오리라"

아씽이는 정신업시 제 방 안에 쑥쑤라젓다. 점까지 큰 액이 닷첫다구 나
왓다. 아아 그러면 무슨 큰일이 생기나부다 하고 그는 몸을 떨엇다.

몸이 다시 으슥으슥하고 메시쏨이 나기 시작햇스나 먹은 것이 업서서 게
우지는 안엇다. 아씽이의 눈압헤는 그의 전 생애가 한번 죽 나타낫다. 어려
서 촌에서 남의 집 심부름하든 것으로부터, 뒷집 닭 채다 먹고 들켜서 석 달
을 매 마즈며 징역하고는 상해로 와서, 공장에 들어갓다가 八年 前에 人力
車를 쓸기 시작했다.

八年 동안 人力車 쓸든 생각이 낫다. 애스톨 하우스 호텔에서 엇던 서양

---

22 장지(壯紙) : 두껍고 질이 좋은 종이.
23 녕파 말로 : 영파(寧波, 중국 저장성 동쪽 용장강 하류의 항구도시)의 말투로.

신사를 태우고 五里나 되는 올림픽 극장까지 가서 동전 열 닙 밧고 어굴한 김에 동전 두 닙만 더 달나고 졸으다가 발길로 채우고 순사에게 어더맞든 생각이 낫다. 또 언젠가는 한 번 밤이 새로 두 시나 되여서 大東旅舍(대동여사)²⁴에서 술이 잔득 취해 나오는 쩌울리(高麗人(고려인)) 신사 세 사람을 다른 두 동모와 가티 태우고 법계보강리까지 十里나 되는 길을 가서 셋이 도합 十錢銀貨(십전은화) 한 닙을 밧고 어처구니 업서서 더 내라고 야료치다가, 그들은 이들한테 단장으로 죽도록 어더맞고 머리가 쌔여저서 급한 김에 人力車도 내여버리고 도망질처 나오든 광경이 다시 생각이 낫다. 그러고는 또 다시 한번 손님을 태우고 靜安寺路(정안사로)로 가다가 소리도 업시 뒤로 오는 자동차에 쩌밀니워서 人力車 바수고, 다리 불어진 싯헤 자동차 운전수 발길에 채우고 印度人 순사 몽동이에 매맞든 것도 생각이 낫다.

길다면 길고 멀다면 멀은 팔 년 동안의 人力車군 生活(생활)! 적은 일 큰 일, 눈물난 일. 한숨 쉰 일들이 하나식 하나식 다시 련상이 되여서 그는 엉엉 울엇다. 그러다가 그는 갑작이 목이 갈한 것을 늣기면서 몸을 니르키려 하다가 왼몸이 쥐 니러서는 것을 감하야 "쏭" 소리를 치고 도로 업허지고서는 다시 아모것도 의식하지 못하게 되고 말엇다.

終日(종일) 人力車를 끌고 새벽에야 집에 도라와서 아씽의 시테를 발견하고 공무국에 보고한 쏭쏭이를 짜라 공무국에서 순사와 의사가 검시를 하러 이 더러운 방 안으로 들어왓다.

의사는 방 안에서 검시하고 영국의 순사부장은 중국인 순사 보호 통역을 세우고 쏭쏭이에게 여러 가지를 물어서 족으만 수텹에 적어 너어섯다.

"아씽이가 언제부터 인력거를 끌엇서?"

"글세 그도 쏙쏙이는 몰음니다. 이 집에 가티 잇기는 바로 삼 년 전부터

---

24 여사(旅舍) : 여관.

임니다. 그째 제가 인력거를 처음 쓸기 시작하면서 가티 잇게 되엿서요."

"그래 모른단 말이야?"

"네, 네 아씽이 제 말로는 이 노릇한 지가 今年(금년)까지 8年째라구 그러구 합듸다요, 나리!"

순사부장은 알앗다는드시 고개를 쓰덕쓰덕 하더니 안에서 검시하고 나오는 의사를 향하야 우스면서 영어로 이러케 말햇다.

"무엇 저 죽을 째 되여서 죽엇소이다. 八年 동안 人力車를 쓸엇다는데요. 남보다 한 一年 일즉 죽은 세음이지만 지난번 公部國調査(공부조사국)에 보면 人力車 쓰는 지 九年 만에 모다 죽지 안습니가?"

의사는 고개를 쯧덕쯧덕 하면서

"8年으로 10年까지. 每日 과도한 다름질 째문에………"

× × ×

공무국에서 온 일쑨들이 아씽의 시테를 거적에 담아 실어간 후 쑹쑹이는 한참이나 멀거니 안저 잇다가 벌덕 니러나서 밧그로 나아갓다.

그날 오후 두 시에 사람들은 그 쑹쑹이가 역시 아모 일도 업다는 드시 人力車에 손님을 태우고 에드와드路로 기운차게 나가는 것을 볼 수가 잇섯다. 물론 그가 앗가 순사부장과 의사와의 회화(영어로 하기 째문에)를 알아들을 수 업서서 그에게는 다행이엿다. 5年이나 6年 후에 아씽의 뒤를 짜르게 될 것을 몰음으로 쑹쑹이는 흐르는 쌈을 씻츠면서 쎵충쎵충 아스팔드 맷근한 길을 홀로 달아나는 것이엿다…… 맛치도 한 백 년 더 살 것가티……. (1925)

살인

살인

1

'우샌'는 갈보이엿다.

차티[1]와 과도한 생식기 뢰동[2]과 번민과 실업슨 한숨이 少女이든 그로 하여곤 3年이 못 되여 삼십이 넘어 보이는 로파를 만드러주고 말엇다. 태양은 쏫을 피여오르게 하되 구박과 무정의와 학대는 얼골을 밉게 만드는 것이다.

3年 前 湖南(호남)에 큰 긔근이 잇슬 째 열여섯 살이든 '우샌'는 열흘식 굴머서 사람이라도 잡아먹을 듯이 눈이 뒤집힌 에비어미에게 보리 서 말에 팔니여 그째 긔근 구제 도로 건튝 공사 십쟝인 엇던 양고자에게 처음으로 댕조[3]를 쌔트리었다. 그째 그 어둑신한 널판 얼거리 좁은 방 안에서 그 쇠뭉치 갓고 노―란 털이 부르르 난 양고자 팔에 쏴쏴 안기든 그 두려움 그 붓그럼, 쏘 그 엇던 알 수 업는 쾌미를 '우샌'는 지금도 니져버릴 수가 업섯다. 그러

---

1 차티 : 착취.
2 뢰동 : 노동.
3 댕조 : 정조.

고 그 훅훅하든 그놈의 입김에서 여호 가죽 내 갓흔 노랑내가 숨을 콱콱 막히게 하든 것과 영문은 모르고도 좀 대항을 해보다가 그가 시커면 륙혈포[4]를 쓰내 헛쌩을 쏘면서 위혁[5]하던 것과 무서운 김에 찍소리도 못 하고 바들바들 썰면서 그 즘생 갓흔 가슴에 부둥켜 안기우든 것 그러고는 훅군훅군하는 쌤, 어찔한 아래, 압흔 허리 그러고는 긔절[6], 이런 것들이 그의 첫 경험으로는 니져버리기에는 넘우나 강한 인상을 남기고 갓다. 거기서 그놈에게 련사흘 밤을 고생을 하고 그러고는 뒷 동리에서 쏘 보리 서 말 주고 저보다 더 고은 처녀를 사 왓슴으로 그는 그만 쫓겨나고 말엇다. 쫓기는 낫스나 하여간 시언하다구 생각을 한 째 그 양고자의 심부름하든 뢰동자 하나이 양고자에게 청을 대서 그날 하로밤은 쏘다시 그 뢰동자와 갓치 자고 그런 후에는 집으로 도라가도 상관업다는 허가를 어덧다. 그날 밤에 그는 그 뢰동자에게 련 세 번을 거듭 치르지 안으면 안이 되게 되엿다. 그래 그는 잇흔날 새벽에 허덕거리며 그래도 부모의 집이라고 쒸쳐간 째에는 벌서 병석에 눕지 안이치 못하엿다.

그가 시흘인가 알코 좀 나아서 문밧게 나안게 된 째 그는 다시 대양 칠 원에 팔니어서 엇든 양복 닙은 신사를 짜라 갓치 팔녀가는 수십 명 먼 동리 갓가운 동리 처녀들과 함께 백 리나 되는 길을 거러 나와 생전 처음 보는 긔차를 타고 上海까지 와서 쏘다시 얼마엔지는 모르나 지금 갓치 잇는 쑹쑹할 미에게로 팔녀와서 이래 삼 년을 하로갓치 하로밤에도 서방을 적어도 네다섯 식, 만흔 째는 한 써슨[7]식까지 갈아대게 되엿다.

곱든 그의 얼골이 진흙에 말발쑵 자리 갓해지고 말엇다. 볼그레하든 쌤

4 　륙혈포 : 탄알을 넣는 구멍이 여섯 개 있는 옛날 권총. 육혈포.
5 　위혁 : 힘으로 으르고 협박함.
6 　긔절 : 기절.
7 　다스 : 열두 개, 열두 번.

이 쎄만 남도록 수척한 우에다 갑싼 분을 매일 발나서 퍼러무리하고도 검어 트트하게 되고 샛별 갓든 눈이 공포를 비산하는 두려운 동굴터럼 우둔해젓다. 영양 부족으로 눈 아레는 퍼—런 멍이 지고 벌써 한 잇해 전에 올린 매독은 이곳저곳 쒸기를 시작해서 요새는 코와 입가에도 얼는 보이지는 안으나 근질근질한 보듭지[8]가 맷게 되엿다.

처음에는 英界(영계) 西馬路(서마로)[9]에서 밤마다 쭝쭝할미와 함의[10] 사마로 아레 우를 오르내리면서 허수룩한 人力車꾼들을 쓸어들이고 잇섯스나 재작년 英界 公務局(공무국)에서 密賣淫(밀매음)을 禁(금)한 이후로는 지금 잇는 이 法界 大世界[11] 압 거리에 와 잇섯다. 그러나 여기서도 마음 놋코 사는 것은 안이엿다. 霞飛路(하비로)로부터 英界, 法界가 갈니는 에드워드路까지 죽 西門에서 北停車場(북정거장)으로 단니는 電車(전차)길 左右便이 모두 이 갈보 무리의 횡행디[12]이엿다. 그래 저녁이 어쓸어쓸해지기만 하면 수백의 갈보들이 모두 제각기 제 농당(농당은 上海 세집의 면형이다. ㄷ字形(자형)으로 집을 충충히 련다라 짓고 사면팔방 복도 어구에는 쇠문을 해 달아서 밤에는 닷엇다가 나제는 열곤 하게 되여 잇다.) 복도 어구에 맛치 개미들이 개미구멍 밧게 나서듯 모둥커여[13] 서서 지내가고 지내오는 부랑자들과 뢰동자들을 잡아끌고 추파 보내고 하는 것이 이곳 상업일다. 그러나 그것도 순사한테 더욱이 불란서 경부한테 들키면 벌금 푼이나 톡톡이 무는 바람에 갈보 주인들은 사람을 하나 사서 거리 어구에 세워두엇다가 그 사람이 순사가 들어온다고 암호를 하면서 길 압흐로 쌜니 지나가면 해 쪼이누라 구멍 밧게 나붓헛든 버리들이 몰

---

8 보듭지 : 뽀루지.
9 영계 서마로 : 서마로는 거리 이름으로 당시에는 거주 지역이 조계로 나뉘어 따로 있었다. 영국계, 독일계, 법계(프랑스계) 등으로 나뉘어 있었다.
10 함의 : 함께.
11 법계 대세계 : 프랑스계 거주 지역의 번화가.
12 횡행디(橫行地) : 제멋대로 자유롭게 다니는 곳.
13 모둥커여 : 모여서

니여 들어가듯 농당 복도 어둑신한 쪽으로 우루루 쫏겨 들엇다가는 순사가 지나간 뒤에 또다시 우루루 몰녀나와서 서방을 잡아드리엿다.

'우쌘'는 처음에 얼골이 쪽쪽해서[14] 하로밤에도 퍽 만흔 손님을 어덧다. 비슬비슬 엿보러 혹은 놀너 나와서 거리로 공연히 오르고 내리고 하든 젊은 사람들도 '우쌘'가 쫏차 들어가서 소매를 휘여 잡고 얼골을 치여다보며 한번 생긋 우스면 그만 그를 거역하지 못하고 줄네줄네 싸라 들어들 왓다. 그래 이것으로 엇던 째는 주인의 사랑도 밧고 또 동무 갈보들의 시기와 미움도 더러 삿다. 그러나 그것도 얼마 전 일이오, 요새 갑작이 그의 몸과 얼골이 급전직하덕으로 쇠퇴해가는 지금에는 그도 젊은 남자의 가슴을 끌을 만한 자태를 거이 다 일허버리고 말엇다. 그러나 아직 다른 애들처럼 매는 몹시 어더맛지 안엇다. 그러나 이 압흐로 엇지 될지는 아모도 보증할 수가 업섯다.

갈보들은 대개 밤 닐곱 시가량부터 새로 세 시까지가 대활동을 하는 제일 분주한 사무 시간이엿다.

이 여섯 시간 동안에 잘 되면 사내 서넛식은 늘 들어왓다. 갑슨 사내의 주제를 보아가지고 요구하는 것이다. 인력거군이나 공장 뢰동자가 오면 대개 한 40錢(전) 보아서 20錢을 주어도 밧고 또 흥정이나 업는 날은 동전 열두어 닙도 밧고 햇다. 그러다가 잇싸금(작년부터) 아라사[15] 거지 갓흔 것이 오면 한 50錢式 쎄내고 햇다. 그러니 每日 밤 수입이 대개 20錢로부터 60錢 내외이엿다. 이러케 번 돈은 말큼 주인 할미가 가져가고 갈보들은 나제 두르고 잇는 누덕이와 밤에 남자의 마음을 끌기 위한 육욕을 발동식히기 알마즌 각색의 비단옷 한 벌과 갑싼 분과 머리기름 그러고는 그 죠화하는 담배, 한 달 먹어야 二元어치도 안이 될 밥만을 그 주인에게서 바닫다.

'우쌘'의 삼 년 생활이 이 사무의 반복으로 다 지나갓다.

---

14 쪽쪽해서 : 예뻐서.
15 아라사(俄羅斯) : '러시아'의 음역어.

2

요새 '우샛'의 몸이 상해 드러가는 것과 한가지로 그의 가슴, 그의 마음, 그의 靈(영)이 쏘한 상해 들어가는 것이엿다. 육톄적 쇠퇴는 다만 靈의 번민의 그림자인지도 모른다.

벌서 한두 주일 전부터 우연히 그는 오정이 좀 지나 그가 피곤한 몸을 더러운 침대에서 니르켜가지고 얼골 단장을 시작하려고 하는 쌔마다 그는 그의 창문 압(그의 방은 가쟝 길쎠리 방이여서 그 조고만 창틈으로 밧곗 電車길이 내다보히엿다.)흐로 엇던 美男子가 늘 지나가고 하는 것을 그는 보앗다. 처음 볼 제는 그도 심상히 보아두엇지만 얼결에 한두 번 보는 동안 차차 마음이 뒤숭숭해지기를 시작햇다.

사랑! 사랑은 인류의 가슴에 영구히 잠겨 잇는 불멸의 씨일다. 이 씨가 구박과, 무식과, 차티와, 무렴티[16]라는 돌멍이 밋헤 눌니여 잇는 동안 자라지도 안코 짜라서 당자도 그 씨의 존재를 인식치 못한다. 그러나 이 씨가 엇든 우연한 기회를 맛나 한번 해빗을 엿보는 날에는 이 씨는 맛치 비 온 뒤 참대순과도 갓치 하로밤 새에 싹이 쑥 소사오르고 하로 새에 쏫이 피고 열매가 맷는 것이며 이 자람을 막을 자는 세상 아모것도 업다. 이 자람의 세력은 세상 모-든 무력을 압도하고 부서 업새고 마는 것이다.

이 죽은 줄 알앗던 사랑의 씨가 지금 '우샛'의 가슴 쌍 우헤 기운차게 사라난 것이다. 그는 처음에는 울넝울넝하는 가슴으로 그가 지내갈 쌔쯤 해서는 창문 구멍으로 밧겟을 열심으로 내다보다가 그가 힐낏 지나가는 것이 보히면 봄날의 종달새 모양으로 혼자 즐기고 창백한 얼골의 순진한 처녀가 가지는 것과 꼭 갓흔 붓그럼의 홍조가 떠올낫다. 이것이 그에게는 상상도 못

---

16 무렴티 : 몰염치.

햇든 새 경험이엿다. 그가 일즉 삼 년 동안이나 수천 수백의 사람의 품에 안기엿섯스나 조곰도 이와 갓흔 다문 그의 얼골이라도 일순간 보는 이런 흥분과 고민을 주지 안엇섯다.

며칠 후 견댈 수 업서서 그는 달흔 째보다 일즉 니러나 단장을 잘 하고 복도 어구까지 나가 서서 그가 지나가는 것을 보앗다. 아모리 삼 년 동안이나 가지각색 남자들의 소매를 붓들고 추파를 보내본 그도 웬일인지 그러케 그립고 새벽 잘 째에 꿈에까지 보든 그가 압흐로 올 째에는 무엇인지 아지 못할 힘이 그를 잡아ᅳ서 그만 낫을 다홍빗으로 붉히면서 뒤로 물너서서 벽 뒤에 숨어서 발짝발짝하는 가슴을 손으로 집흐면서 썽충썽충 빨니 거러가는 그의 뒤 모양을 물ᅳ럼히 바라다보앗다. 그 남자는 째긋한 옷을 닙은 째긋한 청년이엿다. 왼손에는 책을 들고 지금 느진 봄 남들은 모두 맥고[17]를 쓰는 째에 아직 겨울 즁절모를 쓰고 잇섯다. 그는 저ᅳ편으로 가서 에드워드路 져짝까지 가서는 가던 거름을 멈추고 우두머니 서 잇는 것을 '우섄'는 보앗다. 사람들이 만히 왕래하는 거리가 되여서 늘 자세히 보히지는 안이해도 이짜금 힐긋 그가 보일 째에 '우섄'는 그가 저를 바라다보는 것갓치 생각이 되여서 몸을 흠칫하며 어린애 모양으로 방으로 쒸쳐 들어와 침대에 가 어푸러져서 한참이나 씩씩거리엿다. 그의 보드러운 손이 저를 어루만지고 그 향내 나는 입김이 제 머리가락을 날니는 듯하게 감해서 그는 혼자 극도로 흥분햇다.

그 후 몃칠을 계속해서 그 청년을 본 결과 '우섄'는 대략 아레와 갓치 그 청년을 짐작햇다. "그는 아마 어느 학교 교사일다. 그래 덤심째마다 집으로 도라가는데 뎐차를 타고 이 길거리 어구까지 와서는 이 교차뎜에서 내려서 다시 법계 싹에서 전차를 타면 한 백여 보밧게 안이 되는 요 거리에 동전 너

---

17 맥고 : 맥고모자. 밀짚이나 보릿짚으로 만들어 여름에 쓰는 모자.

푼 주고 그러고는 져편 英界(영계)에 가서 또 표를 사야 하는 고로 그는 경제하려고 이 교차뎜[18]에서 저편 영계 어구까지는 거러간다." 그래 뎐차 하나히 그가 늘 서 잇는 자리 압헤 머무럿다가 다시 써나간 째마다 '우쌘'는 그 청년을 다시 보지 못하곤 햇다.

이 발견이 '우쌘'에게는 쐐 큰 티명상을 주엇다. 그보다도 每日(매일) 그를 볼 적마다 그는 자기는 본 체도 안이하고 압흐로 쑥 지나가는 것을 보고 그는 울지 안이치 못햇다. 그는 그가 그 청년이 지나가는 것을 볼 적에는 저 혼자 흥분해서 엇절 줄을 모르다가도 그 청년이 저―편에서 뎐차 속으로 스러진 후에는 늘 저 자신의 모양을 도라다보고는 그만 락망의 졀통[19]으로 방으로 쮜쳐 들어와 울며 자리에 쓰러지지 안을 수 업섯다.

"교육바든 장래가 구만 리 같은 쌔끗한 청년! 그런데 나는! 아! 더러운 것! 그것이…… 그것이 가능한가…… 바랄 수나 잇는가……?" 하고 그는 울고 부르지졋다.

3

오늘 아츰 주인 할미는 '우쌘'가 특별히 늦도록 니러나지 안는 것을 발견햇다. 오후 두 시가 되도록 소식이 업슴으로 그는 어청어청 가파라운 층층대를 내려와서 '우쌘'의 방으로 들어왓다. '우쌘'는 실컷 울 대로 울엇다. 머리를 산산히 푸러헤치고, 눈이 쭝쭝 부엇다. 그러고 침대에는 그가 몸을 비비쏘으며 뭉개든 자리가 남아 잇다. 주인 할미는 놀낫다.

"얘 네가 오늘 밋쳣니? 이게 무슨 노름이냐? 어서 니러나서 세수하고 밥 먹어라. 그러고, 어서 머리도 빗고 해야지, 망한 년!"

---

18 교차뎜 : 교차점.
19 락망의 졀통 : 낙망의 절통. 크게 낙심함.

'우샌'는 대답할 기력도 업섯다. 대답을 하면 무엇하나!

슬컷 두다리우고[20] 시집히우고, 위협을 당하고, 마그막에는 장자갓치로 어더맛고야 '우샌'도 더 참을 수가 업서서 세수하고 머리 빗고 분 발낫다.

저녁에 역시 복도 어구에 나가 섯스나 맛치 미친 여자 또 혹은 정신 빠진 녀자처럼 멀거니 서 잇섯다. 순사가 온다구 해도 뛸 생각도 업섯다. 주인 할미가 억지로 써밀고 되뚜록 되뚜록 하면서 농당 안까지 와서 쥐여 지르면서 폭설을 퍼부엇다.

"무슨 귀신이 붓헛느냐? 얌전하든 애가 왜 오늘 이 모양이냐? 너도 네 몸갑을 해야 하지 안니, 개 갓흔 년!"

밤 열두 시나 되여 주인 할미는 우당뚱짱하게 생긴 뢰동자를 하나 끌고 와서 억지로 '우샌'에게 맷기엿다. '우샌'는 몸부림을 해가면서 반항햇스나 그 우악한 팔힘을 당해낼 수가 업섯다. '우샌'가 긔절을 햇다가 다시 정신을 채린 때에는 그는 엇든 천 근이나 되는 무거운 것이 저를 내려누르고 잇는 것을 감햇다. 그러고는 숨히 턱턱 맥히는 고린내와 시시한 땀내, 콕콕 쏘는 압흠, 쎙한 머리, 헐넉헐넉한 남자의 숨소리, 남자의 입에셔 질질 흘너 뺨우흘 젹시는 탁하고 더러운 침. '우샌'는 다시 정신업시 되고 말엇다.

'우샌'가 다시 정신을 채렷슬 때는 벌서 사면이 고즈낙해진 때이엿다. 그러케 써들고 도라단니든 행상인들의 길게 웨치는 소리까지가 끈허지고, 그리 분주하든 상해의 거리가 평화스런 꿈속에 잠긴 때이엿다. '우샌'는 어두운 방 안에 니러나 안젓다. 한 초도 닛지 못할 그 청년의 자태가 눈압헤 낫타낫다. 그는 자긔로부터는 넘우 먼 곳에 잇는 것 갓햇다. 즁간에 건늘 수 업는 구렁뎅이가 잇서서 제가 아모리 손을 내여밀어도 그가 잡힐 것 갓지도 안엇다. 더욱이 그는

20 두다리우고 : 두들겨 맞고.

"더러운 년! 더러운 년!" 하면서 멀니멀니 몸을 피하는 것 갓했다.

"더러운 년" 하면서 그는 제 팔째기로 제 얼골을 문질러보앗다.

"더러운 년……"

그는 견댈 수 업다는 드시 푹 마루 우에 쏙구라젓다.

사랑은 사람을 깨끗케 한다. 삼 년 동안이나 아모런 생각이나 관념도 업시 이러케 하는 것이 사는 것이여니 하고 자기 몸을 수다한 남자들의 자유 욕심에 내여 맛기든 그가 오늘 밤의 당한 그 욕은 참말로 견댈 수 업시 붓그러운 일이요 욕스러운 일처럼 생각이 되엿다. 그는 입술을 쏙 깨물엇다.

"오! 더러운 년, 더러운 몸! 더러운 피!…… 아웨 씨(그는 그 청년을 언제부터인지는 모르나 이러케 일흠 지어 부르는 습관을 어덧다.) 이 몸은 정말 더러운 몸이웨다!"

사랑은 사람을 깨게 한다. 무식이 사랑 압헤서 스러진다. '우쌘'는 잇데썻 자기 몸, 쏘는 자긔 생활에 대해서 절실한 생각과 연구를 해본 적이 업섯다 그러나 오늘 그는 일생 처음으로 제 몸을 생각해보게 되엿다. 한참이나는 무엇이 무엇인지 분간할 수가 업섯스나 차차차차 머리가 깨끗해지고 무엇인지 희미하게나마 깨다라지는 바가 잇는 것가티 생각이 되엿다.

"웨? 웨? 웨? 누구의 죄인가?……"

그는 마츰내 무엇을 깨다랏다……

"그러타!" 하고 그는 웨첫다. "그럿타!"

삼 년이나 가티 살든 주인 할미의 쏭쏭한 몸집이 눈에 보이듯 햇다.

"아, 저 양도야지 가튼 살, 내 피 쌔라먹고 진 살…… 오! 내피, 내 피!" 하고 그는 바르르 썰엇다.

그는 모든 것을 다 깨다랏다. 그것은 운명도 다른 아모것도 안이오, 다만 자기 저 자신이엿든 것이다.

"웨 내가 이러케 약햇든가!" 하고 그는 혼자 이상하게 생각햇다.

"원수다! 원수다!" 하고 그는 생각햇다.

모―든 것이 맑은 등불과 가티 그의 머리에 인식을 주엇다. 조곰도 의심나는 것이 업섯다. 모―든 것을 안 것 갓햇다.

그는 전신을 부르르 썰엇다.

사랑은 사람을 용감하게 한다. 그것이 짝사랑이엿든 희망이든 절망 업는 사랑이엿든 그것이 관게 잇스랴. 사랑은 사랑 그것으로 위대한 것이엿다. '우섄'는

"그래라 그러면 너도 새 사람이 되리라. 그리고 나를 싸라오라" 하고 손짓하는 그 청년을 눈으로 보는 것 갓햇다.

"아, 삼 년 동안이나 내 살 내 피 쌔라먹은 미운 저것!" 그는 다시 그 주인 할미의 쑹쑹한 몸집을 보앗다. 그 퉁퉁한 볼을 물어쯧고 할퀴고 쟬기쟬기 씹어보고 십헛다.

그는 벌썩 니러섯다. 밋친 드시 부억으로 들어갓다. 어두운 속에서도 번들번들하는 식도날을 알아낼 수가 잇섯다.

그는 귀를 기우럿다. 열대 삼림보다도 더 고즈낙한 침묵이 왼 집, 왼 거리, 왼 도시, 왼 세게를 둘너싸고 잇섯다. 벌서 새벽 기운이 쩌도는 것 갓햇다.

찌꿍찌꿍 하고 소리가 나는 층층대를 걱정하면서 '우섄'는 번듯번듯하는 것을 바른손에 들고 웃칭으로 올나갓다.

4

외마대 소리와 쌍쌍 하는 소리가 들니고 피비린내가 쫙 퍼지더니 '우섄' 가 황망히 층층대를 굴너 써러지다십히 쿵쿵거리며 내려왓다. 다른 방에서 갈보들이 놀라 쌔엿는지 "엉엉" 하는 소리가 들넛다.

장사보다도 더 억센 超自然的(초자연적) 힘으로 '우쌘'는 쇠대문을 써밀어
열엇다. 그리고 그는 생전 처음으로 제 맘대로 문밧그로 내달앗다. 거리는
어둑컴컴하고 좌우의 집들은 모두 식컴언 상판²¹으로 "나는 모른다" 하는
드시 내대고 잇섯다.

'우쌘'는 에드와드路 면등이 잇는 짝을 향해 줄다름질첫다. 그는 잔돌
깐 길 밧게 나와 '아웨' 씨가 늘 서서 면차를 기다리든 곳을 지나 세멘트
깐 반들한 길 우흐로 밋그러질 드시 내달앗다. ……쿄롱²²을 버서난 종달
새가 파—란 하늘 우흐로 노래하며 춤추며 울드시……. 영원히 영원히
'우쌘'는 다름질햇다. (1925)

---

21 상판 : 얼굴을 속되게 부르는 말.
22 조롱(鳥籠) : 새장.

영원히 사는 사람

영원히 사는 사람

개는 미칠 드시 지져냇다. 수십 마리나 수백 마리나 되는 누렁개들의 선률 업슨 부르지즘 소리가 약해젓다 커젓다 하야 어둠컴컴한 한울[1]에 울니는 거시 머리털이 쑵볏해지도록 두려움과 불쾌한 감정을 니르켯다. 連山村(연산촌) 정거장 旗手(기수)인 아쌔는 정거쟝 경게 말쪽에 반쯤 지대여 서서 개 소리 나는 편을 바라다보앗다. 디옥 갓치 어두운 속에 저ㅡ편 멀리 반듸불 갓치 반작거리는 불덤이 하나 잇고는 그 뒤로 한울보다도 더 식컴언 언덕이 먹즐처럼 즁간에 희미하게 가로걸니엿고 그 뒤 어데서부터(아마 連山 쟝거리) 그 흉악한 개 짓는 소래가 검은 날개를 펴고 홀홀 날어오는 거시엿다. 天地는 그냥 "어둠" 하나으로 채와 잇섯다. 졍거쟝 구역 안에만 군데군데 세위 노흔 흐리몽덩하면서도 누러우리한 볏을 토하는 석유불 등대 째문에 흐릿하게나마 싸스하게 뵈이는 밝음이 잇섯다. 그래 이 밝음의 그림자가 졍거쟝 사면을 얼마만침은 흐리흐리하게 만드럿다. 그러고는 눈이 밋치는 데는 어데로나 캄캄한 밤쑨이엿다. 한울은 먹쟝을 가라 분 것 갓다는 형용사로도 묘사가 부족되도록 색캄햇다. 그래서 이 검은 쟝막이 한울 아래 잇는 모든

---

1 한울 : 하늘.

거슬 돌너싸버린 것 갓햇다.

아쌔는 눈바람에 시달니여서 녀름날 어린애들의 정강이 갓치 버ㅡㄹ거케 타고 주름진 얼골이 옆헤 등대 불빗에 반쯤 빗치여서 보기 실흔 반사광을 내이는 거슬 피하려고 하지 안엇다. 그리고 中國 사람 즁에서는 아주 찻기가 힘든 정기 잇는 크도 적도 안은 두 눈방울을 방향도 업시 이리져리 굴니엿다. 그의 압쌔른 누ㅡ런 턱과 코 밋헤 다보록하니 도든 쌈안 수염은 쌔무더 색캄아게 된 양털 덧주의 속에 반쯤 가리워 잇섯다. 그래서 그의 불눅하고 밉게 생긴 코구멍으로부티 쉴 새 업시 새여나오는 더운 기운이 양털 옷 벌어진 틈으로 허연 수증기가 되여 나아와서 한울로 구불구불 피여오르다가 어둠 속에 스려지곤 햇다. 아쌔가 늘 자랑하는 색캄안 고양이털 방한모가 희미한 불빗을 바다 반들반들 반사햇다. 녯적 선배가 쓰던 관갓치 생긴 고양이털 방한모를 쓰고 모양 업는 덧옷을 닙고 정갱이까지 가리우는 개털구두를 신은 아쌔의 검은 모양이 그의 발밋헤 재빗그림자를 씌여서 이상한 괴물 갓흔 그림을 쌍우헤 그려노핫다.

마음 조치 안은 한단 바람이 후ㅡㄱ 지나갓다. 그래서 아쌔의 덧옷자락을 팔넉어리고 고양이털 방한모의 짧고 부드러운 털이 살랑살랑 물결지엿다. 아쌔는 몸부림하는 드시 옷싹 몸을 썰엇다. 왼편 삼등 대합실 쌱[2]에서 낫닉은 역부들의 큰 우슴소리가 새여나아왓다. 아쌔는 한거름 나서면서 우슴소리나는 쌱을 도라보고 빙그레 우섯다. 다시 바람이 휘ㅡㄱ 지내가면서 아쌔의 얼골에 희고 쌀쌀한 눈을 한줌 쑤리고 갓다. 아쌔는 멈츳하면서 한울을 쳐다보앗다. 그리고 눈을 가리우느라구 두툼한 쟝갑을 낀 손을 니마에 대이고 물쓰럼히 한울을 쳐다보앗다. 역시 한울은 색캄햇다. 그러나 산뜻산뜻한 눈 보스랙이가 그의 얼골을 슷치곳 하는 거슬 그는 감각햇다. 등대

2 쌱 : 쪽.

100

엽흐로 희쓱희쓱한 눈송이들이 펄펄 나리는 거슬 그는 보앗다.

"아! 쏘 눈이 오는구나!" 하고 그는 천천히 대합실 싹을 향해 거러 드러갓다. 손님 하나도 업시 텡 뷔인 즈져분한 대합실 안에는 열아문밧게 안 되는 정거장 역부들이 모다 모히여서 방금 터져나갈 것갓치 새쌁앗케 활활 다는 씨그러진 란로를 중심으로 둘너안저서 얼골들이 벌개가지고 무슨 잡담들을 정거장이 써나갈 드시 하고 잇섯다. 아쌔는 시간을 보려고 역장실 출입문을 방싯 열엇다. 역장실 뒤 바람벽에 걸닌 둥그런 시계의 바눌들은 열두 시 이십 분을 가르치고 잇섯다. 天津行最大急行(천진행최대급행)이 지나간 지 삼십 분밧게 지나지 안엇다. 북경서 나려오는 奉天行急行(봉천행급행)이 아직도 한 시간 후에야 이 정거장을 지나갈 거시다. 그동안에는 이 정거쟝 싹으로는 짐차 하나 얼신 아니할 터이엇다. 그러나 아쌔는 아즉 한 시간 동안이나 아모것도 할 것이 업스니 천천히 역부들 틈에 끼여서 헛튼수작이나 한바탕 어더드르려고 허리지대³ 업고 나즌 둥구런 의자를 하나 어더들고 란로 싹으로 다라갓다. 밧게는 그냥 눈이 오는이요 잇싸금 잇싸금 지나가는 회리바람⁴ 째문에 류리창문들이 일제히 써르릉 하고 무섭고도 구슬픈 소리로 울곤 햇다.

역부 회의에서는 한참 동안이나 계각기 제 고향 자랑이엇다. 그러다가 누가 몬저 쓰냇는지도 모르게 話題(화제)는 갑자기 미신에 갓가운 독갑이⁵ 귀신 니야기로 변하엿다. 그래서 그중에도 나이 좀 어리거나 마음이 좀 약한 역부들은 것흐로는 그러치 안은 테하나 속으로는 벌서 무서워저서 니야기하는 이에 입술을 눈도 깜박어리지 안코 열심으로 쳐다보다가는 잇다금 으르렁거리는 챵문싹을 놀란 눈으로 힐끗힐끗 도라다보곤 햇다. 그려고 니

---

3 허리지대 : 등받이.
4 회리바람 : 회오리 바람.
5 독갑이 : 도깨비.

야기하는 사람이 아주 무서운 한 대목을 반쯤 쓰내놋코 침을 삼키노라고 잠간 말이 쉿친 째마다는 방금 그들의 뒤으로 엇든 흉악한 귀신이 아가리를 활작 벌니고 달녀드는 것 같해서 몸서리를 옷삭옷삭 첫다.

어데나 사람 모힌 데에는 보통 잇는 경향으로 여기서도 어느 새엔가 아지 못할 동안에 독갑이 니야기는 도적놈 니야기로 옴겨갓다. 그래 어느 도적놈은 두 팔 밋헤 날개가 잇서서 하루에 쏙 삼만 리식을 도라다닌다는 둥 어데서는 도적놈 삼백 놈이 큰 셩내를 즉첫다는 둥 이리저리 니야기가 방황하엿다. 이째 아쌔는 가만히 여러 사람들의 니야기를 듯고만 잇다가 갑작이 생각나는 것이 잇서서 처음으로 입을 열엇다.

"그런데 참 이번에 저— 孫美瑤(손미요)를 총살햇답듸다."

"누가" 하고 역부 축에서 바보 녕감으로 돌니는 순직스럽게 생겻스나 얼써 보히는 텁석쑤리가 입을 빗쥭빗쥭하면서 한마대 쓰냇다. 그러니까 바로 그 녕감 엽헤 안저서 집오래기를 란로 편에 댓다 쎼엿다 하면서 그 집오래기 쯧이 파라우리한 연기를 가늘게 피우면서 색캄아케 타드러오는 거슬 바라보고 혼자 조화하든 금년 열여덜 살밧게 아니 되여 보이는 소제부가 자긔가 남보다 한 가지라도 더 잘 아는 거슬 자랑하는 드시 그 녕감을 쳐다보면서

"누구는 누구야요? 나라에서지! 나라에서 말구 누가 감히 손이나 건드리게요. 썬미요가 소리만 한번 쐑 지르면 사람이 이백 명식 죽어 잡바진대는데요!" 하고 의기양양하게 잿거리다가 갑작이 마즌편으로부터 오는 노려보는 눈찌를 감각하고 본능덕으로 흠칫하면서 원망스러운 듯하고도 용서를 구하는 눈으로 그의 마즌편에 안저 잇는 석탄 나르는 아버지를 쳐다보앗다. 잠간 동안 침묵햇다가 이번에는 사물사물 얽고 두어 오래기 노랑수염이 코밋헤 가물가물하는 령악하게 생긴 역부가 하픔을 하면서 무러보앗다.

"썬미요가 누구요?"

아무도 대답하는 이가 업섯다. 잠간 잇다가 아쌔가 다시 입을 열엇다.

"썬미요두 몰나요! 썬미요가 바로 지난 녀름 臨城(임성) 사건의 주인공 아임닛가? 새벽에 津浦線急行車(진포선급행차)를 습격하고 양고자를 수십 인이나 抱犢崮(포책고)로 잡아다가 두엇든 그 유명한 마적왕이 썬미요이람니다" 이째까지 별로 이 새 니야기에 취미를 붓치지 안엇든 사람들이 갑작이 재미가 난드시 턱을 밧치고 잔기침을 하면서 시션을 아쌔에게 모두엇다. 이째까지 껀득껀득 졸고 잇든 녕감들도 "무엇 린첸 사건이 어드래" 하면서 눈을 번쩍 쓰고 아쌔를 바라다보앗다. 그래서 아쌔는 처음부터 니야기를 하는거시 조흐리라고 생각하야 전부터 벌서 여러 번 니야기하든 습격 사건은 생략하고 썬미요가 부하들을 다리고 군대에 편입되든 니야기로부터 비롯하야 바로 얼마 전에 총살을 당햇다는 보도를 역쟝실에 잇는 신문을 보고 알앗노라는 니야기를 간단히 햇다. 모다들 재미잇게 드른 모양이엿다. 즁에도 쒼쒼하기로 유명한 바보 녕감은 다시 그 우둔해 보히는 순한 눈알을 화평스럽게 굴니면서 무러보앗다.

"그래 그 신문에 뭐랫슴데가?"

"뭐래긴 뭐래. 그져 그 썬미요 죽이든 니야기를 자세자세히 냇습데다" 하고 아쌔는 제가 신문을 능히 넑을 수 잇는 학식을 가진 거슬 큰 자랑으로 내밀엇다.

"자세한 니야기가 다 낫습데가? 하나두 쌔지 안쿠."

"그럼은요. 신문엔 그랫습데다. 이번 썬미요 죽인 거슨 나라에서 한 일은 아니라구 — 변명을 햇습데다." 하고 앗가 보아누라구 쩌들든 아해를 힐끗 넘겨다보앗다. 일동은 쥐 죽은 드시 고요해져서 무슨 소리를 더 드러보려는 드시 아쌔의 입만 드려다보앗다.

"나라에서 안 죽이긴 무얼 안 죽여서! 나라에서 다 죽이라구 약속을 해서 죽이고는 지금 누가 반대할가 바 입 막노라구 그런 소리를 다 지여내지. 이제 두구 보오. 그 부하들이 쏙 원수를 갑구야 마느니!" 하고 처음부터 입을 쏙 담을고 다른 사람들의 동정만 살피든 역부로 드러온 지 몃칠 안 되는 나희 졂고 산동서 왓다면서 절강 방언 석긴 말을 하는 표독스럽게 생긴 사람이 흥분한 드시 써들엇다. 아쌔는 가만히 듯고 잇다가 산동 사람의 말이 다 긋난 후 수염을 손고락으로 비비 쏘으면서 다시 말을 시작햇다. 무슨 말을 하려고 입을 우믈우믈하든 바보 영감이 고만 단렴[6]한 드시 입을 쑥 담을고 아쌔를 그 몽롱한 눈으로 멀거니 처다보앗다.

"그거야 글세 누가 올흔지 알 수 잇소? 그 신문에 나기는 쟝 장군이 사사 혐의로 죽엿다구 그랫습데다. 하기는 쏘 나라에서 쟝 장군에게 돈을 만히 주고 죽이라구 그랫는지두 모르지오. 그거야 누가 아나요? 좌우간 신문에는 그랫습데다" 하고 신문이라는 말을 힘이 잇게 햇다.

"신문에는 니야기를 다 할가요? 신문엔 그랫습데다. 썬미요가 군대에 드러오게 되니까 전에는 그 군대에서 쟝 장군이 뎨일 권세가 놉핫는데 이번에는 썬미요 하구 권세가 갓햇것다구요. 그래서 싀기[7]가 나서 죽일 생각을 품고 하로는 썬미요에게 뎜심이나 갓치 먹자구 청햇더랍듸다. 그래 그날 뎜심 째 썬미요가 오니깐 술 한잔을 대접하면서 썬미요가 술 마실 적에 쟝 장군이 미리 준비햇든 회가루를 쉭 썬미요 상판에다 뿌럿대요. 그래 썬미요가 눈을 못 쓰구 도라가는 판에 시위병명들을 식혀서 결박 지워 내다가 뒤쓸에 가서 '하나 둘 셋' 하구 탕―노하 죽엿답듸다" 하고 입에 침을 삼켯다.

눈 한암 쌈작하지 안코 듯고 안젓든 일동은 비로소 후― 하고 숨덜을 내쉬엿다. 아쌔는 다시 말을 니여서

"좌우간에 나라에서 그러케 식혓다면 잘못이지요. 그걸 죽이지 안는다구 약조서까지 써놋구 드럿든 사람을 그러케 죄두 업시 죽인다 하야 말이 되나요?"

---

6 단렴 : 단념.
7 싀기 : 시기.

"그러기보오. 이제 쏙 원수를 갑흐러 오너니?" 하고 산동 졂은이가 다시 입을 열엇다. 그리고 무슨 무서운 거슬 내다보는 드시 고개를 돌녀 출입구 짝을 건너다보앗다. 다른 사람들도 싸라 고개를 돌녀보앗다만은 거기는 다만 잇다금 바람에 흔들리는 식컴은 문짝이 가로맥혀 잇슬 싸름이엿다. 산동 졂은이는 다시 말을 니여

"그러구 내가 어데서 말을 드르니깐 썬미요의 누의가 하나 잇는데 역시 이 근쳐 어느 산속에서 도젹놈 왕 노릇을 한답듸다. 그런데 그 녀인이 하루에 삼백 리나 사백 리 길 것기는 우숩게 안답데다. 아마 원제 원수 갑흐러 올걸이요" 하고 의미 잇는 드시 빙긋레 우섯다. 모다 무서운 생각이 드러서 숨소리도 크게 못 내고 안져 잇섯다. 방금 썬미요의 누의가 도젹놈들을 기다리고 정거장으로 달녀드는 것갓치 생각이 되엿다. 그래서 누구 하나 몬져 입을 벌려볼 생각도 못 하고 가만히 안져 잇섯다. 이재썻 니야기를 하누라구 정신이 팔녀서 잘 들니지도 안튼 넘어 쟝거리 개 짓는 소리가 지금은 아주 약하게나마 똑똑하게 들녀왓다. 모두 다 무슨 무서운 쑴이나 꾸는 것 갓해서 몸서리를 쳣다. 산동 졂은이는 무슨 생각이 낫든지 갑자기 기지개를 한 번 본새 잇게 하고 니러서서 양털 두루맥이로 목을 둘러씨우면서 문을 열고 나아갓다. 모-든 눈은 약조햇든 드시 그의 뒷모양을 바라다보앗다. 문이 열녓다 닷치면서 사람은 밧그로 나가 업서지고 찬바람이 휙 드러오면서 개 짓는 소리도 잠간 더 크게 들녓다가 찬바람이 앉은 사람들의 훅군훅군하는 얼골을 스치고 지나가버린 쌔 개소리도 다시 희미하게 들녀왔다. 모두 무슨 무서운 일을 기다리는 사람들처럼 멍멍하니 안져서 어서 누가 니야기를 몬저 끄냇스면 하고 서로 남의 얼골들만 힐금힐금 쳐다보고 잇섯다. 참기 어려운 깊은 침묵이 계속되었다.

이쌔 역장실 문이 열녔다. 그러고 금줄 두른 모자를 쓴 역장이 나아왓다. 털외투 소매밋헤 가리운 손목거리 시계를 드려다보면서 역장은

"急行 지나갈 시간이 거의 뒛스니 차차 나가서 일들 하오" 하고 위엄스럽게 복종하지 아니할 수 업는 어태로 배앗는 드시 말햇다. 일동은 엇든 금고에서 노혀 나오는 듯한 감정으로 안심하는 한숨을 쉬이면서 제각긔 저 할 일을 하려 이리저리 헤여저 나아갓다.

산동 젊은이는 어데로 갓는지 보이지 안엇다.

아쎄도 플랫⁸으로 나아갓다. 그동안에 함박눈은 쉬일 새 업시 내려부어서 사람 다니지 안은 플랫쯤을 하-야케 덥허노핫다. 그러고 그 밋헤 긔차선로 우헤도 하-야케 이불을 씨워노핫고 짜라서 멀니 벌 밧그로도 하-얀 눈이 덥혀서 앗가보다는 맛치 달이 쯴 것갓치 좀 훤해진 것 갓햇다. 치위⁹도 앗가처럼 혹독하지 아니한 것 갓햇다. 아쎄는 공연이 가슴이 깃분 것도 갓고 슬픈 것도 갓흔 이상한 감정으로 빙그레이 미소를 띄우고 보드러운 눈 우흐로 검으레한 발자귀를 내이면서 플랫쯤을 한 번 왓다 갓다 햇다. 상쾌한 생각이 번개갓치 지나갓다.

아쎄는 저 할 직분 생각이 나서 바람을 막아 도라안저서 석냥을 그어서 두 편은 새쌁앗코 두 편은 새-파란 네모난 류리 등에 불을 켜 플랫쯤 등대 밋헤 밧삭 세워놋코 다시 플랫쯤 한 쯧까지 거러가 서서 쉬일 새 업시 나려붓는 함박눈을 마음껏 마즈면서 숨을 깁히 드려쉬이고 멀거니 서서 눈이 밋치는 데까지 허-여케 반사되는 쯧업슨 평야를 내다보앗다.

바로 이쌔이엿다. 어데선가 퍽 갓가운 곳에서 "쌩-" 하는 총소리가 들녓다. 아쎄는 제 귀를 의심하면서도 후닥닥 그 소리 나는 편을 바라다보앗다. 정거장 바른편 버드나무 줄 뒤흐로부터 어물어물하는 수십 개의 검은 물건들이 우루루 소리를 내면서 정거장을 향해 다라왓다. 아쎄는 본능덕으로 뒤로 한 거름 흠칫하면서 무어시나 쥐고 내두를 거시나 업나 하고 번개불

---

8   플랫 : 플랫홈.
9   치위 : 추위.

갓치 빠르게 사면을 휘둘너보앗다. 아모것도 업다. 벌서 대합실 짝에서 숫한 사람들의 미친 드시 웨치는 소리와 분주한 발자귀 소리가 요란하게 들녀왓다. 그리고 저─편 짝에서는 총소리가 요란하게 나고 류리창경 깨지는 소리 망치로 모다 째려 부시는 소리가 모다 한데 뒤석겨서 처참하게 들녀왓다

아째는 무엇이 엇더케 되는지 깨다를 수가 업서서 숨쉬는 것 갓흔 머리로 급히 역장실 짝으로 뛰쳐가서 창문으로 드려다보앗다. 삼등 대합실로 통한 문은 반쯤이나 써러져 나가 잇고 역장실 안에는 벌서 혹은 군복을 닙고 혹은 누덕이를 닙은 한 쎄의 총 메인 사람으로 가득 차 잇섯다. 역장실 설합에 늘 너허두엇든 호신용 륙혈포는 벌서 엇든 장대하고 흉악하게 생긴 사람의 손에 쥐여져 잇섯다. 아마 역장이 대항을 해보려고 내대엿스나 중과부적으로 즉시 쌔앗겻슬 거시다. 그리고 서너 사람은 벌서 역장에게 달녀드러 팔둑 갓흔 바오래기로 역장을 한 반쯤 결박 지워노핫다. 그리고 쏘 한 쎄 도적놈들은 이편 창문 안에 안즌 電信員(전신원)을 결박을 지으노라구 분주스럽게 도라갓다. 뎐신원은 만흔 사람한테 잡혀서 얼거매우면서도 그래도 어데로 구원을 청해보려는지 한사하구 發信(발신) 쪽지 짝으로 팔을 스러가려 햇스나 실패햇다. 나무 문짝이 처참하게 쪄개져 나간 그 뒤 삼등 대합실 안으로는 수만흔 총 가진 도적놈들이 무어시라고 고함들을 지르면서 왓다 갓다 햇다. 이째 그 사람들 틈을 헤치고 머리를 중국 고대 녀자식으로 쪽찐 채 아무것도 쓰지 아니하고 긴 칼을 쌔여 바른손에 든 女大將(여대장)이 드러왓다. 아째는 그 녀인의 얼골을 보고 기절할 드시 놀냇다. 그 녀인의 얼골이야말로 마귀 헬미 그것 갓흔 연고이엿다. 얼골이 쌈앗케 타고 입술을 잡아 물은 외씨[10] 갓흔 얼골에 거의 중앙에 잇는 듯한 두 눈에는 불이 붓는 것갓흔

---

10 외씨 : 오이씨.

악독과 살기가 가득 차 잇는 거시엿다. 그 뒤로 니여서 얼마 전에 정거쟝 雜役夫(잡역부)로 드러온 산동 졂은이가 손에 독기를 들고 즐거운 드시 빙글빙글 우스면서 드러왓다. 그래 것침업시 뎐신원 싹으로 와서 아직도 몸부림을 하는 뎐신원을 한번 흘겨보고 發信 쪽지를 째미난 드시 윈손 엄지손가락으로 쏙쏙 나리눌넛다. 그러고 크게 우스면서

"흥 요러케 다른 데로 구원을 좀 청해보겟다구! 암만 해보렴으나 되나. 내가 벌서 이 독기로" 하고 바른손에 들엇든 독기를 쳐들어 보히면서 "뎐신 줄을 모다 씬어버렷서" 하고. 잠간 흥분된 드시 얼골을 히물거리면서 어이업고 놀라고 무서워서 정신업시 저를 바라다보는 뎐신원을 한참이나 바라다보다가 갑작이 무슨 소리인지 고함을 힘껏 질느면서 책상 우헤 노핫든 發信 쪽지판을 그가 가지고 잇든 독기날로 한번 힘껏 나려갈넛다. 그러고는 그 뎐기 장치와 책상이 서너 갈내로 썩 갈나져 쩌러지는 우헤가 척을 나서서 그 독기를 두 손으로 쳐들어 머리 우헤 올녀가지고 부들부들 썰며 엉거주춤하고 잇는 뎐신원을 노려보다가 썰니는 목소리로

"이놈 네가 엇그제 내 쌤을 짜렷지 이놈! 네 생각에는 너밧게 더 놉흔 놈은 업는 듯십드냐? 나는 그겨 백 년이고 천 년이고 네 종질이나 한 줄로 아럿드냐? 내가 다 일이 잇서서 여기 와서 네놈들의 수모를 바더가면서 밤낫 종질을 햇서. 얘! 이 쌘쌘한 놈아 글세 네가 내 쌤을 째려" 하고 한 발을 궁그르는 그 순간에 어느 결을엔지 벌서 독기날이 싹 소리를 내이면서 뎐신원의 골머리 속으로 푹 박혀 드러갓다. 외글와글하는 소리를 쥐쑬너 외마디 소리 비명이 들니고 뎐신원 몸뎅이에서 피가 탁 퍼져나와 그 근방 사면으로 확 퍼졋다. 제각기 무어시라구 쩌들던 도적놈들도 놀나는 드시 모다 그싹을 바라다보앗다. 산동 졂은이는 밋친 놈처럼 "허!허!" 소래를 지르면서 독기를 방향도 업시 내두르고 도라갓다. 이 모一든 일은 모다 눈 쌈싹할 동안에 된 거시엿다. 반 정신은 나가서 나무로 싹가 세워노흔 드시 물쓰럼히 이 광

경을 보고 잇든 아쎄는 몸에 소롬이 쪽 씻쳐서 "앗" 소리를 치고 휙 도라섯다. 그러나 이번에는 이편에서 식컴언 거시 "어데 가?" 소리를 치면서 총쌕리를 녑구리에 갓다 대엿다. 그러나 아쎄는 정신을 차리지 못하면서 본능덕으로 앗가 제가 서 잇든 짝으로 다름질첫다. 그져 와그그 쌩쌩 하는 무슨 이상한 소리가 들닐 짜름이엇다. 그러나 그가 열 발자귀를 못 가서 그는 억개를 무어스로 단단히 어더맛고 그 자리에 꼭구라젓다. 셩낸 목소리와 발자귀들이 왓다 갓다 햇다. 잠간 후에 정신을 채린 아쎄는 가만히 니러나서 두어 발자귀 뒤흐로 움지럭거려서 뎡거쟝 집 창고 벽에 가 기대고 주저안젓다. 그리고 눈을 반씀 쓰고 눈압헤 나타난 기막힌 광경을 가만히 바라보앗다. 그리 넓지도 못한 플랫쫌은 질서 업슨 발자귀들로 막 뭉개노아버렷다. 그리고 눈을 마자가면서 식컴은 사람들이 저는 돌아다보지도 아니 하고 분주스럽게 플랫쫌 우아레로 왓다 갓다 햇다. 그리고 산동 졂은이와 녀장군은 플랫쫌 가운데 서서 그 사람 쎄들을 이것저것 지휘하고 잇섯다. 아쎄는 다시 눈을 감앗다.

아쎄가 두 번재 눈을 쓴 째에는 그리 분주하든 정거장이 다시 차차 고즈낙해지기를 시작한 째이엿다. 플랫쫌 가운데는 아직 그냥 그 녀장군이 머리털가락을 바람에 날니면서 서 잇고 여긔져긔 총을 메인 몃 사람이 죽은 드시 가만히 서 잇섯다. 아쎄는 몸을 옴쑥도 아니하고 고개만을 가만가만히 몰내 돌녀서 사면을 휘 도라보앗다. 정거쟝에 상관하든 사람은 한 사람도 아니 보엿다. 아마 모다 어느 구석에 나처럼 어더맛고 잡바져 잇거나 무서워서 어느 구석에 숨여 백혀서 숨도 크게 못 쉬고 잇는 거시라구 그는 생각햇다. 그리고 그가 뎐신원 죽든 광경을 다시 회상하고 역장의 안부를 념녀하는 동안에 그는 텰도 선로 저ㅡ편 짝에서 "짱짱" 하는 맛치 소리[11]와 우런

___
11 맛치 소리 : 망치 소리.

두런하는 사람 소리를 드럿다. 그래 그는 얼는 고개를 돌녀 그짝을 바라다보앗다. 한 백 야드 밧 선로에 서너너덧 사람이 모혀서서 불을 밝게 켜 들고 무슨 일들을 하는 거시엿다. 아쌔는 숨도 아니 쉬이면서 눈을 크게 쓰고 정성을 다해서 그짝을 바라다보앗다.

밝은 불빗 아레로 식컴언 그림자들이 얼는얼는하는 거슬 보고 쏘 "짱쌍" 하는 쇠맛치 소리를 듯고 아쌔는 즉시로 그들이 텰도 선로를 절단하는 줄을 알앗다. 그는 맛치를 쥐고 얼는거리는 그림자 속에서 산동 젊은이의 그림자 갓흔 것도 잇는 거슬 보고 이상한 감각이 소사서 치를 썰엇다. 그리면 그 산동 젊은이는 단지 밥버리 업서서 굶고 단이는 쿨리가 아니엿든가?

아쌔는 눈을 돌녀 압흘 내다보앗다. 압흐로 그리 멀지도 안케 허여무러하게 흰 눈에 반사되는 평야는 반 시간 전에 쏙 갓흔 평평한 쌍이엿다. 그리고 그 뒤로는 식컴언 한울과 쌍이 모든 물건을 검은 보로 싸서 감추어두엇다. 그리고 폴랫쏨 우에 세운 "連山"이라구 쓴 네모난 류리등으로부터는 역시 누―러코 침침한 불빗을 발사하는 거시엿다. 그러나 그러케 내려붓든 눈도 이제는 씃치엿는지 한참 만에야 한 번식 허―연 부스럭이가 펄쩍펄쩍 하면서 증판하게 하나식 둘식 등대 불빗에 반사되면서 소리도 업시 발바닥에게 유린된 그의 친구들을 맛나려 쌍 우에 써러젓다. 아쌔는 춤추며 써러지는 눈송이를 쌀아 그의 시선이 우흐로부터 아레로 차차 내려오다가 바로 그 등대 미테 니르러 한편으로 놀내면서 한편으로 가슴을 울넝거리는 감정으로 그 시선을 흠친 멈추엇다. 그의 눈은 바로 등대 밋헤 밧삭 닥아 세워 잇는 조고마한 네모난 發光體(발광체)를 쑤러지도록 드려다보앗다. 그 조고만 발광체는 이편으로는 파라우리한 광선으로 쏘 저편 싹으로는 벌거우리한 광선으로 도적놈 발자귀의 침략을 피한 판판한 눈 우흘 곱게 반사하고 잇는 거시엿다. 아쌔는 아지 못하게 빙그레 우섯다. 그리고 저도 제가 왜 우섯는지 몰나서 고개를 흔들엇다. 거기 노힌 거는 바로 그가 잠간 전에(도적놈들이

오기 전에) 켜노코 이째까지 여러 가지 놀남과 무서움과 홍분으로 깜색 니져 버렷든 거시엿다. 그러나 지금에 도적놈이 정거장을 차지한 지금에 그 등이 무슨 쓸 데가 잇스랴! 아째의 직무는 쌔앗겻다면 쌔앗겻고 사직햇다면 사직한 거시 아니랴! 아째는 자기가 벌서 근 십 년 동안이나 하로도 쌔지지 안코 한결갓치 리행하든 직무를 오늘이라는 오늘에 한해서는 할 수 업시 리행하지 못하지 아니치 못하게 된 운명을 생각하고 구슬픈 생각이 드러서 한숨을 길게 내쉬엿다.

아째는 다시 등대 밋흐로부터 눈알을 굴녀서 저 자신을 차자보앗다. 그러고 그는 제가 바로 창고 첨하 밋 어둑신한 그림자 속에 숨어 잇는 사실을 발견하고 일변 놀나기도 하고 일변 깃브기도 햇다. 그는 도적놈들이 저를 얼는 잘 알아보지 못할 한편 어두운 구석에 천연으로 숨어 잇게 된 거슬 직각하고 조곰이라도 더 제 존재를 그들의 눈압헤서 감초랴는 드시 몸을 더 옴츠려서 담벼락에가 밧삭 붓허 안젓다. 이째 갑작이 그의 머리로는 엇든 이상한 생각이 번개갓치 지내갓다. 그는 이 몽롱한 생각을 잡아보려고 눈을 감고 머리를 흔들거렷다.

저—편에서 선로를 절단하든 도적의 쩨는 일을 맛추고 두런두런하면서 이쪽으로 왓다. 아째는 눈을 번쩍 쓰고 본능덕으로 몸을 더 옴추렷다. 도적놈의 쩨는 풀랫쏨으로 올나와 아째 잇는 곳은 본 체 만 체하고 천천히 거러서 出口 쌱으로 갓다.

눈은 확실히 머즌 모양인데 한울은 그냥 색캄햇다. 아째는 두려운 드시 선로가 절단된 곳을 바라다보앗다. 눈이 밋치는 데까지는 쩌뭇쩌뭇한 밉살스런 발자귀들이 보힐 쑨이요 그 뒤흐로는 평야인지 한울인지 분간을 못 하게 어두웟다. 그 어둠 속에 아마 무서운 음모의 구렁텅이가 숨어 잇슬 거시엿다. 아째는 기차가 그 근쳐로 급속도로 달녀오는 상상을 하고 몸서리를 첫다.

아쌔는 벌서 도적놈들의 계획을 대강 짐작을 햇다. 짐작이 아니라 쑥 알아마첫다. 도적놈들은 이러케 시골 조고만 정거장을 덤령해서 사방으로 통신을 절단해놋코 이 근처에 선로를 싣허노하서 이제 얼마 아니 잇다가 지나갈 最大急行客車를 탈선식혀놋코는 그 틈을 타서 습격을 하려는 거스로 아쌔는 생각햇다.

"흥, 몬젓번 린췽 사건 비슷하게……" 하고 혼자 중얼거렷다. "그러고, 그 산동서 왓다는 놈은…… 내 그러기 전부터 행동이 좀 수상하더라니……" 하고 그는 그 젊은 놈이 눈압헤 보히는 드시 얼결에 손을 내여져흐면서 니를 가랏다. 그러고 그는 손을 내여두른 거시 갑작이 후회가 나서 제 부주의를 속으로 원망하면서 숨을 죽이고 도적놈들 서 잇는 쪽을 바라다보앗다. 녀장군은 어느째 어데로 가버리고 총 메인 도적놈들이 그냥 꼼짝 아니하고서 잇섯다. 고개를 반쯤 수긴 채 아쌔 잇는 짝은 보지도 안는 것 갓햇다. 아쌔는 비로소 안심하고 후ー 한숨을 내쉬엿다.

녀장군과 산동 젊은이가 니야기를 하며 거러 나아왓다. 둘이 다 앗가보다는 퍽 가라안저서 안정해진 모양이엿다. 녀장군은 가만히 듯고 잇고 산동 젊은이는 공손하고 아첨하는 듯한 어태[12]로 보고 비슷한 이야기를 하는 거시엿다. 아쌔는 귀를 귀우리고 다만 한 마대라도 쌔놋치 말고 드러보려 결심햇다. 둘이서는 아쌔 숨어 잇는 쪽으로 천천히 거러왓다. 산동 젊은이가 "그러구 부하들은 털로 절단선 근처 좌우편에 충분히 매복을 식혀노핫습니다. 쏘 그 남아지는 모다 대합실에 모라 넛고 조용히 잇스라구 명령햇습니다." 하고 의미 잇는 드시 어둑신한 션로를 내다보고 다시 도라서서 져편 짝으로 둘이서 거러갓다. 그러고 아쌔는 다시 산동 젊은이가 녀장군더러 "이제 십 분만 잇스면 오게 되엿습니다" 하는 소리를 쪽쪽히 드럿다.

---

12 어태(語態) : 말을 하는 버릇.

"십 분— 십 분만 잇스면 급행렬차는 전복된다. 승객은 죽는다. 물건은 쌔앗긴다……" 하고 아쎄는 서글프게 생각햇다.

산동 젊은이는 풀랫폼으로 왓다 갓다 하면서 도적놈 대여섯에게 제가 그 동안 정거쟝에 잇스면서 急行車가 지나갈 적에 역부들이 엇더케 하든 거슬 본 대로 가르치고 지도하노라구 야단을 첫다. 물론 남이 보기에는 정거쟝에는 매일 잇는 것과 갓흔 상태요 별일이 업는 거스로 보히려 하는 모양이엿다. 그리고 그는 얼는 안으로 드러갓다가 정거쟝에서 밤마다 쓰누라구 만히 만드러둔 홰불대를 하나 들고 나왓다. 그거슨 이 정거장은 촌 조고마한 정거쟝인 고로 대개의 急行車는 머무르지 안코 그냥 지나가게 하기 위하야 밤에는 홰불을 붓처 풀랫폼 우헤 가만히 세워노하서 압헤 아모런 위험도 업스니 마음 놋코 지나가라고 저—편에서 기차를 모라오는 긔관수에게 암호를 하는 습관이 잇는 거시엿다.

홰불대를 바다 든 도적놈은 굼흐리고 서서 홰불을 켜노라구 쑴지럭거리고 잇고 그 밧게 두어 도적놈이 그 엽헤 서서 우두머니 드려다볼 쑌으로 그 남아는 산동 젊은이까지 모다 어데론가 숨어버렷다. 정거쟝은 어제도 그러코 그적게도 그랫스며 몃 해 전에도 그랫든 것갓치 다시 조용하여젓다. 색 컴아케 어두운 大地 한구석에 희스므르하게 빗최이는 한 덤 쌀알 갓흔 정거쟝이 긋업시 어두운 한울과 쌍 한가운데 고즈낙히 써 잇는 것 갓햇다.

개 짓는 소리도 더 들니지 안엇다. 긋업시 고즈낙한 침묵 속에서 잇짜금 공기의 파동을 쌔트리는 기츰소리가 간간히 날 싸름이요, 풀랫폼에 세워노흔 새로 불붓는 홰불이 소리 업시 그러나 쓰겁게 타드러 가는 모양으로 이 정거쟝 전톄가 소리 업시 아쎄의 가슴속에 타드러 가는 것 갓햇다.

정거쟝이 조용해지면 해질사록 아쎄의 머리는 더 분주하게 되엿다. 헤일 수 업시 만흔 련락업는 생각들이 순서도 업시 실쑤럼이 뭉쳐노흔 것갓치 아쎄의 머리속으로 뭉켜 도라갓다. 아쎄는 고개를 쳐들고 그 실뭉텅이의 어느

솟이나 한 솟을 붓잡아보려고 가즌 뢰녁[13]을 다 햇스나 무효이엿다. 거진 거진 그 실솟을 붓잡을 쓸할 째에는 남실만실하든 그 실솟은 그만 어데론가 쑥 쌔져 다라나서 그 훙크러진 얽어리 속으로 숨겨 드러가는 것 갓햇다. 그러고 아째 생각에는 제가 그 실솟 하나만 단단히 붓잡을 수가 잇스면 그 훙커리는 솔솔 풀려 나와서 제가 무슨 일을 하여야 할지를 찬찬히 조직덕으로 생각도 하고 계획도 하게 된 것 갓햇다. 그러나 아째는 너무 해주하엿다.

'십 분 십 분. 밧게 아니 남앗다. 아니 지금은 아마 오 분밧게 아니 남앗슬 거시다. 그러면 어서 시간 늦기 전에 무슨 일을 하기는 하여야 하겟다. 그러나 엇더케! 그거슨 불가능의 일이다. 그래도 그래도……' 하는 급한 생각이 항상 그 실솟을 끌어다가 혼돈 속에다 집어 넛콘 하는데 아째는 기가 막히게 골이 낫다. 전신이 몹시 초조해져서 우둘우둘 쩔렷다.

홰불은 소리 업시 히고 검은 연기를 피우며 버―르거케 타올낫다. 그러고 그 버―르건 불빗을 밧고 서 잇는 두셋의 총 메인 도적놈들은 죽은 드시 꼼작도 아니하고 서 잇섯다. 그러고 한울은 역시 쌈쌈하고 눈으로 덥힌 평야는 역시 잠잠한 속에 큰 비밀을 감추고 잇섯다. 그런데 이 견댈 수 업는 침묵속에서 홀로 아째의 머리가 한업시 끌어올낫다. 그러고 그의 눈과 귀는 지금쯤은 두세 마일 저―편에서 압헤 노힌 커다란 함정은 쑴에도 아니 생각하고 마음 턱 노흔 긔관수의 솜씨 아레서 한 시간에 삼십 마일식이나 가는 속도로 우러렁거리면서 세차게 달녀오고 잇슬 긔차를 보거나 그 소리를 드러보려고 매우 긴장되여 잇섯다.

침묵 속에서 시간은 한 초 한 초 지나갓다. 홰불은 불솟을 어더 활활 타올랏다. 아째는 다시 머리를 들어 눈을 가늘게 쓰고 왼편 짝을 주의 깁히 내다보앗다. 맛치 그 쇠쑤를 수 업는 검은 장막에 다만 바눌구멍만 한 구멍만이

---

13 뢰녁 : 노력.

라도 차자보려는 드시.

　바로 이째이엿다. 아째는 정말로 그 바눌구멍을 발견햇다. 왼편짝으로 져
－슷혜 아마 두서너 마일쯤 밧게 캄캄한 속울 쇠쭈르고 별인지 등불인지 분
간하기 어려운 좁살알 갓흔 빨간 덤 깜쌕깜쌕하는 거시 보힌 거시엿다. 아
째는 모르는 결에 "흙" 하고 몸을 써럿다. "마츰내 째는 니르럿다!" 하고 그
는 깜난 주먹을 불끈 쥐엿다. 이째까지 머－ㄴ하든 머리가 갑작이 씨슨 드
시 상쾌해지는 것 갓햇다. 그래서 아째는 조곰도 가리우는 거시나 의심 나
는 거시 업시 제가 할 일이 무어신지를 확실이 째달아 알앗다. 그리고 그거
시 다만 한 가지 남은 길이라는 것도 그는 확실히 인식햇다. 지금 이째에 아
째로는 별다른 길이 업섯다. 밤은 캄캄하게 어둡고 정거장 근처는 텰통갓지
도적놈들에게 째와 잇다. 그리고 어두운 져－긔에는 기차선로가 절단되여
잇고 그 좌우로 도적놈들이 매복하고 잇는 거실다. 그런데 지금 급행렬차는
―매일 무사히 지내 단니든 급행렬차는 마음 턱놋코 제 힘껏 다름질해 오
는 것이다. 이제 몃 분만 이대로 지나가면 기차는 그 절단된 선로까지 와서
써구러지고 말 거시다. 그러고는 피! 매, 고함, 고생, 공포! 오― 그것은 못
될 일이다. 그러케 되여서는 아니 될 거시엿다. 아모래도 무슨 짓을 해서래
도 그 기차는 이 길로 오지 안케 해야 할 거시엿다. 그런데 여긔 지금 플랫쏨
한구석 어두운속에서 아째 하나이 "엇더케 하야 엇더케 해야" 하고 몸을 뒤
쏘고 잇는 거시다. 면신원은 죽엇다. 역장은 지금은 어느 구석에 결박 지운
채 욱으리고 잇슬 거실다. 다른 역부들도 모다 혹은 죽엇거나 혹은 어데 숨
어서 우둘우둘 썰고만 잇거나 쏘 혹은 도적놈들의 지시하에서 쑤구리고 잇
슬 거시다. 그러면 아째 하나밧게는 업다. 아째는 사면에 야수를 두고 혼자
살아서 고민하는 파선과 갓흔 생각이 낫다. "혼자다―" 하고 그는 생각햇다.
혼자밧게 다른 이는 업다. 그러고 혼자 이 만흔 도적들을 대항하고 싸울가
하는 한 큰 미덥지 안은 공포와 쏘한 한업슨 법열에 그의 가슴은 쮜놀앗다.

혼자! 혼자 하기는 해야겟다. 그러나 엇더케 하리오. 한 삼사십 야드 저—
편에 잇는 小屋(소옥)으로 쒸쳐가서 선로 맛추는 대를 압흐로 잡아 젓치버리
면 그쑌은 그쑌일 거시다. 그러케만 할 수 잇다면 긔차는 절단된 선로로는
발길도 아니 드려놋코 이편 안전한 길로 평안히 다라나버릴 수가 잇는 거시
다. 설혹 숨어 잇든 도적들이 총알 개나 쏜대야 급히 다라나는 차에 그리만
흔 해를 줄 것은 업슬 거시다. 만하야 류리창이나 몃 개 쌔여질지언뎡 결코
인명에는 손해가 업게 될 거슨 확실한 거시엿다. 그러나 지금 이 자리에서
그 일이 가능한가? 지금에 정거장을 중심으로 하고 쪽쪽히 살피고 잇는 눈
은 넘우 만핫다. 그 만흔 눈들을 속이고 아쌔가 거긔까지 거러갈 수가 잇다
는 거슨 기적이랄 수밧게 업다. 사람의 힘으로는 도뎌히 상상할 수도 업는
거시엿다. 그러나 이런 쌔 능히 기적을 바랄 수가 잇슬가. 쏘 설혹 小屋까지
간단들 거긔는 도적놈의 쎄가 벌서 직히고 섯지 아니 하리라구 말할 수 업
는 사실이엿다. 물론 거긔 만흔 도적의 쎄가 매복해 잇는 것은 분명하다. 그
러면 거긔까지 가는 거시 첫재 不可能(불가능)쑌만 안이라 거긔 가더래도 아
모 일도 해보기 전에 벌서 방지될 거슨 두말할 것도 업는 거시엿다. 그러면
지금 아쌔에게는 다만 한 가지 길이 남앗슬 싸름이엿다. 다만 혼자서 다만
한 가지 일을 하여야 할 운명을 가진 거시다. 그래 그는 다만 그 한 가지 길
인 등대 밋헤 세워노흔 신호등을 바라다보고 두 손을 마조 부비엿다. 그러
고 그는 눈을 돌녀 긔차오는 편을 바라보앗다. 저—편 아직 먼 곳에서 기차
머리불은 앗가보다도 퍽 더 쪽쪽하게 쌈박거리면서 움즈겨 오는 거슬 바라
보앗다. 아쌔의 다리 근육이 벌덕 니러서고 상반신이 흠칫 니러섯다. 눈 쌈
쌕할 동안에 그의 전신은 풀랫쏨 밧그로 나아가게 되엿다.
　바로 이쌔 엇던 번개불 갓흔 생각이 그의 머리를 슬치고 지내갓다. 그래
서 그는 고만 다시 펄석 주저안젓다. 그는 얼골을 돌녀 풀랫쏨을 바라다보
앗다. 두서넛의 총메인 도적들이 버—ㄹ거케 빗최이는 홰불빗을 잔등에 바

다가면서 지리한 드시 기차오는 편을 쌈쌈 아니하고 바라다보고 잇는 거슬 아쩨는 보앗다. 그리고 근처에 업듸여서 째를 기다리는 수십 혹은 수백의 도적놈들이 일제히 저를 향하야 총을 건우고 방아쇠를 달그락거리는 것 갓흔 생각이 드러서 몸소리를 첫다. 수백의 눈이 저를 조롱하는 눈으로 바라다 보든 것 갓햇다. 그래 그는 맥업시 쓰러져서 눈을 감앗다. 그의 머리를 번개불 갓치 슬치고 간 것은 곳 "죽음"이라는 무서운 두 글자이엿다. 이 일을 하려면 목숨을 내노하야 한다.

아쩨는 생각햇다. "나는 오늘 밤 여기서 죽는다. 웨? 정거쟝 역부 노릇을 해먹을망뎡 삶이라는 것은 재미잇는 것이오 가치 잇는 것일다. 더욱이 나 하나를 의지하고 살아가는 나의 어머니 — 늙어서 눈까지 멀은 어머니 내 안해 내 가쟝 사랑하는 안해 그리고 또 내 아들 내 조상의 대를 니을 외아들. 그들은 가난이라는 벌판 우에 내여버리고 내가 오늘 죽을 수가 잇나! 나만 죽으면 그들도 죽는 거시나 다름이 업시 될 거시다. 누가 보호해줄 사람도 업고 먹여주고 닙혀줄 사람도 업다."

아쩨는 쑤렷하게 그의 압헤 나타나는 어머니 안해 아들의 얼골들을 차레차레 바라다보앗다. 그리고 사죄하는 드시

"아니요 아니요 이 세상 천만 사람의 목숨보다도 당신들이 내게는 더 귀하외다. 그럴 리가 잇슴닛까. 내가 왜 내 목숨을 내노하요. 내가 일생에 보지도 못하고 상관도 업는 그 승객 수백 명을 살닌들 당신들을 못 살게 한대면 내게 무슨 쓸 데가 잇겟소. 아니요. 나는 가만 잇슬테요." 하고 속으로 주문외이듯 외이엿다.

아쩨는 생각햇다. 사실 말이지 자기는 아모런 책임이나 의무를 가진 거슨 아니엿다. 역쟝 통신원이 모다 리유는 하여간에 찍소리도 못하고 잇는데 홀로 기수가 도적을 방어하지 못한다구 일후에 나라에서 벌 내릴 거슨 결코 아니엿다. 이제 몇 분 혹은 몃 십 분 동안을 눈 짝감고 귀 짝 막은후 그냥 그

자리에 업드려잇다가 니러나면 첫재는 제 목숨을 살닐 거시요, 둘재는 제 가족을 살닐거시다. 지금 아쎄에게는 피하지 못할 중대한 선택이 잇는 거시다. 그리고 이 선택은 절대로 자유인 동시에 쏘한 급히 하지 아니하면 아니 될 거시엿다. 선택을 할 기회는 이제 사실로 몇 분이라기보다 몇 초 밧게 아니 남은 거시엿다.

아쎄는 가슴에서 쓰러오르는 엇든 이상한 감정을 내려누르고 좀認(부인)을 하려고 애를 썻다. "나와 그들과 무슨 상관이 잇나. 나는 내 가족이나 쏘는 내 몸이나 살려야지" 하고 그는 작고 작고 중얼거렷다. 그래서 이 생각으로 그의 머리 전테를 채와서 다른 생각이 생길 틈이 업게 해보려고 애를 썻다 만은 그것은 무효이엿다.

어느 구석에선가 그의 머리속에는 쓴침업시 法律(법률)이나 風俗(풍속)의 책임이라는 것보다 '사람'이라는 이 人生의 책임이라는 거시 더 중한 거시라는 암시가 기여오르는 거시엿다. 그러타 법률상으로 볼 쌔 지금 렬차를 타고오는 수백 혹은 수천 사람이 몰사를 한다구 하드래도 그에게는 아모 책임도 도라갈 것이 업섯다. 짜라서 아모 벌도 밧을 리가 업섯다. 오늘 밤만 이채로 지내가면 내일부터는 다시 평화스럽게 일을 게속할 거시오, 월급을 바다서는 사랑하는 부모쳐자를 기를 거시다. 그러나 아쎄는 '사람'이엿다. 과연 오늘 밤 일과 갓흔 경우에 '사람'으로써의 아쎄에게 '사람'으로써의 아모런 책임도 업스며 짜라 벌도 업슬 거신가.

아쎄는 괴로워서 몸을 비틀엇다. 지금 아쎄의 눈압헤는 급행렬차 삼등간 안 모양이 우련-히 나타낫다. 희미한 면등불 아레서 짠짠한 나무걸상을 침대 겸 벼개 겸 하고서 울렁덜렁 몸을 들치우면서 화평스럽게 잠을 자고 잇는 어린이 녀편네, 산아희[14]들이 쪽쪽히 그의 눈압헤 나타낫다. 어린애 둘이

---

14 산아희 : 사나이.

압헤 노힌 두 개의 함정을 쉼도 아니 쉬고 온전히 깁흔 잠에 드러 무슨 재미 난 쑴을 쑤는지 어엽븐 입술을 방긋거리면서 그 토실토실한 주먹을 들엇다 노핫다 하는 광경이 쪽쪽히 바라다 뵈엿다.

아쩨는 다시 몸을 썰엇다. 그러고 이번에는 그는 그의 눈압헤 나타난 제 집안을 바라다보앗다. 어머니와 아들이 화평이 잠들엇고 안해가 명일날[15] 아들 신길 신을 깁고 안져잇는 것이 보히엿다. 그의 아들은 머리만 내여놋 코 니불을 푹 쓴 채 눈썹 새이를 행복스럽게 쌩긋쌩긋 하면서 쌕색 잠을 자 고 잇섯다. 그러다가 이번에는 어머니와 안해는 아니 보히고 곤히 자는 아 들의 모양만 나타낫다. 그러고 바로 엽흐로 이상하게 방금 조금 전에 보히 든 기차속에서 잠자는 아해 모양이 나타낫다. 쌍둥이 갓흔 두 아해 형뎨 갓 흔 두 아해는 둘이 다 사랑스럽게 우슴을 씩우면서 서로 도라누웟다. 그러 다가 어느 새이에 두 광경이 드러가 마조 붓허서 한 그림이 되엿다. 그거슨 급행렬차 삼등실이엿다. 마음놋코 잠자는 만흔 사람들 가운데 그는 그의 어 머니와 안해와 아들이 뒤석기여서 잠자고 잇는 것이 보히엿다. 그리고 그는 금시로 그 만흔 사람들이 모다 어머니 안해 아들로 변해젓다. 이 구석에서 도 저 구석에서도 어머니와 안해와 아들이 잠자고 혹은 주먹으로 두 볼을 부비면서 니러나려고 하기도 한다. 아쩨 저 자신까지가 그 긔차속에 담겨서 끌녀가는 것갓치 몸이 들추이는 것을 쌔달앗다. 그리고 그 순간에 모一든 환상은 싯츤 드시 사라지고 그는 희미하게나마 확실하게 기차의 大地 우흘 달니는 으르렁거리는 소리를 드럿다.

이 희미한 덜컹 소리와 미약한 지진 갓흔 흔들님이 아쩨에게는 화약뭉텅 이에 석냥불 대인 것갓흔 영향을 주엇다.

아쩨는 다시 아모런 관념 사상 토론이 업시 번개불갓치 벌떡 니러섯다.

---

15 명일날 : 이튿날, 다음날.

그러고 사슴이를 본 범보다도 쏘 쌔르게 걸핏 등대 압흘 지내는 듯하면서 반길이나 되는 풀랫쏨을 내려쒸여서 선로 우헤 섯다. 그리고 극한 흥분으로 무의식하게 "어허! 어허!" 소리를 지르면서 그는 그의 바른손에 들닌 신호 등을 그의 키와 팔이 밋는데 쌔지 놉히 처들고 막 내두루면서 미친 드시 기 차를 마조향해 다름박질첫다. 아쌔는 첫번에 기차가 아직 한 반마일가량 밧 게 잇는 거슬 보앗다. 그래서 저도 무엇이라구 하는지 모른 번한 고함을 지 르면서 신호등을 그냥 내두루면서 다름박질햇다. 아쌔가 휘두루는 신호등 이 압흐로는 샛쌜간 반원의 불줄을 中空에 그리고 뒤흐로는 새-파란 불 줄을 그려노핫다.

사면에서 웨치는 소리가 들럿다. 그리고 그 웨치는 소리 모다들 보다 더 날카롭게 녀장군의 성난 웨침이 들녀왓다. 그리고 사면에서

"죽여라 죽여라!" 하는 무서운 소리가 나는 듯하자 "팽, 팽" 하는 총소리 가 시작하다가 마즈막에는 기관총 여러 개를 한쎠번에 사격하는 것갓흔 복 잡한 총소리가 고요하든 한울을 쩌내보낼 드시 어즈러히 들녀왓다. 무슨 한 업시 쌔른 물건들이 아쌔의 몸사면을 슬치고 횡횡 지나가는 것을 그는 쌔달 앗다. 이 두려운 혼잡이 아쌔에게 십 배나 되는 더 큰 열을 부어주엇다. 그 래서 그는 더욱 더욱 소리를 지르면서 선로 우를 쩡충쩡충 쒸여가서 선로절 단 된 데까지 간 쌔 쩽강하고 그의 신호등 류리가 산산히 헤여져서 아쌔에 머리에 왼통 뒤집어 씨우면서 불이 쩌져버리고 마럿다. 아쌔는 더욱 더욱 열이 나서 밋친 놈처럼 소리만 버럭버럭 지르면서 쌔여진 등을 그냥 내두르 면서 압흐로 더 쒸쳐갓다. 그러나 그가 서너 발자귀를 더 못가서 그는 그의 잔등을 무슨 무거운 쇠망치 갓흔 거스로 어더맛는 것갓흔 감각을 인식하면 서 그만 앗 소리를 치고 그 자리에 쏙구라졋다.

잠간 만에 그는 그가 눈쌔힌 선로 우헤 가로 너머져 잇는 거슬 발견햇다. 그러고 어데라구 형용할 수는 업시 왼몸이 압흐고 쓰림을 쌔닷고 제 주위엔

희고 깨긋한 눈이 하욤업시 흘너나오는 제 피로 쌜가케 물들여지는 거슬 직각햇다. 그러나 그는 이런 일들은 오래 생각지 아니햇다. 그의 머리는 다시 그 긔차와 도적놈들의 생각으로 분주하여젓다.

그는 무슨 소리를 드러보려고 젼 정신을 귀로 모핫다. 확실히 기차소리는 머젓다. 울컹거리는 소리는 업서젓다. 그리고 다만 파당파당하는 성낸 발자귀소리들과 명절날 오독쏘기[16] 쏘는 소리 갓흔 총소리가 들닐 뿐이엿다. 일이 엇더케 되엿나? 그러면 내의 이만한 뢰녁도 그만 허사가 되엿는가 하는 비감한 생각이 핑 도라갓다. 바로 이째 그는 분주한 총소리와 고함소리 속으로 새로히 울녀오는 기관차에 푸푸소리와 덜그럭소리를 확실히 드럿다. 그는 죽을힘을 다드러 고개를 소리나는 편으로 돌니엿다. 얼마 멀지 안은 속에 기관차 머리불이 펄럭거리고 잇고 그 압흐로 무엇들이 왓닥갓닥 하는 것 갓핫다. 아째는 손바닥에 쌈을 흘녀가며 정신업시 그것만 바라다보앗다. 기관차 머리불이 차차 멀어지고 푸푸소리가 차차 희미해지는 것을 쌔다랏다. 짜라서 앗가보다 더 큰 웨침소리와 혼잡한 총소래를 들엇다.

아째는 안심하는 한숨을 훅 내쉬엿다. 그러면 기관수는 아째의 신호를 보고 기차를 급히 멈추엇다가 총소래를 듯고 급히 뒤거름을 쳐서 다라난 거시다. 아째의 일은 일우워진 거시엿다. 근 십 년이나 매일하든 직무를 번디지 안코 끗까지 계속한 거시다. 그리고 오늘이 그 직무리행하는 마즈막 날인 거시엿다. 그리고 그 마즈막 리행으로 '죽엄'을 엇엇고 그 죽엄으로 그 '영원한 삶'을 산 거시엿다.

긔차 머리불은 머—러서 잘 보히지도 안는 저—편 수평선에서 까물까물하고 그리 요란하든 총소래도 쑥 끈쳣다. 다만 기쓰고 기차를 짜라가며 총질하든 도적놈들이 제각기 무어라고 제 분푸리를 부르지즈면서 급히 이곳으

---

16 오독도기 : 불꽃놀이에 쓰는 딱총의 하나. 화약 심지에 불을 붙이면 터지는 소리를 내면서 불꽃이 떨어진다.

로 다시 도라오는 발자귀소리를 그는 드럿다. 그러고 숫한 식컴언 것들이 급급히 아쌔 넙흐로 혹은 넘어쒸여서 정거장으로 가는 거슬 보앗다. 잔등과 목에 마진 상쳐도 찬 눈에 마비가 되여서 압흔 줄을 알 수가 업고 구름업는 하눌갓치 샛맑안 그의 머리에는 만족과 환희의 감정으로써 가득 채와 잇섯다.

'사람노릇 햇다' 하는 감정이 아쌔를 긋도 업는 즐거움속으로 그의 정신을 인도하는 것이엿다.

도적놈들의 발자귀소리가 차차 멀어젓다. 후환을 무서워하는 그들은 한시각도 지테하지 못하고 급급히 도망질 치는 거시엿다. 아마 복수로 역장을 죽여버리고 가는지도 알 수 업슬 거시엿다.

싹 소리도 업시 다시 고즈낙해젓다. 언제부터인지 다시 곱고 느릿한 함박눈이 펄펄 나려와서 상기된 아쌔의 얼골을 덥고 몸동이를 덥헛다. 아쌔는 절반은 꿈속 갓흔 속에서 다시 개짓는 소리를 드럿다. 그러고 그 컹컹하는 소리속으로 은은히 들니는 제 아들의 목소리를 그는 듯는 것 갓헛다.

"아버지! 아버지!"

그는 대답을 하려 햇다. 그러고

"오! 너도 사람구실을 하여라" 하고 말하고 십헛다 만은 절대로 불가능이엿다. 벌서 그의 관능은 그의 지배를 거절하는 것이엿다. 그는 그냥 꿈속 갓치 "아버지! 아버지!" 하는 소리를 드르면서 잠자는 드시 무의식하게 되엿다. 함박눈은 그냥 나려부어 아쌔를 곱게 돌나 덥헛다. (1925)

천당

천당

1

가난뱅이는 세상에서 가즌 고생을 다 햇습니다. 밥도 여러 번 굼고 겨울에 솜옷 한 벌이 업서서 썰기도 햇습니다. 더위가 백 도¹를 더 올나갓다는 녀름날 남들은 선풍기 돌녀놋코 어름물 마시면서 "더워 더워" 하고 안젓는 째에 그는 내려쬐이는 해쌀 아래서 쌀섬을 지고 쌈을 쌜쌜 흘니지 안이치 못햇습니다. 물론 그러케 하지 안으면 먹을 것이 생기지 안으니까 할 수 업시 그리햇습니다.

그가 일을 즐게 하고 배곱흠을 실혀주지 안이하는 데는 충분한 리유가 잇섯습니다. 그것은 그가 진실한 예수교인인 것임니다. 물론 그는 "세상에서는 이러타고 죽어서는 텬당에 간다" 하는 확신이 잇기 째문에 세상 괴로움이 우섭어젓습니다. 엇던 째 몸이 좀 고단하고 정신까지 피로해지는 일이 잇슬 째에는 언재나 그는 제의 그 도야지 우리 갓흔 헛간 안에 들어가 안져서 한참식이나 눈을 감다 장차 갈 텬당을 생각하야 안위를 엇고 햇습니

다. —금으로 셩을 쌋고 사방에 보석으로 만돈 열두 문이 잇고 그 속에다가 모두 금은보석으로 기둥하고 석가래한 고대광실(압동리 김 푸언네 집보다도 더 죠흔 고래 갓흔 개와집)이 나를 위해 준비되여 잇다. "너히 아버지 집에 잇슬 곳이 만흐냐"한 예수님이 말을 하셧다. 압흐로는 생명수가 가로 흘너내리는데 백설 갓흔 옷을 닙은 텬군 텬사들과 천만 신도들이 금거문고를 들고 하누님을 찬미할 것이다. 그 속에 나도 씨워서 생명과를 마음쏏 짜 먹고 다시 울지도 안코 한숨도 안 쉬고 늘 즐겁게 늘 노래만 부르고 살아갈 것이다. 이—러케 생각을 하면 그는 즐겁기 한량업섯습니다. 그러고는 그는 방금 그 텬당 모양을 눈으로 보는 것 갓햇습니다. 그 광경은 그가 년전에 가본 평양 개명²보다도 더 훌륭한 곳이엿습니다. 그러다가는 길고 간절한 긔도를 한참 올니고 언제나 찬미가를 펏쳐 들고 곡죠는 되엿건 말앗건 헛튼 수심가 곡됴로 길게길게 찬미를 울럿습니다.

> 날빗보다 더 밝은 텬당
> 밋는 것으로 멀니 뵈네
> 잇쓸 곳 예비하신 구쥬
> 우리들을 기다리시네
> 몃칠 후 몃칠 후
> 요단강 건너가 맛나리

하는 노래를 되풀하고 쏘 되푸리하면 그는 늘 엇던 심각한 자극을 밧아서 젼신을 부르르 썰곳 햇습니다. 그 감정은 말로 나타내기 힘든 극도의 히열이엿습니다.

그는 틈이 잇는 대로 성경 넑기를 게을리 안이햇습니다. 예수를 밋은 후에 언문을 배왓는데 책이라구는 성경밧게 다른 것은 아모것도 넑지 안엇슴

---

2 개명(開明) : 문맹이 발전하고 문화가 발달함.

니다. 삼국지 갓흔 소설을 리웃에서 빌녀다 볼 수 잇섯다만 그런 것은 쌔가 튀이도록 뢰동하는 그로는 볼 쌈이 업섯습니다. 다만 성경은 "생명의 쩍"인 고로 하로도 궐할[3] 수 업다 하야 매일 닑엇습니다. 물론 그 쯧을 쌔닷는 것도 안이지만 하여간 다만 몃 절이도 닑어야 마음이 노힐고 햇습니다. 텬당 가려면 성경을 닑어야 한다는 것이 이번 귀신에게 먹을 것을 밧쳐야 하는 것과 쏙 갓흔 요지인 줄 그는 밋엇습니다.

가난뱅이는 성경을 닑는 가운데서 몃 가지 사실을 발견햇습니다. 첫째 그는 권세는 하나님쎄로 나지 아님이 업니니 모든 사람은 권세에 잇는 웃사람에게 굴복하라 하는 바울의 교훈을 쯧까지 행하려 햇습니다. 그래 그는 "권세 잇는 순사 나으리" 압해는 양보다도 더 순한 롱민이 되엿습니다. 그러고 동댱 면댱 나으리는 물론 디쥬(地主) 쏘는 동리 늙은이에게까지 잇는 모─든 권세 압헤는─권세가조거나─절대로 복종하고 종노릇하기를 실혀하지 안엇습니다. 그것이 텬당 갈 사람의 무긔인 줄 깨다랏기 쌔문에.

"부자가 하눌에 오르기가 약대[4]가 바눌귀로 들어가기보다 더 힘든다"는 예수님 교훈도 그는 늘 머리에 색이고 잇섯습니다. 그레서 그는 결코 돈 모흘 생각을 안이햇습니다. 아니 돈이 모힌가 바 겁이 낫습니다.

역려과객[5] 갓흔 내가
힘이 부족하오니
전능하신 쥬 여호와
내 손잡고 갑쇼셔
하날 쩍을
먹여주시옵소셔

---

3 궐할 : 빠뜨릴.
4 약대 : 낙타과 낙타속의 짐승을 통틀어 이르는 말.
5 역려과객(逆旅過客) : 세상은 여관과 같고 인생은 그것에 잠시 머무는 나그네.

하고 그는 늘 하날 쩍을 구햇슴니다.

"사람이 쩍으로만 사는 것이 안이라 오직 아버지의 말슴으로……" 햇스니 그져 세상 쩍은 못 먹어도 죠코 하날 쩍과 하나님 말슴만 가졋스면 아모 걱정 업다 햇슴니다. 그래 그는 엇던 롱사쑨들이 디주가 지텽을 넘우 만히 매인다고 원망을 하거나 욕을 할 째는 그는 이러케 말햇슴니다.

"역려과객 갓흔 몸이 쩍으로 살 것이 안이라네."

그는 도로혀 부자들을 불상히 보앗슴니다.

그러타 그는 다시 성경을 닑는 가운데서 조흔 발견을 하나 햇슴니다. 그 것은 나사로의 니야기엿슴니다.

거지 나사로의 니야기는 신약에서 유명한 니야기 중에 하나님이다.[6] 몸 의 헌데가 난 거지 나사로가 매일 부자집 문깐에서 어더먹는데 그 집 주인 이 먹다 남긴 것을 그 집 개와 함끠 논하 먹고 잇섯슴니다. 그러다가 나사로 죽고 부자도 죽엇는데 나사로는 텬당에 가서 아부라함의 품에 안기여 호사 하고 부자는 디옥에 쌔져서 나사로를 쳐다보면서 물 한 방울만 내려 보내서 타는 듯한 혀쯧을 좀 축여달나고 햇슴니다. 그러나 나사로는 물을 안이 내 려 보내주엇슴니다.

이 니야기를 닑고 가난뱅이는 어서 거지가 되지 안으면 안이 되겟다 햇 슴니다. 그래 그는 즉시로 자긔 하든 일을 집어 내던지고 거지가 되여 이 집 저 집으로 이 동리 저 동리로 구걸을 단니게 되엿슴니다. 구걸질이 그리 쉬 운 것이 안이엿슴니다. 엇든 닌색한 사람의 집에 갓다가 구박과 거절을 당 하고 나올 째면 그는 늘 혼자 중얼거렷슴니다.

"재물을 싸에 싸하 두지 마라 좀이 먹고 도적이 드나니…… 흐흥" 이째에 이 말이 주인집 하인들에 귀에 들어가서 쌤개나 어더마즐 째도 잇고 또 혹

---

6 하나님이다 : 하나입니다.

은 낫선 동리에 가면 철모르는 어린 아해들의 돌팔매질도 마즌 적이 잇습니다. 그럴 째마다 그는

"즐거워하고 깃버하라 하날나라에서 상⁷ 엇을 것이 크리라 의를 위하야 핍박을 밧는 자에게 복이 잇슬진뎌" 하면서 뎌항하려고도 안이햇습니다.

그런데 아직까지 이 가난뱅이 마음에 흡족지 못한 것이 잇섯습니다. 그것은 나사로터럼 몸에 헌데가 나야 할 터인데 그것이 그는 안 생기는 것이엿습니다. 그래 그는 일부러 옷⁸이라도 올녀볼가 하고 옷나무를 꺽거 들고 단니기도 하고 옷진을 얼골에 발나다 보앗스나 본래 옷을 타지 안는 사람이여서 무효이엿습니다. 그는 엇더케 햇스면 조흘가 하고 여러 가지로 생각을 햇스나 무슨 묘책이 생기지 안엇습니다.

그러나 마츰내 째는 니르럿습니다. 그가 거지 된 지 몃 달이 못 되여서 그는 어데선지 옴⁹을 올랏습니다. 처음에 손새가 가렵기를 시작하더니 토도록토도록 피여오르는 것을 보고 올타구나 하고 혼자 깃버햇습니다. 잠간 동안에 옴은 젼신에 펴 놋게 되엿습니다. 가난뱅이는 이제야말로 "뎐당은 곳 내 것이로구나" 하는 깃븜에 열광햇습니다. 그래 제에게 옴까지 올녀주신 그 하누님의 은혜를 찬송하고 감사하는 긔도를 열심으로 들엿습니다. 그러고는 이제로부터는 제 일홈을 나사로로 밧구엇습니다.

옴은 약질¹⁰도 안이하고 목욕도 안이하니까 차차 더하여져서 마츰 몸은 여기져기 썩들어가기 시작햇습니다. 나사로는 왼몸이 괴롭지 안은 것은 안이나 이것이 다 뎐당 가는 길이여니 하고 생각을 하니 위로가 되엿습니다.

나사로는 압흔 몸을 질질 끌면서 엇든 부자집에를 차자갓습니다. 맛침

---

7 상(賞) : 잘한 일 등을 칭찬해주는 표시.
8 옷 : 옻. 옻나무의 독기.
9 옴 : 옴진드기가 기생하여 일으키는 전염 피부병.
10 약질 : 약을 복용하거나 바르기.

그 집에서는 녕감 한갑으로 왼 집안이 써들석하야 큰 잔채를 베풀엇습니다. 숫한 사람들이 마당으로 왓다 갓다 하며 분주히 도라가고 부엌에서는 녀인들이 짬을 치마귀로 씻처가면서 썩도 찌고 산적도 지지고 국도 쓰누라구 야단임니다. 방 안에는 늙은이가 가운데 교의에 걸어안고 그 앞헤는 여러 가지 맛잇는 음식을 차려놋코 조희로 만든 꼿들로 장식한 조반상이 노혀 잇습니다. 모-든 것이 모두 먹음직헛습니다.

중문간에는 벌서 거라지가 서넛 쑤구리고 안저서 싸늘한 장국 한 사발식을 들이켜고 잇섯습니다. 나사로도 어정어정 들어가서 "한술 줍소-" 하고 웨첫습니다.

"아이고 거렁이도 참 만히도 온다" 하면서 머슴 비슷한 총각이 썩을 한 그릇 들고 나왓습니다. "장국은 인전 다 업서젓쇠다. 자 이 썩이나 먹우" 하고 들어갓습니다.

"올타 되엿다" 하고 나사로는 속으로 혼자 깃버햇습니다. 그것은 성경에 나사로가 주인의 상에서 써러지는 썩부스럭이를 주어 먹엇다고 햇지 밥 먹엇다는 말이 업슨 연고임니다. "차차 주의 말슴이 내게 응하는고나" 하고 혼자 깃버햇습니다. 그러나 "썩 부스럭이라는데 부스럭이가 잇나" 하고 뒤적뒤적해보앗습니다. 과연 밋헤는 팟 부스럭이도 잇고 썩 부스러기도 잇섯습니다. 나사로의 깃븜은 말할 수 업섯습니다.

맛침 쓸에서 이것저것 주어먹든 개 한마리가 무슨 생각이 들엇든지 어슬넝어슬넝 중문 안으로 나아왓습니다.

"올타 되엿다" 하고 나사로는 얼는 커단 썩 한 개를 집어서 개쎄 향하고 손을 내밀엇습니다. 개는 기지개를 한번 하고 웬일인지 모르겟다는 드시 물쓰럼히 나사로를 바라다보더니 왈악 달녀들어 썩덩이를 쎄아서 들고 저만치 다라낫습니다. 나사로는 머리를 홰홰 내저엇습니다. 개는 썩을 다 먹고 다시 나사로에게로 어정어정 거러왓습니다 — 그 기다란 혀로 입가를 슬슬

문즈르면서.

"올치! 이리 온" 하고 썩 한 덩이를 다시 개에게 던저주엇습니다. 밥을 다 어더먹고 나가려고 하든 거지들이 이 광경을 보고 어이가 업든지 문턱에 거러안즈면서

"여보 녕감 밋첫소. 먹을 것을 개를 주다니 먹기 실커든 나나 주오" 하고 손을 내밀엇습니다.

나사로는 들은 체도 안이하고 맛이 잇게 먹는 개를 들여다보고 안저 잇섯습니다. 그 썩도 모두 삼킨 개는 아주 나사로에게로 더 갓가히 와서 코를 쌍에다 대고 주정거리며 도라갓습니다. 나사로는 성경 말슴 응할 것이 넘우 깃거버서

"그러치 올치" 하면서 슬멋이 절반 썩어진 넙적다리를 개 앞으로 내댓습니다. 개는 코로 두어 번 맛하보더니 재미업다는 드시 다시 썩사발 근처로 코를 돌려가다가 썩사발을 차자서 사발 밋까지 쌕쌕 할기 시작했습니다. 나사로는 저윽이 실망했습니다. 성경에 보면 개가 나사로의 몸 헌데를 할탓다구 햇습니다. 나사로는 행여나 그 헐어진 자리를 할타주나 하고 기다렷스나 쓸데업섯습니다. 개는 여전히 썩사발만 퐛 보숭이 하나 남기지 안코 반반히 할탓습니다. 나사로는 슬근히[11] 골이 낫습니다. 그래 뷔인 썩사발을 왈칵 잡아채이면서 개 압다리를 힘썻 잡아끌어가 개목아지를 제 너분다리에 갓다 대힐여고 애를 쓰면서

"자 할타라 할타라" 하고 소리 질넛습니다. 개는 뒤발을 벗치고 서서 "으릉 으릉" 하더니 귀치 안타는 드시 나사로쎄로 와락 달녀들어 너분다리를 한번 콱 깨밀엇습니다. 나사로는 외마대 소리를 지르고 쓰러지고 개는 두어 거름 물너서서 컹컹 하고 서너 번 짓고는 어대론가 쌩손이를 치고 말엇습니

---

11 슬근히 : 은근하고 거볍게.

다. 이 광경을 구경하든 다른 거지 두흘은 가가대소[12]하면서 문을 나서서 저 갈 데로 갓습니다.

2

몃칠 뒤에 나사로는 죽엇습니다.

3

나사로의 령혼은 련당 길을 걸엇습니다. 성경에 잇든 말과 가티 퍽 사나 온 길이엿습니다. "좁고 사나와서 가는 사람이 적다"고 하더니 정말 가는 사람도 업섯습니다. 종일 나사로는 동행도 업시 혼자서 고독히 거름을 거럿 습니다. 돌에 발쑤리를 차서 피가 흐르고 가시덤불이 무릅을 가리가리 찌저 놋코 그 우에다가 무슨 하루사리 갓흔 날즘생이 작고만 얼골을 싸고 돌아서 눈코 쓸 수가 업섯습니다. "과연 성경 말슴이 응하고 가는고나"하고 속으로 생각하면서 나사로는 죽기를 쓰고 그냥 그냥 올나갓습니다.

하로종일 올나가서 긔진맥진 햇슬 째에야 겨오 련당 문 압까지 니르럿습 니다. 즐김이 가득한 눈으로 처다보니 련당 문은 자기가 예기햇든 것과는 넘우나 틀니는데 고만 절반은 락심이 되엿습니다. 나사로가 예기햇든 련당 문은 금은 보석으로 만든 대궐 문이엿습니다. 적어도 평양 개명서 본 대동 문만은 하려니 햇든 노릇이 지금 이 련당 문이라는 것은 대동문커녕 감옥소 갓햇습니다. 싯컴어코 무시무시한 널판지 문이 감감하게 하눌에 다흐도목 놉히 서 잇섯습니다.

---

12 가가대소(呵呵大笑) : 소리내어 크게 웃다.

"아니 저 안에는 다른 대문이 잇고 그 속에는 정말 금은으로 지은 집들이 나로 위해 기다리고 잇슬 테다. 이것은 아마 내 밋음을 시험해보누라구 짜로 나보기 실흔 문을 만드럿나 부다" 하고 나사로는 새로운 용기와 희망을 내엿습니다. 나사로는 벌쩍 니러서서 주머귀로 그 대문짝을 쌍쌍 첫습니다. 쌍쌍 소리는 크게 하눌에 반향이 되엿스나 안에서는 아무 대답 소리도 업섯습니다. 나사로는 다시 제 힘것 두다렷스나 아모런 대답도 업습니다. 처렁처렁하는 반응 소리가 업서지면 사방은 다시 씨ㅡ하고 메시메시한[13] 침묵이 둘너싸곳 햇습니다.

나사로는 피로해서 그 자리에 쓰러져서 그 밤을 보냇습니다.

그 잇흔날 아츰이엿습니다. 나사로가 다시 정신을 채리고 엇지햇스면 조흘가 하고 생각을 하구 잇는데 저편으로부터 엇던 비단옷을 닙은 로인 한 분이 이리로 갓가히 오는 것이 보히엿습니다.

"아 저이가 하누님인가 보다" 하고 나사로는 밋칠 듯시 깃버서 업든 힘을 다하여 가지고 그에게로 달녀갓습니다. 그래 잡담 뎨지하고 그 로인에게 달녀들어 꿀어업대여 절을 햇습니다. 로인은 놀난 드시 나사로를 니르키며 "이게 웬일이요? 웨 이러시오?" 하고 디려다보앗습니다. 나사로는 감히 눈을 들어 하누님을 쳐다보니 그는 하누님이기는커녕 제가 바로 몃칠 전 세상 사렷슬 제ㅡ그 개한테 물니는 쌔ㅡ에 본 환갑 잔채상을 밧고 안젓든 부자 녕감이엿습니다. 나사로는 놀나기도 하고 붓그럽기도 해서 말할 바를 모르고 얼빠진 놈처럼 머ㅡㄹ거니 바라다만 보고 잇섯습니다.

부자 녕감은 나사로는 다시 본 톄 만 톄하고 그 텬당 문압까지 가드니 고요히 텬당 문을 쏙쏙 쑤드럿습니다. 그러니 안에서

"그것 누구요" 하는 보드러운 소리가 나아왓습니다.

---

13 메시메시한 : 무시무시한

"여기가 텬당이요?"

"네! 누구요"

"나는 백만금 부자 박상하라는 사람이오!"

"네" 하더니 사람 하나 드러갈 만한 쪽대문이 열니면서 부자는 그 문으로 들어가고 문은 다시 닷첫습니다.

나사로는 기가 맥혓습니다. 나사로도 얼는 뛰처와서 문을 쪽쪽 쑤드렷습니다. 그러니 안에서 로한 목소리로

"그게 누구요? 어제 저녁부터 나를 괴롭게 하는 그게 누구야?"

나사로는 깜짝 놀나서 부들부들 떨엇습니다. 그러나 목소리를 낮초아 "여기가 텬당입니까?" 하고 물엇습니다.

"그러타!"

"저는 거지 나사로올시다. 문 좀 열어줍시오!"

"흥, 안 된다!"

나사로는 정말 엇지할 줄을 몰낫습니다. 이게 꿈이나 안인가 햇습니다. 원 이게 웬일일가. 그럼 성경 말슴이 거즛이엿든가? 나사로는 우는 목소리로 다시 웨첫습니다.

"거룩하신 사도 바울 님 지혜스러우신 사도 요한 님 사랑 만흐신 예수님 이 문을 열어주십소사. 불상한 나사로 거지 나사로가 지금에 왓나이다. 저를 위해 예비해두신 그 묘흔 궁뎐을 어서 제게 지시해줍소사. ……방금 그 부자 녕감에게는 즉시로 열어주시든 그 문 제게는 엇지하야 구지 닷나잇가? 성경 말슴에 "부자가 하눌에 오르기는 약대가 바눌귀로 들어가기보다도 더 힘들다"고 안이햇습니까? 그러면 성경이 거즛이엿나잇가?"

"야! 이 밋친놈아 성경이 왜 거즛이야. 성경 말슴이 응하지 안느냐? 야 거지 나사로야 내 말을 들어라 "부자가 하눌에 오르기는 약대가 바눌귀로 들어가기보다도 더 힘들다" 그런데 앗가 그 부자 녕감 박상하는 그러케 어려

운 곳에를 여기까지 차자왓다. 약대가 바눌귀로 나가는보다도 더 어려운 여기를 차자온 박상하 오즉 긔특하니? 이 안에는 그런 긔특한 사람들을 주려고 예비해둔 궁뎐이 암만이고[14] 잇다. 그러나 거지 나사로 너로 보아라. 세상에서 거지 노릇이나 하든 것이야 여기 오기가 무엇 그리 어렵겟니. 식은밥 먹기보다도 더 쉬울 것이 안이가! 그러니 너히들가티 쉽게 오르나리는 령혼들을 위하야도 이 안에는 둘 리가 업다!"

나사로는 긔절할 번 햇습니다. 아모리 애걸하고 발버둥치고 문을 두드려도 소용업섯습니다.

나사로의 령혼은 뎐당문 밧게서 혼자 엉엉 울고 잇섯습니다.

잇흔날 아츰 나사로는 수만흔 사람들이 한꺼번에 밀녀 뎐당을 향해 올너오는 것을 보앗습니다. 그들은 모다 몸에 한두 곳 상처를 가지고 잇고 아직도 그 상쳐에서 피가 줄줄 흐르는 대로 온 사람이 만헛습니다. 그 사람들은 인력거숀 지게숀 탄광부 목뎍숀 텰도역부 行商人(행상인) 監獄罪人(감옥죄인) 거지 등 모두 下等社會(하등사회) 사람쑨이엿습니다. 그들의 말은 人間世上(인간세상)에서 革命(혁명)을 니리키다가 모두 총에 맛고 칼에 찔니여 죽어서 지금 그들을 위해 준비해두엇다든 뎐당으로 쓰리 온 것이엇습니다.

그러나 뎐당 문은 그들을 위하야는 영 열니지 안엇습니다. 처음에 몃 사람이 문을 두다릴 쌔에는 문 안에서는 어제 나사로에게 대답하든 것과 쏙 갓흔 대답이 들녀 나오는데 그 목소리는 쌀쌀하고도 무서윗습니다. 그러나 수다한 사람이 작고만 련방 문을 두다리니까 마그막에는 붓그러윗든지 대답도 안이햇습니다. 하로종일 군즁은 밋친 드시 소리치고 문을 두다렷스나 문은 움즉도 안히하고 저녁 쌔나 되여서야 문이 한 번 얼른 열니며 이번 혁명통에 뢰동자들한테 매 마져 죽은 충성스런 순사 하나를 밧아드리고는 다

---

14 암만이고 : 얼마든지.

시 문이 영 아니 열니고 말엇습니다.

　군듕은 엇지할 줄 모르고 웨치고 원망하며 울엇습니다. 나사로는 그 틈에 끼여 다시 소리지르며 울엇습니다.

　이째 앗가붓허 머리를 숙이고 가만히 서서 무슨 생각을 깁히 하는 엇든 靑年 하나이 쑥 나서서 팔을 내여저흐며 이러케 웨첫습니다.

　"地上의 王國을 짓부스고 黃金城(황금성)을 뭇지르는 勇士(용사)들아! 天上의 虛國(허국)과 그 專橫者(전횡자)를 짓부스려 나서지 안을련가!"

　이 웨치는 소리가 우렁차게도 사방에 울니우자 헌화하고 울든 군중은 일시에 고즈낙해젓습니다. 수만흔 불상한 그러나 용감한 靈(영)들은 일제히 "와—" 하고 贊成(찬성)의 뜻을 표햇습니다.

　잠간 새이에 사방에서 마른 가시덤불을 모하 싸핫습니다. 뎐당 문간에는 길이 넘게 마른 풀이 올녀 쌔엿습니다. 그러자 지도자인 靑年(청년)은 어데서 부시돌을 어더다가 힘껏 마조첫습니다. 필꼿 불꼿이 뵈이는 듯하더니 벌서 불은 무섭게 마른 풀을 집어삼키며 드러갓습니다.

　뎐당문에 불이 당기엿습니다. 바람은 무섭게 불어 밋친 듯이 피여오르는 불꼿을 키쓰하엿습니다. 火光(화광)은 天下에 두루 빗최엿습니다. 용감한 靈들은 嚴然(엄연)스런 침묵으로 이 웅장한 광경을 바라보앗습니다.

　世上 사람들은 하눌에 편만한 불빗츨 보고 혹은 天災(천재)라고 혹은 예수가 재강림한다고 써들엇습니다만은 天上의 수만흔 靈들은 지금 재만 남은 天堂 우흐로 승전가를 부르며 춤추며 도라갓습니다. (1926)

개밥

개밥

주인나리가 바둑이라는 서양 사냥개 새끼를 어더 오기는 벌서 석 달 전 일이엇다. 어썬 일본 사람 사냥꾼의 집에서 어더 온 것인데 처음에는 우유 외에는 아무것도 먹지 안홈으로 아씨의 속도 무던히 태우고 나리의 수갑¹도 무던히 비게 만들엇다. 첫 한주일 동안은 나리의 극진으로 우유를 사다 먹 엿스나 백만장자가 아닌 형세로 개에게 우유만 먹이기는 넘우 심하엿다. 그 래서 우유를 그만두고 밥을 먹여보기로 햇스나 처음 멧칠은 먹지 안핫다. 그러나 주인나리와 아씨의 용단으로 우유는 다시 먹이지 안키로 하고 서양 개에게 그냥 밥은 아무래도 좀 쎅쎅한즉 힌 밥에다 고기국물을 두어서 맛잇 게 대접하기로 결정이 되엇다. 어멈은 이 주인 내외의 하는 것이 모두 미친 짓 가티 보이엇스나 물론 말참견 할대가 아니라 입을 쑥 다물고 잇섯다. 우 유가 얼마나 조흔 것인지를 쪽쪽이 모르는 어멈에게는 개지²에게 우유를 먹 일 째보다도 힌 밥에 고기국을 먹이는 것을 더 못할 짓으로 생각이 되엇다.

'사람도 힌 밥을 못 먹는데 원 개에게 힌 밥 고기국이다니' 하고 어멈은 부 억에서 아침마다 개밥을 준비하면서 속으로 혼자 생각 하곳 햇다. 처음 이

---

1 수갑 : 지갑.
2 개지 : '강아지'의 평안도 사투리.

틀은 개가 그 힌 밥 고기국을 닷치지도 안핫다. 하나 서양개도 배가 곱흔 후에는 별수가 업던지 사흘되는 날부터는 조곰식 쌜락쌜락 할타먹기를 시작햇다. 처음 얼마 동안 개가 힌 밥 고기국을 잘 먹지 안는 동안에 어멈은 한편으로는 불평이면서도 한편으로는 슬근히 조흔 일이엇다. 그것은 주인아씨가 개 아페 한번 노핫던 밥은 내다버리라고 어멈에게 명령하는 까닭이엇다.

어멈은 그 힌 밥 고기국을 내버릴 수는 업섯다. 그에게는 세 살 나는 귀여운 쌀이 잇섯다. 행낭방[3] 어둡고 더러운 방구석에서 혼자 적적히 울고 웃고 중얼거리고 잠자고 꿈꾸는 이쁜 쌀 단성이 잇섯다. 첫날 개가 다치지도 안흔 개밥을 들고 행낭으로 나와 어멈은 그 밥을 단성이에게 주엇다. 단성이는 세상에 난 이후로 힌 밥 고기국이 처음이엇다.

오작이나 맛나게 그가 그 밥 한 그릇을 다 멋엇스랴! 더욱이 과한 노동으로 말미암아 어미 젓에서 젓이 잘나지 안홈으로 젓도 변변히 못 어더먹고 자라난 단성이에게는 이 힌 밥 고기국 한 그릇이 그동안 싸혓던 영양불량을 한쩌번에 모두 회복시킬 수 잇슬 것가티 맛나고 조흔 물건이엇다. 그러케도 맛나게 그릇 밋까지 할는 단성이의 족고만[4] 모양을 볼 쌔 어멈은 눈물이 나도록 기쌧다.

그 후에도 멧칠 동안 개가 밥을 조곰만 먹고는 늘 남기는 고로(개가 처음이 되어서 맛을 못 들여 만히 아니 먹는 리유도 잇겟지만 개밥 어더먹는 재미에 어멈이 일부러 밥을 만히 담아다 주는 까닭도 잇섯다. 주인아씨가 무어라 말을 하는 것도 아니건마는 어멈은 그의 마음속을 아씨가 알가 시퍼서 개밥을 만히 담을 쌔마다 주인아씨가 녑헤 잇스면 변명 삼아서 "잘 먹지두 안능거 만히나 담아다 주어야 그래두 좀 먹는다우" 하고 중얼거리곤 햇다.) 어멈은 매일 힌 밥 고기국을 어더서 단성이도 먹이고 저도 그 쌉쌀하고 단 국물과 입안에서 녹아 스러지는 듯한 맥근맥근한 쌀밥 한두 술을

---

3   행낭방 : 행랑방, 대문의 문간 옆에 붙어 있는 방.
4   족고만 : 조그만.

어더먹을 수가 잇섯다. 한번은 좀 넘우 만히 담앗던 개밥을 박아지에 쏘다 들고 행낭으로 나가자 일본 사람의 집에 가서 두부 팔아주고 월급 오 원식 밧는 단성이 아범이 마침 집에 들럿슴으로 그것도 오래간만이라고 그것을 박아지채 먹으라고 주엇섯다.

아범은 시장하던 쓰티라. 단성이가 입에 손고락을 물고 그의 입과 손만 처다보고 안젓는 것도 깨닷지 못하고 훌훌 모도 들여마시엇다.

"안에서 오늘 누기 생일날이요."

하고 아범이 개밥을 먹으면서 물어보앗다. 어멈은 남편이 방금 맛잇게 먹는 밥을 개 먹다 남은 것이라구 하기 어려워서

"생일날은! 꼭 생일날만 고기국 쓸히어 먹습데가? 그저 쓸히게 돼서 쓸엿지!"

하고 우물쭈물해버리엇다.

이쌔까지 아버지만 처다보던 단성이는 아버지가 내려놋는 빈 박아지를 보고 그 박아지를 쓸어안고 "으아" 하고 울며 쓸어젓다. 어멈이 점심에 또 어더다 주기로 약속하고 겨우 달래어 노핫다. 아버지는

"그런 줄 알앗드문 내가 고만 안 먹는걸. 난 그 '오쌈상'이 쳉겔통⁵에 내티는 니밥⁶ 부스럭이나 잇싸금 배부르게 어더먹는 것을!"

하고 단성이 목을 공연히 먹어서 불상한 쌀년 울린 것을 후회하면서 월급 바드면 댕구알사탕⁷ 사다 주기로 약속하고 일어서 나아갓다.

그러나 개도 먹지 안코는 못 사는 법이다. 두 주일 못 되어 개는 그 흰 밥 고기국을 잇는 대로 홀딱 먹어 업새이게 되엇다. 더욱이 자라나는 개라 매일 식량이 늘어서 무섭게도 밥을 만히 먹어냇다. 그래서 이제는 어멈이 아

---

5 쳉겔통 : 청결통, 쓰레기통.
6 니밥 : 이밥. '쌀밥'의 평안도 사투리.
7 댕구알사탕 : 눈깔사탕.

무리 밥을 만히 주어도 개가 먹다가 남기는 법이 업섯다. 주는 대로 먹는 개는 물론 단성이가 지금 어두운 방에서 힌 밥 고기국을 꿈꾸고 기다리고 잇는 줄을 알리는 업섯다. 또 안다구 한들 그를 위해 밥을 남길 자선심도 업슬 것이다.

지금 매끼 어멈은 단성이를 낙망시키엇다. 어멈은 언제나 단성이에게 햇던 약속을 지키지 못하게 되엇다. 팔자 업슨 입에 쫑싼지 버릇을 배워서 큰 야단이 낫다. 하로는 단성이의 송화를 더 바들 수도 업고 또 그 애원을 저버릴 수도 업고 해서 개밥은 내다가 단성이를 먹이고 저히가 먹으려고 지엇던 조밥을 슬그면히 개를 주엇더니 개는 킁킁 두어 번 마타보고는 뒤도 아니 돌아보고 부엌으로 들어가서 씽씽 알흐며 돌아갓다. 주인아씨는

"이놈의 개가 오늘은 게걸[8]을 들렷나 원 사날[9] 못 먹은 개터럼 구네!"

하고 쫑알거리엇다. 서루질을 하면서 어멈은 아씨가 혹 어멈의 비밀 어멈의 죄를 발견할까 보아서 속이 얼마나 죄엇는지 모른다. 아무도 업다면 그 밉살스럽게 씽씽거리며 왼 부엌 안을 헤매는 개새끼를 도마 우에 노힌 식도로 쿡 찔러 죽어버리엇스면 조흘 생각이 낫스나 쑥 참지 안흘 수 업섯다. 어씨도 속이 죄이고 또 이유는 어멈 자신도 잘 분해하지 못하나 원통하고 분한지 속이 클클하고 안타까워서 씻고 잇는 사발이라도 한 개 내동당이를 치고 몸부림을 하고 시펏스나 그럴 처지가 아니라. 죄를 숨기는 듯, 용서를 비는 듯한 눈으로 아씨를 힐긋힐긋 처다보면서 나오지도 안는 웃음을 억지로 만들어 웃어 보이엇다.

서루질을 겨우 맞추고 즉시 어멈은 행낭으로 뛰처나왓다. 나와서는 잡담 몌지하고 문턱에 안자 오줌을 내싸고 잇는 단성이를 머리채를 휘어잡아 쓸고 들어가서 엉댕이가 쌔어져라 하고 몃 번 몹시 갈리엇다.

---

8 게걸 : 염치없이 먹거나 탐내는 모습.
9 사날 : 사흘이나 나흘.

"이, 썅, 썩어 대나갈[10] 년이 에미나이! 그 팔자에 니밥(힌 밥)은 무슨 니밥을 먹갓다구……"

어멈은 단성이를 탁밀치어 내버리엇다. 단성이는 아랫간으로 굴러가 썰어지면서 벼락치듯이 악을 써 울엇다. 어멈은 씩씩거리며 안저서 대롱대롱 굴며 설ㅅ고 아프게 우는 단성이를 바라다보앗다. 눈물이 흘러나리어 얼러지를 되는대로 짓는 해ㅅ빗 못 보아 시들은 얼굴, 쎄만 남게 여윈 손발 가을이 거펏건만 아직 홋옷을 감고 잇는 조고만 몸덩어리 — '저것이 내 것인가—' 하고 생각하며 어멈은 말할 수 업시 설ㅅ고 애츠럽고 후회가 낫다. 더욱이 그의 엉엉 울음소리는 어멈의 오축간장을 모도 녹이어 내는 듯하엿다.

"이 쌍놈의 에미나이! 상게두[11] 소리 내 울갓네? 방칫[12] 맛 좀 보구야 말간! 상게 뚝 못 쏫치간네!?……"

울음소리는 뚝 끄치엇다. 난 째부터 절째 복종으로 버릇된 관능은 위핵한 마듸면 좌우하기에 힘이 업는 것이엇다. 울음소리는 머젓스나 단성이가 울기를 끈친 것은 아니엇다. 들먹거리는 어째 코를 길게 들이마시는 소리 이싸끔 숨을 한쩌번에 세네번식 들이쉬이는 소리, 또 이싸끔 참을 수 업시 니ㅅ새이로 새어 나오는 짧은 느낌 소리!

'저것이 에미를 몹슬게 만나 맘대로 울지도 못하는가?' 하고 생각하니 어멈은 더 견딀 수가 업섯다. 후회와 창피 그러면서도 어멈이 된 위엄을 보전하려는 구차스런 억제. 어멈은 단성을 물ㅅ럼이 바라다보앗다. 그의 두우런두우런한 눈이 눈물로 채워젓다. 그는 억지로 울지 안흐려 헷스나 코가 씨─ㅇ해지면서 골치가 직ㅅ근 아펏다. 두줄기 눈물이 여윈 쌤 우으로 주루루 내리흘럿다. 더 참을 수가 업섯다. 어멈은 미친 개처럼 소리를 지르면서 단

---

10 썩어 대나갈 : 썩어 죽어나갈(평안도 사투리).
11 상게두 : 상기도. 아직도.
12 방칫 : 다듬이 방망이(평안도 사투리).

성이를 얼싸안고 딩굴엇다.

"단성아! 단성아…… 에구 내 짤아…… 네 어미가 몹쓸년이다……자, 울지 말어 엉……" 단성이는 더욱 소리를 내 울엇다. 어멈도 슬피 울엇다. 단성이의 짜슨짜슨한 쌤이 어멈 쌤에 와 다흘 째 그는 잇는 힘을 다하여 단성이를 본능적으로 쫙 그러안앗다. 새로운 눈물이 머즐 줄도 모르고 흘러내리엇다. 그 후에 단성이는 일쩔 힌 밥에 고기국을 달라는 말을 한 번도 다시 입밧게 내지 안햇다.

바둑이를 다려온 지 한 달이 좀 넘은 째 단성이 아범은 업[13]을 일헛다. 별로 잘못한 일도 업스나 영업을 축소한다는 이유로 밥자리를 쎄엇다. 그 후 두어주일이나 다른 대 일자리를 구하누라구 번둥번둥 놀구 잇다가 중촌조(中村組)에서 대판[14]인가 어대로 노동자를 모집해 가는대 가는 노자[15]는 거저 대주고 가서는 하루에 이 원식이나 돈을 벌 수가 잇다고 한다고 삼 년을 약속을 하고 동네 태손이 아범과 그 밧게도 여러 노동자와 함께 일본으로 갓다. 떠나면서 아범은 돈 벌어가지고 삼 년 후에 단성이 입을 고운 양복(신시가에서 두부 팔러 단기면서 일본 아이들이 입을 것을 보고 어찌도 맘에 들던지 언제던지 돈이 좀 풍부히 생기면 쪽 하나 사다 입히기로 벼르고 잇섯스나 아직 실행을 못 햇던 것이다)을 사다 주기로 약속을 햇다. 어멈은 남편을 그러케 멀고 생소한 곳으로 보내는 것이 좀 맘이 아니 노히고 어쩨 무서운 생각이 들엇스나 가서 삼 년 후에는 돌아올 만히 — 얼마나 만히일는지는 모르나 하여간 만히 — 벌어온다는 말에 귀가 버룩하고 더구나 동네 태손이 아범이랑 가티 가니까 별로 염녀가 업스리라구 억지로 맘을 진정하엿다.

"삼 년 세월이라니 잠짠이디 머!"

---

13 업 : 일자리. 직업.
14 대판(大阪) : 오사카.
15 노자 : 먼 길을 오가는 데 드는 비용.

하고 어멈은 삼 년 후에 돈전대를 차고 돌아올 남편을 상상하고 혼자 한숨을 지엇다.

바둑이는 그동안 벌서 쐐 컷다. 바로 제법 큰 개가 되어서 모를 사람이 오면 컹컹 짓는 소리도 차차 굵어지고 다달 색털이 매쓴매쓴히 난 몸뎅어리는 살이 포둥포둥 지고 기름이 반즈르르 흘럿다.

단성이는 일간 차차 몸이 더 쇠약해갓다. 저구리를 벗으면 갈비ㅅ대가 아롱아롱하고 두 눈 아래는 영양불량으로 시썸어케 멍이 지엇다. 짤아서 식성은 더욱 고약해지어서 아무런 것이 생기는 대로 주어먹는 것이 습관이 되엇다.

바둑이는 매일 주인나리가 안ㅅ고 귀애하고[16] 다루어서 아는 사람을 보면 무르프로 부득부득 기어오르고 쌤과 손등을 할ㅅ고 하여 거리낌 업시 사람들의 친구가 되고 쏘 모도의 귀염을 바닷다. 그러고 서양개로 우유를 안 먹고 밥과 고기국을 먹는다고 누구에게나 긔특하다는 칭찬을 들엇다. 그러나 단성이는 행낭방 아레 국여 백이어서(더욱이 치운 겨울이 되엇슴으로) 밧갓 구경은 하지도 못하고 더욱이 사람을 보면 모도 무서운 듯이 어릿어릿하여 그 공허한 눈에는 공포와 의심쑨이 방황할 따름으로 주인집에 드나드는 손님들 중에도 하나도 이 단성이를 주의하는 이가 업고 쏘 그 초최한 얼굴이나마 본 이가 몇 사람 되지 안하엿다.

그러는 동안에 개는 차차 더 크고 자유스럽게 되어서 그 커다란 귀를 벌룩거리면서 밧갓마당으로 쒸처나오는 쌔는 만일 그쌔 단성이가 거긔 잇다가는 고만 혼비백산하여 외마듸 소리를 지르면서 황겁히 방으로 쒸처들어가곤 햇다. 단성이에게는 그 커단 개가 한업시 무서웟다. 그 길죽―한 입으로 단성이를 쌔물어 삼킬 것 가탓다. 그러나 바둑이는 단성이를 본 체도 아니하는 모양 가탓다.

---

16 귀애하고 : 귀엽게 여겨 사랑하고.

한 이십 일 전부터 단성이는 자리에 누엇다. 기침을 콜롱콜롱 하면서 열이 잇는 것이 감긔를 들린 것 갓다구 하여 어멈은 몃칠 내버리어 두면 나으리라 하여 무관심하엿다. 그들에 속한 백성들은 자연을 가장 조흔 의사로 밋는 것이 습관이엇다. 그러나 단성이의 병은 그리 쉽게 날 것이 아니엇다. 자리에 누은지 사흘이 못되어 위중해 지엇다. 죽도 한술 떠너치 안코 연에 기침을 기츠며 열이 낫다. 어멈은 그제야 심상치 안흘줄 알고 놀라서 주인아씨께 말하여 감긔약 한 봉지를 어더 맛기고 쌈을 내이면 낫는다고 하여 안집에 사정을 하고 나무를 좀 어더다가 불을 만히 쌔고 왼몸을 더러운 이불로 푹 더퍼주엇다.

이튼날 아침 어멈은 단성이가 거의 죽게 된 것을 발견하고 몹시 놀랏다. 고쌀[17]보다도 필경 무슨 다른 병이리라구 직각한 쌔 어멈의 왼몸은 썰리고 혼은 흔들리엇다.

어찌하랴! 그는 주인아씨에게 그 사연을 알외엇더니 의사를 청해다 보이라구 한다. 그는 주머니에 돈이 업슴을 알면서도 황망히 가까운 병원으로 갓다.

의사는 왓다. 쌔끗한 새 외투를 입고 가방을 든 의사가 그 더러운 방에 들어갈까 하고 어멈은 스스로 염려하고 부끄러워햇스나 지금 그런 것을 쩌릴 쌔는 아니엇다.

어멈은 의사이 얼굴만 바라다 보앗다. 사형선고가 내리는가? 어멈의 눈은 의사의 입술에 풀로 부틴 것처럼 의사의 입만 바라다 보앗다.

"별로 염려는 마시오"

하는 말이 썰어질 쌔 어멈은 다시 산 것 갓고 제 귀를 의심하게 되어서 재차 물엇다. 의사는

"그런데 먹이는 것을 조심해 먹이어야겟소. 헛던 것은 먹이지 말고 고기

---

17 고쌀 : 감기.

국물 우유 가튼 것이 됴코 밥은 니팝을 멕이고 병이 조곰 낫거던 닭고기도 좀 먹이구 닭알 가튼 것을 먹이면 됴치요. 다른 병보다두 먹지 못한 병이 싼…… 약은 별로 쓸 것이 업스나 원하면 좀 잇다 애 시켜 보내리다…… 그러구 문을 이러케 꼭 닷처두지 말고 신선한 공긔를 좀 통하게 하오. 그래두 치워서는 안 될 테니 불을 만히 쌔고는 문을 잠깐 열어서 공긔를 순환시키곤 해야 돼요……" 하고 의사는 갓다. 속에서 안 나오는 것은 부끄럼을 무릅쓰고 시재[18] 돈이 업스니 일후 안주인에게서 월급 사 원을 타거던 올리마고 겨우 말해서 의사를 보내노코 돈도 업는데 약은 차라리 보내주지 안햇스면 조켓다 하고 속으로 혼자 생각하얏다. 어멈은 정신 일흔 년처럼 찬바람이 병자의 왼몸을 슷치고 엄습하는 것도 이저버리고 문턱에 주저안즌 채 의사가 가방을 끼고 나가던 대문깐만을 멀건이 바라다보고 안자 잇섯다.

약도 얼마 먹엿스나 효험이 업섯다. 날로 글러저가는 형세를 보아서는 의사를 다만 한 번이고 더 청해다 보이고 시펏스나 지난번 왓슬 째 인력거 삭고 못 주고 또 약갑도 못 준 것을 생각할 째에는 도저히 다시 그를 청할 용긔가 업섯다. 주인아씨에게 월급을 한 달치 좀 쮜어주는 셈 잡고 빌어달라고 여쭈어보앗스나 나리가 월급을 바들 날이 아직 안 되어서 현금이 업다고 거절을 당하얏다.

요새 몃칠 단성이는 삶과 죽음의 경계 선에서 방황하얏다. 그런데 어제 밤 처음으로 단성이는 다 죽어가는 소리로

"오만. 나 니팝에 고기국이나 주렴."

하고 두 달 동안이나 일절 입 밧게 내지 안턴 말을 하얏다. 이튼날 아침에 어멈은 부끄럼을 무릅쓰고 그 사연을 주인아씨에게 알외엇스나 주인아씨는

---

18 시재 : 지금. 당장은.

"아니, 미친 소리 하지도 마소. 한 달식 알턴 애가 밥을 먹다니 테해 죽으라구……이것 내다 죽이나 쑤어주소."

하고 힌 쌀을 한줌 집어 주엇다. 어멈도 그럴듯이 생각되엇다. 위선 힌 죽이라도 쑤어주면 조미음보다 얼마나 맛이 잇게 먹으랴 하고 생각하니 한업시 기쁘기도 하고 주인아씨가 고맙기도 하엿다. 죽을 할 수 잇는 대로 좀 만테 하려고 물을 넘우 만히 두어서 죽이 고만 미음이 되다 시피하엿다. 단성이는 죽을 써먹어보고는 다시 더 아니 먹엇다.

"이게이 니팝인가?"

하고 원망스러운 목소리로 한마듸 하고는 아무리 권하여도 영 힌 죽을 먹지 안햇다. 어멈의 맘속에는 지금 힌 밥의 고기국을 쪽 단성이 죽기 전에 한번이라도 더 먹이어보구 시푼 맘이 간절하엿다. 그러나 주머니에는 동전 한푼 업섯다. 쌍[19] 내일 감이라도 잇나 휘둘러 보앗스나 의복가지나 잇던 것을 단성이 아버니가 일본 갈제 차비는 중촌조에서 담당해준다고 한덜 객지에 가면서 그래 돈 한 푼도 업시야 갈 수야 잇겟는가고 해서 모주리 쌍을 잡혀 돈 오 원을 만들어 주어 보내노코 남은 것이라구는 아무것도 업섯다. 어멈은 방금 안집 마루ㅅ간에서 힌 밥 고기국을 실컷 먹고서 잇슬 바둑이를 그려보앗다.

"우리 단성이는 그래 개만도 못하단 말인가?"

"웨?"

단성이는 갓븐 듯이 숨을 자주 쉬엇다.

"니팝이나 한그릇…… 고기국……"

어멈은 죽 그릇을 들고 벌덕 일어섯다. 안에 들어가서 고기국물을 좀 어더서 죽 속에 처다가 먹이어볼 생각이엇다. 안에 들어서니 마침 주인나리는

---

19 쌍 : 전당(典當, 약속한 기한 내에 돈을 갚지 못하면 맡긴 물건을 처분해도 좋다는 조건으로 돈을 빌림).

밧그로 나가고 아씨가 그를 먹다 남은 밥과 고기국을 개밥 대야에 주루룩 드리쏫는 째이엇다. 아씨는 밥상을 들고 부엌으로 내리어갓다. 어멈은 조심조심히 마루 여프로 가서 개밥궁이를 넌즛이 들여다보앗다. 아직도 밥이 한 절반이나 들어 잇섯다.

"여긔서라도 국물을 좀 어더가야겟다."

하고 어멈은 생각하엿다.

개밥궁이를 들어 국물을 좀 죽 그릇에 쏘드려하니 다 자란 개도 제밥을 난 쌔앗기겟다고 어멈을 향하여 달려들엇다. 그 서슬에 어멈은 죽 그릇을 쌍에 내리치어 요란한 소리를 내며 쌔요젓다. 단성이 먹이려던 흰죽이 겨울 아침 언땅 우에 쏘다저서 쌍을 하—얀하게 덥고 거긔서 김이 문문 낫다. 어멈은 개를 넘우나 괘씸하다고 생각하엿다.

"국 국물 족곰 어더 갈래는데. 이 쌍놈에 가이."

하면서 그는 개밥궁이를 개를 향해 내갈리엇다.

"이거 무얼 쏘 새벽부터 쌔트리니?"

하는 주인아씨의 쌩한 목소리가 부엌에서 들리어 오고 그의 찡긴 얼굴이 부엌문 아페 나타낫다.

밥궁이로 어더마즌 개는 저도 지지 안켓다는 듯이 달려들어 어멈의 팔을 덤석 물엇다. 어멈은 통분과 본능적 자의심과 복수심으로 왼몸이 쩔리엇다. 그의 아페는 세계도 업고 아무것도 업고 다못 개 한머리가 잇슬 짜름이엇다. 어멈은 달려들어 개허리를 두 다리 새에 끼고 언땅 우에 딩굴엇다. 그리고 그 억세인 어금니로 개 몸둥이를 되는대로 물어 쓰덧다. 어멈의 물린 팔에서 피가 흐르고 개 몸둥이에서도 이곳저곳 어멈에게 물린 곳에서 피가 흘럿다. 피투성이가 된 두 동물은 미친 듯이 서로 애쓰며 쓸 우에 딩굴엇다. 주인아씨는 이 갑작 광경에 어찌할 줄을 모르고 발을 동동 굴엇다. 여인들이 갑자기 이상한일, 무서운일을 당하면 앗득해저서 어찌해야 할는지 모르고 선 자리에서 뱅글뱅글 도는 법이다. 아까운 개가 죽지나 안흘까 하여 가서 쓰더 말리고도 시펏스나 그러나 개한데 저도 물리거나 또는 의복에 피칠을 할까 겁이 나서 그러지는 못하고 두 팔을 벌리고 선채

"어멈! 왜 미첫나?"

하고 꽥꽥 소리만 질럿다.

사람에게 악이 난 후에는 못할 일이 업다. 시골 사람들이 밤에 산스골서에 혼자서 악으로 범과 싸워 범을 물어 쓰더 죽인다는 말은 늘 듯는 말이다. 어멈에게도 악이 나매(그 악은 사십 년 동안이나 그 큰 몸둥어리 어느구석엔가 박이어 잇스면서도 아직 한번도 나올 째가 업섯던 것이 오늘 이 위기에 잇서서 그 것은 그모든 위력을 가지고 폭발된 것이다) 그악은 개 한마리를 물어 쓰더 죽이기에는 족하엿다. 물론 어멈도 여기 저기 여러 곳을 그 개에게 몹시 물리엇다. 어멈 의복은 샛쌜가케 피로 물들이엇다. 개가 이미 맥이 업시 어멈 하는 대로 내버리어 둔 것도 감각하지 못하던 어멈은 그냥 개를 물어 쓰드면서 우연히 마당 귀편에 허―여케 얼어부튼 니팝에 고기국을 보앗다. 그에게는 단성이가 다시 생각이 되엇다. 그는 미친 듯이 소리를 지르며 죽어 늘어진 개 시체를 내버리고 그곳으로 달려갓다. 피투성이가 된 손으로 그 개밥 얼어 부튼 것을 얼마 글거 모아 쥐고 나는 듯이 행낭방으로 나왓다. 방문은 아까열고 나간 채로 열리어 잇섯다. 방 안은 밧갓가티 싸늘하엿다.

"단성아―자― 니팝에 고기국 가저왓다…… 애 단성아! 단성아!"

하는 어멈의 말소리는 입으로 가득하여 잘 알아들을 수업게 중얼거리엇다.

단성이 입에서는 영대답이 업섯다. 그의 곱게 감은 눈은 영영 다시 뜨지 안키 위하여 마즈막 감은 것이엇다. 정신 나간 어멈은 달려들어

"애, 단성아, 아……"

하며 그를 슬어안고 딩굴엇다. 이째에야 행낭까지 쪼차 나온 아씨는 무서워서 방 안에 들어는 못 오고 문 밧게서 이 광경을 들여다보고 서 잇섯다.

"이게이, 니팔이가?"

하는 원망 석긴 목소리를 어멈은 쏘 들엇다. 어멈은 단성을 흔들엇다.

"애, 쏘 말해라 엉!"

그러나 단성이는 대답이 업섯다. 어멈은 그 소리가 문 밧게서 나는 것을 들엇다. 어멈은 문밧게 단성이가 깨끗한 힌옷을 입고 서 잇는 것을 보앗다. 어멈은 단성이 시체를 내던지고 문밧그로 쒸어나갓다.

어멈은 피투성이가 된 치마를 내두르면서

"단성아! 단성아!"

를 부르며 큰 거리를 향하여 다름박질해 나아갓다.

개피와 어멈의 피로 샛쌜개진 치마는 붉은 긔ㅅ발처럼 어멈 머리 우로 겨울바람을 바다 펄럭거리엇다.

주인아씨는 황급히 안ㅅ방으로 들어가서 경찰서에 전화를 걸엇다. 지금 미치광이 할미 하나이 피로 샛쌜개진 붉은 적삼[20]을 입고 미친 고함을 소리소리 지르면서 대로로 나갓스니 곳 체포하기를 부탁한다는 전화이엇다. 그리고 다시 회사에 잇는 남편에게는 어멈이 미치어서 나갓스니 어대 다른대 어멈을 하나 구해보라는 전화를 하고 쓴헛다가 조곰 후에 다시 어멈이 바둑이를 물어 쓰더 죽이고 미치어 나갓다고 전화하엿다. (1927)

---

20 적삼 : 윗도리에 입는 홑옷.

진남포행

진남포행

　오전 아홉 시 십오 분 평양발 진남포[1]행 렬차는 정각에서 사 분 늦게 십구 분에 천천히 움즈기기 시작하였다. 완행이었다. 일천 팔백 몇 년인가에 미국 옐라델에아에서 만든 조고만 기관차를 선두로 하고 석탄, 재목, 비료, 돌 등을 잠쏙잠쏙 실은 짐차를 한 열아문 대 달고 그 맨 뒤에 가슴에 뻴겅 줄 둘은 삼등 객차 두 개 반을 달았다. 객차 반개는 엇재 있느냐 하면 기차 한 대를 절반을 가로막고 앞 절반은 우편차로 쓰고 뒤 절반은 승객차로 쓰기 때문이다. 물론 평양으로 도로 올 때에는 객차가 앞이 되고 우편차가 뒤가 될 것이겟다.

　이 반 객차 안에는 십여 명 사람이 자리를 잡고 안젓다. 아직 남만주철도회사[2] 경영 시절에 쓰든 구식 차이어서 억개 지대는 데도 허리 밖에는 차지 안는 교의를 마조 노흔 차이엇다. 전등은 고사하고 석유등도 밤에나 어렴프시, 켜놋는 것이어서 나제는 턴넬이나 지나가게 되면 지옥보다도 더 어둡어

1　진남포(鎭南浦) : 평안남도 남부의 도시로 대동강 하류를 경계로 황해도와 맞닿아 있다.
2　남만주철도회사 : 러일전쟁 후 러시아로부터 양도받은 철도 및 부속지를 기반으로 일본 정부가 자본금 가운데 일부를 출자해 1906년에 설립한 회사로 남만주 철도를 관리하였다.

지는 따위 구식 차이엇다. 물론 평양서 진남포까지에는 턴넬이 없으니까 문깐에서 셋재 교의에 소곳하고 안즌 젊은 안악네도 옆에 안즌 사내에게 몰내 키스를 받을 염녀도 없어 마음 놓고 안저 갈 수가 있었다.

승객들이 채 자리도 잡기 힘들게 차장이 문을 열고 들어섰다.

"失禮ですが 切符を 拜見致します. 가구뽀 보부시다!"(미안합니다만 차표를 검찰하겠습니다.)

쨱깍쨱깍 소리를 내이며 표를 찍어준다. 바로 문 안 바른편 교의에 양복 입은 젊은 사람 하나와 얼골이 거위(게산이)같이 생긴 늙은이가 마조 안저 있다. 거위같이 생긴 늙은이가 버룩버룩하며[3] 젊은이에게 차표를 보이면서 수작을 건넨다.

"차표에다가 구멍은 왜 뚤러 줍네까?"

"차표 안 사가지고 타는 사람이 있을까 바 조사하누라구 그러지요."

"원 밋친놈들 할 일이 없으니께 그러디." 하며 차표를 허리춤에 찬 주머니 안에 넣고 줌치낀[4]을 매인다. 차장은 한 번 힐긋 도라다보더니 입에 미소를 띄우며 저 할 일을 게속한다. 윈편 넷재 자리에 바지저구리에 윈통 구루마 기름칠을 한 사람 하나와 얼골이 넙적한 로파 한 사람이 나란히 안저 있다. 다른 사람은 모다 차표를 끄내는데 구루마꾼 홀로 팔로 턱을 괴이고 얼른얼른 달아나는 밧겻 전신주들을 바라보고 있다.

"요보, 가꾸뽀. 요보!"

하고 차장이 웨친다. 구루마꾼은 고개를 돌니고 눈이 둥그래서 차장을 쳐다본다. 관상학자가 왓던들 이 구루마꾼을 연구의 조흔 표본으로 즉석에서 고용햇슬 것이다.

그리고 만일에 평양 경찰서 형사가 맞침 그 차 안에 탓고 동시에 그들이

3 　버룩버룩하며 : 입을 크게 벌리고 자주 만족스럽게 웃으며.
4 　줌치낀 : 주머니끈.

살인강도 강간범을 엄탐⁵ 중이었다고 하면 형사는 잡담 제지하고 이 구루마꾼의 덜미를 짚어 가지고 고 다음 정거장에서 끌어내리었을 것이다. 그런 험상구진 얼골에다가 '미련'이란 글자를 이마에 써가지고 단니는 것같이 바보스러운 표정이었다.

"예?"

"가꾸뽀 뽀!"

"차표 보잼네다가레."

하고 마즌편에 안즌 중년이나 된 부인이 참따 못해 입을 벌린다.

"예!"

하고 구루마꾼은 "헤" 우스면서 족끼 주머니에서 차표를 끄낸다.

"어데 사시는 뉘구심네께?"

하고 거위처럼 생긴 노인이 캉가루처럼 생긴 청년에게 다시 말을 건넨다.

"녜, 저는 피양(평양 사람은 평양을 이렇게 발음한다) 사는 송만석이올세다."

"송 무슨 섹이요?"

"만섹이요!"

"예! 송만섹이…… 피양 어데쯤 사심네께?"

"서문 꺼레 삼네다."

"예, 서문 꺼레 송 만섹이! 응, 그 피양 송헤섹이하구 어드케 됨네께?"

"송헤섹이요? 몰으갓는데요?"

"예, 제 성명은 리갑순이웨다. 이 너부널(대평) 삼네다. 어적게 성네(성내) 왔다가 오늘 나감네다…… 그런데 피양서 무얼 함네께?"

"장사합네다."

하고 캉가루처럼 생긴 양복쟁이는 대답하기가 싫다는 듯이 얼골을 찡기며

---

5   엄탐 : 엄밀히 정탐함.

대답한다. 그러나 거위같이 생긴 노인은 그냥 벙글벙글 우스며 추군추군히 대여든다. 방금 그 싯뻘건 입술로부터 '끼르르륵' 하고 거위 소리가 날 듯 날 듯한데 그 대신 사람 말소리만 나오는 것이 도로혀 신기해 보인다.

"무슨 당사요?"

"고무신 장사요."

"예, 그것두 요샌 별루 세월이 없답데다.⁶ "

"이전만은 못해요."

거위는 다시 무슨 말을 하려고 입을 벙긋벙긋햇스나 캉가루가 자기를 바라다보지 않고 밧겻흘 내다보는 고로 용기가 줄어지엇든지 그만 바른손 두 손고락으로 이마를 한 번 쩍 문대고는 자기도 밧글 내다본다. 그 다음 간에 마조 안즌 두 사람은 일본 말로 무엇이라구 작고만 떠들고 있다. 일인은 나히 근 오십에 낫슬 측량 기수인데 양복바지에는 각반⁷을 첫슴에 불구하고 칼나는 씽글 칼나에다가 검은 넥타이를 매이어서 아레동아리를 보면 골푸 치러 가는 사람 같고 웃동아리를 보면 혼인 잔채에 가는 사람 같다. 그 사람의 네모난 누런 가방은 이편 구루마꾼 안진 마즌 자리에 노혀 있다. 그리고 이 일인과 마조 안저 되지도 안은 발음으로 짓거리고 있는 자는 아마 측량 조수인 모양인데 '츠메이리'(중국서는 中山服 중산복이라고 한다.)를 입고 역시 각반을 걸첫다.

그리고 그 뒤에는 흰 수건을 쓴 부인네가 한 무리 모도혀 안젓고 쏘 그 뒤에는 지금은 불은 피우지 안으나 철도 종업원의 태만으로 아직도 끌어 내가지 안은 조고만 석탄 란로가 노혀 있다. 란로 건너편 자리에는 '츠메이리'를 닙고 고무장화를 신은 사람 두흘이 안저 담배를 피운다.

차가 갑작이 머문다.

6　세월이 없답데다 : 돈벌이가 잘 안 된답니다. 경기가 안 좋답니다.
7　각반 : 걸음을 걸을 때 가뜬하게 하려고 다리에 감는 헝겊 띠.

"엑게, 발세 네부널이구만!" 하면서 구루마꾼이 그 큰 눈을 휘둥글면서 이러선다.

"이건 너부널이디요?"

"아니야요. 이건 덩기덩(정거장) 안이야요." 하고 측량기수의 누런 가방 우헤 팔을 괴이고 안즌 부인, 앗가 '차표 보쟵네다.' 하고 깨워주든 그 부인이 쏘 알녀준다.

"예, 그럼 왜 머므누? 아주마닌 어데꺼지 감네까?"

"나두 너부널꺼지 가요!"

"예, 그럼 같이 내립세다." 하고 구루마꾼은 우스면서 눈을 한 번 더 휘두르고 다시 차 밧글 내다본다. 분명이 이자는 강간을 할 자다.

"아니, 차가 와 머무넌?" 하고 문 안 바른편에 안즌 노파가 말을 끄낸다.

"완행이 돼서 그래요." 하고 노파 마즌편에 안즌 색시가 대답한다. 입술이 우흐로 말리고 코가 납작한 미인이다. 자기와 '엇저면 져리도 꼭 같으리!' 할 만침 꼭 같이 생긴 어린 애기를 안고 젓을 먹인다.

"이건 완행이디. 그르기 완행은 못 탈 거야. 듸행(급행)을 타야지!"

"그러기 서울이나 일본 가는 사람은 돈 더 주구라두 듸행을 탄답데다."

이번에는 거위같이 생긴 영감이 말참례를 한다.

"아니야요, 길 곳티누라고 머저서요. 완행은 머 덩거장두 아닌데 괘니 머무나요."

"오! 정 그런 게다." 하고 입술 말린 녀자가 고함을 질은다.

기차는 다시 음즈긴다.

"지금 참 야단낫쉔다." 하고 거위가 다시 캉가루더러 말을 건넨다.

"성네는 그래두 좀 낫디. 해두 촌에는 정말 말이 안이웨다가레. 요 모양으로 밧작밧작 말나 가다가는 그저 십 년 안으루 모두 결단날 거 것해…… 소작인은 말할 것두 없구. 촌에서 기와집깨나 쓰고 산대는 부자덜두 하나투

제 돈 가지구 사는 사람은 없쉐다가레."

(百八十字略) (180자 생략)

이전에는 서당에 댕기다가두 집에 오면 꼴두 비구 김두 매구 다 하엿는
데 요새 보통 학교에 댕기는 녀석들은 그저 하따라 마따라나 하지 호믜를
쥐지 않으냄네다 가레. 그래두 상업학교나 농업학교에 단닌 아이들은 취직
이 좀 낫지오."

"취직한대야 몇 푼 받나요. 한 삼십 원 밧는 거!"

"그것두 그르킨 해요. 한 삼십 원 밧는대야 어듸 한 놈 제 부모 공양할 줄
이야 압데가, 거저 망종이 돼부리구 맙데다가레…… 하기는 뭐 농사를 해야
또 어디 소용이 있나요. 농사부단 잠업[8], 그래요, 잠업이 좀 낫지요. 또 과수
원도 괜찬쿠."

"사과도 작년에 별로 리를 못 냉겟나붑데다."

"하ー 그래두 농사부다야 낫디. 잠업을 하면 농사부단 한 삼 배 더 됴쿠
요. 과수를 하면 한 배 더 됴티요. 그러구 사과야 무어 만히 달니문 눅게 팔
구 조금 달니문 빗싸게 팔구 그렇게 값을 마음대루 떨구구 올니니께 아무래
도 그건 농사부단 나아요……."

기차가 대평 정거장에 다왔다. 거위는 모자를 벗고 캉가루더러,

"그럼 편안히 단녀가십세다." 하고 인사를 하며 내린다. 구루마꾼과 마조
안젓든 부인도 내린다. 부인이 구루마꾼더러,

"아즈바니, 수고스러운 대루 요 짐짝이나 좀 내리워주소."

"앳구, 이게 무겁다."

"잔채집에 갓다 오누라구." 과연 짐짝 우에는 가화가 몇 꼿치 꼿쳐 있다.
그 보 안에는 물론 떡, 지즘, 약과, 과질[9], 산적 등속이 있을 것이다.

8 　잠업 : 누에 치는 사업.
9 　과질 : 과줄. 밀가루로 네모지게 얇게 만든 떡을 기름에 튀긴 후 엿물을 발라 그 위에

"가만, 내 들어다 줄웨다." 하며 구루마꾼이 한 번 친절을 보이는 격이다. 구루마꾼은 아모 짐도 없이 단 몸뿐이다. 아무래도 그놈이 강간을 하고야 말껄! 흉칙한 놈 가트니라구!

쥐색기같이 생긴 사람 하나이 들어와 거위가 안젓든 자리에 안는다. 그러고 차는 쏘 떠낫다. 란로 옆에 안즌 부인이 능금 한 알을 네 쪽에 쪼개 가지고 이 사람 저 사람에게 돌닌다. 앞에 안즌 색시(곱지도 안코 밉지도 안으나 어덴가 챰[10]이 있는 젊은 여자)는 안이 먹겟다고 구지 사양을 하다가 마지못해서 바다들고도 먹지는 않고 그냥 쥐고 있다. 능금을 도르든[11] 부인은, "응, 내가 깍가 줄나." 하고 너덧 살 낫슬 딸을 얼느면서 칼을 끄내 깍는다. 마즌편에 안즌 노파는 껍질째 그냥 먹는다.

"어델 가심네께?" 하고 얼골 넙적한 노파가(그는 나히는 한 칠십 낫슬 텐데 뚱뚱한 몸에 인조견 옷을 입고 집행이를 집고 안저 있다.) 마즌편에 안즌 역시 칠십이 넘었을 노파에게 말을 건넨다.

"나요? 우리 맛딸네가 서울 가 살구 쏘 작은딸네는 피양서 잡복전[12] 보디요. 그래서 이번에 서울꺼지 갓다 피양서 한 주일 묵엇디요. 서울 지난 시월에 갓다가 이삼월에 피양 내려와서 피양서 쏘 한 열흘 묵구 지금 본촌으로 감네다."

"그 왜 피양 비나전골 모퉁이에 잡복전 안 있읍데까? 그 집 오마니라우!" 하고 입술 말닌 여자가 참예한다.

"예! 그럼 본촌이 어데왱까? 차무시(진지동) 왱까?"

"아니오, 롱강이 우리 본촌이디요. 내리긴 차무시서 내레요. 본래 롱강

뛰밥 등의 고물을 붙여 만든 음식.
10 챰(charm). 매력.
11 도르다 : 몫몫이 나누어 따로따로 보내주다.
12 잡복전 : 잡물건.

있다가 피양 와서 한 이십 년 살다가 돌우 룽강으루 갓는데, 그래두 아무래
도 인전 피양이 본고당(故鄕) 것해요."

"아ㅡ구나 그럼이요!" 하고 얼골 넙적한 노파는 자기도 서울을 가보앗다
는 것을 자랑이나 하려는 듯이 의기양양하게 말을 끄낸다. "아무래두 피양
이 데일입데다. 서울이 그르캐 됴ㅡ타구 해두, 우린 피양만 못합데다."

"아 그르쿠말구요. 그르기 병아리두 피양피양 하디 안소!"

"넷말에두 왜 그랫디요." 하고 다시 입술 말린 여자가 말한다. "부잣집 며
누리 피양 구경하구 온 댐에 동리 색시덜이 와서 "그래 피양 구경이 어떠틉
수왕?" 하니끼니 초매(치마) 자락을 쫙 펴쳐노흐면서 "아이고 그 니야기를
어데다 다 펠고!" 했다구."

하하 하하 하고 그들이 웃는다.

고은 색시는 이때껏 쥐고 안젓든 사과 쪽을 마즌편 노파에게 준다. 그러
고는 말도 안이 하고 고개만 흔든다. 사과 깍가 먹이든 부인은 딸을 안고 이
러서서 차 안을 왓다 갓다 하며,

"어드카노?[13] 어드카노?" 한다.

"아, 왜 그럼네까?" 하고 고무장화 신고 서서 가든 청년이 뭇는다.

"오줌 눌나구."

"아, 그 타구에 대구 뉘소고레."

"거겐 안 누갓대."

"하하하."

"애구 어서." 하고 딸은 재촉한다. 여러 사람 앞에 내뵈이는 어린애의 ×
×가 호물호물한다.

"여기 이 화덕에 뉘소고레." 하고 고무 장화가 난로 문을 연다.

---

13 어드카노? : 어떻게 하나?

고운 색시는 타구에 엎드려 토하기 시작했다.

"어즈러운 게로군?" 하고 용강까지 간다는 로파가 다시 입을 열었다.

"그러기 차두 그저 피양서 차무시꺼지가 꼭 알맞디 서울꺼지는 못가갓습데다."

"그래요, 멀미는 안이 해두 지리해서 못 가가서요."

기차가 기양 정거장에 다았다. 측량기수와 조수가 내리고 쇠쇠마른 색시가 하나 올은다. 조곰 잇더니 역장 하나히 책보에 무엇을 싸들고 올은다. 분명 조선 사람처럼 생겼는데 말은 일본 사람 모양으로 한다.

"여보, 이거 누구 지미요." 아모도 대답이 없다. 고무장화가 고함을 지른다.

"저 문깐에 누가 짐을 노하두엇소?"

"그거 제해웨다[14]." 하고 쥐색기처럼 생긴 사람이 어릿어릿하며 대답한다.

"조리 디레 노하라, 조리."

하고 역장이 명령한다. 쥐색기는 나가드니 제 몸의 두 멩이[15]나 되게 큰 짐을 끙끙 하며 안고 들어온다. 꽤 무거운 모양일다.

"일루 일루 가제오소!" 하고 고무장화가 우편차로 가는 문을 열면서 웨친다. "아, 그걸 왜 문깐에다 노하두엇소? 그러면 차장이 가보면 가만잇나요? 그른 건 수하물로 부티야 된다우. 차간꺼지 가지구 오문 벌금 문다우."

쥐색기는 미안하다는 듯이 도루 자리로 와서 말없이 안는다. 폐폐파립[16]에 감발[17]을 한 노인 하나이 조고만 보따리를 지고 양산을 집고 들어온다.

---

14 제해웨다 : 제 것입니다.
15 멩이 : '갑절'의 방언.
16 폐폐파립 : 폐포파립(敝袍破笠). 해어진 옷과 부서진 갓이란 뜻으로, 초라한 차림새를 비유적으로 이르는 말.
17 감발 : 발감개. 발감개를 한 차림새.

진남포행

문간에서 한참이나 어릿어릿하더니,

"이게 강선 가는 차입니까?" 하고 묻는다. 쥐색기가,

"예, 이리 들어오소." 하고 대답한다. 그는 들어와서 란로 뒤에 가서 담을
지대 선다. 코물이 줄줄 흐른다.

"필객[18]이로군, 붓당수야!" 하고 입술 말린 녀자가 말을 끄낸다.

"녕감, 돈 만히 버는 거웨다가레. 감투를 두흘식 쓰구. 남은 하나투 못 쓰
는데." 하고 고무장화가 새로 들어온 영감더러 수작을 건넨다. 영감은 남방
에서 온 사람이엇다.

"그까진 해여진 감투 백 개면 소용 잇나요. 이게 강선까지 갑지오. 에헤,
차무시가 오늘이 장날인데 거기까지는 노자가 모잘라서 고만 못 가고……
차무시까지가 아마 두 양 한 돈이지오?…… 내게는 돈이 양 한 돈 금세[19]밖
에 없어서 고만 강선까지만 가요. 한 양만 더 있엇스면 차무시 장을 오늘 보
는 건데……."

벌써 아모도 그의 말을 듯는 사람은 없엇다. 그도 말을 끗치고 물끄름히
캉가루 양복쟁이를 바라다본다.

기차는 쏘 천천히 떠난다.

"요댐이 차무신가요?" 하고 얼골 넙적한 노파 뒤에 안즌 부인이 자기
와 마조 안즌 어떤 중년읫 남자에게 뭇는다. 그는 어느 새 두루막이를 버서
서 걸고 맨 저구리 바람으로 안저 있다. 얼골이 퉁퉁하다.

"아마 정거장 하나 더 있디요." 하고 그는 랭담하게 대답한다.

"아주바니는 어데꺼정 가심네까?" 하고 쏘 묻는 말에 퉁퉁보는 씻그럽다
는 듯이 얼골을 찡기고 대답도 안이 하고 밧겻만 내다본다. 색시는 쏘 토한
다. 퉁퉁보에게 말을 걸엇다가 무안을 당한 여인이 아마 이 색시의 어머니

---

18 필객 : 글씨를 잘 쓰는 사람.
19 금세 : 금새. 물건의 값. 또는 물건값의 비싸고 싼 정도.

인 모양이다.

"우리 얘는 인전 피양 구경은 다햇다. 고샐 못 참아서."

"여게서두 데르니낀 자둥찬(自動車) 못 타갓군." 하고 용강 간다는 노파가 말을 꺼낸다.

"우린 기차에선 도무지 멀미는 안이 해요. 해두 우리두 자둥차는 못 타요. 아이고 그거 돈 주구 경츨내문……."

"요새 새루 난 거 큰 거(뻐쓰) 그건 더해요. 그 약(쌔솔린)내에 더 구역이 나요." 하고 입술 말린 여자가 또 참견을 한다.

"원정(온천)에 가십네께?" 하고 용강 가는 노파가 얼골 넙적한 노파에게 묻는다.

"예."

"자둥차 타갓소고레?"

"난 자둥차 못 타요. 그래서 이제 아이덜이 말 가지구 덩기덩(停車場)꺼정 나 마즈러 오디요. 내가 이 차루 오갓다구 발새 펜지 햇디요."

"여보, 이 다음이 차무시웬께?" 하고 토하는 색시 어머니가 고무장화에게 물었다.

"글세, 나두 잘 모르갓쉐다."

"왜요, 그래두, 남뎡(남자) 어른들이야 나인네(여자)덜 부단이야 낫디."

"우리두 어데가 차무시인디 몰라." 하고 집에서 말 가지고 '덩기덩'까지 마중온다고 하든 노파가 말을 받는다.

"그저 이르케 안젓다가 남뎡(男子) 어른덜이 차무시라구 대주야 내림네다 가레!"

"그럼이요, 우리 나인네(女子)야 무얼 알아야디오?" 하고 온천으로 가는 노파가 맛장구를 친다.

"피양 피양 하더니." 하고 토하는 색시 어머니가 말한다. "이전 속 씨원하

갓다. 조반 조곰 먹엇든 거 다 게워놧군."

"뎌—게 데[20] 아즈만이[21] 낫이 뒷쌔(매우) 닉은데 얼는 생각은 안이 남네다 가레."

하고 쇠쇠 마른 색시가 앗가 란로에 애기 오줌 뉘이든 부인을 향하야 말을 건넨다.

"글세, 나두 뒷쌔 낫닉은데."

"그 뎨작년 녀름에 남포 제중 의원에 안 오셋댓소?"

"오, 그래그래, 그때 병원에서 봣구만. 글쎄 앗가 차 탈 때부텀 보아두 어데서 한 번 보앗든 색시야. 그런데 어딜 갓댓소?"

"강서 약수에 갓다 와요."

"아니 왜?"

"속아리야요. 가서 열흘 먹구 오는 길이야요."

"지금 멧체 낫소?[22]"

"열야듭에요."

"애고나 젊은 나에!"

"작년에 에미나이(딸) 난 댐부텀 거저 속아리가 생겨서."

"그럼 애기는 엇디카구 혼자 왓댓소?"

"죽어시요."

"애갸 쯧쯧!"

차장이 들어오더니 담배를 피우고 안젓는 시골 역장에게 깍듯이 경립을 붓치고 지나간다.

우편차 문을 열어보더니,

---

20 뎌—게 데 : 저기 저.
21 아즈만이 : 아주머니.
22 멧체 낫소? : 나이가 몇 살이오?

"요보, 이거시 누구 지미까? 응" 하고 고함을 지른다. 쥐색기는 얼골에 공포심을 띄우고 어거주춤하고 엇절 줄을 몰은다.

"그까짓 내버려두게." 하고 역장이 일어로 말한다. 차장은 역장 마즌편에 안저 이야기를 끄낸다.

"할 수가 없어." 하고 역장이 말한다.

"개찰구에서 그런 짐을 지고 들어오라고 내버려두는 심사를 도모지 알 수가 없어요."

하고 차장이 불평을 말한다. "그래도 저것은 나흐지오. 此間(コノイタ)²³ 貴君(アナタ)²⁴ 개를 거적에 둘둘 싸가지고 온 자가 있더라오. 차표를 검사하러 들어오니까 바로 저 모퉁이 자리 우에다 올녀노핫는데, 아모래도 수상스러워 가서 들처보니까 大きい 犬²⁵가 눈이 멀뚱멀뚱하고 있겟지오!"

역장은 크게 소리내 웃는다. 차창만 내다보고 잇든 퉁퉁보가 앗가부터 고개를 돌니고 듣고 잇더니,

"ホー犬が!"²⁶

하고 주춤 나안즈며 차장을 향하여 말한다. 차장은 한 번 힐끗 돌아다보더니 대답도 안이 하고 이러서서 역장에게, "그럼." 하면서 인사를 엿줍고 나가버렷다.

강선에서 붓장사가 내렷다.

"얘, 요 다음이 차무시랜다. 다 왔다." 하고 토하는 색시 어머니가 얼골을 가리고 누어 있는 색시에게 말을 한다.

"성네 꽃구경덜 왓댓소?" 하고 입술 말린 여자가 고함을 지른다. 란로에

---

23 此間(コノイタ) : 요전에, 언젠가는.
24 貴君(アナタ) : 여보쇼.
25 大きい 犬 : 커다란 개.
26 ホー犬が! : 오호, 개가!

오줌 누이든 부인이 대답한다.

"예, 훌륭합데다."

"모란봉에써지 갓댓소?"

"우린 어즈러워서 거게꺼지는 못 올나갓대시요. 이 애덜은 올나갓댓디."
하고 토하는 색시를 가르친다.

"이전 거 반 다 떠러젓습데다." 하고 나서 입술 말린 여자는 이번에는 목
소리를 조곰 낫초아 마조 안즌 노파에게 수작을 걸었다. "할마니, 데거시기
남촌 김장에네 딸 알디요?"

"그럼 알디."

"거 시집갔다우."

"그 애 시집간 디가 언제라구?"

"아니 거게 갓다가 안 살구 나와 잇다가 지난 정월에 쏘 다른 데루 갓다
우."

"오 ─ 그거 쏘!"

"아이가 너히야. 큰 딸이 열둘에 나구, 그 댐 사나이 열에 난 거 잇구, 그
다음 쏘 사나이 닐급에 난 거, 그러군 쏘 에미나이(여자)네 난거하구, 그래두
새수방(신랑)이 괜찬습데다. 금가락지두 이백 낭(二十圓)짜리랑 해 끼구 집두
잘 채리구 살아요……."

진지동에서 승객이 거의 다 내렷다. 오직 캉가루 양복쟁이와 꾀꾀 마른
색시와 역장만이 남았다. 역장은 담배 피우고 캉가루는 눈감고 잠자는 체하
고 색시는 시름없이[27] 밧겻을 내다본다. (1932)

---

27 시름없이 : 아무 생각 없이. 하염없이.

대서(代書)

대서(代書)

1

조선 제일의 대도시 문화도시라고 떠드는 서울! 대도시임에는 틀림없을 런지 모르나 고리짝을 끌고 하숙 구석으로 쫓겨 다니는 독신 쌀라리맨 그룹 에게는 대도시라기보다는 소지옥이다. 더럽고 불편하고 몬마땅하기로 서 울 하숙은 아마도 세계에서 첫재일 것이다.

나는 하숙을 또 옮기었다. 금년 봄 벌서 네 번째 옮기는 것이다. 한번 옮 길 적마다 짐은 조금씩 줄어진다. 그것은 옮기기 귀치않아서 웬만한 것은 내버리거나 남을 주거나 헐가로 팔아먹거나 해서 짐을 주리기 때문이다.

"이렇게 삼 년만 서울 장안을 헤매고 나면 고리짝 한 개 안 남겠네!" 하고 이삿ㅅ짐을 도와주러 왔던 L이 허허 우섯다.

"그렇게 되었으면 되레 편하겠네. 잠은 친구들 집으로 다니며 얻어 자고 밥도 얻어먹고 했으면 경제¹도 더 되고." 하고 대답하고 나서 나도 오늘 처 음으로 유쾌하게 한번 웃었다. 이사란 참으로 못할 노릇이라 이사를 하게

---

1 경제 : 절약.

되면 몇일을 두고 마음이 우울해지기 때문에 그렇게 유쾌하게 한번 우서보는 것도 여간 힘든 일이 아니었다.

이사ㅅ짐이라고 싼대야 별것이 아니고 그냥 고리짝²에 있는 세간 다 함께 둘둘 말아 넣는 것이다. 책은 책두상자에 처박아 넣고 이부자리는 둘둘 말아 이불싸게로 싸놓는 오직 그것이다. 그러나 웬일인지 이 단순한 노동이 천하 무엇보다도 하기 싫고 짜증나는 일이었다.

새로 정한 하숙에 이사ㅅ짐을 날라다놓고 나서 나는 L과 함께 다시 거리로 나왔다. 삼십 분 전에 모두 꾸려 놓았던 놈을 이제 다시 또 모다 풀어헤쳐야 한다는 생각은 소름이 끼질 만치 진절머리가 나는 일이었다. 그래서 나는 언제나 이사하는 날은 짐을 날라다 방 안에 되는 대로 던져두고 나서는 동무들과 함께 차ㅅ집 순례를 하는 것이 버릇이 되다싶이 되었다. 그리다 밤이 느저서 집으로 돌아가지 않으면 안 될 시간이 되어야 억지거름으로 돌아와서 짐들을 한편 구석에 모라놓고 이부자리만 풀어서 펴고 잔다. 인제 그 짐들을 모다 풀어서 정리를 해노흐려면 적어도 몇 달이 걸린다. 아니 채 정리가 다 되기 전에 또다시 꿍저³ 싸가지고 다른 하숙으로 옮기게 된다.

2

열 시가 넘어서야 새로 이사 온 하숙으로 돌아왔다.

객도기⁴를 쓰고 앉었누라니 뜰에서 웬 여자 목소리로,

"나리 도라오셨우유?" 하고 뭇는 소리가 들린다. 그러자 내 방문이 저 혼자 방싯이 열리면서 뉘집 어멈 비슷한 할멈의 얼골이 낱하났다.

---

2 고리짝 : 옷을 넣어두는 버들가지 등으로 엮어서 만든 상자 모양의 물건.
3 꿍저 : 꾸리어.
4 객도기(客到記) : 손님의 주소와 이름을 쓰는 장부.

나는 의아스러운 눈으로 이 할멈을 바라보았다. 되는대로 꿍진 머리털이 희끗희끗 여윈 얼골에 주름살이 조록조록하고 왼편 눈우에 커단 멍이 뵈었다.

"원 원국이 어머니두 내일 오라니까 지금 나린 분주하신데." 하고 객도기를 들고 들어온 하숙 하인 아이놈이 소리를 질렀다.

할멈은 입술을 한번 실룩하고 그리고는 하인아이를 한번 흘겨보고 나서는 나를 똑바루 치어다보며 다시 말했다.

"나리, 분주하심네까?"

나는 잠시 멍하니 이 뜻아니한 방문객을 바라다보았다. 똑바루 치어다보는 그의 눈. 그 두 눈에서 나는 마치 개가 고기조박을 든 주인을 치어다볼 때와 같은 그 애원하는 그 기대하는 그 순종하는 눈빛을 발견하였다. 나는 잠시 대답을 잃고 그를 바라다볼 뿐이었다.

"원국이 어머니라고 이 뒷집에서 어멈⁵ 노릇하는 할멈인뎁쇼. 나리더러 편지를 좀 써달란다고 아까 나제부터 온 것을 내일 오라고 그랬더니 지금 또 왔세요." 하고 하인아이가 대신 설명해주었다. 이 설명에 원국이 어머니라는 노파는 그 눈을 굴리어 방바닥을 내려다보았다. 웃는다고 할런지 찡그린다고 할런지 분간할 수 없는 이상한 표정이 스치고 지나간다.

"편지?"

나는 단박 호기심에 끌리어 그 노파를 들어오라 하였다. 그는 잠시 머밋머밋하더니 결심한 듯이 문 안으로 들어섰다. 때꾹이 흐르는 흰 양말 뒤축에는 싯벍언 발뒤축이 비죽이 나와 뵈였다. 그는 때와 기름으로 밴 치마로 무릎을 가리면서 한구석에 쭈그리고 앉었다.

하인아이가 객도기를 받아들고 문 밖으로 나간뒤 노파는 아주 공손하게 이야기를 끄냈다. 물에 시달려서 거츠러지고 변색된 손을 턱에 대였다. 무

---

5 어멈 : 식모(食母).

롭에 놓았다 방바닥을 쓸었다 하면서 이야기를 하였다.

"이렇게…… 상게[6] 채 자리도 못 잡으셨는데 나리께 이런 청을 와서 참 안됐읍네다. 넴 테레 없세다. 그래두 그 망할 놈의 새끼가 벌써 한 달채 편지를 안 함무다레…… 이 늙은 것을 혼자 내테두구 글세……(그는 잠시 우는 듯싶었으나 즉시 이야기를 계속하였다.)…… 여게 학생네덜한테 편질 좀 써달래두 그놈들은 나더러 미쳤다구만 하구 싱글벙글하면서 한 놈두 써줄라는 놈이 없읍다레. 그래 오늘 나리가 새루 이살 온다는 말을 듣구 그래두 나리는 이 학생들관 다르카키 편질 한 장 써달랠라구 아까부텀 와보아두 영 안 들어 오세서 여지껏 있다가 아무래두 어디 잠이 와야지요. 그래서 자기 전에 한 번 더 와본다구 왔더니 마츰 나리가 게시기……."

여기까지 말하고 그는 한참이나 가만히 앉아 있었다. 오직 그 거칠고 변색된 손으로 방바닥을 쓰다듬고 있을 따름이었다. 얼론 번개처럼 '혹시 제 말맛다나 미치지나 않았나?' 하는 생각이 머리 우흐로 지나갔으나 나는 그 생각을 곳 꾸지저 퇴각시켜버렸다. 한참 후에 다시 고개를 들어 나를 치어다보는 그 눈에는 애원하는 기대하는 뜻을 보일지언정 결코 미친 사람의 눈은 아니었다. 나는 할 수 있는 대로 목소리를 부드럽게 하여 물었다.

"누가 어데를 가셨읍니까?"

"예?"

"할머니의 집안사람 누가 어데를 가셨어요?"

"원국이 새끼디요. 그놈의 새끼가 늙은 어미를 혼자 내버려두고……."

"아, 원국이란 이가 자제분이로군요. 그런데 어델 갔어요?"

"더ㅡ게데 북간도 아니 아니지. 그 어드메라나 더ㅡ케 뒤루가서 되따이 웨라데. 만주래든지?"

---

6 상게 : 아직

"네 만주요."

"예, 예 만주요. 벌써 간데리 오 년이우라. 이달 초였새 날이문 꼭 오 년이우라. 그놈의 새끼레 나제두 안 떠나구 밤듕에 떠나문성 날 보구 "어머니 내가서 돈 많이 벌어 갖이구 올께니." 하문성 떠나더니 오 년이 되두룩 돌아올 생각두 안 하구…… 그놈은 에미 생각두 안 나는지. 돈을 벌었건 말았건…… 장개(장가)두 들어야 하겠구…… 젊은 아이가 그르케 되따라 오래 돌아단기문 배린답데다."

여기까지 말하다가 노파의 눈이 나의 빙그레 웃는 눈과 마주치자 그만 말을 뚝 그치고 고개를 떨어트리었다. 그러고는 그 거칠어지고 변색된 손으로 방바닥을 슬슬 쓸어 만지었다. 나는 얼른 이 늙은 어머니의 마음을 위로해주고 싶은 생각에,

"네, 편지 써드리지요. 곧 오라구 쓸까요, 돈 많이 벌어 가지구 오라고 쓸까요." 하면서 나는 구석에 놓인 고리짝을 열어제치고 종이와 잉크와 펜 등을 끄내 등불 밑 방바닥에 널어놓았다.

노파는 묵묵히 앉아서 방바닥을 그 거칠어지고 변색된 손으로 쓸쓸 쓰다듬었다.

"무엇이라고 쓸까요?"

하고 나는 펜에 잉크를 묻혀 들면서 다시 물어보았다. 노파는 이상스런 얼굴로 나를 치어다보았다. 그 흐리뭉덩하든 눈에서는 이상스러운 새로운 광채가 나는 듯하고 그 눈 하나이 모―든 것을 내게 말해주는 것 같았다. ―"이렇게 늙은 어미 혼자를 남의 집 부엌에 내버려두고 만주로 가버린 젊은 아들에게 그 어머니가 보내는 편지. 그 편지에 무슨 말을 써야 할지 나리께서 죄다 알고 있지 않습니까? 나더러 물을 필요도 없지 않습니까?" ― 하고.

나는 잠시 정신을 모하 생각하다가 곳 편지를 쓰기 시작하였다. 처음에 만리타향에서 얼마나 고생을 하느냐? 네 어미는 남의 집 부엌 구석에 설망

대서(代書)

175

정 몸만은 건강하고 자나 깨나 네 일만을 생각한다 — 등 몇 줄을 써 내려가다가 나는 아주 나 자신이 흥분되어 꽤 기다란 편지를 한 장을 써놓았다. 아, 내가 이날 밤처럼 왼 정신을 집중하고 왼갖 정력을 다 들여 편지를 써본 일이(편지라곤 원체 일 년 가야 몇 장 안 쓰는 나이지만) 없을 것이다. 나는 진심으로 그 불효한 아들을 달래고 꾸짖고 또 달래고 또 꾸짖었다.

이렇게 한참 동안 편지를 쓰는 동안 그 늙은이는 쉬지 않고 그 거칠어지고 변색된 손으로 방바닥을 쓰다듬고 있었다.

편지를 다 쓰고 나니 그 노파는 나더러 그 편지를 한 번 크게 읽어달라 하였다. 그래서 나는 그 편지를 쓸 때보다 못지않은 정성으로 차근차근히 읽어 들려주었다. 액센트를 가하며 엑스푸레슌을 가한 내 읽음은 나 자신으로도 자신이 있을 만치 잘된 것이라고 스스로 만족을 느끼었다. 편지를 읽는 동안 노파는 까딱 아니하고 죽은 듯이 앉아서 들었다. 가끔 그가 기—단 한 숨을 내쉬는 것으로써 그가 잠들지 않았다는 것을 증명하였다. 내가 편지를 다 읽고 나자 노파는 또다시 그 거칠어지고 변색된 손으로 방바닥을 쓰다듬기 시작하였다. 갑작이 그 손이 멈칫하는 듯하더니 거밋거밋한 손잔등이 부르르 떨었다. 그 다음 순간 나는 물방울이 서너방울 뚝뚝 그 손잔등 우에 떨어저 흐터지는 것을 보았다. 내 눈으로도 눈물이 숨여오르는 것을 인식하고 나는 억지로 참으려고 눈을 감고 벽에 기대면서 숨을 모라쉬었다.

한참 동안은 침묵이 흘러갔다. 나는 눈을 떠서 노파의 동정을 보고 싶었으나 용기가 나지 않았다. 그래서 눈을 감은 채로 만주벌판으로 헤매고 있을 원국이란 청년의 모양을 상상해보려고 노력하고 있었다.

얼마나 오랜 시간이 경과되었는지 나로서도 알 수 없었다. 나는 마츰내 조심스러이 부르는 "나리" 소리에 눈을 번쩍 떳다. 역시 그 노파의 애원하는 듯한 눈동자와 마조쳤다. 그는 그의 거칠어지고 변색된 손으로 아들에게 갈 편지를 만지적거리고 있었다.

"나리" 부르는 그의 목소리는 약간 떨리었다. 그는 치마 앞자락에 코를 횡하니 풀고 나서 다시 말을 계속한다.

"나리, '네 에미는 남의 집 부엌 구석에서 망정 맞난 것을 볼 때마다 네 생각이 난다'라든 그 소리가 씨여 있는 데가 어데쯤이웨까?' 하고 물었다. 내가 그 자리를 손구락으로 가르쳐주니까 그는 그 자리를 한참이나 물끄럼히 들여다보더니 그 자리 글자 우흘 그 거칠어지고 변색한 손고락으로 꼭꼭 찔러보았다. 마치도 그 글자가 빠져서 달아날가 싶어 꼭꼭 꽂아놓듯이. 그리고 나서는 또다시 조심스런 목소리로,

"그러쿠 또 그 '어서 바삐 돌아와서 당개[7]를 들도록 차비해라' 하든 데는 어데쯤이웨까?' 하고 물었다. 그 장소도 역시 아까 모양으로 손구락으로 꼭꼭 눌르드니 조심조심 이 편지를 접어 손에 들고 자리에서 일어섰다.

"이거 원 첨 뵙는 나리께 폐가 많소. 늙은 것이란 어서 공동묘지루나 가야지오. 안령히 주무시우." 하고 퍽 쾌활스럽게 인사를 한 후 나가버리었다.

나는 눈을 감고 벽에 반쯤 기대누어서 그 노파의 고무신 끄는 소리가 사라저 없어질 때까지 귀를 기우리고 있었다.

일어나 자리를 깔고 불을 끄고 누었으나 곳 잠을 들지 못하고 어느집 시겐지 멀리서 세 번을 땅땅치는 소리를 들은 후에야 잠간 잠이 들었다.

3

이튿날 친구들을 맞나 어젯밤 노파의 이약이를 하고 조선 안에 그런 노파가 몇만이 될런지를 모른다고 서로 탄식하였다. 이삼 일 동안 나는 한가할 때마다 걸핏 그 노파의 환영이 머리에 떠올라서 일종의 우울과 애수로

---

7 당개 : 장가, 결혼.

날을 보냈다. 더구나 그 이튿날 저녁때 주인부인을 맞나서 그 노파의 아들은 어데 가서 죽었는지도 모른다는 의견을 듣고 나서 마음이 더한층 캉캄하여졌다. 만일 그렇다면 여러 해 전에 어떤 소설에서 읽은 모양으로 내가 몰래라도 그 아들 대신으로, 편지를 써서 만주 가 잇는 친구에게 보내가지고 다시 그 노파에게 뿔이도록 하여 그 노파로 하여금 실망하지 않도록 해야겠다고 속으로 생각하고 있었다.

그러나 한 가지 이상스런 것은 그 노파가 내에게 아들에게 보내는 편지봉투를 써달라는 일이 없는 일이었다. 이삼일 후에야 이 생각이 머리에 떠올랐으나 혹은 봉투란 몇 자 안 되는 것이니까 혹 어떤 학생에게나 써달랬으려니 하고 생각했다.

'이저버리는 일'이란 미운 일인 동시에 고마운 일이다. 그것은 사람의 생활을 몰인정하게 만드는 동시에 또 그것이 있기 때문에 우리들은 오십 년이고 칠십 년이라는 긴 세월을 살아갈 수 있는 것이다.

한 주일도 지나지 못하여 나는 그 노파의 일을 이저버리기 시작하였다. 그러나 혹 어떤 때 갑작이 그 거칠어지고 변색된 손이 생각나면 쾌활하던 심리도 갑작이 우울해지고 또 나 자신이 그런 비참한 현실을 너무도 속히 잊어버리는 데 대하여 약간의 나 자신에 대한 반감을 감각하는 것이었다.

반달 세월이 휘딱 지나갔다. 그때 어느 날 나는 아츰에 나오다가 골목에서 그 노파와 딱 마조치었다. 그 노파는 길을 비키면서 공손히 인사하였다. 그의 눈이 몹시도 더 흐려진 것 같은 느낌을 주었다. 나는,

"그래 그동안 만주가 있는 자제분에게서 편지가 왔읍니까?" 하고 할 수 있는 대로 쾌활스럽게 물어보았다. 노파의 얼골은 갑작이 변하였다. 조록조록하고[8] 누르검푸스레한 얼골이 잠시 창백해지는 듯하더니 입술이 비틀

---

8 조록조록하고 : 얼굴에 주름이 고르게 많이 잡히고.

어지고 눈이 갑작이 빛났다. 그 눈에는 원망이 가득 차고 노여움의 빛이 떠도는 것이었다. 그리고는 거치른 목소리로,

"안 왔수다!" 하고 소리를 지르고는 뒤도 안 돌아보고 뒤축이 찢어진 고무신을 질질 끌면서 달아나다싶이 가버렸다.

나는 그날 하로 종일 마음이 불유쾌하였다. 그 노파가 한편으로 노엽기도 하며 또 한편으론 불쌍도 한 것이었다.

4

두 달 새월이 휘딱 지나갔다.

나는 원국이 어머니 일을 이저버리고 말았었다. 그러나 원국이 어머니는 내게로 다시 그 애원하는 기대하는 눈을 가지고 찾아오기를 잊지 않었든 것이다.

좀 늦게 저녁상을 받고 앉어서 벌써 한 달째 한 알도 안 다쳤건만 꾸준히도 계속해 밥상을 차지하는 콩자반 접시를 들어 뜰에 내동댕이치고 싶은 것을 겨우 꿀꺽 참고 맨밥으로라도 배를 채우량으로 숭늉에 밥을 말면서 속으로 "또 다른 하숙으로 옮기도록 해야겠군." 하고 결심을 하고 있는 차에 밖에서 "나리 곕쇼." 하는 원국이 어머니의 조심스러운 목소리가 들려왔다. 나는 "망할 놈의 노파 같으니 대답을 말까 보다." 하는 생각이 잠시 들었으나 곳 그 생각을 후회하고,

"예 지금 밥 먹는 중이오." 하고 대답하였다.

"아이구 저녁이 느즈섰군. 어서 많이 잡수구레. 내 여게서 기다리우레다." 하더니 그는 기―단 한숨을 쉬면서 마루에 걸어앉은 모양이었다. 나는 이 노파가 또다시 차저온 목적에 대하여 여러 가지로 상상을 해보면서 물만밥을 맛도 모르고 훌훌 드리마시었다.

밥상을 물리고 나서 나는 그 노파를 방 안으로 마지하였다. 그는 눈이 더 한층 흐리멍덩해진 것외에는 별다른 변화는 없는 듯.

땟국이 흐르는 치마로 무릎을 가리고 방 한구석에 쪼구리고 앉더니 그 거칠어지고 그 변색된 손으로 꼬기꼬기 접힌 조이조각 하나를 펴기 시작하였다. 다 펴가지고는 호기에 눈으로 바라다보는 내얼골 앞에 그 조이[9]를 쑥 내밀었다. 나는 '원국이에게서 온 편지나 아닌가?' 하는 생각을 하면서 그 조이를 받아들다가 나는 깜짝 놀랐다. 이게 웬일일까? 내가 귀신에게 홀렸단 말인가? 내 손에 쥐여진 쪼골쪼골한 조이 위에는 내 자신의 손글씨가 뚜렷이 납하나 있지 않으냐? 그것은 별다른 것이 아니라 내가 이 하숙으로 이사 오든 첫날밤에 이 노파에게 대서해준 편지 그것이었다. 이 늙으니가 여태껏 이 편지를 보내지 않고 꼬깃꼬깃 접어서 두었다가 두 달 후인 지금에 다시 그 필자인 내 앞에 돌려보내주는 것이었다. 대관절 이것이 무슨 영문인지 어찌된 일인지 알 수가 없었다.

"나리 그 편지를 한번 읽어주시우." 하고 그 노파는 태연스럽게 말하였다.

"아니 원국이 어머니 이 편지는 내가 써드린 것인데 왜 원국이한테 보내지 않고 이때껏 가지고 계십니까?" 하고 물었다. 노파는 내 물음을 들었는지 못 들었는지 거기는 대답이 없이 태연히 또다시,

"나리 그 펜지를 좀 읽어주시우." 하고 되푸리하였다. 그리고는 잠시 나를 치어다보는 그 눈에서 나는 또다시 고기조박을 든 주인을 치어다보는 개 눈에서 발견할 수 있는 애원하는 기대하는 반기는 빛을 볼 수 있었다.

나는 나로서도 설명할 수 없는 이상스런 감정의 교차를 느끼면서 그 편지를 읽기 시작하였다. 쓰던 그 당시에는 꽤 잘 쓴 것으로 상각되든 편지가

---

9 조이 : 종이.

이렇게 두 달 후에 다시 한 번 읽어보니까 싱겁고 유치하기 짝이 없는 것같이 생각되었다.

하여튼 나는 단숨에 끝까지 죽 내리읽고 나서 노파를 바라다보았다. 그는 고개를 뚝 떨어트리고 가마니 앉아 있었다. 그의 거칠어지고 변색된 손만이 방바닥을 슬슬 쓰다듬고 있었다. 잠시 후에 그는 고개를 들었다. 줄을 지어 두 뺨으로 흘러내리는 눈물을 씨츨 생각도 아니하고 노파는 떨리고 느끼는 목소리로 말하였다.

"나리, 나리…… 원국이 녀석이 그 펜지를 보문이니 회답을 쓰갔지오?"

이 돌연스러운 질문에 나는 무엇이라고 대답하는 것이 좋을지를 몰라서 멍하니 바라다만 보고 있었다. 늙은 두 눈에서는 늙은 두 뺨 우으로 쉴 새 없이 눈물이 흘러내리고 있었다.

"나리, 나리…… 원국이 녀석이 회답을 쓰갔지요. 나리가 원국이 대신으로 그 회답을 좀 써주시구레!"

이것이 무슨 소리인지 나는 알 수가 없었다.

"아—니……." 하고 내가 영문을 무러보려 했으나 노파는 가로질러가지고 이야기를 계속하였다.

"나리, 나리께선 나를 미쳤다고 안 하시지요? 원국이 녀석 원국이 녀석…… 원국이 녀석…… 그놈의 새끼는 삼 년 전에 죽었대요. 그놈의 새끼레 얼마 동안 펜지두 안 하더니 건넌 동네 보똘이가…… 그 애두 만주를 돌아당기다 왔지오…… 보똘이가 여게[10] 서울까지 나를 차자와서 "원국이 어머니, 원국인 만주에서 죽었다우. 내가 죽는 것을 보구 장사까지 지내구 왔다우." 하구 일러주갔지오…… 나리, 그래두 난 보똘이 녀석 말을 믿지 않수와요. 그 녀석이 원국이 새끼레 나를 여기다 팽개테두구 혼자 죽다니오?

---

10 여게 : 여기.

그럴 리가 있나요. 나는 언제나 원국이 녀석이 살아 있거니 하고…… 나
리…… 원국이레 살았담 하구 나리가 원국이 대신 나한테 펜지 한 장 써주
시구레. 이제 그 펜지를 원국이레 보구 그 펜지 답장하는 펜지를 한 쟝 써주
시구레…… 그러카믄 나는 그 펜지가 원국이한테서 왔거니 하구 간수하갔
수다……."

　나는 무슨 말을 하려 하여도 목이 미어서 말을 끄낼 수가 없었다. 나는 묵
묵히 편지와 잉크와 펜을 불 밑에 벌려놓았다.

　"나리. 복 많이 받으십사 나리!…… '이젠 돈을 많이 벌었겠다. 이제 몇 달
만 더 이스문 어머니한테 가서 장가들구 어머니랑 색시랑 데불구 룡천후되
루가서 느트나무뒤두 그 집되루 사가지구 아들딸 나쿠 살갔수다.' 이렇게
써주시구레……."

　나는 믁믁히 펜을 날리고 있었다. 곁눈으로 보니 그 거칠어지고 변색된
손이 방바닥을 가만가만히 쓰다듬고 있는 것이 보이었다. (1935)

사랑손님과 어머니

사랑손님과 어머니

1

나는 금년 여섯 살 난 처녀애입니다. 내 이름은 박옥히구요 우리 집 식구라구는 세상에서 제일 이쁜 우리 어머니와 나와 단두 식구뿐이랍니다. 아차 큰일날 뻔햇군! 외삼춘을 빼놓을 번햇으니.

지금 중학교에 단니는 외삼춘은 어데를 그렇게 싸돌아단니는지 집에는 끼니때나 외에는 별로부터 있지를 않으니까 어떤 때는 한 주일식 가도 외삼춘 코빽이도 못 보는 때가 많으니까요. 깜박 잊기도 예사지오 무얼.

우리 어머니는 그야말로 세상에서 둘도 없이 곱게 생긴 우리 어머니는 금년 나이 스믈세 살인데 과부랍니다. 과부가 무엇인지 나는 잘 몰라도 하여튼 동리 사람들이 나더러는 '과부의 딸'이라고들 불르니까 우리 어머니가 과부인 줄을 알지오. 남들은 다 아버지가 있는데 나만은 아버지가 없지오. 아버지가 없다고 아마 '과부 딸'이라나 봐요.

2

외할머니 말씀을 들으면 우리 아버지는 내가 이 세상에 나오기 한 달 전에 돌아가셨대요. 우리 어머니하고 결혼한 지는 일 년 만이고요. 우리 아버지의 본집은 어데 멀리 있는데 마츰 이 동리 학교에 교사로 오게 되기 때문에 결혼 후에도 우리 어머니는 시집으로 가지 않고 여기 이 집을 사고(바로 이 집은 우리 외할머니 댁 뒷집이지요) 여기서 살다가 일 년이 못 되여 갑작이 죽었대요. 내가 세상에 나오기도 전에 아버지는 돌아가셨다니까 나는 아버지 얼골도 못 뵈였지오. 그러기 아모리 생각해보아도 아버지 생각은 안 나요. 아버지 사진이라는 사진은 나도 한두 번 보았지오. 참말로 훌륭한 얼골이야요. 그 아버지가 살아 게시다면 참말로 세상에서 제일가는 잘란 아버지일 거야요. 그런 아버지를 뵙지도 못한 것은 참으로 분한 일이야요. 그 사진도 본 지가 퍽 오랫는데 이전에는 그 사진을 어머니 책상에 놓아두시드니 외할머니가 오시면 오실 때마다 그 사진을 치우라고 늘 말씀을 하셨는데 지금은 그 사진이 어데 있는지 없어졌어요. 언젠가 한 번 어머니가 나 없는 동안에 몰래 장농 속에서 무엇을 꺼내 보시다가 내가 들어오니까 얼른 장농 속에 감추는 것을 내가 보았는데 그것이 아마 아버지 사진인 것 같았어요.

아버지가 돌아가시기 전에 우리가 먹고살 것이나 남겨놓고 가셨대요. 작년 여름에 아니 가을이 다 되여서군요. 하루는 어머니를 딸아서 저 여기서 한 십 리나 가서 조고만 산이 있는 데를 가서 거기서 밤도 따 먹고 또 그 산 밑에 초가집에 가서 닭고깃국을 먹고 왔는데 거기 있는 땅이 우리 땅이래요. 거기서 나는 추수로 밥이나 굶지 않게 된대요. 그래두 반찬 사고 과자 사고 할 돈은 없대요. 그래서 어머니가 다른 사람의 바누질을 마타서 해주지오. 바누질을 해서 돈을 벌어서 청어도 사고 닭알도 사고 내가 먹을 사탕도 사고 한다구요.

그리구 우리 집 정말 식구는 어머니와 나와 단둘인데 아버님이 게시든 사랑방이 비여 있으니 그 방도 쓸 겸 또 어머니의 잔심부럼도 좀 해줄 겸해서 우리 외삼춘이 사랑¹에 와 있게 되였대요.

3

금년 봄에는 나를 유치원에 보내준다고 해서 나도 너무나 좋아서 동무 아이들한테 실컷 자랑을 하고 나서 집으로 들어오누라니까 사랑에서 큰외삼춘이(우리 집 사랑에 와 있는 외삼춘의 형님) 웬 한 낯선 사람 하나와 앉어 이야기를 하고 있읍니다. 나를 보더니 '옥히야' 하고 불르겠지오. "옥히야, 이리 온. 이 아저씨께 인사 들여라."

나는 부끄러워서 비슬비슬하니까 그 낯선 손님이

"아, 그 애기 참 곱다. 자네 족하딸인가?"

"응, 내 누이의 딸…… 경선 군의 유복녀 외딸일세."

"옥히, 이리 온, 응! 그 눈은 꼭 정 아버지를 달멋네그려" 하고 낯선 손님이 말합디다.

"자, 옥히야. 커—단 처녀가 왜 저 모양이야. 어서 와서 이 아저씨께 인사해여. 너이 아버지의 옛날 친구이다. 또 인제부터는 이 사랑에 게실 터인데 인사 엿줍고 친해두어야지."

나는 이 낯선 손님이 사랑에 게시게 된다는 말을 듣고 갑작이 즐거워젓읍니다. 그래서 그 아저씨 앞에 가서 삽붓이 절을 하고는 그만 안마당으로 뛰여 들어왔지오. 그 아저씨와 큰 외삼춘은 소리를 내서 크게 웃드군요.

나는 안방으로 들어오는 나름으로 어머니를 붓들고

---

1 사랑(舍廊) : 집의 안채와 떨어진 바깥채로 바깥주인(남편)이 머무르며 손님을 접대하는 곳.

"어머니, 사랑방에 큰삼춘이 아저씨를 하나 더리고 왔는데 그 아저씨가 이제 사랑에 있는대." 하고 법석을 하니까

"응, 그래." 하고 어머니는 벌서 안다는 듯이 대답을 하드군요.

"언제부텀 와 있나?"

"오늘부텀."

"에구 좋아" 하고 내가 손벽을 치니까 어머니는 내 손을 꼭 잡으면서

"왜 이리 수선이야"

"그럼 작은 외삼춘은 어디루 가구?"

"외삼춘도 사랑에 있지."

"그럼 둘이 있나?"

"응."

"한 방에 둘이 다 있어?"

"왜 장짓문² 닫구 외삼춘은 아레방에 게시구 그 아저씨는 웃방에 게시구 그러지."

나는 그 아저씨가 어떤 사람인지는 몰랏스나 내게는 퍽 고맙게 굴고 또 나도 그 아저씨가 꼭 마음에 들었어요. 어른들이 저이끼리 말하는 것을 들으니까 그 아저씨는 도라가신 우리 아버지와 어렸을 적 친구라구요. 어데 먼 데 가서 공부를 하다가 요새 돌아왔는데 우리 동리 학교 교사로 오게 되었대요. 또 우리 큰 외삼춘과도 친구인데 이 동리에는 하숙도 별로 깨끗한 곳이 없고 해서 우리 사랑으로 와 게시게 되었다구요. 또 우리도 그 아저씨에게서 밥값을 받으면 살림에 보탬도 좀 되고 한다구요.

그 아저씨는 그림책들이 얼마든지 있어요. 내가 사랑에 가면 그 아저씨는 나를 무릅에 앉히고 그림책들을 보여줍니다. 또 가끔 사탕도 주구요. 어

---

2   장짓문 : 장지문. 여러 칸으로 된 방을 나누기 위해 중간에 설치한 문.

느 날은 점심을 먹고 살그먼히 사랑에 나가보니까 아저씨는 그때에야 점심을 잡수어요. 그래 가만히 앉아서 점심 잡숫는 걸 구경하고 있누라니까 아저씨가,

"옥히는 어떤 반찬을 제일 좋아하나?" 하고 뭇겠지오. 그래 삶은 닭알을 좋아한다고 했더니 마츰 상에 놓인 삶은 닭알을 한 알 집어주면서 나더러 먹으라구 합니다. 나는 그 닭알을 베껴 먹으면서,

"아저씨는 무슨 반찬이 제일 맛나우?" 하고 물으니까 그는 한참이나 빙그레 웃고 있드니.

"나두 삶은 닭알" 하겠지오. 나는 좋아서 손벽을 짤깍짤깍 치고,

"아 나와 같네 그럼. 가서 어머니한테 알려야지" 하면서 일어서니까 아저씨가 꼭 붓들면서

"그러지 말어" 그러시지오. 그래두 나는 한 번 맘을 먹은 댐엔 꼭 그대루 하구야 마는 성미지오. 그래 안마당으로 뛰쳐 들어서면서,

"어머니, 어머니, 사랑 아저씨두 나처럼 삶은 닭알을 제일 좋아한대" 하고 소리를 질렀지오.

"떠들지 말어" 하고 어머니는 눈을 흘기십디다.

그러나 사랑 아저씨가 닭알을 좋아하는 것이 내게는 썩 좋게 되었서요. 그다음부터는 어머니가 닭알을 많이식 사게 되었으니요. 닭알 장수 노친네가 오면 한꺼번에 열 알두 사구 스무 알두 사구 그래선 삶아서 아저씨 상에 두 놓고 또 의례히 나도 한 알식 주고 그래요. 그뿐 아니라 아저씨한테 놀러 나가면 가끔 아저씨가 책상 설합 속에서 닭알을 한두 알 꺼내서 먹으라구 주지오. 그래 그담부터는 나는 아주 싫컷 닭알을 많이 먹었서요. 나는 아저씨가 아주 좋았서요. 마는 외삼촌은 가끔 툴툴하는 때가 있었서요. 아마 아저씨가 마음에 안 드나 봐요. 아니 그것보다도 아저씨 상 심부럼을 꼭 외삼촌이 하니까 그것이 하기 싫여서 그랬겠지오. 한번은 어머니와 외삼촌이 말

다툼하는 것을 들었어요. 어머니가,

"야, 또 어데 나가지 말구 사랑에 있다가 선생님 들어오시거든 상 내가야지" 하고 말씀하시니까 외삼촌은 얼굴을 찡그리면서,

"제길, 남 어데 좀 볼일이 있는 날은 반듯이 끼 때에 안 들어오고 늦어지니" 하고 툴툴하겠지요. 그러니까 어머니는,

"그러니 어쩌간니. 너밖에 사랑 출입할 사람이 어데 있니?"

"누님이 좀 상 들고 나가구려. 요새 세상에 내외³하십니까!"

어머니는 갑작이 얼굴이 빩애지시고 아무 대답도 없이 그냥 외삼촌에게 향하야 눈을 흘기섯읍니다. 그러니까 외삼촌은 웃으면서 사랑으로 나갔지오.

4

나는 유치원에 가서 창가도 배우고 땐스도 배우고 하였읍니다. 유치원 여선생님이 풍금을 아주 썩 잘 타요. 그런데 우리 유치원에 있는 풍금은 우리 예배당에 있는 풍금과는 다른데 퍽 조고마한 것이지마는 소리는 썩 좋아요. 그런데 우리 집 웃간에도 유치원 풍금과 꼭 같이 생긴 것이 놓여 있는 것이 갑작이 생각이 났어요. 그래 그날 나는 집으로 오는 길로 어머니를 끌고 웃간으로 가서,

"엄마, 이거 풍금 아니유?" 하고 물으니까 어머니는 빙그레 웃으시면서

"그렇다. 그건 어떻게 알았니?"

"우리 유치원에 있는 풍금이 이것과 꼭 같아. 그럼 어머니두 풍금 탈 줄 아우?"

---

3   내외 : 서로 모르는 남자와 여자 사이에 서로 얼굴을 마주 보지 않고 피하는 것.

하고 나는 다시 물었읍니다. 그것은 내가 이때껏 한 번도 어머니가 이 풍금 앞에 앉은 것을 본 일이 없기 때문입니다.

어머니는 아무 대답도 아니 하십니다.

"어머니, 이 풍금 좀 타봐!" 하고 재촉하니까 어머니 얼골은 약간 흐려지면서

"그 풍금을 너이 아버지가 날 사다 주신 거란다. 너이 아버지 돌아가신 후에는 그 풍금은 이때까지 뚜껑도 한번 안 열어보았다……" 이렇게 말씀하시는 어머니 얼굴을 보니까 금방 또 울음보가 터질 것같이만 보여서 그만

"엄마, 나 사탕 주어." 하면서 아레방으로 끌고 내려왔읍니다.

아저씨가 사랑방에 와 게신 지 벌서 여러 밤을 잔 뒤입니다. 아마 한 달이나 되었지오. 나는 거의 매일 아저씨 방에 놀러 갔읍니다. 어머니는 가끔 그렇게 가서 귀찮게 굴면 못쓴다고 꾸지람을 하시지만 정말인즉 나는 조금도 아저씨를 귀찮게 굴지는 않았읍니다. 도로혀 아저씨가 나를 귀찮게 굴었지오.

"옥히 눈은 아버지를 닮었다. 그러나 고 고운 코는 아마 어머니를 닮었지, 고 입하고. 그러냐, 안 그러냐? 어머니도 옥히처럼 곱지?……" 이렇게 여러 가지로 물을 때도 있었읍니다. 그래 나는

"아저씨, 아직 우리 어머니 못 만나보았수?" 하고 물었더니 아저씨는 잠잠합니다.

"우리 어머니 보러 들어갈까?" 하면서 아저씨 소매를 잡아당겼드니 아저씨는 펄쩍 뛰면서

"아니 아니 안 돼. 난 지금 분주해서" 하면서 나를 잡아끌었읍니다. 그러나 정말로 무슨 그리 분주하지도 아는 모양이었서요. 그러기 나더러 가란 말도 아니하고 그냥 나를 붙들고 머리도 쓰다듬고 뺨에 키쓰도 하고,

"요 저구리 누가 해주디?…… 밤에 엄마하구 한자리에서 자니?" 라는 둥

쓸데없는 말을 자꾸만 물었지요.

그러나 웬일인지 나를 그렇게 귀애해주든 아저씨도 아레방에 외삼촌이 들어오면 갑작이 태도가 달라지지요. 이것저것 묻지도 않고 나를 꼭 끼어안지도 않고 점잖게 앉아서 그림책이나 보여주고 그러지오. 아마 아저씨가 우리 외삼촌을 무서워하나 봐요.

하여튼 어머니는 나더러 너무 아저씨를 귀찮게 한다고 어떤 때는 저녁 먹고 나서 나를 꼭 방 안에 가두어두고 못 나가게 하는 때도 더러 있었읍니다. 그러나 조금 있다가 어머니가 바누질에 정신이 팔리여 골몰하고 있을 때 몰래 가만히 일어나서 나오지오. 그런 때에는 어머니는 문 여는 소리를 듣고야 팟닥 정신을 채려서 쫓아와 나를 붙들지오. 그러나 그런 때는 어머니는 골은 아니 내시고

"이리 온, 이리 와서 머리 빗고" 하고 끌어다가 머리를 다시 곱게 땋아주어요.

"머리를 곱게 땋고 가야지. 그렇게 되는 대루 하구 가문 아저씨가 숭보시지" 하시면서. 또 어떤 때에는 머리를 다 따아주시고는

"응, 저고리가 이게 무어냐?" 하시면서 새 저구리를 내어주시는 때도 있었읍니다.

5

어떤 토요일 오후였읍니다. 아저씨는 나더러 뒷동산에 올라가자고 하셨읍니다. 나는 너무나 좋아서 곧 가자고 하니까,

"들어가서 어머님께 허락맞고 온." 하십니다. 참 그렇습니다. 나는 뛰처 들어가서 어머니께 허락을 맡았읍니다. 어머니는 내 얼굴을 다시 세수시켜 주고 머리도 다시 땋고 그리고 나서 나를 아스라지도록 한번 몹시 껴안았다

가 놓아주었습니다.

"너무 오래 있지 말고, 응" 하고 어머니는 크게 소리치셨습니다. 아마 사랑 아저씨도 그 소리를 들었을 꺼야요.

뒷동산에 올라가서는 정거장을 한참 내려다보았으나 기차는 안 지나갔읍니다. 나는 풀잎을 쭉쭉 뽑아보기도 하고 땅에 누운 아저씨의 다리를 가서 꾀집어보기도 하면서 놀았읍니다. 한참 후에 아저씨가 손목을 잡고 내려오는데 유치원 동무들을 만났읍니다.

"옥히가 아빠하구 어디 갔다 온다잉." 하고 한 동무가 말합디다. 그 아이는 우리 아버지가 돌아가신 줄을 모르는 아이었읍니다. 나는 얼굴이 빨애졌읍니다. 그때 나는 얼마나 이 아저씨가 정말 우리 아버지였드라면 하고 생각했는지 모릅니다. 나는 정말로 한번만이라도,

"압빠!" 하고 불러보고 싶었읍니다. 그러고 그날 그렇게 아저씨하고 손목을 잡고 골목 골목을 지나오는 것이 어찌도 재미가 좋았는지오.

나는 대문까지 와서

"난 아저씨가 우리 압바라면 좋겠드라." 하고 불쑥 말했읍니다. 그랬더니 아저씨는 얼굴이 홍당무처럼 빨애져서 나를 흔들면서,

"그런 소리 하면 못써" 하고 속삭이는데 그 목소리가 몹시도 떨렸읍니다. 나는 아저씨가 몹시 성이 난 것같이만 생각되여서 아무 말도 못 하고 안으로 들어갔읍니다. 어머니가

"어데까지 갔댄?" 하고 나와 안으며 묻는데 나는 대답도 못 하고 그만 쿨쩍쿨쩍 울었읍니다. 어머니는 놀라서

"옥히야, 왜 그러니? 응?" 하고 자꾸만 물었으나 나는 아무 대답도 못 하고 울었읍니다.

6

이튿날은 일요일인 고로 나는 어머니와 함께 예배당에를 가려고 채리고 나서 어머니가 옷을 갈아입는 동안 잠간 사랑에를 나가보았읍니다. 아저씨가 성이 났나 하고 가만히 방 안을 들여다보았더니 책상에 앉아 무엇을 쓰고 있든 아저씨가 내다보면서 빙그레 웃었읍니다. 그 우슴을 보고 나는 마음을 놓았읍니다. 아저씨는 지금은 성내지 않은 것이 확실하니까요. 아저씨는 나를 왼몸을 이리 보고 저리 보고 훑터보더니,

"옥히 오늘 어데 가나. 저렇게 곱게 채리고?" 하고 물었읍니다.

"엄마하구 예배당에 가."

"예배당에?" 하고 나서 아저씨는 잠시 나를 멍하니 바라다보더니

"어느 예배당에?" 하고 뭇습니다.

"요 앞에 예배당에 가지 뭐."

"응, 요 앞이라니."

이때 안에서,

"옥히야."

하고 부드럽게 부르는 어머니 목소리가 들리였읍니다. 나는 얼른 안으로 뛰여 들어오면서 도라다보니 아저씨는 또 얼굴이 빨갛게 성이 났지오. 참으로 무슨 일로 요새는 아저씨가 저렇게 성을 잘 내는지 알 수 없었읍니다.

예배당에 가 앉아서 찬미하고 기도하다가 기도하는 중간에 갑작이 나는 '혹시 아저씨도 예배당에 나오지 않었나' 하는 생각이 나서 눈을 뜨고 고개를 들어 남자석을 바라다보았읍니다. 그랬더니 하, 바로 거기 아저씨가 와 앉어 있겠지오. 그런데 어른이 눈감고 기도하지 않고 우리 아이들처럼 눈을 뜨고 여기저기 두리번두리번 바라봅니다. 나는 얼른 아저씨를 알아보았는데 아저씨는 나를 못 알아보았는지 내가 방그레 우서 보여도 웃지 않고 멀

거니 보고 있겠지오. 그래 나는 손을 들어 흔들었지오. 그러니까 아저씨는 얼른 고개를 수기고 말드군요. 그때에 어머니가 내가 팔을 흔드는 것을 깨닷고 두 손으로 나를 부뜰고 끌어당기드군요. 나는 어머니 귀에다 입을 대고,

"저기 아저씨두 왔어" 하고 속삭이니까 어머니는 흠칫하면서 내 입을 손으로 막고 막 끌어 잡아다가 앞에 앉히고 고개를 누르드군요. 보니까 어머니가 또 얼굴이 홍당무처럼 빨개졌겠지오.

그날 예배는 아주 젬벵이었어요. 웬일인지 예배 끝날 때까지 어머니는 성이나서 강대⁴만 앞으로 바라보고 앉았지 이전 모양으로 가끔 나를 내려다보고 웃는 일이 없었어요. 그리고 아저씨를 보려고 남자석을 바라다보아도 아저씨도 한 번도 바라다 보아주지도 않고 성이 나서 앉아 있고, 어머니는 나를 보지도 않고 공연히 꽉꽉 잡아단니지오. 왜 모두들 그리 성이 났는지. 나는 그만 으아 하고 한번 울고 싶었어요. 그러나 바로 멀지 않은 곳에 우리 유치원 선생님이 앉아 있는 고로 울고 싶은 것을 억지로 참았답니다.

7

내가 처음 얼마 동안은 유치원에 갈 때나 올 때나 외삼춘이 바라다주었읍니다. 그러나 여러 밤을 자고 난 뒤에는 나 혼자도 넉넉히 단니게 되였어요. 그러나 언제나 유치원에서 도라오는 때이면 어머니가 옆대문(우리 집에는 대문이 사랑대문과 옆대문 두흘이 있어서 어머니는 늘 이 옆대문으로만 출입하시는 것이였읍니다) 밖에 기다리고 섰다가 내가 다름질쳐 가면 안고 집 안으로 들어가군 하는 것이었읍니다.

---

4   강대(講臺) : 책을 올려놓고 강의나 설교를 할 수 있도록 만든 높은 탁자.

그런데 하루는 어쩐 일인지 어머니가 보이지를 않겠지오. 어떻게도 화가 나든지오. 물론 머리속으로는 '아마 외할머니 댁에 가셨나 부다' 하고 생각했지마는 하여튼 내가 도라왔는데 문간에서 기다리지 않고 집을 떠났다는 것이 몹시 나쁘게 생각이 되드군요. 그래서 속으로 '오늘 엄마를 좀 골려야겠다' 하고 생각하고 있는데 옆대문 밖에서

"아이고, 얘가 원 벌서 왔나?" 하는 어머니 목소리가 들리드군요. 그 순간 나는 얼른 신을 버서 들고 안방으로 뛰여 들어가서 벽장을 열고 그 속에가 들어가서 숨어버렸습니다.

"옥히야, 옥히 너 아직 안 왔니?" 하는 어머니 목소리가 바로 뜰에서 나더니

"아직 안 왔군." 하면서 밖으로 나가는 모양이었습니다. 나는 재미가 나서 혼자 흐흥 흐흥 우섰습니다.

한참을 있더니 집에서는 왼통 야단이 났읍니다. 어머니 목소리도 들리고 외할머니 목소리도 들리고 외삼촌 목소리도 들리고!

"글세 하로 종일 집이라군 안 떠났다가 옥히 유치원에서 오문 멕일 과자가 없기 어머님 댁에 잠간 갔다가 왔는데 고 동안에 이런 변이 생기다니" 하는 것은 어머니 목소리.

"글세 유치원에선 벌서 삼십 분 전에 떠났다든데 원 중간에서……" 하는 것은 외할머니 목소리.

"하여튼 내 나가서 도라댕겨 볼 웨다. 원 고것이 어델 갓담?" 하는 것은 외삼춘의 목소리.

이윽고 어머니의 울음소리가 가늘게 들렸읍니다. 외할머니는 무엇이라고 중얼중얼 이야기하는 모양이었읍니다. '이젠 그만하고 나갈가?' 하고도 생각했으나 '지난 주일날 예배당에서 성냈던 앙가픔을 해야지.' 하고 나는 그냥 벽장 안에 누어 있었읍니다. 벽장 안은 답답하고 더웠읍니다. 그래서

이윽고 부지중에 나는 슬몃이 잠을 들어버렸읍니다.

얼마 동안이나 잣는지오? 이윽고 잠을 깨보니 아까 내가 벽장 안에 들어왔든 것은 이져버리고 참 이상스러운 데가 내가 누어 있거든요. 어둑컹컴하고 좁고 덥고…… 나는 갑작이 무서운 생각이 나서 엉엉 울기 시작했지오. 그리자 갑작이 어데 가까운 데서 어머니의 외마대 소리가 나더니 벽장 문이 벌컥 열리고 어머니가 달려들어 나를 안아 내렸읍니다.

"요 망할 것아" 하면서 어머니는 내 엉뎅이를 댓 번 떼렸읍니다. 나는 더욱더 소리를 내 울었읍니다. 어머니는 그때는 나를 끌어안고 어머니도 울었읍니다.

"옥히야, 옥히야, 응, 인제 괜찮다. 엄마 여기 있지 않니, 응, 울지 마라 옥히야. 엄마는 옥히 하나문 그뿐이다. 옥히 하나만 바라고 산다. 난 너 하나문 그뿐이야. 세상 모든 게 다 일이 없다. 옥히만 있으문 바라고 산다. 옥히야 울지 마라. 응 울지 마라."

이렇게 어머니는 나더러 작고 울지 말라면서도 어머니 저는 끈치지 않고 그냥 울고 있었읍니다. 외할머니는,

"원 고것이 독깨비가 들렸단 말인가, 벽장 속엔 왜 숨는담" 하고 앉아 있는 외삼촌은

"에, 재수나시⁵다" 하면서 밖으로 나갔읍니다.

8

이튼날 유치원을 파하고 집으로 오게 된 때 나는 갑작이 어제 벽장 속에 숨었다가 어머니를 몹시 울게 하든 생각이 문득 나서 집으로 가기가 어쩨

---

5 나시(ない) : "없다"라는 뜻의 일본어.

부끄러워졌읍니다. '오늘은 어머니를 좀 기쁘게 해드려야 할 텐데…… 무엇을 갖다 들이면 기뻐할까?' 하고 생각했읍니다. 그리자 문득 유치원 안에 선생님 책상 우에 노혀 있든 꽃병 생각이 났읍니다. 그 꽃병에는 나는 이름도 모르는 곱고 빨간 꽃이 있었읍니다. 그 꽃은 개나리도 아니고 진달레도 아니었읍니다. 그런 꽃은 나도 잘 알고 또 그런 꽃은 벌서 폇다가 진 후이었읍니다. 무슨 서양 꽃이려니 하고 나는 생각하였읍니다. 나는 우리 어머니가 꽃을 사랑하는 줄을 잘 압니다. 그래서 그 꽃을 갖다 드리면 어머니가 몹시 기뻐하려니 하고 생각하였읍니다.

그래서 나는 도로 유치원 방 안으로 들어갔읍니다. 마침 방 안에는 아모도 없었읍니다. 선생님도 잠간 어데를 갔는지 보이지 않았읍니다. 그래 나는 그 꽃을 두어 개 얼른 빼들고 다름질쳐 나왔지오.

집에 오니 어머니는 문깐에서 기다리고 있다가 나를 안고 들어왔읍니다.

"그래 그 꽃은 어데서 났니? 퍽 곱구나" 하고 어머니가 말씀하셨읍니다. 갑작이 나는 말문이 막혓읍니다. "이걸 어머니 드릴라구 내가 유치원서 가저왔지." 하고 말하기가 어째 부끄러운 생각이 들었읍니다. 그래 잠간 망서리다가,

"응, 이 꽃! 저 사랑 아저씨가 엄마 갖다 드리라고 줘" 하고 불쑥 말했읍니다. 그런 거짓말이 어데서 나왔는지 나도 모르지오.

꽃을 들고 내음새를 맡고 있든 어머니는 내 말이 끝나기가 무섭게 무엇에 놀란 사람처럼 화닥닥 하였읍니다. 그리고는 금시에 어머니 얼굴이 그 꽃보다도 더 빨가게 되였읍니다. 그 꽃을 든 어머니 손구락이 파르르 떠는 것을 나는 보았읍니다. 어머니는 무슨 무서운 것을 생각하는 듯이 사방을 휘 한번 둘러보시드니,

"옥히야, 그런 걸 받아오문 안 돼" 하는 목소리는 몹시 떨렸읍니다. 나는 꽃을 그렇게도 좋아하는 어머니가 이 꽃을 받고 그처럼 성을 낼 줄은 참으

로 뜻밖이었읍니다. 그렇게 성을 낸다면 그 꽃을 내가 가져왔다고 그러지 않고 아저씨가 주더라고 한 거짓말이 참 잘되었다고 나는 속으로 생각했읍니다. 어머니가 성을 내는 까닭은 나는 모르지만 하여튼 성을 낼 바에는 내게 내는 것보다 아저씨에게 내는 것이 내게는 나헛기 때문입니다. 한참 있더니 어머니는 나를 방 안으로 더리고 들어와서

"옥히야, 너 이 꽃 이야기 아모보구두 하지 말아, 응" 하고 타일러주었읍니다. 나는 "응" 하고 대답했읍니다.

어머니는 그 꽃을 내버릴 줄로 나는 생각했읍니다마는 내버리지는 않고 꽃병에 넣어서 풍금 우에 놓아두었읍니다. 아마 퍽 여러 밤 자도록 그 꽃은 거기 놓여 있어서 마즈막에는 시들었읍니다. 꽃이 다 시들자 어머니는 가위로 그 대는 잘라 내버리고 꽃만은 찬송가 갈피에 끼여두었읍니다.

그날 밤에 나는 또 사랑에 나가서 아저씨 무릎에 앉어 그림책을 보고 있었읍니다. 갑작이 아저씨 몸이 흠칫합니다. 그리고는 귀를 기우립니다. 나도 귀를 기우렸읍니다.

풍금 소리!

그 풍금 소리는 분명 안방에서 흘러나오는 것이었읍니다.

"엄마가 풍금 타나 부다" 하고 나는 벌떡 일어나서 안으로 뛰여왔읍니다. 안방에는 불을 켜지 않았읍니다. 그러나 그때는 음력으로 보름께여서 달이 낮같이 밝은데 은빛 같은 흰 달빛이 방 한 절반 가득하였읍니다. 나는 흰 옷을 입은 어머니가 풍금 앞에 앉어서 고요히 풍금을 타는 것을 보았읍니다.

나는 나이 지금 여섯 살밖에 안 되었지마는 하여튼 어머니가 풍금을 타시는 것을 보는 것은 오늘이 처음이었읍니다. 어머니는 우리 유치원 선생님보다도 풍금을 더 잘 타시는 것이었읍니다. 나는 어머니 곁으로 갓읍니다마는 어머니는 내가 온 것도 깨닫지 못하는지 그냥 까딱 아니하고 앉어서 풍금을 탔읍니다. 조금 있더니 어머니는 풍금에 마추어 노래를 부르기 시작

하였읍니다. 어머니의 목소리가 그렇게도 아름다운 것도 나는 이때 모르고 있었읍니다. 어머니는 참으로 우리 유치원 선생님보다도 목소리가 훨씬 더 곱고 노래도 훨씬 더 잘 부르시는 것이었읍니다. 나는 가만히 서서 어머님 노래를 들었읍니다. 그 노래는 마치도 은실을 타고 저 별나라에서 내려오는 노래처럼 아름다웠읍니다.

그러나 얼마 가지 않아 목소리는 약간 떨렸읍니다. 가늘게 떨리는 노래소리 그에 따라 풍금의 가는 소리도 바르르 떠는 듯했읍니다. 노래소리는 차차 가늘어지드니 마즈막에는 사르르 없어저버렸읍니다. 풍금 소리도 사르르 없어졌읍니다. 어머니는 고요히 풍금에서 일어나시드니 옆에 섰는 내 머리를 쓰다듬었읍니다. 그다음 순간 어머니는 나를 안고 마루로 나오셨읍니다. 어머니는 아모 말슴도 없이 꼭꼭 껴안는 것이었읍니다. 달빛을 함북 받는 내 어머니 얼굴은 몹시도 쌔하야타고 생각되었읍니다. 우리 어머니는 참으로 천사같다고 나는 생각하였읍니다.

우리 어머니의 쌔하얀 두뺨 우으로는 쉴 새 없이 두줄기 눈물이 줄줄 흘러내리고 있는 것을 나는 보았읍니다. 그것을 보니 나도 갑작이 울고 싶어졌읍니다.

"어머니, 왜 울어?" 하고 나도 쿨쩍거리면서 물었읍니다.

"옥히야."

"응?"

한참 동안 어머니는 아무 말슴도 없었읍니다.

"옥히야, 나는 너 하나면 그뿐이다."

"엄마."

어머니는 대답이 없으셨읍니다.

9

하로는 밤에 아저씨 방에서 놀다가 졸려서 안방으로 들어오려고 일어서니까 아저씨가 하-얀 봉투를 설합에서 꺼내여 내게 주었습니다.

"옥히, 이것 갖다 엄마 들이고 지나간 달 밥값이라구 응."

나는 그 봉투를 갖다 엄마에게 들였습니다. 엄마는 그 봉투를 받아들자 갑작이 얼굴이 파-랗게 질리였습니다. 그 전날 달밤에 마루에 앉았을 때보다도 더 쌔하야타고 생각되었습니다. 어머니는 그 봉투를 들고 어쩔 줄을 모르는 듯이 초조한 빛이 나타났습니다. 나는

"그거 지나간 달 밥값이래" 하고 말을 하니까 어머니는 갑작이 잠자다 깨는 사람처럼 "응" 하고 놀래더니 또 금시에 백지장같이 쌔하야튼 얼굴이 빩앟에 물들었습니다. 봉투속에 들어갓든 어머니의 파들파들 떨리는 손까락이 지전을 몇장 끌고 나왔습니다. 어머니는 입술에 약간 웃음을 띠우면서 후하고 한숨을 지었습니다. 그러나 그것도 잠간 다시 어머니는 무엇에 놀랐는지 흠칫하더니 금시에 얼굴이 다시 창백해지고 입술이 바르르 떨었습니다. 어머니의 손을 보니 거기에는 지전 몇 장 외에 네모로 접은 하-얀 조이가 한 장 잡혀 있는 것이었습니다.

어머니는 한참을 망서리는 모양이었습니다. 그리더니 무슨 결심을 한듯이 입술을 악물고 그 조이를 채근채근 펴들고 그 안에 씨인 글을 읽었습니다. 나는 그 안에 무슨 글이 씨여 있는지 알도리가 없으나 어머니는 금시에 얼굴이 파랫닥 빩애닥하고 그 조이 들든 손은 이제는 바들바들이 아니라 와들와들 떨리여서 그 조이가 부석부석 소리를 내이게 되었습니다.

한참 만에 어머니는 그 조이를 아까모양으로 네모지게 접어서 돈과 함께 봉투에 도루 넣어 반지그릇에 던졌습니다. 그러고는 정신 나간 사람처럼 멀거니 앉아서 전등만 치어다보는데 어머니 가슴이 불룩불룩합디다. 나는 어

머니가 혹시 병이나 나지 않았나 해서 얼른 가 무릎에 안기면서

"엄마, 잘까?" 하고 말했습니다.

엄마는 내 뺨에 키쓰를 해주었습니다. 그런데 엄마의 입술이 어쩌면 그리도 뜨거운지오. 마치 불에 달군 돌이 볼에 와닷는 것 같았읍니다.

한잠을 자고 나서 잠이 채 깨지는 않았으나 어렴풋한 정신으로 옆을 쓸어보니 어머니가 없었읍니다. 가끔 가다가 나는 그런 버릇이 있어요. 어렴풋한 정신으로 옆을 쓸면 어머니의 보드러운 살이 만저지지오. 그러면 다시 나는 잠이 들어버리군 하는 것이었읍니다.

어머니가 자리에 없다는 것을 알게 되자 나는 갑작이 무서워졌읍니다. 그래서 눈을 번쩍뜨고 고개를 들어 둘러보았읍니다. 방 안에는 불은 안 켰지만 어슴푸레하게 밝습니다. 뜰로 하나 가득한 달빛이 방 안에 까지 희미한 맑음을 비최여 주는 것이었읍니다. 웃목을 보니 우리 아버지의 옷을 너허두고 가끔 어머니가 끄내서 쓸어보시는 그 장농이 열려 있고, 그 아레 방바닥에는 힌옷이 한 무덱[6]이 널려 있읍니다. 그리고 그 옆에는 장농을 반쯤 기대고 자리옷만 입은 어머니가 주춤하고 앉어서 고개를 우으로 쳐들고 눈은감고 무엇이라고 입설로 소군소군 외이고 있는 것이 보였읍니다. 아마 기도를 하나보다 하고 나는 생각했읍니다. 나는 자리에서 일어나서 기여가서 어머니 무릎을 뻐개고 기여들어 갔읍니다.

"엄마 무얼 하우?"

어머니는 소군거리기를 끝이고 눈을 떠서 나를 한참이나 물끄럼히 들여다보심니다.

"옥히야."

"응?"

"가서 자자."

"엄마두 가치 자."

"응 그래 엄마두 가치 자."

그 목소리가 어째 싸늘하다고 내게 생각되였읍니다. 어머니는 도라가신 아버지의 옷들을 한 가지식 들고 가만히 손바닥으로 쓸어보고는 장농 안에 넣었읍니다. 하나식 하나식 쓸어보고는 장롱에 넣고 하야 그옷을 다 넣은 때 장농문을 닷고 쇠를 채우고 그리고 나서 나를 안고 자리로 왔읍니다.

"엄마 우리 기도하고 자?" 하고 나는 물었읍니다. 어머니는 나를 밤마다 재울 때마다 반다시 기도를 하는 것이었읍니다. 내가 할 줄 아는 기도는 주기도문뿐이었읍니다. 그 뜻은 하나도 모르지만 어머니를 딸아서 작고 외여서 나도 지금은 주기도문을 잘 외입니다. 그런데 웬일인지 어제밤 잘 때는 어머니가 기도할 것을 이저버렸든 것이 지금 생각 낫기 때문에 나는 그렇게 물었든 것입니다. 어제밤 자리에 들때 내가,

"기도할까?" 하고 말하고 싶었으나 어머니가 넘우도 슬픈 빛을 띠고 있는 고로 그만 나도 가만히 아모 소리 없이 잠을 들고 말었든 것입니다.

"응 기도하자" 하고 어머니가 고요히 말했읍니다.

"어머니가 기도해" 하고 나는 갑작이 어머니의 기도하는 보드러운 음성이 듯고 싶어서 말했읍니다.

"하늘에 게신 우리 아버지시여" 어머니는 고요히 기도를 시작하였읍니다. "이름을 거륵하게 하옵시며 나라에 림하옵시며 뜻이 하늘에서 일우워진 것처럼 따에서도 일우워지이다. 오늘날 우리에게 일용할 양식을 주옵시고 우리가 우리에게 죄지은 자를 용서하여 준 것처럼 우리 죄를 사하여 주옵시고 우리로 시험에 들지 말게 하옵시고…… 우리로 시험에 들지 말게 하옵시고…… 시험에 들지 말게 하옵시고…… 시험에 들지 말게…… 시험에 들지 말게……"

이렇게 어머니는 자꾸 되푸리하였습니다. 나도 지금은 매키지 않고 하는 주기도문을 어머니가 매키다니 참으로 우서운 일이었습니다.

"시험에 들지 말게. 시험에 들지 말게……" 하고 자꾸만 되푸리하는 것을 나는 참다못해서

"엄마 내마자 하께" 하고

"다만 악에서 구하옵소서. 대개 나라와 권세와 영광이 아버지께 영원토록 있사옵나이다" 하고 내가 끝을 마추었습니다. 어머니는 한참이나 있다가 겨오

"아멘" 하고 속삭이였습니다.

10

요새 와서 어머니의 하는 일이란 참으로 알 수가 없는 노릇입니다. 어떤 때는 어머님도 퍽 유쾌 하셨습니다. 밤에 때로는 풍금도 하고 또 때로는 찬송가도 부르고 그러실 때에는 나는 너무도 좋아서 가만이 어머니 옆에 앉어서 듯습니다. 그러나 가끔가끔 그 독창은 소리 없는 우름으로 끝을 맺는 때가 있는데 그런 때면 나도 딸어서 울었습니다. 그러면 어머니는 나를 안고 무수히 키쓰하시면서

"어머니는 옥히 하나면 그뿐이야, 응, 그러치" 하시면서 언제까지나 언제까지나 우시는 것이었습니다.

어떤 일요일 날, 그렇지오. 그것은 유치원 방학하고 난 그 이튿날이었어요. 그날 어머니는 갑작이 머리가 아푸시다고 예배당에를 그만두었습니다. 사랑에서는 아저씨도 어데 나가고 외삼춘도 어데 나가고 집에는 어머니와 나와 단둘이 있었는데 머리가 아프다고 누어게시든 어머니가 갑작이 나를 부르시드니

"옥히야, 너 압바가 보고 싶으냐?" 하고 물으십디다.

"응 우리두 압빠가 있으면 좋겠어" 하고 혀를 까불고 어리광을 좀 불여가면서 대답을 했읍니다. 한참 동안을 어머니는 아모 말씀도 아니 하시고 천장만 바라다 보시드니,

"옥히야, 옥히 아버지는 옥히가 세상에 나오기두 전에 도라가셨단다. 옥히두 압바가 없는 건 아니지. 그저 일즉 도라가셨지. 옥히가 이제 아버지를 새로 또 가지면 세상이 욕을 한단다. 옥히는 아직 철이 없어서 모르지만 세상이 욕을 한단다. 세상이 욕을 해. 옥히 어머니는 홰냉년이다, 이러구 세상이 욕을 해. 옥히 아버지는 죽었는데 옥히는 아버지가 또 하나 생겻대, 참 망측두 하지, 이러구 세상이 욕을 한단다. 그리되면 옥히는 언제나 손꾸락질 받구. 옥히는 커두 시집두 훌륭한데 못가구. 옥히가 공부를 해서 훌륭하게 돼두 에 그까짓 홰냉년의 딸 하구 남들이 욕을 한다" 이렇게 어머니는 혼자말 하시듯 뜨문뜨문 말씀하십니다. 그리고는 한참 있더니

"옥히야." 하고 또 무르십니다.

"응?"

"옥히는 언제나 언제나 내 곁을 안 떠나지. 옥히는 언제나 언제나 엄마하구 가치 살지. 옥히 엄마는 늙어서 꼬부랑 할미가 되여두 그래두 옥히는 엄마하고 가치살지. 옥히가 유치원 졸업하구 또 소학교 졸업하구, 또 중학교 졸업하구, 또 대학교 졸업하구, 옥히가 조선서 제일 훌륭한 사람이 돼두 그래두 옥히는 엄마하구 가치 살지. 응! 옥히는 엄마를 얼만큼 사랑하나?"

"이망큼." 하고 나는 두 팔을 짝 벌리어 보였읍니다.

"응 얼망큼? 응 그망큼! 언제나 언제나 옥히는 엄마를 사랑하지. 그리구 공부두 잘하구 그리구 훌륭한 사람이 되구……"

나는 어머니의 목소리가 떨리는 것으로 보아 어머니가 또 울까봐 겁이나서 "엄마, 이망큼, 이망큼." 하면서 두팔을 짝짝 벌리었읍니다.

어머니는 울지 않으셨습니다.

"응 옥히 엄마는 옥히 하나면 그뿐이야. 세상 다른건 다 소용없어 우리 옥히 하나면 그만이야. 그렇지, 옥히야."

"응!"

어머니는 나를 당기여서 꼭 끼여 않고 내 가슴이 맥혀 들어올 때까지 작고만 껴안아주었습니다.

그날 밤 저녁을 먹고 나니까 어머니는 나를 불러 앉히고 머리를 새로 빗겨주었습니다. 댕기도 새댕기를 디려주고 바지, 저고리, 치마, 모다 새것을 꺼내 입혀주었습니다.

"엄마, 어디 가?" 하고 무르니까

"아니" 하고 우슴을 띠우면서 대답합니다. 그리더니 풍금 옆에서 새로 대린 하―얀 손수건을 내리워 내손에 쥐여 주면서,

"이 손수건, 저 사랑 아저씨 손수건인데 이것 아저씨 갖다 들이고 와 응. 오래 있지말구 손수건만 갖다 들이구 이니 와, 응" 하고 말슴하십니다.

손수건을 들고 사랑으로 나가면서 나는 그 손수건 접이 속에 무슨 발각 발각하는 조이가 들어 있는 것처름 생각되였습니다 마는 그것을 펴보지 않고 그냥 갖다가 아저씨에게 주었습니다.

아저씨는 방에 누어 있다가 벌떡 일어나서 손수건을 받는데 웬일인지 아저씨는 이전 처름 나보고 빙그레 웃지도 않고 얼골이 몹시 새파래지었습니다. 그리고는 입술을 질근질근 깨밀면서 말 한 마대 아니 하고 그 손수건을 받드군요.

나는 어째 이상한 기분이 돌아서 아저씨 방에 들어가 앉지도 못하고 그냥 되돌아서서 안방으로 드러왔지오. 어머니는 풍금 앞에 앉어서 무엇을 그리 생각하는지 가만히 있드군요. 나는 풍금 옆에 가 와서 가만히 앉었지오. 이윽고 어머니는 조용조용히 풍금을 타십니다. 무슨 곡조인지는 몰라도 어

째 구슬푸고 고즈낙한 곡조야요.

밤이 늦도록 어머니는 풍금을 타섯습니다. 그 구슬프고 고즈낙한 곡조를 계속하고 또 계속하면서.

11

여러 밤을 자고 난 어떤 날 오후에 나는 아저씨방에를 오래간만에 가보앗더니 아저씨가 짐을 싸누라고 분주하겠지오. 내가 아저씨에게 손수건을 갓다 들인 다음부터는 웬일인지 아저씨가 나를 보아도 언제나 퍽 슬픈 사람, 무슨 근심이 있는 사람처럼 아모 말도 없이 나를 물끄럼히 바라다만 보고 있는 고로 나도 그리 자주 놀러 나오지 않앗든 것입니다.

그랫섰는데 이렇게 갑작이 짐을 꾸리는 것을 보고 나는 놀랏습니다.

"아저씨, 어데 가시우?"

"응, 멀리루 간다."

"언제?"

"이제"

"기차 타구?"

"응, 기차 타구."

"갓다 언제 또 오시우?"

아저씨는 아모 대답도 없이 설합에서 이뿐 인형을 하나꺼내서 내게 주었읍니다.

"옥히 이것 가저, 응. 옥히는 아저씨 가구나문 아저씨 이내 이저버리구 말겠지!"

나는 갑작이 슬퍼젓읍니다.

"아니" 하고 나는 대답했습니다. 나는 인형을 들고 안으로 들어왔읍니다.

"엄마 이것 봐. 아저씨가 이것 나줫서. 아저씨가 오늘 기차타고 먼데루 간대."

어머니는 대답이 없으십니다.

"엄마, 아저씨 왜 가우?"

"학교 방학했으니까 가지."

"어데루 가우?"

"아저씨 집으루 가지 어데루가."

"아저씨 인제 갔다가 또 오우?"

어머니는 대답이 없으셨습니다.

"난 아저씨 가는 거 나쁘다" 하고 입을 쭝깃했으나 어머니는 그 말은 대답 않고

"옥히야, 장에 가서 닭알 몇 알 남었나 보아라" 하고 말씀하셨습니다.

나는 깡충깡충 방 안으로 들어섰습니다. 닭알은 여섯 알 있었습니다.

"여스 알" 하고 나는 소리첫오너다[7].

"응 다가지고 이리 나요나라."

어머니는 그 닭알 여섯 알을 다 삶었습니다. 그 삶은 닭알 여섯 알을 손수건에 싸놓고 또 반지[8]에 소곰을 조금 싸서 한 구퉁이에 넣었습니다.

"옥히야 너 이것 갖다 아저씨 드리구 가시다가 차깐에서 잡수시랜다구, 응."

12

그날 오후에 아저씨가 떠나간 다음 나는 방에서 아저씨가 준 인형을 업

---

7 소리첫오너다 : '소리쳤읍니다'의 오기로 보임.
8 반지(半紙) : 얇고 흰 일본 종이.

고 자장자장 잠을 재우고 있었읍니다. 어머니가 부엌에서 들어오시드니

"옥히야 우리 뒷동산에 바람이나 쐬러 올라갈가?" 하십니다.

"응 가 가" 하면서 나는 덤비였읍니다.

잠간 단녀올 터이니 집을 보고 있으라고 외삼춘에게 일르고 어머니는 내 손목을 잡고 나섰읍니다.

"엄마 나 저 아저씨가 준 인형 가지구 가?"

"그러렴."

나는 인형을 안고 어머니 손목을 잡고 뒷동산으로 올라갔읍니다. 뒷동산에 올라가면 정거장이 빤히 내려다 보입니다.

"엄마, 저 정거장 보아. 기차는 없군."

어머니는 아모 말씀도 없이 가만히 서 게십니다. 사르르 바람이 와서 어머님 모시 치마자락을 산들 산들 흔들어주었읍니다. 그렇게 산 우에 가만히 서 있는 어머니는 다른 때보다도 더한층 이뻐 보였읍니다.

저―편 산모통이에서 기차가 나타났읍니다.

"아 저기 기차 온다." 하고 나는 좋아서 소리쳤읍니다.

기차는 정거장에 잠시 머물더니 금시에 삑 하고 소리를 지르면서 움즈김니다.

"기차 떠난다" 하고 나는 손벽을 쳤읍니다. 기차가 저편 산모통이 뒤로 살아질 때까지 그리고 그 굴둑에서 나는 연기가 하늘 우흐로 모두 흐터저 없어질 때까지, 어머니는 서서 그것을 바라다보았읍니다.

뒷동산에서 내려와서 어머니는 방으로 들어가시드니 이때까지 뚜껑을 늘 열어두었든 풍금 뚜껑을 닫으십니다. 그리고는 거기 쇠를 채우고 그 우에다가 이전 모양으로 반지그릇을 언저놓으십니다. 그리고는 그 옆에 있는 찬송가를 맥없이 들고 뒤적뒤적하시드니 뺏뺏 마른 꽃송이를 그 갈피에서 집어내시더니,

"옥히야, 이것 내다 버려라" 하고 그 마른 꽃을 내게 주었읍니다. 그꽃은 내가 유치원에서 갖다가 어머니께 드렸든 꽃입니다. 그리자 옆대문이 삐걱 하더니,

"닭알 사려우." 하고 매일 오는 닭알 장수 노친네가 닭알 버주기⁹를 이고 들어왔읍니다.

"인젠 우리 닭알 안 사요. 닭알 먹는 이가 없어요." 하시는 어머님의 목소리는 맥시 한푼어치도 없드군요.

나는 어머니의 이 말슴에 놀라서 떼를 좀 써보려 했으나 석양에 뻔히 비최는 어머니 얼골을 볼 때 그 용기가 없어지구 말었읍니다. 그래서 아저씨가 주신 인형 귀에다가 내 입을 갖다 대고 가만히 속삭였읍니다.

"애, 우리 엄마두 거즈뿌리 썩 잘하누나. 내가 닭알 좋아하는 줄 잘 알면서두 생 먹을 사람이 없대누나. 내가 사내라구 떼를 좀 쓰구 싶지만 저 우리 엄마 얼골 좀 봐라. 어쩌문 저리두 새파래젓슬가! 아마 어데가 아픈가 부다."라고요. (1935)

---

9 버주기 : '버치'의 구어적 표현으로 자배기(둥글넓적하고 아가리가 넓게 벌어진 질그릇)보다 조금 깊고 아가리가 벌어진 큰 그릇.

아네모네의 마담

아네모네의 마담

1

티룸 아네모네에 마담으로 있는 영숙이가 귀고리를 두 귀에 끼고 카운터 뒤에 나타난 날 아네모네 단골손님들은 영숙이가 머리를 움직일 때 마다 한들한들 춤을 추는 그 자줏빛 귀고리의 아름다움을 탄복하였다. 아니 그보다도 그 귀고리가 가져온 영숙이 자신의 아름다움에 황홀하였다.

"아, 고것이 귀고리를 달구 나서니 아주 사람을 녹이네그려" 하고 한편 구석에서 차를 마시다 말고 수군거리는 사람도 있고,

"어, 마담이 아주 귀고리루 한층 더 뛰여¹ 귀부인이 되었는걸, 허허허" 하고 크게 웃는 사람도 있고 양주 두어 잔에 얼굴이 붉어진 신사 한 분은 돈을 치르러 와가지고,

"그 귀고리 참 곱다." 하면서 귀고리를 만지는 체하며 영숙의 매끈한 뺨을 슬적 만지는 것이었다.

오늘 영숙의 가슴은 사탕 도적질해 먹다가 들킨 어린아이 가슴처럼 죄이

---

1 뛰여 : 뛰어나서.

고 불안스러웠다.

그는 몇 번이나 변소로 들어가서 콤팩트를 꺼내 그 똥그란 면경[2]에 비최는 얼굴, 아니 귀고리를 보고 또 보았다. 카운터 뒤에 나서서도 크게나 적게나 손님들이 귀고리에 대해서 무슨 말을 할 때마다 그는 그 한들한들하는 귀고리를 손으로 어루만지었다. 그리고 거리로 통한 출입문이 열릴 때마다 그의 얼굴은 금시로 홍당무같이 빩애지고 두 손끝이 바르르 떨리는 것이었다.

문이 열릴 때마다 가슴이 내려앉는 것같았다. 그는 기다리는 것이었다. 마치 자기 일생에 가장 큰 운명을 지배할 한 사건이 그 문을 열고 들어설 때를 기다리는 것처럼 조바심이 되는 것이었다.

문이 열릴 때마다 무슨 무서운 것을 예기하는 사람처럼 힐끗 그쪽을 바라다보는 것이었다. 바로 바라다보지 못하고 힐끗 도적질해 보는 것이었다.

문이 방싯이 열렸다. 영숙이는 힐끗 문 쪽을 넘겨보았다. 시꺼먼 사각모[3]가 보였다. 사각모 아래 창백한 얼굴이 보였다. 문을 조심스레 미는 손이 보였다. 전문학교 학생의 제복이 보였다. 그 순간 영숙은 가슴이 내려앉았다. 그는 도망을 가듯이 고개를 숙여 카운터 뒤에 뚫린 판장문[4] 밖으로 나갔다. 귀고리가 판장문에 부디치여 옥을 굴리는 듯한 쨍그렁 소리가 났다. 물론 그 소리는 영숙이 혼자가 들을 수 있든 것이다.

영숙이는 차 끓이는 화덕 앞을 지나 변소로 또 들어갔다. 변소 문을 안으로 잠그고 그는 잠시 두 손을 가슴에 대고 오두마니 서 있었다.

"어떡할까?" 하고 그는 스서로 물었다. 그는 콤팩트를 꺼내 그 조그만 면

---

2 면경 : 주로 얼굴을 비추어 보는 작은 거울.
3 사각모 : 일제강점기에 대학생이 썼던 위가 네모난 모자. 대학생이 귀한 시절에 선망의 대상이었음.
4 판장문 : 널판지로 만든 문.

경에 비췬 코잔등을 들여다보았다. 그는 무의식하게 분가루를 코잔등에 두세 번 찰싹찰싹 두드렸다. 그러나 그가 콤팩트 면경을 꺼낸 목적은 거기 있는 것이 아니었다. 그는 살작 고개를 돌려 똥그란 면경 앞에 나타나는 귀고리를 보았다. 귀고리가 한들한들 떨리었다.

"고만 빼고 말가?" 하고 그는 생각하였다.

그 순간 그는 결심한 듯이 콤팩트를 핸드백 속에 홱 집어넣고 살그먼히 카운터 뒤로 기여나왔다. 그는 고요히 차점 앞을 휘둘러보았다. 역시 저편 그 구석자리에 그 학생은 와 앉아 있는 것이었다. 언제나와 마찬가지로 그 학생은 지금 영숙이를 정면으로 바라다보고 있는 것이었다. 그 언제나 무엇을 열망하는 듯한, 열정에 타고 넘치는 듯한 그 눈 모습으로!

영숙이는 얼굴이 확근 다는 것을 인식했다. 그러자 귀밑에 달린 귀고리가 찰락찰락 뺨을 스치는 것도 인식하였다. ─ 귀고리가 차기도 차다 ─ 하고 그는 생각하였다.

축음기 소리판에서는 '뚜뚜르두두, 뚜뚜르두두' 하고 박자 잰 째즈가 숨이 찰 듯이 쏟아져 나왔다. 영숙이는 빩애진 자기 얼굴을 어둠 속에 감추고서서 소리판을 한 장식 한 장식 골라내고 있었다. 여러 장을 제치고 나서 영숙이는 소리판 한 장을 들고 물끄럼히 들여다보았다.

이 소리판 한 장! 영숙이에게 이상스러운 인연을 가져다 준 소리판 한 장이었다.

2

그것은 아마 약 한 달 전 일이었다. 하─얀 저고리를 입은 뽀이가 한 벌 접은 하─얀 종이를 영숙에게 전해주든 것이! 그리고 뽀이는 고개로 저편 한구석에 혼자 앉아 있는 어떤 제복 입은 학생을 가르치었다. 그 학생을 바라다본 영숙의 첫인상이 '몹시도 창백한 얼굴'이었다. 그 창백한 얼굴에서 발사되는 두 개의 시선 그것이 영숙이를 이상스런 감정으로 인도하는 것이었다. 그 두 눈은 뚫어질 듯이 영숙이 저를 주시(注視)하는 것이었다. 그 눈 모습은 마치 몹시 사랑하는 애인을 건너다보는 순결하고도 열정에 찬 그러한 눈이었다.

영숙이는 얼른 그 시선을 피하면서 종이를 펴들었다. 영숙이 가슴속에서는 무엇이 털석 소리를 내고 떠러지는 듯싶었다.

"슈버―트의 미완성 교향악을 한 장을 틀어주시면 고맙겠읍니다."

오직 이것이었다. 영숙이는 다시 그 학생을 건너다보았다. 역시 열정에 찬 두 눈이 그를 집어 삼킬 듯이 바라다보고 있는 것이었다.

영숙이는 그 소리판을 찾아서 축음기 우에 걸어놓았다.

씸포니의 조화된 멜로디가 담배 연기로 자욱한 방 안 구석구석에 울릴 때 그 학생은 잠시 빙그레 웃었다. 그 우슴은 창백한 탓이었든지 어째 몹시 구슬픈, 고적한 미소이었다. 그러나 그다음 순간 그 학생은 눈을 스르르 감었다.

영숙이에게는 이 학생의 얼굴은 어데서 한두 번 보았든 듯한 낯익은 얼굴이었다. 어데서 보기는 분명 보았는데 언제 어데서인지를 꼭 집어낼 수 없는 그런 어슴푸레한 기억이었다. 아마도 그 학생이 차집에를 더러 왔을 테니까 아마 이전에 무심히 몇 번 보았을 것이었다. 그러나 그 학생의 얼굴이 그렇게 창백하고 그 두 눈이 그렇게 열정과 애수에 차 있는 것은 이날 밤 비로소 처음 보는 듯싶었다.

영숙이는 가끔 곁눈으로 이 학생을 바라다보았으나 그의 마음은 씸포니의 음률을 타고 허공으로 떠돌아다님인지 그는 눈을 감은 채 죽은 듯이 앉어 있었다. 소리판 한 면이 다 끝나고 스르르 틱 하고 멎자 그 학생은 눈을 번쩍 떴다. 영숙이는 얼른 외면을 하고 축음기 바늘을 바꾸어 끼웠다.

그날 저녁 이후에 서너 번이나 영숙이는 뽀이를 통하여 그 창백한 얼굴의 소유자로부터 편지를 받았다.

"슈버－트의 미완성 교향악"

오직 이런 간단한 문구뿐이었다.

그 학생은 매일 왔다. 매일 저녁 아홉 시쯤 되면 와서는 그 구석에 마치 자기가 정해논 자리라는 듯이 꼭 한자리에 가 앉아서 홍차 한 잔 마시고는 두 시간가량 앉았다가 가는 것이었다. 그는 와 앉아서는 정해놓고 영숙이를 바라다보는 것이었다. 세상에 다른 아무 존재도 없이 오직 영숙이만이 있다는 듯이 그 두 눈은 영숙이를 바라다 보는 것이었다. 애원과 욕망과 정열에 가득 찬 눈이었다. 그런데 영숙이는 첫날부터 이 시선이 반가운 것을 감각한 것이다. 어떤 때는 너무도 시선이 변치 않고 한곳에만 머물러 있는 것이 어째 남의 주의를 사게 되지 않을까 하여 염려되는 때도 있었으나 그가 용기를 내여 그 학생 쪽으로 돌릴 때 잠시라도 그 학생의 시선이 딴 데로 옮겨진 것을 발견할 때는 어째 서운한 생각이 드는 것이었다.

어떤 날 밤에는 한번 그 학생이 들어오는 것을 보자 영숙이는 자진하여서 미완성 교향악을 축음기에 걸어놓았다. 역시 그 구석에 혼자 앉았든 그 학생은 이 낯익은 음악이 들려오자 잠시 빙그레 웃었다. 역시 그 어덴가 구슬픈 빛이 감초여 있는 그런 우슴이었다. 영숙이는 얼굴뿐 아니라 제 전신이 빩앟게 물드는 것 같은 느낌을 얻었다. 혹 실없은 사내들이 가끔 농담을 걸기도 하고 돈 치르는 체하고 슬적 손목을 잡어보기도 할 때에는 얼굴을 붉히지 않으리만치 벌써 "마담" 생활에 익숙해진 영숙이었다. 그러나 이 말 없는 시선 앞에서는 어쩐 일인지 전신이 수집음으로 휩쌔우는 것 같은 느낌을 억제할 수 없는 것이었다.

가끔 이 학생은 다른 학생 하나와 둘이서 올 때도 있었다. 둘이 와서도 그들은 남들처럼 이야기를 하거나 하지도 않고 둘이다 벙어리 모양으로 우두머니 앉아서 한 학생은 담배를 피우며 천정이나 바라다보고 있고 이 학생은 역시 영숙이만 바라다보는 것이었다. 그러다가 미완성 교향악이 나오면 그는 역시 잠시 빙그레 웃을 뿐이었다. 이 빙그레 웃는 모양을 보면 영숙이는 몹시도 기쁘기도 하고 몹시 슬프기도 한 야릇한 경험을 맛보는 것이었다. 그래서 이 빙그레 웃는 구슬픈 미소를 보기 위하야 어떤 날 밤에는 영숙이는 미완성 교향악을 세 번 네 번씩 걸어놓기도 하였었다.

그 학생은 그렇게도 영숙이를 열정에 찬 눈으로 바라다보면서도 한 번도 다른 학생들처럼 영숙이와 수작[5]을 건너보는 일이 없었다. 아니 카운터로 가까이 오는 일도 일체 없었다. 차 값도 반듯이 뽀이에게 물고 가고 한 번도 친히 카운터에 와서 내는 법이 없었다.

영숙이는 그 학생의 이름도 그실 모르는 것이었다. 그러나 웬일인지 오직 한 번만이라도 그 학생과 평범한 이야기나마 주고받아보았으면 하는 욕망이 것잡을 수 없이 굶어오르는 때가 가끔 있었다.

"왜 사내가 저렇게 용기가 없어? 슈버―트의 미완성 교향악만 자꾸 써보내지 말구 '내일 오후 두 시에 아무 데서 좀 만날 수 없을까요?' 이렇게 좀 못 써 보낸담!" 하고 혼자 야속스럽게 생각한 때도 가끔 있었다. 사실 영숙이는 여러 사나이에게서 좀 만나자는 둥, 사랑의 여신이라는 둥, 나의 천사라는 둥하는 문구를 늘어놓은 편지를 받았었다. 그러나 그는 한 번도 그 사나이들과 조용히 만나본 적은 없었다. 그러나 만일 이 이름도 모르는 학생이 그런 편지를 한 번만 보낸다면 그는 곧 춤이라도 출 듯싶었다.

요새 와서는 이 학생은 미완성 교향악을 듣고 있는 동안 상 우에 두 팔을 올려놓고서 그 속에 머리를 파묻고 죽은 듯이 엎디여 있는 것을 가끔 본 일이 있었다. 어쩐 일인지 영숙이에게는 이 학생이 그처럼 엎디여 소리 없이 우는 것같이 생각되는 것이었다. 소위 제육감이라고 할까 하여튼 무슨 몹슨

5　수작 : 서로 말을 주고 받기.

고민과 슬픔을 품은 것같이만 보였다. 그리고 그 고민의 원인이 영숙이 자신에게 있는 것이니 아닌가 하여 퍽이나 송구스럽고 번민되었다.

"왜 나한테 모든 것을 털어놓고 이야길 하지 않노?" 하고 영숙이는 가끔 초조하고 원망스러운 눈으로 학생을 바라다보는 것이었다.

영숙이는 자기 자신도 인식하지 못하는 가운데 자연히 몸맵시에 대하여 더한층 주의를 하게 되었다. 그리고 어떻게 했으면 이 학생과 잠시라도 이야기를 해볼 도리가 없을까 하고 궁리궁리하든 끝에 마츰내 이 귀고리를 사게 된 것이었다. 귀고리를 끼고 나서면 조선 여자에게는 흔치 않은 일이라 필연코 그 학생도 '귀고리가 곱다'든가, '얼굴과 어울린다'든가 하는 핑계로 무슨 말이고 건니여보게 될 것을 바랐던 것이다.

3

영숙이는 지금 자기가 골라 든 미완성 교향악 소리판을 들고 방금 뱅글뱅글 도는 째즈가 끝나기를 기다리였다. 그 학생은 웬일인지 오늘 밤은 벌서부터 상 우에 올려노은 두 팔 속에 머리를 파묻고 있는 것이었다. 함께 온 다른 학생은 담배를 피여 물고 앞에 엎드린 친구를 무슨 불상한 동물이나 바라보드키 딱한 표정으로 바라다보는 것이었다.

— 자기 자신이 용기가 없으면 저학생을 통해서라도 내게 말 한마대만 해주면 될 것을 — 하고 영숙이는 그 학생의 행동이 안타깝게 생각되었다.

그때 왼 방 안 공기를 쯔렁쯔렁 울리든 째즈 소리가 뚝 끈치고 스르르 스르르 턱 하더니 축음기가 머젔다. 영숙이는 바늘을 가라끼우고 째즈판을 들어내놓고 미완성 교향악을 걸었다. 그 학생이 자기를 바라다보며 빙그레 웃을 그 창백한 얼굴을 연상하면서 영숙이는 판을 돌리고 그 우에 바늘을 얹어놓았다.

곱고 조화된 음률이 방 안을 가득 채웠다. 영숙이는 고개를 돌려 그 학생을 바라다보았다. 귀고리가 찰싹찰싹 그 뺨을 스치었다 — 귀고리가 매끄럽기도 매끄럽다 — 하고 그는 생각하였다.

웬일일가? 그 학생은 빙그레 웃어 보이기는커녕 두 팔 새에 파묻은 얼굴을 들지도 않는 것이었다. 영숙이는 이해할 수 없어서 멀거니 그쪽을 바라다보았었다.

얼마 동안의 시간이 흘렀다. 씸포니의 음률은 방 안 구석구석을 신비경으로 변화시키는 것처럼 유아하고[6] 신비스러웠다.

그러자! 그것은 마치 일종의 벼락처럼밖에 더 생각되지 않았다. 영숙이는 그때 그 순간에 돌발한 괴이한 사건을 순서적으로 기억할 수는 없었다.

"그때 그래 무슨 일이 생겼어?" 하고 누가 물으면 영숙이는 도무지 그 갈피를 찾어서 이야기할 수가 없었다. 도무지 예기하지 못했던 돌발 사건이 생기는 때 사람의 신경은 놀라고 마비되여 그 사건 진행의 모양을 순서적으로 기억할 수는 없게 되는 것이다.

하여튼 영숙이가 본 바는 창백한 얼굴이었다. 상우에서 번개처럼 휙 올라오는 창백한 얼굴이었다. 그러고 그와 동시에 그는 무슨 고함 소리를 들은 것처럼 기억되었다. 마치 고막을 찢을 듯이 강렬한 무슨 웨침이었다. 그 고함소리가 무엇이라고 말했는지는 조금도 기억이 나지 않았다. 그 소리가 그 학생의 입에서 튀쳐 나왔다는 것만은 기억이 되었다.

그리고 그다음 순간 영숙이는 카운터 앞에 선 그 학생을 보았다. 성낸 호랑이처럼 씩씩어리는 그 숨소리를 똑똑히 들었다. 그러자 무엇이 와직끈 하고 깨지었다. 음악 소리는 뚝 끈치고 사람들의 비명 소리가 들리었다. 영숙이는 귀고리가 찰살찰살 뺨에 와서 스치는 것도 감각하지 못하리만치 어안

---

6 유아(儒雅)하고 : 그윽하며 품위가 있고.

이 벙벙해지고 말았다.

　그 뒤에는 한참 동안 혼란이 있었다. 사람들이 웨치는 소리가 들리고 창백한 얼굴의 소유자와 함께 왔던 학생이 무엇이라고 왼 방 안을 향하여 몇 마디 소리를 지르고, 그리고는 영숙이보고도 무엇이라고 한두 마디 했지마는 영숙이는 그 말을 깨달아 들을 수가 없었다. 그리고 그다음 순간 영숙이는 학생에게 끌리여 문밖으로 나가는 창백한 얼굴을 보았다.

　한참 동안 와글와글 왼 방 안이 끓었다. 영숙이는 넋을 잃은 사람처럼 교의 우에 한참을 주져앉어 있었다. 축음기에서 다시 음악 소리가 울려 나올 때 비로소 영숙이는 정신을 수습하였다. 카운터 우에는 뽀이가 주워서 올려놓은 깨진 소리판이 여러 조각 놓여 있었다. 깨진 소리판은 슈버ー트의 미완성 교향악이었다.

4

　한 두어 시간쯤 뒤에 아까 창백한 얼굴의 소유자와 함께 와 앉었던 학생이 혼자서 다시 왔다. 그는 방 안을 한번 휘둘러보더니 카운터로 가까이 와서 카운터 우에 한 팔을 기대고 섰다. 그는 위선 아까 수선통에 물지 않고 갔던 찻값을 물고 그리고는 소리판 값으로 삼 원을 더 내놓았다.

　"참으로 미안합니다." 하고 그는 거의 귓속으로 영숙이에게 사과를 표하였다. 아까 그 소란이 있을 때 앉었던 손님은 다 가고 새로 손님들이 들어온 고로 손님들은 아까 소란을 모르는 모양이었다. 그래서 아무도 이 학생의 이야기를 들으려 모여들지 않었다. 오직 뽀이만이 곁에 와 서서 귀를 기우렸다. 그 학생은 설명을 계속하였다.

　"이야기를 대강이라도 들으시면 용서해주실 줄 믿습니다. 아까 그 학생은 내 가까운 친구입니다. 아주 똑똑한 수재지요. 그런데 운명의 작란인지 그는 어떤 남편 있는 부인을 사랑하게 되었습니다. 그 부인은 하필 다른 사람이 아니고 바로 우리 학교 교수 되는 이의 안해입니다. 언제 어디서 어떻게 기회가 되어서 서로 사랑하게 되었는지는 나도 잘 모릅니다. 또 지금 길게 이야기할 필요도 없겠지요.

"하여튼 두 사람의 사랑은 순결하고 또 열렬하였읍니다. 그러나 이러한 세상에 있어서 그 사랑은 언제까지나 비밀일 수밖에 없었읍니다. 현 사회에서는 매음 같은 더러운 성관계는 인정하면서도 집안 사정상 별로 달갑지 않은 혼인을 한 젊은 여인이 행이랄가 불행이랄가 남편 외에 딴사람에게 그 고귀한 한 사람이 한 번만 가져 볼 수 있는 첫사랑을 받힐 수 있는 대상을 발견할 때 우리 사회는 그것을 조금도 용서치를 않으니까요! 그 사랑이 얼마나 순결하고 얼마나 열정적인 것을 이해할 수 있는 사회도 아니고 또 이해해보려고 하지도 않는 사회니까요. 더러운 기생 외입은 묵인하면서도 순결하고 고귀한 사랑은 그 사랑의 대상이 한 번 다른 사람과 결혼한 사람이라는 다못 한 가지 이유하에 기생 외입보다도 더 나쁜 일처럼 타매하고[7] 비방하는 그런 우스운 사회니까요. 이거 설교가 너무 길어졌읍니다.

"하여튼 두 분의 사랑은 퍽으나 불행했읍니다. 더구나 약 한 달 전에 그 부인이 병환으로 병원에 입원을 하게 되었읍니다. 떳떳한 사이 같으면야 아침부터라도 병원에 가서 살 수도 있으련만 두 사람의 관계가 그쯤 되고 보니 어디 내놓고 문병인들 갈 수가 있나요? 만일 이 사회에서 조금이라도 이 연애 관계를 알게만 된다면 이 사회는 통 떠들어가지고 그 부인을 무슨 파렴치한이나 화냥년처럼 타매할 것은 빤한 일이니 어디까지든지 두 분의 사랑은 비밀 속에 감추어두지 않을 수 없는 처지였지요.

"문병도 한 번 못 가고 이 친구는 하로 종일 거리로 싸돌아다니는 것이었

---

7   타매(唾罵)하고 : 경멸하면서 심하게 욕하고.

지요. 아침마다 한 번씩 병원으로 전화를 걸어서 병의 차도나 물어보고 그리고는 타는 가슴을 웅켜쥐고서 헤매는 것이었습니다.

"밤이 된들 잠 한숨 잘 수 있겠읍니까? 나는 그의 마음을 좀 붙잡아보려구 이리저리 많이 끌구 다녔지요. 그리다가 그 친구는 마츰내 이 아네모네에 애착을 느끼게 되였답니다. 첫째 그는 여기서 슈버―트의 미완성 교향악을 들을 기회가 있는데 기뻐한 것이지오. 그 친구의 말에 의하면 이 슈버―트의 미완성 교향악은 두 분 연인 새이에 가장 아름다운 추억을 실은 레코드인 모양입니다. 하로 종일 가슴속이 바작바작 타다가도 여기 와서 그 교향곡 한 곡조를 듣고 앉어 있으면 옛날 아름다운 기억들이 마음속에 끌어오르고 마치 그 부인과 함께 어떤 아름다운 동산을 거닐고 있는 것 같은 그런 느낌을, 예, 잠시나마 그런 아름다운 환상에 취할 수 있고 어쩐지 병도 그리 중하지 않고 곧 나허질 것처럼 마치도 그 음악의 선율이 그 부인을 어르만져 병을 쾌차시킬 것 같은 그런 환상에 잠겨진다구요.

"또 그뿐 아니라 저기저 그림!" 하면서 그 학생은 영숙이 등 뒤에 있는 벽을 가르치었다. "저 그림은 그 유명한 모나리자가 아닙니까?"

영숙이는 힐끗 돌아다보았다. 거기에는 커―단 모나리자 그림이 걸려 있는 것이었다. 영숙이가 카운터에 서 있으면 바로 머리 뒤로 그 그림이 보일 것이었다. 영숙이는 몸을 떨었다. 귀밑을 살작살작 스치는 귀고리가 ― 따갑기도 하고나 ― 하고 느껴지었다. 그 학생은 이야기를 계속하였다.

"그 친구는 저 모나리자를 바라다보기 위하여 아마 거의 매일 밤 왔지오. 교향악은 다른 차집에서도 들을 수 있지마는 저 모나리자를 걸어논 집은 이 서울 장안에 여기 한 곳밖에 없으니까요.

"모나리자! 그 친구는 자기 애인을 모나리자라고 불렀답니다. 애인의 얼굴이 저 그림과 같은 것은 아닙니다. 그러나 이상한 일로 얼굴 모습은 완전히 다르면서도 그 부인이 빙그레 웃을 때에는 꼭 저 모나리자를 연상시킨다

합데다. 그래서 그 친구는 애인의 사진 대신으로 모나리자를 집 벽에도 걸어놓았지오. 그러나 방 안에 앉아서 그 모나리자를 바라다보면 가슴이 터져 오는 고로 밤마다 이곳에 와서 저 그림도 바라다보고 또 그 미완성 교향악도 듣고 이렇게 그의 혼란한 마음을 위안시켜왔던 것입니다.

"그런데, 그런데, 아까 저녁때 입원했던 그 부인이 고만 세상을 떠났읍니다. 거의 미친 사람처럼 된 친구를 겨우 이리로 끌고 왔었는데 그만 그 미완성 교향악이 그의 가슴을 찢어놓았나 보아요. 사정이 그만하니 아까 그 행동은 용서해주시기 바랍니다. 참으로 미안했읍니다. 주인 들어오시거든 말씀이나 잘 들려주십쇼. 난 또 어서 가보아야겠읍니다."

5

이튿날 밤.

찻집 아네모네에서는 언제나 그런 것처럼 째즈 소리가 흘러나왔다. 방 안 공기도 어느새 담배 연기로 안개 낀 것처럼 자욱해 있었다.

"아, 그런데 이 마담이 웬 변덕이 그리 많어? 어제 귀고리를 새로 낀 것이 썩 어울린다구 야단들이기 한 번 보려구 일부러 왔는데 그 귀고리 어쨌소 그래?"

하고 어떤 사나이가 주절거렸다.

영숙이는 아무 대답도 없이 그저 빙그레 웃어 보일 따름이었다. 그 웃음은 어덴가 구슬프고 고적한 기분이 띠운 웃음이었다. (1936)

추물

추물

1

언년이가 아기를 뱄다는 일은 언년이 자신이 생각할 적에도 거즈뿌리[1]처럼 생각되었다.

언년이를 한 번만 본 사람으로 누구나 다 언년이가 아기 뱄다는 소문을 들으면,

"원 그것두 그래두 서방이 있는 게지, 하하." 하거나,

"아니 세상에 그걸……." 하거나 하고 무슨 큰 기적이나 되는 듯이 서로 권하고 웃었을 것이엇다.

그처럼 언년이는 얼굴이 못생기디 못생긴 추물이었다. 툭툭 불거진 이마가 떡을 두어 말 치리만치 넓은 데다가 그 밑에 툭 불거진 두 알의 왕방울 눈은 붕어를 연상시키었다. 두 눈이 툭 불거진 사이로 콧마루는 아주 없는 셈이어서 이른바 "꺼꺼대 상판"인 데다가 편편하게 내려오든 코가 입 바로 우에까지 와서는 몽톨하게 솟아오른 콧잔등 좌우쪽으로 개발코[2]가 벌룩벌

---

1 거즈뿌리 : 거짓말.
2 개발코 : 너부죽하고 뭉툭하게 생긴 코를 비유적으로 이르는 말.

룩하였다. 웃입술은 언청이³가 되어서 왼편이 버그러졌는데 아랫니는 버드
렁니가 되어 언제나 입을 꼭 담을 수는 없는 형편이었다. 턱은 웬일인지 앞
으로 삐죽 내어 버티어서 고개를 숙이고 있어도 남보기에는 언제나 쳐들고
있는 듯이 보이는 것이었다.

서양서는 언젠가 추물대회를 열어서 가장 밉게 생긴 여자를 뽑아서 추물
여왕을 삼고 무슨 상을 주었다던가 어쩐가 하거니와 우리 언년이가 그때 그
대회에 참석할 수만 있었던들 여왕은 떼 논 당상이었을 것이었다.

조물주가 하도 할 일이 없어서 갑갑했든지 이런 실없은 작란질을 한 모
양인데 그래도 그 얼굴에서 취할 데가 있다면 그 두 귀일 것이다. 자세히 보
면 그 두 귀는 보통 귀 이상으로 곱게 생긴 귀이었다. 그러나 도리어 이것이
미운 얼굴의 조화를 깨뜨리어 그 얼굴을 더한층 밉게 만드는 것이었다. 차
라리 그 귀가 넙적 펀펀하고 좀더 올라붙거나 좀 더 내리붙거나 했던덜 얼
굴의 조화는 망치지 않엇을 것이엇다.

예수는 이천 년 전에 '사람을 외모로 비판하지 말라'고 가르치었지만 '원
수를 사랑하라'는 그의 가르침이 지상 공문으로 내려온 것과 마찬가지로 이
진리의 가르침도 또한 시행되어보는 일이 없는 것이었다. 역시 사람은 무엇
보다도 먼저 외모를 보는 것이고 외모가 훌륭하면 속에는 개차반을 품고 다
녀도 높은 사람이 되었고, 특히 여자에 있어서 얼굴의 미는 거의 그 일생을
결정짓는 가장 중요한 요소로 되어 있는 것이었다. 이러한 세상에서 추물인
우리 언년이는 불행할 수밖에 별수가 없었든 것이다.

어려서부터도 언년이는 별명도 많았다. '토끼'니, '꺼꺼대'니, '개발코'니,
'황소'니, '언청이'니 하는 별명들로 불리웠고 서울을 와서는 '원숭이'니, '금
붕어'니 하는 새로운 별명을 다 얻었다. 사람은 어려서부터 불구자나 추물

---

3 언청이 : 선천적으로 윗입술이나 입천장이 갈라진 것.

의 불행을 멸시와 놀림감의 가장 좋은 대상으로 삼는 잔인성과 비열을 누구나 가지고 있다. 아마 자기는 그래도 저것보다야 낫지 하는 일종 열등감의 자기만족을 얻는 데 희열을 느끼는 모양이다.

물론 언년이는 아주 어려서부터 이 놀림은 받아 왔다. 그러나 어려서는 그가 자기 얼굴이 그처럼 못난 데 대해서 별로 큰 설움을 느끼지는 않았다. 동무들이 하도 따라다니며 놀려대면 한바탕 싸우고 나서는 잠시 훌쩍거리기도 했으나 오 분이 못되어 다 잊어버리고 또다시 그 짓구진 애들과 더불러 숨바꼭질도 하고 따재먹기[4]도 하는 것이었다.

언청이가 된 입으로 음식을 먹는 것을 보고 '토끼새끼처럼 호물호물 먹는다' 고 할아버지가 머리를 쓰다듬으면서 우슴의 말씀을 하던 시절이 어느듯 지나가 버리고 동리 총각들이 꼴을 비다 말고 모여앉아서, "언년이 말이냐? 토끼처럼 히물히물 먹는 꼴이란!" 하고 박장대소를 하는 시절이 이른 때 차차 언년이는 자기 얼굴에 대한 관심이 갑작이 더럭더럭 자라 가는 것이었다.

그러다가 그녀가 자기 얼굴이 그처럼 못난 것이 너무도 서러워서 차라리 죽어버렸으면 하고 생각하게 까지 된 때는 그녀가 열여섯 살 나든 봄이었었다.

언년이가 물동이를 이고 오다가 먼발치로라도 그 사람이 보이면 혼자서 얼굴을 붉히고 다리가 허둥허둥 어쩔 줄을 모르게 되고 개나리꽃 울타리 안에 숨어 서서 앞길로 지나가는 그 사람을 몰래 도적질해 내다보면서 불룩불룩하는 가슴을 두 손으로 누르고 있었든…… 그 사람의 입으로부터서,

"흥! 꼴에다가, 우물에 가서 네 상판대길 좀 비처 봐라." 하는 싸늘한 비우슴을 받고 난 밤에 언년이는 그 우물에다가 얼굴만 비최어볼 것이 아니라

---

4 따재먹기 : 땅따먹기.

자기 몸 전체를 담거 버리고 싶어졌든 것이었다. 그러나 그렇게까지 되지는 않고 집 뒤 언덕을 타고 졸졸졸 흐르는 작은 시냇물 속에 비친 둥근 달에다가 그 미운 얼굴을 드리밀어보고 또 드리밀어보고 하면서 밤새도록 치마끈을 적시고 있었든 것이었다.

2

언년이의 부모도 언년이를 시집보낼 일이 저윽이 걱정이 되었든 모양이었다. 그래서 꽤 일즉부터 매파[5]를 내세워 먼 동리로 구혼을 시작했든 것이다. 그들도 같은 동리 안에서는 언년이를 다려갈 총각이 없는 줄을 잘 알았기 때문에 먼 동리 모르는 곳으로 시집을 보낼 심산이었든 모양이었다.

"그저 복스럽게 생겼쉔다. 남자로 태났드라문 주원장이나 상산 조자룡이가 됐을 상이요. 그런데 네자[6]루 태어났으니낀 집안 범절엔 오죽하갔소! 그까짓 상판이나 빼빼하문 멀 합네까? 그저 후해야디요. 부자집 맏메느리깜입넨다. 일 년 내내 가야 고뿔 한 번 안 앓구 아츰에 나멩선부툼 글세 밥짓구 농사하구 하루갈이 조밭 김을 혼자서 맸대문 그만 아니요? 어디 그 뿐이요. 바누질을 어띠키 곱게 하는디! 칠골 안악을 다 뒈뒈봐야 언년이망큼 바누질하는 체니[7]란 하나투 없디요. 자, 이걸 보소. 이게 그 체니 솜씨웨다레!"

이렇게 매파는 언년이를 묘사하는 것이었다. 그리고 언제나 언년이가 바느질한 저고리를 견본으로 가지고 다니면서 실물을 보라구 펴놓군 하는 것이었다. 사실 언년이 바느질은 그 동리에서 유명할 만치 고운 바느질이었든

---

5 매파(媒婆) : 혼인을 중매하는 할머니.
6 네자 : 여자.
7 체니 : 처녀.

것이다. 얼굴로 올 재주가 모다 손까락으로 갔는지. 누가 보든지 그 언년이가 바누질을 이렇게 곱게 하리라구는 생각도 못 하리만큼 뛰어나는 바누질이었다. 물론 몇 해를 두고 밤을 새워가며 배운 연습의 결과이었다. 언년이 어머니는 벌서부터 언년이의 살림 미천은 오직 "일 잘하는 것"이라는 것을 간파했던지 아주 어렸을 때부터 심하게 언년이를 가르쳐주었든 것이었다.

언년이의 바누질 솜씨 견본인 그 저고리가 몇백 번이나 총각을 둔 집 안방에 펴쳐졌는지는 오직 그 매파 노친네 혼자만이 아는 일이다. 매파의 노력이 성공을 했는지 또 혹은 언년이의 바누질이 성공을 가져왔는지 하여튼 백 리나 밖에 있는 어떤 농가와 혼사는 성립되었던 것이다.

그러나 첫날밤에 언년이는 소박⁸을 맞고 말았다. 첫날밤 신방을 뛰쳐나간 신랑은 언년이와는 마주 앉기도 싫여하였다. 언년이는 생과부로 있으면서 소처럼 일하였다. 사실 그는 소처럼 건강했고 소처럼 꾸준했고 소처럼 늑으러져 있었다. 기회만 주었더라면 소처럼 젖도 듬뿍 내였을 것을!

이리하여 언년이는 남편이 대판⁹엔가 어딘가로 간다고 집을 나가버린 후에도 시부모를 모시고 여러 해를 있었다.

아무리 황소 같기로니, 아무리 꺼꺼대거니, 아무리 개발코거니, 아무리 언청이거니 그도 젊음과 건강이 용솟음치는 한 개의 여자이었다. 날이 갈사록 그녀는 생애의 공허를 느끼고 남편을 원망하는 마음, 사내를 그리는 마음, 미지의 새 세계를 그리워하는 마음이 자꾸만 늘어나는 것이었다.

"팔젤 고티야갓수다." 하고 사주쟁이 노친네까지 탁 터놓고 이야기해주었다.

그로서 팔자를 고친다는 오직 한 가지 길은 여러 해 전부터 서울 가 살고 있는 일가집을 찾아가는 일이었다. 언제나 장날처럼 사람들이 득시글득시

---

8 소박(疏薄) : 아내를 박대하여 내쫓음.
9 대판(大阪) : 일본 오사카.

글 뒤끓른다는 서울로 가보면 그렇게 사람이 많다니까 자기 미운 얼굴도 그리 유표스럽게 눈에 띠이지도 않을 상싶고, 또 그렇게 떠들썩한 속에 묻혀 살게 되면 클클한 심사도 좀 나어지리라고 생각되었든 것이다.

그래서 언년이가 조그만 보따리를 한 개 꿍져 이고 시골 정거장에서 경성행 기차에 몸을 오른 것은 작년 어떤 봄날이었다.

3

서울에는 챙게원[10] 벚꽃 구경이 한창이라고 사람 사태가 날 지경이었다. 정거장에 내리니 저고리에 빨간 헝겊 오래기들을 하나씩 꽂은 시골뜩이 남녀들이 하나 가득 차 있어서 어디루 가야 나갈 구멍이 되는지 알 수 없었다. 그러나 다행이 봉네 어미(이 여자는 언년이의 사촌형벌이 되는 사람이었다)가 정거장까지 마중나와 주었기 때문에 고생 안 하고 찾어갈 수가 있었다.

언년이는 자기도 다른 사람들처럼 빨간 헝겊 오래기를 하나 얻어 가슴에 꽂고 싶었으나 봉네 어미 수다 바람에 어리둥절한 채로 밖으로 끌려나오고 말았다.

"언년이, 서울 구경 첨이디! 너이 새수방한테선 상게 아무 소식도 없니? 데건 관광단이야, 촌에서 꽃구경을 오누라구. 우리두 오늘 밤엔 챙게원에나 가야디. 이 구름다리루 올라가야 돼. 너머디디 말구 발아랠 잘 보라구! 차표 어드캤나? 꺼내 들구 있다가 주구 나가야디."

서울 온지 오 년이 넘었건만 봉네 어미는 시골 사투리를 떼어버리지 못한 것이었다.

"데건 면차디! 이제 또 데 면찰 타구 한참 가야 우리 집이 돼. 데 집덜? 그

---

10 챙게원 : 창경원, 창경궁.

까짓거이 무어 큰가? 이제 보라우. 참 훌륭한 집이 많디. 이제 차차 다 구경하디."

이 모양으로 서울 구경 첨 하는 언년이보다도 봉네 어미가 더 신이 나서 짖거리는 것이었다. '이 모―든 훌륭한 것을 나는 벌서 모다 잘 알고 있다' 하는 자랑스러운 맘이 언년이 앞에서 걷잡을 수 없이 발동되었기 때문이다. 아마도 봉네 어미로서는 이렇게 남 앞에서 뺀 내본 일이 일생에 이번 한 번밖에 없었다고 말할 수 있을 것이다.

그날 밤으로 언년이는 봉네 어미와 그 밖에 처음 보는 여자들 몇과 함께 챙게원으로 벚꽃 구경을 갔다.

말이 꽃구경이지 사실인즉 사람 구경을 가는 것이라. 하지만 하여튼 사람이 그렇게도 많이 한곳에 모인 것을 처음 보는 언년이는 그저 입을 헤하니 벌리고 섰을 수밖에 없는 것이었다.

몇 해 전에 한번 예수쟁이 양고자가 왔다구 왼 동리가 떠들썩할 적에 키가 구 척이오, 홀태바지[11]를 입은 사람이 머리는 노랗고, 눈은 새파랗고…… 그날 밤 꿈자리가 다 사납도록 괴상스런 양고자를 본 일이 있었거니와 그 수없는 양고자 남녀들이 서로 맞붙잡고 궁둥이를 들석거리면서 돌아가는 그림이 하―얀 휘장 우에 번듯번듯 나타나는 것도 참으로 이상스럽고 재미있는 구경이려니와 얼굴에 분을 하―얗게 바른 처녀애들이 낮같이 밝혀논 무대 우에 나타나서 나붓나붓 춤도 추고 가랑가랑 노래도 부르고 하는 광경이야말로 천상선녀가 하강(下降)한 것이어니 하고 멀거니 바라다보고 서 있었다.

이렇게 정신이 팔려 바라다보고 서 있을 적에 갑자기 그는,

"애고머니!" 소리를 지르도록 놀라면서 몸을 흠칫하였다. 그때 그가 어떠

---

11 홀태바지 : 통이 매우 좁은 바지.

한 감촉을 받고 그렇게 소스라치게 놀랐는지 언년이 자신으로도 꼭 집어서 그 감촉을 묘사할 수는 없었다. 그저 한 손이 짜르르하는 것 같았다. 그것은 다못 한순간에 지나지 않는 것이었다. 그가 자기 몸을 돌아볼 적에는 벌써 그렇게 짜르르한 감촉을 준 원인이 어디 있었는지 알 수 없었다. 그는 손잔등을 가만히 다른 손으로 만져보았다. 오늘 따라 그 손잔등은 몹시도 매끄러운 것처럼 느껴지었다. 그리고 그 어떤 억센 손에게 꼭 쥐어지는 그 짜르르한 감촉이 몹시 그리워지는 것이었다. 그녀는 가만히 손을 내려 치마폭에 쌌다. 그러나 그 짜르르한 감촉의 기대는 그녀의 왼몸을 휩싸버리는 듯하였다.

이제 그는 무대 우에 나타나는 왼갖 신선노름에서 정신이 떠났다. 그의 눈은 그냥 환한 무대 쪽을 치어다보고 있었지마는 그녀의 전 신경은 손잔등으로 모이는 것 같았다. 아니 손잔등뿐 아니라 그의 전신의 피부로 전 정신이 집중되는 것 같았다. 슬적 누가 몸을 스치고 지나갈 때마다 그는 몸을 바르르 떨었다. 이렇게 정신이 피부로 집중이 되고 보니 그를 스치고 지나가는 사람은 퍽 많은 것을 느끼었다. 때로는 팔과 팔이 맞닿도록 일부러 옆에 바싹 닥어서 보는 남자도 있었다. 또 때로는 남자의 숨결이 그녀의 귀밑으로 바싹 스치는 것을 감각할 수도 있었다.

언년이는 이제 지금 자기가 어디에 있다는 것까지 잊어버리게 되었다. 어쩐지 자기는 지금 세상에서 가장 어여쁜 색시가 된 것처럼 생각되었다. 그리고 저-편 어디서 세상에 둘도 없을 귀공자가 자기를 기다리고 있는 것처럼 생각되는 것이었다. 언년이 자기는 큰 정승의 외딸로 연당[12]에서 글을 읽고 있고 귀공자는 방금 담장에 드리운 무명필을 타고 넘어 들어오는 것 같은 환상을 느끼었다.

---

12 연당(蓮堂) : 연꽃 구경을 위해 연못가에 지은 정자.

"그 색시 맵시 곱다."

하고 누가 바로 귀밑에서 속삭이는 것이었다. 언년이는 그 자리에 잦으러져[13]버릴 듯싶었다.

"저쪽으로 좀 갑시다."

하는 속삭임이 또 뒤에서 나타났다. 그것은 무명필을 타고 넘어 들어온 귀공자의 부드러운 속삭임이었다. 언년이는 꿈에 걷는 사람처럼 사람들 틈을 이리저리 피하여 빠져나왔다. 그 귀공자가 어디서 기다리는가? 그것을 생각할 여지도 없었다. 오직 황홀한 환상 속에서 그녀는 사람이 적은 으슥한 곳으로 향하야 발을 옮겨놓았다. 오직 옆으로 어떤 사내가 따르고 있다는 것을 인식하면서,

언년이가 전등불로 장식해놓은 환한 꽃가지 아래 이르렀을 때 비로소 그는 혼자인 것을 인식하였다.

"에, 재수 없다. 히히히." 하면서 두 남자가 저편 어둔 속으로 살어지는 것이 보이었다. 바로 그 목소리는 조금 전에,

"저쪽으로 갑시다." 하던 그 귀공자의 목소리가 아니든가!

그러나 바로 등 뒤에서 이번에는,

"얘, 여기 하나 있다. 님을 홀로 기다리시는가, 허허허."

하는 소리가 나더니 검언 제복을 입고 사각모자를 쓴 청년 셋이 언년이를 둘러싸다싶이 하고 달려들었다. 그러나 바로 그 다음 순간,

"에키!" 하더니 세 학생은 뒤로 물러섰다.

"괴물일세, 괴물이야."

"그 꼴에 그래두 바람은 들어서."

"하하하."

---

13 잦으러져 : 자지러져. 고통이나 놀람으로 몸을 비틀며 떨어.

세 학생은 이런 소리를 주고받으면서 저편으로 가버렸다.

지금까지 아름다운 꿈속에 들었든 언년이의 환상은 산산히 부서지고 말았다. 그는 부지중 손으로 자기 얼굴을 만지었다. 특히 언청이 된 입술이 먼저 만져지는 것이었다. 자기는 정승의 딸도 아니요, 연당에서 님을 기다리는 미인도 아니요, 꺼꺼대요, 언청이인 추물로서 소박맞고 갈 데 없어서 서울로 올라온 자기인 것이었다.

그는 갑작이 그 웅성웅성하는 사람 떼가 미워졌다. 조금 전까지 선녀처럼 보이던 그 분바른 계집애들은 더한층 밉게 생각되었다. 그녀는 이 원수의 군중으로부터 멀리 떠나고 싶었다. 그는 꽃나무를 떠나 사람들 없는 어둑신한 곳을 향하야 달아갔다. 얼마 안 가서 바아줄로 막어서 더 못 가게 된 데에 이르렀다. 그는 거기서 풀밭에 펄석 주저앉었다. 그리고는 하염없이 눈물이 흘러내리는 것을 어찌할 수 없었다.

"어머니는 나를 웨 낳었든고?" 하고 자기를 낳아준 어머니를 원망하는 생각까지 들었다.

"서울은 또 웨 왔는고?" 하고 자기 자신도 원망하였다.

언년이의 울음은 그 풀밭에서 잃어버린 사람 수용소로 옴겨가고 다시 그 이틀날 아침에라야 봉네 어미 집으로 옴겨갔다. 그는 봉네 어미의 집 주소도 몰랐든 고로 봉네 아버지가 찾이러 올 때까지 수용소에 있지 않을 수 없었든 것이다.

"꽃구경이 훌륭하든가?"

하는 봉네 할머니 물음에 언년이는

"다시 꽃구경 가는 년은 개딸년이다."

하고 혼자 속으로만 대답하였다.

4

"숙자 어머닌 남편 뺏길 염려는 통 놨구려."

"호호호, 그래두 일은 참 잘한다우."

"그래두 좀 웬만해야지. 그건 너무 못났어. 난 꿈자리 사나울가 바 걱정인데!"

언년이가 일하고 있는 주인댁에 놀러 온 양장 미인이 주인아씨인 숙자 어머니와 이렇게 주고받고 하는 이야기를 언년이는 뜰 한 모퉁이에서 빨래를 하면서 모다 들었다. 언년이는 서울 온 지 두 달 만에 이 집으로 식모로 들어온 지 지금 며칠 안 되었다.

"흥, 내 원, 별 꼴악선일 다 보갔네. 제가 도깨비처럼 채리구 댕기는 년이 남의 흉보구 있네. 상판대기나 뺀뺀하문 머이나 되나!"

안방의 화제가 언년이 자신을 중심으로 전개되었다는 것을 알게 되자 언년이는 혼자 이렇게 중얼거렸다.

"나두 첨엔 너무 꼴이 사나워서 그만 내보낼라구 했다우." 이것은 주인아씨의 목소리였다. "그래두 그이가(아마 남편을 가리치는 모양) 불상한데 두어두라구 해서……. 그래서 좀 두어보니 일은 참 잘해요. 또 튼튼하구 부지런하구…… 또 그리구 며칠 보아나니까 이제는 눈에 익어서 과히 숭하지도 않어요."

"어디 시골서 왔대지?" 양장 미인의 목소리.

"응, 시집가던 첫날밤……." 하더니 그 아래는 소곤소곤 잘 들리지 않었다,

"봉네 어미년이 모두 주둥이질을 해놔서."
하고 언년이는 분로가 치밀어 오르는 것을 겨우 참으면서 다시 혼자 중얼거리었다.

"일 잘해줬으믄 됐다. 상판 타령들은 웨 하누!"

그러면서도 언년이는 이 끌어오르는 분노를 겉에 발표할 수는 없었다. 그는 아무러한 모욕이라도 달게 받으면서 붙어 있어야 밥을 얻어먹을 수 있는 것을 지나간 두 달 동안에 너무나 역력하게 경험한 것이었다. 그것은 지난 두 달 동안 그는 조금도 과장 없이 열일곱 집을 경유하여 마츰내 이 집에까지 온 것이었다. 식모로 들어간 지 하로나 이틀 만에 그는 으례히 쫓겨 나오군 한 것이었다.

"글세 일이야 어떨른지 모르지만 이게야 꺼꺼대에다 언청이, 또 그 홍홍하는 말소리야 들어줄 수 있어야지." 해서 퇴짜 놓는 아씨,

"언청인 그래두 괜찮은데 원숭이 밑구멍처럼 얼굴이 웨 그래?" 해서 내보내는 아씨,

"여보, 일은 어떻든지 손님들 오면 챙피해서 안 됐쉐다." 해서 내보내도록 안해에게 명령하는 사랑나리.

이리하여 언년이는 이틀 만에 사흘 만에 고작 오래야 닷새 만이면 다시 봉네 어미 집으로 어정어정 기여들군 하는 수밖에 없었든 것이다.

무엇보다도 봉네 어미가,

"오죽하문야!"

하고 웃군 하는 꼴에는 창자가 모두 비틀어지는 듯싶어서 견딜 수 없는 노릇이었다. 그래서 어떻게 해서든지 다시는 봉네 어미 집을 찾어들지 않도록 해야겠다고 마음을 다지고 또 다져가면서 그는 주인에게 잘 보이려고 부즈런히 일을 해주는 것이었다.

여름도 어느덧 다 지나가고 가을이 된 어떤 일요일이었다. 주인 내외는 방금 걸음발을 떼는 숙자를 데리고 문 밖으로 놀러 나간다고 나가고 언년이 혼자서 집을 지키고 있었다.

그는 아까웁도록 곱게 하는 그 바누질로 주인나리의 양말 구멍을 꿰여매

고 앉어 있었다.

그러나 이날에 한하여 그의 바누질은 조금도 곱게 되여지는 것은 아니었다. 마치 여름내 몸이 빨아들이었던 더위를 한목에 발산해버리려는 듯이 그의 전신은 열정으로 끓어오르는 것이었다.

'일생을 혼자 지내리라, 혼자 지내리라!' 하고 결심하는 것은 매일 저녁 자리에 누울 때마다 있는 일이었다. 그러나 몸덩이의 자연스런 욕구는 그렇게 쉽사리 눌려지는 것이 아니었다. 여름내 그는 이 욕구와 싸워온 것이었다. 푹푹 찌는 더운 방에서 빈대와 씨름하느라 밤을 밝히면서도 가끔 주인 내외가 나란히 누웠을 생각이 머리에 떠오르면 그는 한참이나 멀거니 두 손에 머리를 파묻고 앉어 있는 것이었다.

빨래감으로 주인나리의 옷이 나오면 어떤 때 그는 몰래 그 남자 옷을 힘껏 움켜쥐어보는 때도 있었다. 어떤 때는 밥상을 들고 들어가다가 주인나리의 숨결이 갑작이 높아지는 것 같은 환각이 생기여 쓸어질 번한 때도 있었다. 그렇다고 언년이가 이 주인나리에게만 열정을 느끼는 것은 아니었다. 때로는 매일 물을 길어오는 텁석부리 물지게꾼이 몹시 그리운 밤도 있었다. 또 어떤 때는 비옷 장수, 사랑에 간혹 찾아오는 남자 손님, 심지어 어떤 때는 대변 퍼가는 늙으니를 그리워하는 때까지 있었다. 또 때로는 생전 처음 보는 남자와 한자리에 눕는 꿈을 꾸고 소스라쳐 깨는 때도 여러 번 있었다.

"내가 이다지도 음탕한 년인가?" 하고 혼자 얼굴을 붉히고 저 자신을 책하는 때가 많었다. 그러나 코구멍만 한 뜰 하나를 격한 안방에서는 지금 주인 내외가, 하는 생각이 돌 때마다 그는 싸늘한 벽을 안아보려고 팔을 허우적어리는 것이었다.

가을이 되면서 언년이는 더한층 이 욕구의 비등[14]을 억제할 수 없는 것이

---

14 비등(沸騰) : 끓어 오름.

었다.

이날도 그는 양말을 꾸매고 앉아서 특히 한가한 틈을 타는 이 악마의 유혹 앞에 몸을 떠는 것이었다. 남자의 양말을 손에 잡기만 해도 왼몸의 근육이 딸리는 듯싶었다.

이때다.

"대문 열우!"

언년이는 자기 귀를 의심하였다. 분명 남자의 목소리였다. 더구나 낯익은 목소리였다.

그는 벌떡 일어섰다. 그러나 웬일인지 '대문을 열면 큰 죄를 저지른다.' 하는 예감이 그녀를 붙잡았다. 그는 주저주저하였다.

대문이 덜컹한다.

"대문 열어요."

또다시 그 목소리다. 언년이는 자기 자신도 무엇을 하는지 모르게 고무신을 짝짝이 끌면서 나가 대문 빗장을 덜컥 빼였다.

대문이 열리자 텁석부리 영감은 물지게를 모로 돌리면서 대문 안으로 들어왔다. 언년이는 공연히 혼자 부끄러워서 고개를 숙였다. 그리고는 금시에 또 서운해지고 허젓해졌다.

"오늘은 퍽 일르우."

하고 언년이는 물지게꾼을 따라 부엌으로 가면서 태연하게 말을 건넷다. 텁석부리는 그 소리를 들었는지 못 들었는지 독에다 물을 죽죽 부어 넣더니 뷘 지게를 지고 마당으로 나왔다.

"주인들은 모두 어디루 갔나?"

하고 텁석부리는 혼자말하듯이 말하였다.

"오늘 공일이라고 문 밖으로 소풍 나간다구 애기꺼정 데리구 나갔다우."

"문 밖으루? 그럼 쉬 안 들어오시겠군."

하고 텁석부리는 또 혼자말하듯이 중얼거렸다.

"저녁꺼정 자시구 들어오신답데다."

"흥, 혼자 집보기 무섭지 않은가?"

텁석부리는 역시 혼자말하듯 중얼거리면서 대문께로 갔다. 텁석부리는 대문을 열고 빈 지게를 한 통 밖으로 몬저 내보내고 몸이 반쯤 대문 밖으로 나가더니 금시에 몸이 다시 안으로 들어왔다. 그리더니 빈 물지게를 대문 안에 벗어놓고서 대문을 닫고 안으로 제 집 대문 비짱 찌르듯이 비짱을 찔렀다. 언년이는 여호에게 홀린 사람처럼 이때까지 멀거니 보고만 있다가 텁석부리가 아주 안으로 대문을 잠거버린 것을 보고서야 갑작이 정신을 채리 듯,

"왜 그라우?" 하고 눈을 크게 떴다. 텁석부리는 아무 소리도 없이 언년이를 향하야 벙긋 웃어 보이었다. 언년이는 오직 그 싯누런 이빨을 알아볼 수 있을 따름이었다. 언년이는 갑작이 몸을 날려 다라났다. 고무신이 한 짝 벗겨저서 땅에 구는 것도 깨닷지 못하고 언년이는 단숨에 자기 방까지 뛰여 들어갔다.

5

이 이야기 맨 시초에 말한 아기 뱄다는 것은 곧 언년이가 텁석부리 물지게꾼의 씨를 배 안에 키우고 있었다는 것이다.

일요일 낮에 그 일이 있은 후로 텁석부리는 영 부지거처[15]가 되고 말았다.

집에 물이 없어서 "그 망할 놈의 텁석부리 영감"을 애가 타게 찾아다니는 것으로 외면에는 보였으나, 그실 언년이 내심에는 남모르는 초조와 절망과

---

15 부지거처(不知去處) : 어디인지, 간 곳을 알 수 없음.

비애가 차 있는 것이었다. 그러나 텁석부리는 없었다. 물은 다른 지개꾼에게 사 먹기로 교섭이 확정되어 문제는 귀결되었지만 언년이 가슴속 비밀은 귀결을 못 짓고 있었다.

그 일요일 밤새도록 언년이는 얼마나 그날 낮일을 되푸리해 생각해보고 얼마나 장내에 대한 단꿈을 꾸어보았든고! 언년이는 이전부터 그 텁석부리는 홀아비라는 말을 어데선가 들어서 알았었든 고로 이미 이만침 일이 나아간 이상 그와 살림을 채리고 행랑사리라도 살림을 오붓하게 한번 해보리라 하는 달콤한 공상에 담북 취해 있었든 것이다. 그런데 이틀이 못 가서 그 꿈은 산산히 부서저버리고 만 것이었다.

"그 망할 놈의 뒤상." 하고 언년이는 혼자 욕을 하면서도 그래도 가끔 가다가 집이 비고 혼자서 집을 보고 있는 날은 속으로 은근히 또 그 일요일처럼, "대문 열우." 하는 텁석부리 목소리가 금시에 들릴 듯싶어서 안절부절을 못 하는 때가 많았다. 그러나 날이 자꾸 가서 첫눈이 내리게 된 때 언년이는, '이제는 그 뒤상을 다시 찾을 도리는 영영 없구나. 나를 버리고 갔구나.' 하는 사실을 인식하게 되는 그와 동시에, '그 망할 녀석이 씨를 내 속에 넣어주었고나.' 하는 인식이 또한 부인할 수 없는 사실로 되고 말었다.

새로운 한 생명이 자기 몸 속에서 나날이 자라고 있다는 인식을 얻게 되자 언년이는 때로는 몹시 기쁜 또 때로는 몹시 우울한 감정이 교차되는 것을 금할 수 없었다. 그 새로운 생명의 아버지를 생각할 때에도 어떤 날은 몹시 그립게 생각었고, 또 어떤 날은 몹시 원망스럽고 야속스럽게 느껴지고 또 어떤 때는 아주 막 미워서 앞에 보인다면 얼굴에 침이라도 뱉아줄 것처럼 서두를 때도 있었다.

그러나 차차 다시 봄이 되면서 주인아씨의 입으로부터,

"참 이상한 일도 다 있지. 다른 사람이 보문 꼭 애기를 밴 것 같은데, 원 그럴 리두 없구. 알 수 없는 노릇이야!"

하는 소리를 듣게 될 때쯤 해서는 언년이는 세상만사에 모다 흥미를 잃고 오직 절반 이상을 자란 어린애의 출생을 기대하는 초조스러움과 일종읫 공포가 가득 차 있는 것이었다.

인제 그는 텁석부리가 다시 나타난다는 기대도 단념해버리고 일편단심 배 속에서 자라는 어린것에 대하야 전 정신을 받친 것이었다. 그는 남들이 애비 모를 아이를 낳았다고 비웃을 것도 두려워하는 배 아니었다. 자기도 다른 여자들처럼 애기를 날 수 있다 하는 이 기쁨은 넉넉히 그런 조소를 코웃음처버릴 만큼 강한 것이었다.

그러나 그는 차차 이 장차 나올 어린 애기에게 대한 기대에 여러 가지 세세한 조목을 붙여서 생각하기에 이르렀다. 그리하여 마츰내 그는 밤마다 남몰래 냉수 떠놓고 칠성님[16]께 빌기를 시작하였다.

그가 칠성님께 비는 조목은 대개 아래와 같었다.

그는 아들은 싫다 하였다.

꼭 딸을 점지하시되 그야말로 오래전부터 주서들은 대로 물찬 제비 같고, 돌아 오는 반달 같고, 양귀비 태도 같은 그러한 일색을 보내주십사고 비는 것이었다.

그는 세상에서 가장 어여쁜 딸을 낳아보고 싶었든 것이다. 그것은 그가 이 매정한 세상에 대하여 언년이로서 보낼 수 있는 오직 하나의 복수일 것이라고 그는 생각하는 것이었다. 한 동리서 자라면서 어렸을 때부터 곱기 자랑을 하고 다니든 이쁜이보다도 더 고운 딸, 봉네보다도 더 고은 딸, 주인집 딸 숙자보다도 더 아름다운 딸을 낳고 싶었다. 그렇게 고흔 딸을 낳아 가지고,

"자, 보아라." 하고 봉네 어미 앞에 내밀고 싶었다. 주인아씨 앞에 내대고

---

16 칠성님 : 북두칠성을 신격화시켜 정화수를 떠놓고 자신의 소망을 비는 대상.

싶었다. 왼 세상에 광포하고 싶었다. 그리만 된다면 그가 이때까지 이 세상에서 받아 온 왼갖 조소도 모다 잊어버릴 수 있다고 생각되었다. 아무리 불행한 일생을 보냈더라도 세상에서 제일 이쁜 여자의 어머니로써의 자랑이면 족히 위안이 되고도 남음이 있으리라고 생각하였다. 지금 그에게 있어서 이 세상 희망이라구는 오직 그것 하나밖에 없다고 단정하였다. 그의 왼 장래가 여기에 결정되어진다고 생각하였다.

기적(奇蹟)을 비는 마음! 그것은 우리 못나고 천대받고 조롱받고 무능하고 또 눌림받는 인간들의 공통된 기원(祈願)인 것이었다.

6

이러구러[17] 어느덧 열 달이 차매 언년이는 봉네네 집 건넌방 웃목에 그렇게도 칠성님께 빌었던 딸을 순산하였다.

"에미나이루군."

하는 봉네 어미의 탄식은 언년이의 귀에는 음악보다 더 좋았다. 딸이다! 내 일생의 자랑이 될 어여쁜 내 딸이다. 내 일생 받아온 천대와 조롱을 속해줄 내 딸이다.

이렇게 생각하매 그는 자연 눈물이 흘러내림을 금할 수 없었다.

그의 눈물을 달리 해석한 봉네 어미는,

"아들이 쓸 데 있나? 딸이 더 좋지." 하고 위로를 해주었다.

"어디 봐." 하고 언년이는 봉네 어미가 깜짝 놀라도록 버럭 소리를 질렀다.

그러나 봉네 어미가 쳐들어주는 새 생명을 바라다보는 순간 언년이는,

---

17 이러구러 : 이럭저럭.

"억!" 하고 소리를 지르면서 눈을 감았다. 봉네 어미는 애기를 다시 옆에 누이면서,

"제 어미 고대루 닮았군." 하고 우슴 섞인 목소리로 말하는 것이었다.

언년이는 앞이 캄캄해지는 것 같았다. 왼갖 기대, 왼갖 꿈, 왼 생애가 그냥 산산히 부셔저버리는 것을 느끼었다.

그렇게도 백 날을 칠성님께 빌어서 낳은 딸이, 그렇게도 세상에 둘도 없이 어여쁜 딸이 되라고 상상하였든 것이 나놓고 보니 언청이었든 것이다.

"언청이가 언청이를 낳았다. 하하하하!"

이렇게 세상이 언년이 들으라고 소리소리 지르는 것 같았다.

언년이는 그래도 자기 눈이 잘못 보지나 않았나 하여 다시 고개를 돌려 옆에 누워서 배그락거리는[18] 어린 살덩이를 드려다보았다. 그의 눈앞에 뚜렷이 나타나는 새로운 생명은 언년이 일생의 부끄러움을 속해줄 희망(希望)이 아니라 그 부끄러움에 새로운 부끄러움을 끼얹어주는 한 개의 절망(絶望)이었다. 아무리 바라다보아야 그 얼굴이 그 얼굴이었다. 눈도 못 뜨고 배그걱거리는 아직 채 자리도 안 잡힌 그 얼굴이었만 웃입술이 둘로 갈라진 언청이는 너무도 뚜렷하였다. 더 자세히 들여다보면 콧마루도 언년이 모양으로 없었다. 더 자세히 보면 턱도 유난히 앞으로 삐죽 내민 것처럼 보히는 것이었다. 보면 볼수록 언년이 자신과 똑같이 생긴 것처럼 생각되었다.

그는 고개를 돌리였다. 생각하면 생각할수록 분하고 원통한 일이었다. 밖에서 간간이 사람들의 떠드는 소리나 웃는 소리가 들려오면 그때마다 모두 언년이 자기와 또 에미를 닮고 세상에 새로 나온 이 새 생명을 조롱하고 비웃는 소리처럼만 생각되는 것이었다.

"추물이 추물을 낳았다!" "할일없이 판에 박어낸 거야!" "호호호호!"

---

18 배그락거리는 : 뒤섞여 수선스럽게 움직이는.

언년이는 손으로 두 귀를 막았다. 그러나 그 조롱 소리는 더욱더 크게 그의 귀에 들려오는 것 같았다. 눈을 감으면 웃는 얼굴들의 환영이 보였다.

봉네 어미의 웃는 얼굴! 숙자 어머니의 웃는 얼굴! 숙자 아버지의 웃는 얼굴! 텁석부리 물지게꾼의 싯누런 이빨!

그러고는 갑작이 밤에 혼자서 흘러내리는 냇물가에 앉아서 미운 얼굴을 물속에 어른거리는 달 속으로 비쳐보고 또 비쳐보면서 끝도 없이 울고 있는 처녀의 환영이 나타났다.

'저것이 자라나면 또 그러한 쓰라린 일생을 되푸리할 것이로구나.' 하고 그는 생각하였다.

"차라리 애저녁에[19] 가거라!" 하고 그는 혼자 중얼거렸다.

그는 가마니 옆에 있는 바누질 곱게 된 저고리를 들어 이 바둥거리는 아기를 폭 덮어버렸다. 그리고는 그 억센 손으로 말롱말롱하는 살덩이를 지그시 눌러보았다. 누르고 누르고 누르면서 저도 모르게 중얼거리는 것이었다.

"돼저라, 돼저라!"

갑작이 아기의 배그각 소리가 끊치었다. 언년이는 몸서리치면서 얼른 손을 떼였다. 바누질 곱게 된 저고리를 바라다보니 그 밑에 덮여 있는 애기가 그처럼 밉게 생긴 애기라구는 생각되지 않았다. 그가 지나간 반년 동안 꿈꾸든 그런 아주 이쁜 애기가 바로 그 아래 누워 있을 것처럼만 생각되는 것을 금할 수 없었다. 그 바누질 곱게 된저고리가 달싹달싹하였다. 그러나 언년이는 그 저고리를 다시 들치고 그 아래 누은 애기를 드려다볼 용기는 나지 않았다. 그는 고개를 돌리였다.

"그래두 자라남은 좀 나디갓디…… 그래두 체니티가 남은 좀 고와디갓

---

19 애저녁에 : 애초에, 처음부터.

디!" 하고 그는 중얼거리는 것이 였다.

"그래두 좀 크문……" 하고 되푸리 또 되푸리하면서 그는 불어 오른 자기 젖을 두 손으로 꾹꾹 눌러 짰다.

젖을 짜고 또 짜면서 그는 긴장이 탁 풀리는 것을 느꼈다. 왼몸이 몹시 피곤함을 느끼었다. 누은 자리가 젖에 젖어서 끈적끈적한 것을 겨우 감촉하면서 그는 손을 더듬더듬하였다. 매낀매낀하는 애기의 살을 감촉하면서 그는 스르르 잠이 들었다. (1936)

북소리 두둥둥

북소리 두둥둥

1

내 네 살 난 아들놈 작난감으로 북을 한 개 사다 주었든 것이 우리 집에서 밥 짓고 있는 복실이 어머니에게 그렇게도 큰 슬픔을 가져다주리라구는 나는 꿈에도 생각 못 했든 것이다.

2

복실이 어머니가 우리 집에 와 있게 된 것은 단순한 주인과 식모 간이라는 그런 주종 관계로써는 아니었다. 복실이 아버지는 본래 내 큰삼촌과 죽마지우로 자란 사람이었는데 장성하자 북간도로 건너가서 번개처럼 찬란하고 떠도는 생활을 하다가 그만 총뿌리 앞에서 찬 이슬이 되어버린 호협한 사람이었다. 복실이 아버지가 그처럼 외지에서 횡사를 하자(그것이 벌서 이십 년 전 옛일이지마는) 과부가 된 복실이 어머니는 그때 여섯 살 나는 딸 복실이와 또 바로 남편이 죽던 날 아침에 세상에 나온 아들 인선이를 더리고 조선으로 돌아와서 이리저리 방황하다가 마츰내는 남편의 죽마지우인 내 큰삼촌 댁에 식객처럼 들어 있게 되었다. 처음에는 식객처럼 와 있도록 했으나 복실이 모는 그냥 앉아서 얻어먹고만 있기가 미안하다 하여 자진해서 부엌일을 돕기 시작하였다. 내 삼촌 모는 처음에는 부리기가 어렵다 하여 복실이 모가 부엌일하는 것을 꺼리었으나 그러나 날이 감을 따라 어색한 기분이 차차 줄고 혹시 이전 있든 식모가 나가고 새 식모가 아직 안 들어오거나 한 기간에는 복실이 모가 아주 식모 격으로 일을 하게 되고 이럭저럭하여 마츰내는 복실이 모는 내 삼촌 댁에 한 부리우는 사람으로 자연화해버리었다. 그래 얼마 후에는 내 큰 삼촌이 그렇게 무보수로 일만 시킬 수 없다구 주창하여 일정한 월급까지 정해놓고 나니 아주 복실이 모는 식모가 되어버린 것이었다.

이래 이십 년 복실이 모는 오직 두 자식을 위해서 살아온 것이었다. 딸은 몇 해 전에 함흥서 잡화상을 한다는 사람에게 시집을 보냈으니 그만했으면 시집을 잘 보냈다고 복실이 모는 만족해하고 있고 인선이는 상업학교를 마추고 지금 어떤 백화점 점원으로 들어가서 일급 칠십 전을 받고 있으니 이 또한 복실이 모로는 퍽으나 만족한 모양이었다.

그런데 복실이 모가 우리 집으로 옴가 오게 된 내력으로 말하면 재작년에 삼촌이 강원도 강능으로 솔가[1]하여 이사를 가게 되었는데 복실이 모는 될 수만 있으면 아들이 취직하고 있는 평양에 남아 있어서 아들과 함께 살고 싶다는 히망이어서 우리 집으로 옴겨 오게 된 것이었다. 그때 마츰 우리는 처음으로 어린애도 생기고 해서 내 안해가 혼자서 쩔쩔매든 판이라, 복실이 모가 오겠다는 것이 결코 싫지 않았다. 그래서 복실이 모는 우리 집에 와 있으면서 건넌방에서 아들 인선이를 데리고 있고, 월급은 없이 그저 그들 모자의 식사를 우리 식구 먹는 대로 먹기로 하고 와 있었다. 이리해서 인

---

1   솔가(率家) : 온 집안 식구를 거느리고 가거나 옴.

선이가 버러드리는 월 이십 원이란 돈은 거기에서 옷이나 해 입고 그대로 꽁꽁 모아서 이제 한 십 년만 그렇게 공을 드리면 그 모인 돈을 한미천 삼어서 인선이를 장사나 하도록 한 후 며누리나 얌전한 색시를 하나 맞어서 살림을 채리고 복실이 모는 능마에 조고마한 양상[2]이나마 해볼 수 있으리라는 히망 이것이 복실이 모의 생에 대한 전부이었든 모양이다.

3

그런데 복실이 모에게는 아들 인선이에게 대한 꼭 한 가지 불안이의 늘 떠나지 않고 있어왔다. 그것은 인선이가 어렸을 적부터 다른 아이들과는 좀 별다른 성격을 가진 것이었다.

그것은 인선이가 열아문 살 났을 적 일이라 한다. 하로는 복실이 모가 저녁에 부엌에서 저녁을 짓다가 잠시 무엇 때문엔가 방 안엘 들어가보았더니 인선이가 방 아랫목에 가만히 누워서 있는데 모양은 잠자는 것 같으나 숨소리가 몹시도 갑부고[3] 별스러웠다 한다. 그래 가까이 가서 드려다보니까 두 눈을 다 뻔이 뜨고 누어 있는데, 그 두 눈은 천정만을 뚫어지도록 바라다보고 있고 어머니가 옆에 오는 것도 안 보이는 모양이더라 한다. 그래 어머니는,

"인선아, 너 자니?" 하고 물어보았으나 아무런 대답도 없고, 다시

"야, 인선아, 너 어데 아프냐?" 하고 물어도 아무 대답이 없드라고. 그래 어머니는 인선이 어깨를 붙들고 흔들어보았으나 인선이는 그것도 깨닫지 못하는 듯이 그저 옴짝 않고 누어서 숨소리를 갑부게 씩은거리면서 천정

---

2 양상 : '양광'의 방언. 분수에 넘치는 호강.
3 갑부고 : 가쁘고.

만을 바라다보더라고 한다. 그 증세가 '질알'⁴ 증세가 아니드냐고 내가 언젠가 한 번 복실이 모에게 물었으나 결코 질알 증세는 아니었다고 그는 단언하였다.

복실이 모는 놀라서 한참이나 붙들고 이름을 불러보았으나 영 대답이 없고 또 깨나지도 않는 고로 할 수 없이 나와서 내 삼촌 모에게 급보하였다. 그래 삼촌 모도 그 이야기를 듣고는 놀라서 들어가 보니까 그동안에 인선이는 일어나 앉어 있는데 몹시 피곤한 모양으로 벽에 기대 앉어서 쌕쌕하고 있더라 한다. 그래,

"너 어데 아프니?" 하고 물으니까 고개를 살랑살랑 흔들고,

"목말으다." 하고 대답하드라고. 그래 물을 떠다 주니까 물을 한 대접 다 마시고는,

"엄마, 나 인제 자문성 별한 꿈 꿨다." 하고 말할 뿐 어머니가 무슨 꿈을 꾸었는가 자꾸만 캐물어도 인선이는 그 꿈의 내용 이야기는 안 하구 그저 이상스런 꿈을 꾸었누라구만 대답하더라고. 삼촌 모는 인선이가 정신없이 누어서 씩은거리는 광경을 친히 보지 못했는 고로 복실이 모더러 공연히 잠자는 애를 가지고 허들갑을 떠러서 남을 놀래게 했다고 도로혀 핀잔을 할 뿐이고 또 복실이 모도 무어라고 설명을 할 수가 없어서 그때는 그저 잠잠하였다고 한다.

그 후로 복실이 모는 인선이의 몸에 다시 무슨 이상이나 없나 해서 늘 조심히 보살폈지마는 아무런 별다른 이상을 발견 못 했고 차차 복실이 모도 마음을 놓았다고 한다. 그러나 한 일 년 세월이 흘러간 뒤 어떤 날 역시 어쓸한⁵ 저녁때인데 복실이가 부엌으로 갑자기 뛰처나오면서,

"오마니, 인선이 좀 보라우. 개가 별하게 구누나." 하고 황망히 떠드는 고

---

4 질알 : 지랄. '간질(癎疾)'을 속되게 이르는 말. 뇌전증.
5 어쓸한 : 어슬한. 조금 어두운.

로 곧 뛰쳐 들어가 보았더니 이번에도 인선이는 작년 그때 모양으로 눈을 뻔히 뜨고 누어서 숨소리를 씩은거리고 있었다. 그래 이름을 계속 불렀더니 부시시 일어나 앉으면서,

"엄마 나 별한 꿈 꿨다." 하더라고. 그래 무슨 별한 꿈을 꾸었는가고 물으니까,

"사람들이 나팔을 자꾸 불드나." 하더라고. 복실이가 옆에 있다가,

"흥, 그것이 꿈인 줄 아니? 저낙땐 데-게 벵대덜이 늘 나팔 불더라. 나두 들었다." 하고 말하니까 인선이는 열 살 난 애로는 너무 야미터진 태도로,

"아니야, 꿈에 불어서." 하고 대답하더라고.

그 후로도 몇 번 복실이 모는 아들 인선이가 죽은 듯이 한참씩을 누었다가 일어나서는 냉수를 찾고는 그리고는 이상한 꿈을 꾸었누라고 하군 하는 것을 목도하였다. 그러나 이제는 복실이 모도 여러 번째 당하는 일이라 그렇게 과히 놀라지도 않았고 또 그런 일이 생기는 도수도 그저 일 년에 한 번가량밖에 더 안 되었고 또 그것 하나 외에는 별로 다른 아이들보다 별다른 거동이 없는 고로 차차 안심하게 되었다고 한다.

4

인선이가 열일곱 나든 해 늦인 가을 어떤 날 밤.

그날 밤엔 바람이 몹시 불고 비가 악수로 퍼부었다. 복실이는 바로 몇 일 전에 시집을 가고 인선이와 어머니 둘이서만 한 방에서 잠을 자고 있었는데, 새벽녘이 다 되었을 때에 복실이 모는 몹시 치운 감각을 얻어서 잠이 깼다고 한다. 잠을 깨고 보니 어느새 문이 열렸는지 문이 쫙 열렸는데 그리로 비바람이 처들어와서 막 얼굴을 때리고 이부자리를 적시고 아주 야단이었다. 복실이 모는 일어나서 문을 닫치려고 본즉 바루 문 밖 처마 밑에 무엇인

지 시컴언 것이 우뚝 서 있더라고 한다. 복실이 모는 몹시 놀라서 외마대 소리를 질렀으나, 워낙 비바람 소리가 요란하기 때문에 안방에서들은 그 비명 소리를 못 들었다. 복실이 모는 가까수로 정신을 수습하면서,

"인선아!" 하고 불렀더니 인선이는 방 안에 누어 있는 줄로만 알았드니 이외에도 문 밖에 비맞고 섰는 그 시컴언 것이,

"응." 하고 대답을 하였다. 복실이 모는 더 한칭 놀라서 웃묵을 쓸어보니 인선이는 과연 방에 없었다. 그래 문밖에 선 것을 자세 자세 보니 처마 밑에 서서 비를 맞고 있는 그것이 다른 사람이 아니라 바로 인선이었다. 인선이는 쪽 벌거벗고 거기 우둑허니 서서 비를 왼몸에 맞고 있는 것이었다.

복실이 모는 너무도 놀라고 기가 맥혀서, "인선아 인선아, 너 이거 웬 짓인가?"
하고 물었으나 아무런 대답도 없었다.

"인선아, 야, 인선아, 인선아." 하고 여러 번 부르니까 그제서야 인선이는,

"오마니, 데게 무슨 소리요? 데게이" 하고 대답하였다. 어머니는 귀를 기우려 한참을 들어보았으나 비바람 소리 외에는 아무런 다른 소리도 들려오지 않았다.

"소린 무슨 소리?" 하고 마츰내 물으니까 인선이는,

"아니, 오마니, 데 소릴 못 들어요? 데 북소리! 두둥둥 두둥둥 하는 거, 데 거 북소리 아니요!"

이 소리를 듣자 복실이 모는 기절을 할 듯이 놀랐다.

북소리! 다른 날도 아니고 바로 이날 이 새벽 이 시각에 북소리! 복실이 모의 귀에는 십오 년 전 옛날이 바로 방금 전인 듯 그때 그날처럼 요란한 북소리는 그의 고막을 찢어놓을 듯이 요란히 사방에서 들려오는 것 같았다.

두둥둥둥! 두둥둥둥!

십오 년 전 이날 새벽에 북소리는 요란히도 왼 동리를 뒤흔들었었다. 복실이 모는 밤부터 산기가 있어서 잠 한숨 못 들고 앓고 있었고, 석 달 동안이나 총을 메고 사방으로 쏘다니다가 잠시 집에 들렸던 남편도 피곤한 몸을 잠도 못 자고 안해를 지키고 앉아 있었다.

그날 새벽녘에 조금 더 있으면 먼동이 트리라구 생각되든 시각에 복실이 모는 동통[6]이 더 한칭 심해서 허리를 비비꼬며 쩔쩔매였고 남편이 몸을 꽉 껴안어주었다.

그때 쥐 죽은 듯이 고요하든 동네에는 갑자기 요란한 북소리가 새벽 공기를 깨치고 울려 온 것이었다.

두둥둥둥! 두둥둥둥!

남편은 이 북소리를 듣자 흠칫 물러앉았다. 북소리는 차차 더 요란스럽게 울려 왔다. 사방에서 개 짖는 소리가 나고 총 소리도 간혹 쨍쨍 섞여 들려왔다.

"여보." 하고 마츰내 남편이 떨리는 목소리로 불렀다.

"여보, 난 아무래두 가봐야갔소. 데 북소리를 듣소. 저 총출동의 명령이우."

안해는 아무런 대답도 못 하고 앓는 소리만 더 크게 할 따름이었다. 남편더러 가라고 하기도 어렵거니와 가지 말랄 수도 없는 줄을 그는 너무나 잘 알고 있는 것이었다. 북간도를 개척한 조선 사람의 생활에 있어서 이 끊임없는 투쟁은 한 일과로 되어 있었고 용감한 안해들은 언제나 남편이 총 들고 나설 때 이를 만류하지 않어야 한다는 것을 잘 알고 있는 것이었다.

잠들었든 어린 복실이가 소란통에 깨서 눈을 부비면서 일어나 앉았다. 남편은 벌떡 일어나서 머리맡에 두었든 탄환 혁대를 바쁘게 둘으면서,

---

6   동통(疼痛) : 몸이 쑤시고 아픔.

"아무래두 나가봐야갔소. 한 사람 있구 없는 데 승부가 달렸으니께니…… 총출동, 총출동……." 혼자 말하듯 이렇게 중얼거리드니 벽에 기대 세웠든 총을 들고 황망히 문 밖으로 뛰쳐나가면서,

"복실아, 엄마 잘 봐라, 응." 하고 한 마대 하고는 밖앝 어둠 속으로 살아지고 말았다.

그것이 남편의 이 세상에서의 마그막 목소리이었든 것이다.

남편이 나간 후 북소리는 더한칭 요란해지고 콩 볶듯 하는 기관총 소리와 사람들의 아우성 소리, 숨이 막힐 듯이 짖어내는 개소리들이 모두 뒤섞여서 아주 천지가 떠나가는 듯하였다. 복실이는 무서워서 어머니께로 바닥바닥 붙어앉았으나 어머니는 그것도 인식 못하고 오직 그 두둥둥 울리는 북소리만이 왼 몸둥이를 속속들이 뚫고 뻗고 채와서 그냥 왼 전신 왼 우주가 그 북소리 하나로 뭉쳐버리는 것 같은 환각을 느낄 따름이었다.

이런 아픔, 이런 소란, 이런 북소리…… 마치도 영원에서 영원까지 끊임없이 계속되는 듯이 생각되어 조곰만 더 그대로 계속된다면 몸도 으스러지고, 천지도 으스러저버리고, 모든 것에 마그막이 이르리라고 생각될 때 복실이 모는

"으아!" 하고 세차게 울리는 어린애 첫 우름소리가 그 북소리 그 총소리 옹으로 쫙 퍼저서 왼 방 안을 채워버리고 왼 우주를 채워버리는 듯한 것을 들었다. 동시에 동통이 문득 멋고 왼몸의 기운이 확 풀어졌다.

민동이 환하게 터왔다. 북소리도 멋고 총소리도 멋고, 오직 "으아, 으아, 으아" 계속해 웨치는 어린애 우름소리만이 들렸다.

핏덩이처럼 뻘건 해가 초가집웅들을 빤히 비췰 때에는 그 동리 젊은 사람의 거의 절반이 시체가 되여 길거리에 너머저 있었다. 복실이 아버지도 그들 중 하나이었다. 이것은 북간도 조선인 생활의 중요한 역사의 한 페지이었다.

십오 년! 그것이 십오 년 전 일이었다. 그러나 이날 새벽 아들의 이야기를 듣고 귀를 기우릴 때 복실이 모의 귀에는 그 폭풍우 소리가 십오 년 전 이날이 새벽, 인선이가 세상에 나오든 날 새벽에 북간도 한 촌에서 듣던 그 북소리와 총소리처럼 들려왔다는 것을 순전히 복실이 모의 착각으로만 돌릴 것인가? 복실이 모는 한참이나 꿈꾸는 사람처럼 문턱에 엉거주춤하고 앉어 있었다. 두둥둥둥 하는 북소리! 뼈까지 저린 동통! 그리고는

"으아" 하고 터저나오는 새 생명의 웨치는 소리! 복실이 모는 마치도 그때 그 순간이 반복되는 듯싶은 환각을 느끼었다. 그런데 그 새 생명이 벌서 저렇게 잘아서 떡거머리 총각이 되였구나!

"인선아." 하고 마츰내 부르는 어머니 목소리는 몹시도 떨리었다. 목소리만 떨리는 것이 아니라 왼 전신이 모두 푸들푸들 떨리는 것이었다.

"인선아, 북소리는 웬 북소리가 난다구 그러니. 바람 소리밖엔 안 들린다."

그러나 인선이는 아모 말도 없이 그냥 비를 마즈며 서 있었다.

"인선아, 어서 들어오나라."

그제야 인선이는 묵묵히 방 안으로 들어왔다. 비에 흠씬 젖인 몸을 수건으로 대강 문질은 후 이불을 쓰고 자리에 누었다.

"인선아, 너 갑재기 왜 그러니?"
하고 어머니는 염녀스럽게 물었다.

"북소리가 자꾸 들레서 그래요…… 또 아바지가……."

"응? 아바지가?"

"아바지가 어데서 자꾸만 날 부르는 것 같아요."

복실이 모는 몸에 소름이 쪽 끼쳤다.

"우리 아바진 싸우다가 총에 마자 도라가섰대지요?" 하고 인선이는 또 불쑥 물었다.

"응." 하고 복실이 모는 겨오 소리를 내였다.

"아버진 싸화야 되갔으니끈 싸왔갔지?"

"그럼."

"한 사람 있구 없 는데…… 어머니, 그게이 무슨 소릴구?……한 사람 있구 없는 데……."

"인선아, 너 어디서 그런 소리도 들었니?"

"몰라, 그저 아까부팀 자꾸만 그 생각이 나요. 한 사람 있구 없는 데, 한 사람 있구 없는 데 하구."

"너 아바지가 마그막 말슴을 하시구 나가서 도라가셨단다."

"응, 어머니 나두 이제 그 뜻을 알아!…… 아바진 그 한 사람이 되려구 나가셨지요."

"인선아, 거 무슨 소리가?"

"아니야요."

5

인선이의 이 심상치 않은 현상에 복실이 모는 몹시 놀라고 염녀되어서 다시 잠도 못 들고 걱정을 하였다. 그러나 이튿날부터 인선이는 다시 아므런 별다른 이상이 없이 학교에 잘 다녔다. 그리고 그 생일날 새벽에 생겼든 일은 아주 잊어버렸는지 다시 북소리 이야기도 없고 아버지 이야기도 아니하는 고로 다시 어머니는 마음을 좀 놓았다. 인선이는 나이에 비겨서 퍽 침착하고 우울한 성격의 소유자가 되었다. 언제나 무엇을 깊이 생각하는 듯한 태도이였다. 특히 자기 생일 때가 가까와오면 더한층 깊은 명상 속에 잠기는 것이었다. 한번은 이런 일이 있었다.

바로 인선이 생일이었는데 그날 새벽 밝기 전에 인선이는 일어나서 어데론가 나갔다가 해가 뜬 후에야 몹시 피곤해진 몸으로 도라왔다. 어머니는 놀라서 어데 갔다 왔느냐고 물을 때 그는 새벽 산보로 모란봉엘 단녀왔누라구 대답해서 어머니 마음을 안심시켰지만 사실에 있어서는 인선이는 자기도 모르게 용악산 쪽으로 자꾸만 가다가 조고만 개천에 첨벙 빠지면서 정신이 들어서 집으로 돌아온 것이었다.

학교를 졸업한 후 점원으로 취직이 된 후에는 인선이의 성격은 더한층 침울해지고 밤이면 대개 혼자 을밀대에 올라가서 한 시간식 두 시간식 깊은 명상에 잠기는 버릇이 한 일과처럼 되어 있었다. 그리다가는 갑작이 주먹을 불끈 부르쥐고는,

"동물원이란 말이냐?" 또는,

"원숭이들처럼." 또는,

"때가 이르면……." 또는,

"한 사람, 한 사람." 하고 어두운 밤 홍두깨 격으로 소리를 버럭 지르군 해서 가끔 다른 산보객들을 놀래게 하는 때가 있었다.

6

내가 네 살 난 내 아들놈에게 북을 사다 준 것은 어떤 늦인 가을날 저녁때 였다. 내 아들놈은 두드리면 두둥둥 소리가 나는 북이 신기해서 자기 전에 한참이나 귀 드끄럽게 뚜드리고 놀다가 그 북을 손에 쥔 채 잠이 들고 말았다. 그런데 웬일인지 그 이튿날 새벽에 채 밝기 전에 내 아들놈은 갑자기 잠을 깨가지고 기를 쓰고 울기 시작하였다.

나와 내 안해는 그놈 우름소리를 좀 멈추어보려고 여러 가지로 얼리어보았지만 무슨 꿈에 몹시 가위가 눌렸는지 어찌된 셈인지 그냥 악을 쓰고 우는 것이었다. 마그막에는 그놈 자리 옆에 놓인 북을 들어서 뚜들겨보았다.

두둥둥둥! 두둥둥둥!

북소리가 나자 아들놈은 우름을 뚝 끈치었다. 나는 한참이나 요란하게 북을 뚜드리었다. 그러나 잠시라도 북을 끝이면 아들놈은 또다시 우름을 터뜨리는 것이었다. 그래서 나는 오래동안 계속해서 불을 뚜드리였다. 그러노라니까 갑작이 밖았뜰에서,

"인선아, 야, 인선아." 하고 황급히 부르는 복실이 모의 목소리가 들리었다. 나는 북을 멈추고 귀를 기우렸으나 아들놈이 또다시 울기를 시작하는 고로 또다시 북을 뚜드리였다. 그러니까 이번엔 어데 멀리서,

"야, 인선아, 야." 하고 부르는 복실이 모 목소리가 몇 번 더 들리는 둥 마는 둥 하였다. 나는 그저 새벽에 인선이가 어델 나가는가고 하고 생각했으나 별로 괴이하게 생각하지도 않고 계속해서 북을 뚜드리였다. 겨오 아들놈을 다시 잠을 들여놓고서 다시 눈을 좀 붙였다가 해가 뜬 후에 일어나서 뜰에 나가보았으나 조반을 짓고 있어야 할 복실이 모가 보이지 않고 부엌에는 아무도 없었다. 그래 이상해서 복실이 모 방으로 나가보니 방문은 쫙 열려저 있고 이부자리도 개지 않은 채로 방은 뷔여 있었다. 복실이 모가 도라오기를 한참이나 기다려보았으나 도모지 오지 않는 고로 안해가 나와서 조반을 지으려 부엌으로 가고 나는 거리에 나서서 이리저리 좀 도라다녀보았으나 인선이도 없고 복실이 모도 보이지 않았다.

내가 회사로 출근할 시각까지에도 복실이 모는 도라오지 않았다.

오후에 퇴사에서 집으로 도라오니 그때까지도 복실이 모는 어데로 갔는지 도라오지 않았다고 안해는 걱정 걱정 하는 것이다. 나도 슬근히 염녀가 돼서 인선이가 일하고 있는 백화점으로 나가보았더니 인선이는 그날 애초에 출근을 아니 했다는 대답이다. 무슨 영문인지는 모르고 많이 염녀되었으나 하여간 밤까지 기다려보아서 내일 아츰까지 소식이 없으면 어떻게 대책을 강구해보기로 하고 기다리였다.

저녁을 먹어 치우고 밤이 어두었으나 인선이 모자는 나타나지 않는다. 이게 필경 무슨 곡절이 생겼고나 싶어서 마음이 무척 초조해졌는데 마츰내 복실이 모가 도라왔다. 우리는 토방에 맥없이 주저앉는 복실이 모의 모양을 보고 놀라지 않을 수 없었다. 이 노파가 종일 어느 흙덤이 우에 가서 딩굴다가 왔는지 왼통 옷은 흙투성이가 되었고 머리는 푸러저서 산발이 되여 있었다. 우리 내외가,

"아니, 웬일이요?" 소리를 한꺼번에 질르면서 뛰쳐나가니까, 복실이 모는 실성한 사람처럼 주저앉어서 자꾸만 울고 있었다.

가까수로 그를 달래서 뜨염뜨염 그에게서 나온 그날 생긴 이상스런 일 이야기의 대강을 적으면 아레와 같다.

그날 새벽은 바로 인선이의 수무 번째 생일이었다. 새벽에 채 밝기도 전에 복실이 모는 어떻게 잠이 풀쩍 깨였는데 깨여보니 바로 그때 인선이가 문을 열고 밖으로 나가는 참이었다. 그런데 그때 복실이 모는 기절을 할 만침 몹시 놀라게 한 것은 복실이 모의 귀에는 너무나 똑똑하게 두둥둥 울리는 북소리가 요란스럽게 들려오는 것이었다. 복실이 모는 제 귀를 의심했으나 북소리는 갈떼없는 북소리요, 그날이 또 인선이 생일이라 복실이 모는 불안한 예감에 째혀서 얼른 옷을 되는 대로 주서 입고 인선이를 따라 나섰다.

인선이는 벌서 대문 밖에 나서 있었다. 인선이는 횡하니 빠른 거름으로 어데론가 가고 있었다. 북소리는 복실이 모의 귀에도 너무나 똑똑하게 두둥둥 자꾸만 들려오는데 어떻게두 마음이 황망한지 그 소리의 방향이 어덴지두 알 수 없었다고 한다. 그저 인선이가 그 북소리 나는 곳으로 가는 것으로만 직각이 돼서 그 뒤를 따르면서 연방 인선이 이름을 불렀다. 그러나 아들은 대답도 없이 뒤도 안 돌아다보고 그냥 횡하니 가고 있는 것이었다. 복실이 모는 숨이 턱에 닿아서 딸아갔다.

그들 모자는 보통강까지 다다렸다. 복실이 모 귀에는 인제는 북소리는 조곰도 들리지 않는데 인선이는 신도 안 벗고 그냥 절벅절벅 정강머리에 치는 보통강을 건너갔다. 복실이 모도 그냥 딸아 건너갔다. 강을 다 건너고 나더니 인선이는 웃둑 도라섰다. 복실이 모는 달려들어서 아들을 부뜰고 느러졌다.

"인선아, 얘, 너 어델 가니? 엉, 너 왜 그러니? 엉?"

인선이는 아무 대답도 없이 한참을 물끄럼히 어머니를 바라다보고 서 있더니 아주 침착하고 매진 목소리로 이렇게 말했다.

"오마니, 난 아무래두 가야 돼요. 아바지를 딸아가야 되디요. 날더러 어서 오래는데 북소리 들리지 않소. 날 부르는 아바지 목소리가 들리지 않소. 한 사람 더 있구 없는 데…… 아바지두 그 한 사람, 나두 또한 그 한 사람…… 그 한 사람, 그 한 사람덜이 가야 돼요. 가야 돼요."

그리고는 인선이는 매달리는 어머니를 뿌리치고 다름질해서 보통벌 저편으로 다라났다. 복실이 모는 기를 쓰고 뒤를 쫓아갔으나 늙은 노파의 기력으로 젊은 아들과 경주하여 딸어잡을 수는 도저히 없는 일이었다. 복실이 모는 대타령 부근까지 쫓아가 보았으나 아주 아들의 모양을 잃어버리고 말었다. 노파는 더 뛸 기운도 없어서 허덕거리면서 고개를 넘고 또 고개를 넘어보았으나 인선이의 그림자도 찾을 수 없었다.

복실이 모는 촌길 가에 딩굴면서 실컷 울었다. 그러나 그 울음이 이미 가버린 아들을 도로 불러올 수는 없는 것이었다. 북소리의 이끄는 힘은 어머니의 눈물의 힘보다도 더 힘 센 것이었다.

7

복실이 모를 겨오 달래서 방으로 내다 뉘고 나서 나는 방 안에 앉아서 담배를 피여 물고, 이 사건을 머리속에 이리 굴리고 저리 굴리며 음미해보았다. 네 살 난 내 아들놈은 멋도 모르고 북을 목에다 걸고 박자도 없이 뚜드리면서 이 간 방 안을 좁아라고 헤매이고 있었다.

그 박자가 없는 북소리는 차차 내 머리를 점령하기 시작하였다.

한 사람, 한 사람을 끄는 북소리! 지금 멋도 모르고 북을 뚜드리며 안방을 헤매는 저 네 살 난 내 아들놈, 저놈이 또한 자라나서 한 사람이 된 때에는 한 사람을 부르는 그 북소리를 딸아서 나와 제 어미를 내버리고 가버리지 않겠다고 누가 담보하겠는가?

내 머리는 차차 이 북소리에 정복되여 이 북소리 이외에는 다른 모ー든 존재는 그 존재 가치를 잃어버린 듯 해졌다. 내 머리, 내 전신, 왼 집안, 마츰내는 왼 우주가 이 박자 없는 북소리로 가득 차서 울리고 흔들리고…….

두둥둥둥! 두둥둥둥!

두둥둥둥! 두둥둥둥! (1937)

봉천역 식당

봉천역 식당

1

봉천[1]정거장 앞 너른 마당에 척 나서보면 어째 경성역 앞에 선 듯한 환각을 느끼게 됩니다. 환각이 아니라 그실[2] 경성역 앞과 봉천역 앞은 그규모의 대소가 있을 따름이지 아주 비슷한 것이 사실입니다. 마즌편에 선 집들의 광고판이며 뚫린 길들이며 앞으로 줄을 긋고 지나간 전차길까지도 서로 비슷하니까요. 정거장 구조쪼차 비슷하여서 들어가는 데와 나가는 데며 대합실(만주국이 생긴 이후로 대합실을 새로리 훨씬 안쪽 이층에다가 크게 꾸며노핫지만 그전으로 치면 말입니다)이며 식당 위치 등이 모두 서루 비슷한 방향에 노혀 잇단 말씀이지요.

이 '비슷'은 외지로 오래 여행을 단니는 사람에게 우연 이상으로 반가운 일이올시다. 오랫동안 고향 소식을 모르고 두루 헤매다가 봉천역에 척 내려서자 곧 경성역의 맛을 볼 수 잇다는 것은 여간한 기쁨이 아닌 것입니다. 차에서 나려서 표 주고 나가는 울타리 밖에 죽 줄을 지어 읍하고 섯는 젊은 사

---

1 봉천(奉天) : 만주 요녕성의 교통의 요지. 선양(瀋陽)의 옛 이름.
2 그실 : 기실. 실제로.

람들 곳 모자에다가 '아무 여관', '무슨 여관', '어디 여관' 하고 여관 이름을 써서 쓰고 있는 '손님끌꾼'[3]들까지가 경성역 냄새를 끼친단 말씀이죠. 더욱이나 오래간만에 '조선 음식 잡수시지오.', '조선 여관으로 가시지요.' 하고 웨치는 조선 말을 들을 때 나는 나도 모르게 자연 '아, 여기가…….' 하고 새삼스리 놀라게 되는 것입니다.

2

나는 사주팔자를 그렇게 타고 났기 때문인지(서울서 가장 유명하다는 사주쟁이 아무개 씨의 명판단으로 보면 꼭 그렇게 타고낫다고 단언하니까 말입니다만) 삼십 평생을 절반 이상 해외루 떠돌아단니는 것이 나의 일이었읍니다. 그런데 그동안에 봉천역을 거치기 무릇 이십여 회에 달합니다. 그러나 봉천을 이십여 회식이나 들리면서도 이 또한 내 팔자이었든지 또 혹은 봉천이란 도시의 팔자이었은지 누구의 팔자소관인진 모르나 하여튼 나는 한 번도 봉천서 열 시간 이상을 머물러본 일은 없읍니다. 무론 봉천서 밤을 지나본 일도 없고 딸어서 그 흔한 것이 여관이언만 한번도 그 안에 발을 들여노흔 일이 없었읍니다. 언제나 아츰 혹은 오후 차로 떠나게 되는데 언제나 봉천서 차에서 내리면 나는 물건 한 가지에 대해서 십 전식만 돈을 주면 스물네 시간 동안을 잘 보관했다가 내주는 '짐짝 잠시 매껴두는 곳'에다가 초라한 짐짝을 매껴버리고는 혼자서 왼 봉천 시가를 두루 헤매다가는 밤에 다시 차가 떠날 시간이 되면 정거장으로 도라와서 짐을 차자가지고 다시 기차 안에다가 지친 몸을 실어버리는 것이었읍니다.

곳 봉천이란 도시는 내게 있어서는 한 개의 '기차 바꿔 타는 곳'으로밖에

---

3 손님끌꾼 : 호객꾼.

는 아모런 다른 존재의 의미를 갖지 않은 곳입니다. 일 년에 한두 번 가끔 번개처럼 조선엘 단녀올 일이 있어서 봉천역에 내리면

'오래간만에 조선음식 ─' 운운해서 유혹하는 '손님끌꾼'들의 말에 마음이 십분[4] 움즈겨지지 않는 것이 아니로되 ─ 무얼 몇 시간 후면 다시 떠날걸 ─ 하고는 넉넉지 못한 돈지갑 생각이 나서 결국 여관을 단념하고 역시 보따리를 들고 짐짝 잠시 매껴두는 곳으로 어정어정 가는 것이 나의 으례히 하는 일이엇습니다.

그러면 봉천서 끼를 에워야[5] 하는 경우엔 밥은 어디서 먹느냐? 지당한 물음이지오. 나는 반듯이 정거장 식당으로 가지오. 그것은 십여 년 전 일인데 역시 내가 봉천서 몇 시간을 보내게 된 때 나는 방향도 모르고 이리저리 싸단니다가 어떤 조고만 골목 안에 일본음식집이 있는 걸 발견하고 들어갓다가 밥 웋에다가 기름에 복겨낸 새우 두 마리를 언저주는 무슨 '덴동'이라든가 한 밥 한 그릇을 먹고, 놀라지 말지어라 일금 일 원 이십 전야라[6]의 대금을 빼앗기고 난 일이 있은 후로부터는 나는 익숙지 않는 음식점에는 일체 발을 들여놓지 않는 것으로 한 신조를 삼앗섯스니까요. 정거장 식당은 언제나 신용할 수 있을뿐더러 깨끗하고 또 밥값도 비교적 싼 셈이지오. 삼십 전만 주면 '카레라이스'라나요, 매카한 밥을 한 접시 두둑이 먹을 수 있고, 오십 전을 내면 들척지근한 화식(和食)[7]이라는 것을 먹을 수 있고 또 용단을 내려서 일금 일 원 이십 전야라의 대금을 털어노흐면 맥물국으로 개시하여 생선, 쇠고기, 닭고기, 과자, 실과, 면보[8], 카피까지 삑적찌근한 양식을 먹을 수가 있지오.

---

4 십분 : 아주, 충분히.
5 에워야 : 다른 음식으로 끼니를 때워야.
6 야라 : 쯤. 가량.
7 화식(和食) : 일본의 전통 방식으로 만든 음식이나 식사.
8 면보 : 빵.

3

이야기를 쓰는 목적은 봉천역 식당 메뉴 선전에 있는 것은 절대로 아닙니다. 목적은 딴 데 있으면서 서론이 너무 길어진 모양이어서 미안한 말을 다 드릴 수 없읍니다. 하나 원래 잔소리를 많이 하는 성미라 그만 그리 되었으니 용서하시기 바랍니다. 이제 곧 본 이야기로 들어서겠읍니다.

이야기는 한 팔 년 전으로 뒷거름을 처가지고 시작되어야 하겠읍니다. 그것이 꼭 구 년 전이냐? 십 년 전이냐? 하고 정확한 대답을 하라고 따지는 이가 있으면 나는 그 대답을 할 수가 없읍니다. 왜 그러냐 하면 그때에는 한 십 년 후에 내가 이이야기를 쓰게 되리란 그런 선견지명을 못 가졌던 탓으로 그날일은 공책에다 날자를 적어두었든 것도 아니고 그때는 그저 무심히 지나처버렸것만 오늘 이야기를 쓰고 앉었게 되니 자연 대강 짐작으로 팔구 년가량 이전이리라고 생각이 되는 것입니다. 하여튼 장작림의 폭사[9]가 아직도 기억에 새롭고 조선인으로는 중국 시가 안으로 들어가 단니기가 퍽 위험하든 때이었으까요.

그때 나는 역시 어디론가 여행을 떠나서 봉천시 기차를 갈어타게 되여 저녁을 정거장 식당에서 먹으면서 차 떠날 시간을 기다리고 있었든 것입니다.

정거장 식당이란 원체 목적이 여행자를 위해서 설비해논 곳이라 그렇기 때문에 정거장 식당은 다른 식당들보다 훨씬 더 재미있고 변화가 많은 곳이라고는 나는 늘 생각하는 바올시다. 참 왼갖 잡사람 별 괴물(물론 나 자신도 그 중하나이지만)이 다 한 번식 거처 지나가는 곳이 아닙니까? 정거장 식당에서 뽀이 노릇 한 일 년만 하고 나면 일생을 써먹고도 남을 소설꺼리가 얼마던

---

9 장작림의 폭사 : 만주 군벌 장작림이 탔던 열차를 1928년 6월 4일에 일본 관동군이 봉천[지금은 심양] 부근에서 폭파시킨 사건.

272

지 생기려니 하고 나는 일상 생각 하는 바입니다.

여행중 심리는 자연 '구경'으로 기울어지는 것도 사실이겠지요마는 나는 정거장 식당 안에 들어가 앉으면 더한층 구경에 팔립니다. 사람 구경이지요. 남들이야 또한 나를 구경하겠지마는!

이 식당에 혼자 앉아서 삼지창[10]으로 밥을 퍼먹고 있다가 갑작이 조선말이 들려오는데 더구나 그 조선말 목소리가 옥을 굴리는 듯한 쏘푸라노일 적에 문득 눈을 들어 그 소리 나는 편을 바라다보는 것이 무엇 괴이할 것 없는 평범한 일이겠지요 더구나 그 목소리의 주인공이 꼭 찌르면 터질 것같이 맑고 또 복사꽃같이 발그스레한 두 뺨의 소유자인 것을 발견할 적에 또 그 쏘푸라노 목소리가 우슴 소리로 변할 때마다 그 좌우쪽 뺨에 우물이 옴폭 패우고 메워지고 하는 광경이 눈앞에 나타날 때에 그때 나이 수물 안팎인 총각이었든 내가 먹든 밥을 잊고 한참이나 멀거니 바라다보고 있었다는 것을 지금 고백한다고 나를 가라처 미친놈이라구 욕할 사람이 있습니까? 외지에서 동포 특히 이성(異性)의 동포를 볼 때 그가 아는 사람이구 모르는 사람이구를 막논하고 갑작이 가슴속에 요동치는 흥분을 직접 체험해보기 전에는 잘 상상하지 못하리다. 더구나 그 이성의 동포가 흑진주같이 빛나는 맑은 눈의 소유자일 적에 양장한 두 팔목이 대리석처럼 히고 부드러워 보일 적에 열칠팔 세 난 처녀로 보일 적에 고독하게 외지를 헤매는 한 사나이가 미련스럽게도 공연히 가슴을 두근거리고 앉아 있었다고 나를 미친놈이라고 욕을 할 사람이 있습니까?

더구나 이 처녀의 몸에 행복이 넘치고 흘러서 그 순진스런 즐거움이 윈방 안 공기를 진동시키고 남을 적에 그 눈낄마다 그 움즈김마다 그 목소리마다 사랑이(그렇읍니다. 오직 사랑만이 그렇게도 행복에 가득 찬 분위기를 발산할 수

---

10 삼지창 : 포크.

있는 것입니다) 넘쳐 흐르는 것을 볼 때 그 처녀와 마주 앉아서 그 아름답고 고은 사랑을 독차지하고 있는 한 젊은 사나이에게 향하야 내가 일종 질투 비슷한 또는 부러움 비슷한 야릇한 감정의 착난[11]을 가지고 바라다보았누라는 것을 내가 지금 말한다고 나를 미친놈이라구 욕할 사람이 있읍니까?

그러나 이야기는 이뿐입니다.

그날 밤 기차를 타고 나서 잠을 좀 자볼가 하고 일부러 침대차로 가서 누웠것만 잠은 한숨도 못 잔 것이 사실입니다. 다른 생각은 별로 없고 그저

'그 둘이 물론 애인일 게다 아니 혹은 오뉘인지두 모르지. 아니야 둘이다 그렇게두 행복스러워 뵈든걸. 오누이간에야 무슨 그렇게! 고향이 어데들일까? 무얼 하는 사람들일까? 결혼했을까? 아니 분명 처녀야. 아직 처녀미가 있든 걸. 오누이일가? 아니지, 연인이지 연인이야.'

자 이런 소용없는 생각을 되푸리하구 또 되푸리하누라구 잠을 못 잣스니 이제야말로 미친놈이라고 욕을 한대도 대답할 말이 없읍니다.

4

어느덧 이삼 년 세월이 흘러간 뒤입니다. 나는 그동안도 봉천을 두세 번 거치었지만 정거장 마즌편에 네온싸인이 더 많아졌다는 것밖에 별로 이렇다 할 기억 남는 일이 없었읍니다. 오직 정거장 식당에서 밥을 먹을 때마다 문득 양장의 조선 처녀가 생각났으나,

'아직도 봉천 있을까? 행복스럽게 살기나 하는가?' 하는 당토 않은 생각이 나는 것을 혼자 빙그레 우서서 눌러버리고 그때 새로 배운 재간[12], 곳 코구멍으로 담배 연기를 내보내는 장한 재간을 연습하고 앉아 있었읍니다.

---

11 착난 : 착란(錯亂). 정신이 어지럽고 혼란스러움.
12 재간(才幹) : 솜씨, 재주.

이날 나는 봉천에 그때 새루 생겼다는 아라사[13] 사람 티룸에 저녁 때 잠깐 들려본다든 것이 그 레코드 음악에 취해서 그만 늦도록 앉았다가 여덟 시가 지나서야 나갔읍니다. 때가 느진지라 식당 안이 텅 비었는데 저―편 한편 무리가 되어서 웃고 떠들고 할 뿐 그 외에는 아무도 없었읍니다.

나는 언제나 하는 버릇대로 식당 안에서도 제일 구석자리에 자리를 잡고 앉았지요. 음식을 시켜놓고는 할 일이 없이 가깝해서 읽어야 소용도 없는 것이엇만 메뉴를 들고 술값이 얼마 얼마 담배 값이 얼마 얼마를 읽고 또 읽고 또 읽고 하였지요. 그런데 아까부터 귀에 낯익은 목소리 그 말은 조선말이 아니것만도 그 목소리는 퍽 귀에 익단 말씀이지요. 그래 나는 무심쿠 그쪽을 바라다보앗더니 그 목소리의 주인공은 어떤 양장한 여성 대여섯 남자 틈에 오직 두 여성이 끼어 앉었는데 한 여자는 화복[14]을 입었고 이 목소리의 주인공은 양장을 했는데……. 그 목소리 그 얼골 그 몸맵시 분명코 이삼 년전에 이 식당 안에서 행복의 절정에 싸혀 있는 때 보앗든 그 여자가 아니겠읍니까?

그러나 그가 말하는 그 말은 조선말이 아니요 가치 와 앉었는 사람들도 조선 사람이 아닌지라 나는 나 자신의 기억력에 의문을 늣기고 어느 딴 여자리라구 생각을 해보려 했읍니다. 그러나 보면 볼수록 그 쏘푸라노 목소리라든지 말끝마다 짜르르 우스면 우슬 때마다 뺨에 우물이 파지고 메워지고 하는 것이라든지 나는 언제나 한 번 본 얼골은 잊어버리는 일이 없누라고 늘 자랑을 하는 처지입니다마는 갈데없이 이 양장 미인은 다른 여자가 아니고 삼 년 전 그 사람이었읍니다. 더구나 얼골이 조선 여자인걸요. 양장을 했지마는 현해탄 건너 여자보다는 한결 순후하고, 중국 여자보다는 한결 명낭한 얼굴 봉천 여자 얼골처럼 우둔하지 않고 또 동경 여자처럼 깜찍하지 않

13 아라사 : 러시아.
14 화복(和服) : 일본 옷.

고 복스런 얼골 그것이 조선 여자 얼골의 특색이 아니고 무엇이겠읍니까? 그리고 더구나 귀를 기우리고 자세히 들으니 그 여자가 유창하게 하기는 하는 말이지만 아무래도 조선식 액센토가 석겨 있는걸요.

나는 호기심이 밧작 땡겨서 그 정체를 추측해보려 했읍니다마는 혹은 어떤 음식점 웨트레스가 되었는가 또 혹은 어떤 회사 사무원이 되었는가 얼는 추측할 수 없었읍니다. 그리자 그들 일행은 모두 일어서 밖으로 나갓읍니다. 그의 일동일정을 추군추군히도 따르는 내 시선을 그 양장의 처녀(아마 그 때는 처녀가 아니었겠지요마는)가 인식했든지 문까지 다 가서는 잠시 내 쪽을 도라다보다가 내 시선과 그의 시선이 마주치자 그는 놀란 토끼 모양으로 얼른 고개를 돌립니다마는 그의 맑은 두 뺨에 홍조가 떠올으는 것을 나는 보았읍니다.

"대관절 어찌 된 일일까? 그때 그 남자, 내가 연인이리라고 단정했든 그 남자는 어찌 되였는가? 어쩐 관계로 저 사람들과 함께 밀려단니는가."

이런 왼갖 생각에 휩싸혀서 그날 저녁을 어떻게 먹었는지 그날 저녁을 먹었는지 또는 뽀이가 잊어버리고 안 가저오고(물론 그럴 리야 없겠지마는) 나도 역시 잊어버리고 안 먹지나 않았는지 지금까지도 기억이 아니 납니다.

5

또 한 삼 년 세월이 흘렀읍니다.

만주사변[15]이 어끄제 생긴 일이라 봉천은 전시 상태와 같았읍니다. 이때 역시 나는 여행을 안 할 수 없는 일이 생겨서 그 무시무시한 감시와 취조를 받아가면서 봉천에 내렸든 것입니다.

---

15 만주사변 : 1931년 일본군이 중국 만주 동북지방에서 일으킨 중국 침략전쟁.

그때 내가 봉천역 식당에서 또다시 그 양장 미인을 맞나보앗다고 말슴 들이면 나더러 거즛말한다고 하시렵니까? 세상에 어떻게 그렇게 우연이 중복되고 또 중복되는 일이 있을 수 있느냐구요. 글세 나두 몰으겠읍니다. 아마 그것도 내 팔자의 한 부분인지 몰으지오.

그러나 이번에 나도 어찌도 놀랏는지 모릅니다. 세상에 사람의 얼골이 불과 이삼 년간에 그렇게 틀려지는 수도 있는지오. 꼭 누르면 터질 듯이 말롱말롱하던 그 두 뺨이 피끼 하나 없이 노래저버린 데다가 입가에는 벌서 가는 주름이 잡혀서 입을 꼭 다물면 우는 상 비슷한 기분을 이르키는 얼골 그 명낭하던 우슴은 어데로 가고 아주 우울한 얼골의 한 전형이 되어버린걸요. 팔꼬뱅이[16]부터 들어내논 그의 팔은 오륙 년 전 그때보다도 더 하야젓는데 그때에는 대리석처럼 반즈르하고 아름답던 것이 지금에는 회벽처럼 푸수수하고 거칠어저버렸읍니다. 오직 그 흑진주같이 빛나는 두 눈만이 그대로 옛날 그 아름다움을 간직해 내려왔읍니다. 그래 그 눈만을 잠시 바라다보면 그 얼골은 옛날 순진성은 없어젓지마는 그 대신 더 요염한 매력을 아니 느낄 수 없읍니다.

그와 함께 온 사람들은 이번에 누구드냐구요? 혼자 와 앉어 있서요. 내가 식당으로 들어설 때엔 벌써 그는 저녁을 다 먹고 치웠는지 식탁에는 아무것도 없고 혼자 턱을 괴고 앉어서 담배만 자꾸 피우드군요.

나는 그만 놀라고 슬푸고 기분이 이상해저서 멀거니 그 여자만 바라다보고 있었읍니다 마는 그는 한두 번 나를 바라다보았으나 이번엔 얼골이 붉어지지도 않고 그렇게 놀란 모양으로 시선을 피하지도 않고 그냥 잠시 바라다보고는 다시 천장을 치어다보면서 담배만 자꾸 피우는걸요.

아마 내가 식당에 들어간 뒤에도 그는 담배를 대여섯 대 계속해 피었지

---

16 팔꼬뱅이 : '팔꿈치'의 사투리.

오. 나는 한 번 말이라도 건너볼까 하는 호기심이 불일 듯 일어낫스나 원래 수집음이 많은 성격인 데다가 또 그 여자의 태도가 어떻게도 냉냉하고 청승마즌지[17] 그만 용기가 없어졌습니다. 뿌이가 내 주문한 밥을 가저올 때 그는 그만 일어나 밖으로 나가버리고 말았읍니다.

6

그리고는 바로 어제 일입니다. 어제 저녁으로 내가 봉천서 먹었지요. 아까 오후에 서울에 내렸으니까요.

예 벌써 짐작하시는군요. 그래요 그 여자를 어제 또 봉천역 식당에서 보았어요. 그것도 무슨 인연이라고 할 수 있을런지요.

정거장을 그동안에 모두 수리를 해노하서 아주 으리으리하드군요. 안으로 커―단 대합실을 새로 내고 층층대를 크게 무엇으로 만들었는지 파란색이 도는데 발로 밟으면 물큰물큰하드군요. 식당은 마츰 수리 중이어서 이편한편 구석에 임시로 자그마하게 열었는데 새로 산 듯 눈에 띄우는 것은 하―얀 에푸론을 맵시 있게 입은 여급들이 이제는 식당 뿌이 직업까지도 사내들은 못 해먹게 된 세상입니다그려.

어서 그 양장 미인 이야기를 하라고요? 에 지금 곳 하겠읍니다. 그렇게도 우울한 얼골이 세상에 다시 또 있을 수 있을까요? 그 흑진주같이 빛나든 눈도 윈일인지 그 광채를 잃고 언제나 눈물이 고여 있은 것같이 보여서 금시에 그는 밥을 먹다 말고 울고 쓰러질 것같이 마음이 조마조마해지드군요.

혼자 왔드냐구요? 아니오 이번엔 둘이서 왔읍니다. 내가 저녁을 한 절반이나 먹은 후에 그 여자가 들어왔는데 포곤히 잠든 어린애 아마 네 살이나

---

17 청승맞은지 : 궁상스럽고 처량하여 보기에 몹시 언짢은지.

났을까요? 한 아이를 없고 들어왔습니다. 아이는 계집애인데 교의에 내려 노흐니까 그냥 식탁에 두 팔을 얹고 엎디여 쌕々 계속해 자드군요.

양장의 그 여자는 이번에 천장을 치어다보지도 않고 담배도 안 피우고 오직 식탁만을 마치고 그 우로 기여가는 개미까지도 놓치지 않으려는 듯이 들여다보고 앉아 있습니다. 내가 그렇게도 뚫어지게 바라다보았으나 내 시선을 감각 못 했을리도 없으련만 눈 하나 깜짝 안 하고 이 세상에는 오직 그 식탁 하나 밖에는 아모런 다른 존재는 인식하지 못한다는 듯이 한곳만 그렇게 바라다보고 있습니다.

그리고 세상에 그렇게도 눈물 날 만치 구슬픈 밥 먹는 태도를 나는 입때 본 일이 없었습니다. 밥을 한 술 입에 떠넣고는 맥이 한 푼어치도 없는 사람처럼 입을 후물후물 그것도 가끔 밥 먹기를 잊은 듯이 가만히 있다가는 갑작이 생각난 듯이 몇 번 후물후물 그리다가는 어떻게 가까수로 삼키고는 또 한참을 멀거니 앉었다가는 다시 새로 생각난 듯이 또 한 수깔 떠다 넣고 후물후물, 이 모양이었습니다. 언제나 식탁 우 한곳만을 뚫어질 듯이 주시하면서

그러더니 그는 밥 뜬 수깔을 손에 든 채 입에 넣지 않고 한참이나 멀거니 앉아서 시선을 옆에 엎디어 자고 있는 애기에게로 옮겼습니다. 잠시 동안 애기를 물끄럼히 들여다보더니 한순간 — 실로 눈깜짝할 한순간이었습니다. 나는 그 창백한 뺨웅에 우물이 패웠다가 메워지는 것을 보았습니다.

그러더니 그는 한술 떠들었던 밥을 도로 접시에 놓고 고요히 일어서서 자기 등에 둘넜든 덧옷을 버서서 자고 있는 아이의 억개를 덮어주었습니다. 봄이 꽤 들러서 머 그리 치운 날은 아니었습니다 마는!

그리고는 그는 다시 앉아서 아까 모양으로 절반 정신은 딴 데 둔 사람처럼 밥을 먹는 것이었습니다.

이야기는 이것으로 끝이올시다. 나는 그 여자가 누구인지도 모르고 어데

사람인지도 모르고 지금 어떠한 곳에서 하고 있는지 지금 어떠한 환경 안에 있는지 모릅니다. 내가 그 여자를 봉천 식당에서 서너 번 본 이외에 그 여자에게 대한 아모런 지식도 없고 내가 그의 반생을 그려본다면 그것은 한갓 내 추측에 불과할 것입니다. 그러나 웬일인지 나는 이 여자에게 대한 내 추측이 바로 사실같이 자꾸 생각되어서 우울하고 구슬픈 생각을 금할 수 없었읍니다.

나는 마치 해외로 떠도는 조선 여성의 한 타입의 표본을 눈앞에 앉히고 보고 있는 것같이 생각되어서 처참한 감정을 금할 수 없었던 것입니다.

더구나 세상 몰르고 쌕쌕 잠자는 그 어린 딸 — 치울사라 어머니가 덧옷을 버서 덮어주는 것도 인식 못 하면서 지금 그 아이는 아이들만이 가질 수 있는 신선나라 꿈을 꾸고 있겠지오. 어머니의 슬픔도 모르고 자기 앞을 걸쳐막고 있는 비애의 커—단 함정도 모르면서 어머니의 슬픔을 상속받아 대를 이을 이 애기! 어머니가 딸에게 그 딸이 또 딸의 대에 대를 이어서…… 조선인으로서의 비극, 여자로서의 비극, 인류로서의 비극을 부단히 대 이어나갈 이 딸……. 이 쇠사슬 같은 연쇄의 영원을 생각할 때 나는 나도 모르게 한숨을 길게 쉬었읍니다. 나는 내 입에서 나와서 뭉게뭉게 구름처럼 피여올으는 담배 연기를 바라다보면서 그 연기 속에다가 지금 내 앞에 앉아 밥 먹고 있는 이 한 조선 여성의 조고마한 기쁨들과 커—단 슬픔으로 째웠슬 반생을 그림 그려보고는 지워버리고 또 그려보고는 다시 지워버리고 하면서 앉아 있었읍니다. (1937)

　　주요섭이 소설가로 첫발을 내딛는 1920년대에 쓴 소설은 20세기 초 동아시아 사회의 하층민 생활에 각별한 관심을 가졌다. 그 연유를 추정해보자. 1917년 러시아에서 블라디미르 레닌 주도하에 볼셰비키 혁명이 일어나 니콜라이 황제가 폐위되는 등 러시아 제정이 붕괴되고 프롤레타리아 혁명이 시작되었다. 1910년 한일합방 이후 조선반도에서 일본 제국주의에 저항하는 논리를 위해 사회주의, 공산주의자들이 늘어났다. 또한 주요섭은 상하이의 대학 재학 중 상하이 하층민의 열악한 삶의 현장을 목도하게 되었다. 1920년대 당시 "동양의 파리"로 불리던 상하이에는 서구의 중국의 식민지 전략의 전초기지로 주요 강대국들의 치외법권 지역인 조계(租界)가 세워졌다. 천민자본주의로 가득한 상하이의 빈부격차와 인종차별은 극에 달했다.

　　당시 중국 상황을 보면 청나라가 멸망하고 손문이 1925년에 중화민국을 건설한 이후 중국대륙에 여러 군벌들이 할거하며 싸움을 벌였다. 장개석의 국민당과 모택동의 공산당의 대결이 격화되는 등 내부 사정은 무척 혼란스러웠다. 그 와중에 일반 민중들은 가난과 궁핍 속에서 엄청난 고통을 받고 있었다. 아마도 주요섭은 이러한 상황을 타개하기 위해 이 무렵 한때나마 사회주의 사상에 큰 관심을 가진 것으로 보인다. 소위 말하는 주요섭의 "상하이 시대"의 단편소설들은 대부분 1920년대 초기 천민자본주의 중국의 빈부격차 문제를 다루었다. 단편소설「치운 밤」,「인력거꾼」등은 당대의 이러한 문제의식을 문학적으로 적나라하게 재현하였다.

서구 식민 지배와 자본주의의 착취 아래서 어렵게 사는 중국 인민을 보고 청년 주요섭은 의분을 느꼈다. 당시 조선반도의 조선인민들도 사정은 별반 다르지 않았을 것이다. 1924년『개벽』11월호에 쓴 글「선봉대 — 학생들아 우리는 지휘관」이란 글에서 후장대학 유학생 주요섭의 당시 생각이 잘 드러나 있다.

> XXX대학생은 거의 모두 다 XXX의 선봉이오. 척후이였든 것이 생각이 낫다. 그러타 선봉대는 잇서도 어데로 갈지를 모른다. 작전 계획을 꾸밀 줄도 모른다. 길 인도하고 싸움 방법도 가르치고 척후도 해올 사람은 오직 지금에 배우는 가운데 잇는 우리 학생들에게 잇는 것이다. 우리 배우는 리유가 곳 그들에게 먹을 것을 주고 자유를 준다는 다만 한 가지 목덕이 잇는 것이다. …(중략)… 만일에 지금 공부하는 우리가 지금 새로운 결심으로 "버림밧은 자"를 위하야 몸을 희생할 생각이 업다구 한달것 가트면 우리가 지금 다니는 조—혼 양옥들은 도로혀 업는 것만 못할 것이다. 차라리 불을 살라 업새거나 XX으로 모두 부서 업새버려야 할 것이다. …(중략)…
> 우리가 이것을 생각할 때 우리 책임이 몹시 즁한 것을 한번 더 깁히 늣기지 안을 수 업다. 학생들아, 준비하자, 그러나 그 준비하는 목덕을 확호불변하는 엇든 이상(理想)에 다가 새우지 안으면 아니 될 거시다.

이 열정적인 글에는 당대 사회에서 "버림받은 자"들을 위한 젊은이다운 이상과 포부가 담겨 있다.

주요섭 중단편전집 첫 권 첫 작품으로 실린 주요섭의「이미 떠난 어린 벗」은 1920년 1월 3일자『매일신문』에 게재되었다. 이 작품은 주요섭의 명실공히 첫 번째 소설이다(『매일신문』에 단편소설「깨어진 항아리」가 실렸다는 기록은 있으나 아직도 발견되지 않고 있다). 주요섭은 1919년 3월 1일 독립만세운동 직후 일본 중학교 유학에서 돌아와 고향인 평양에서 독립운동을 위한 등사판 유인물을 만들어 돌리다가 검거되어 10개월간 유년감에서 옥살이를 하게 되었다. 이때 감옥에서 들은 사랑 이야기를 소재로 「이미 떠난 어린 벗」을 써서 『매일신문』에 보내니 채택되어 상금까지 받고 게재되었다. 이 단편소설에 나온 사랑의 주제와 액자소설 같은 소설 기법은 후에도 주요섭이 자주 사용하였다.

첫 소설이 신문에서 채택되자 용기를 얻어 쓴 두 번째 소설이 「치운 밤」으로 1920년 『개벽』지 4월호에 실렸다. 그 후 주요섭은 도산 안창호 선생과 형 주요한이 있는 중국 상하이로 건너갔다. 그곳에서 중학교를 다시 다니고 1923년 상하이 후장대학 교육학과에 입학하였다. 대학 입학 후 학업 등에 밀려 창작을 거의 못 했던 주요섭은 1925년 폭발적으로 작품을 발표했다. 그의 대표작인 「인력거꾼」은 『개벽』 4월호에, 「살인」은 『개벽』 8월호에, 「영원히 사는 사람」은 『신여성』 10월호에 연달아 발표되었다. 특히 「첫사랑 값」이라는 첫 중편소설을 발표한 것도 이 시기다. 이 소설은 『조선문단』에 8월호부터 11월호까지 연재되다가 중단되고 1927년 『조선문단』 2월~3월호에 연재가 계속되었다. 1925년은 실로 주요섭의 작가 생활 초기에 큰 획을 긋는 놀라운 해이다. 이해는 조선반도에서 조선 프롤레타리아 예술가 동맹(KAPF)이 발족된 해이기도 하다.

주요섭은 1927년 후장대학을 졸업하고 미국 서부 명문대 스탠퍼드 대학원 교육학과에 입학허가서를 받았다. 미국으로 떠나기 전 그는 단편소설 「개밥」을 흥사단 기관지로 1926년 창간된 『동광』 1월호에 발표했다. 그 후 주요섭은 미국으로 건너가 스탠퍼드 대학원에서 온갖 허드렛일을 하면서 어렵게 공부를 하였다. 졸업 직전인 1929년은 뉴욕 주가가 폭락하여 세계대공황이 시작된 해로, 주요섭은 교육학 석사과정을 천신만고 끝에 졸업하였다. 그는 귀국 후 일단 고향인 평양에 머물렀고 그해 말 황해도 출신 유씨와 결혼하였으나 이혼하였다. 그 후 「아동문학의 개관」이란 이론도 발표한 바 있으며, 1930년에는 동화 「웅철이의 모험」을 단행본으로 냈다.

1931년에 주요섭은 경성으로 와 『동아일보』에 입사하여 마침 창간된 『신동아』 잡지사에 편집주간으로 취임했으며 『아이생활』지의 편집장까지 맡았다. 주

작품 해설

간 일이 워낙 바쁘다 보니 수필 몇 편 이외에는 소설작품을 거의 내지 못했다. 다행히 1933년에 중편소설 「쎌스 껄」을 써서 『신가정』(후에 『여성동아』가 됨) 5월호에서 11월호까지 연재하였다. 주요섭은 미국 유학까지 갔다 왔지만 상하이 유학과 흥사단 경력으로 인해 "불령선인(반동분자)"으로 찍혀 국내에서는 변변한 직업을 가질 수 없었다. 그러다 운 좋게 중국 베이징의 푸런대학교 문학교수로 초빙되었다.

베이징에 정착하자 주요섭은 첫 장편소설 『구름을 잡으려고』의 연재를 『동아일보』에 2월 17일자부터 시작하였다. 이 장편소설은 주요섭 자신이 미국 유학 중 겪은 고학 생활을 그린 자서전적 소설이다. 1920년대 후반 미국 서부의 한국 이주민들의 생활상도 엿볼 수 있는 일종의 다큐소설이기도 하다. 같은 해 주요섭은 자신의 최고의 대표 단편소설인 『사랑손님과 어머니』를 『조광』 11월호에 발표했다. 나중에 영화로도 만들어진 이 소설은 어린 딸을 가진 한 미망인의 애틋한 사랑을 그린 아름다운 작품이다.

그 이듬해 1936년은 손기정 선수가 베를린 올림픽 마라톤에서 우승한 해였고 조선반도는 일장기 말소 사건으로 시끄러웠다. 바로 이해 주요섭은 『신가정』지 기자인 8년 연하의 김자혜와 재혼하였다. 이해 초반부터 주요섭은 연속으로 단편소설 세 편을 내리 써냈다. 「아네모네의 마당」이 『조광』 1월호에, 「북소리 두둥둥」이 『조선문단』 3월호에, 「추물」이 『신동아』 4월호에 발표되었다. 동시에 세 번째 중편소설이자 대표작의 하나인 「미완성」이 『조광』지에 9월호부터 그 이듬해 6월초까지 연재되었다. 1936년은 주요섭에게 1925년처럼 놀라운 창작력의 불꽃을 일으킨 해였다. 1937년에는 「봉천역 식당」을 『사해공론』 1월호에 발표했다. 이 소설은 일제강점기를 만주에서 고단하게 살아가는 조선 여성의 모습을 시차를 두고 묘사함으로써 그녀의 삶의 모습이 어떻게 악화되고 있는가를 사실적으로 잘 그려내고 있다.

다음에서 발표 연대순으로 주요섭의 초기 단편소설 중 일부를 골라 짤막하게 읽어보고자 한다.

「이미 떠난 어린 벗」 : 풋내기 첫사랑의 안타까운 죽음

주요섭의 첫 단편소설은 일종의 액자소설이다. 일인칭 독백식으로 시작되는 「이미 떠난 어린 벗」의 화자인 내가 고국을 막 떠나 해외에 머무는 동안, 아끼는 어린 후배가 보낸 편지가 그 주요 내용이 된다. 이 편지에서 "어린 벗"은 자신이 친구의 여동생을 남몰래 사랑했다고 말한다. 그러나 대놓고 밝히지도 못하고 벙어리 냉가슴만 앓고 있었다. 그러나 병으로 고생하는 누이동생에게 사랑의 고백을 차일피일 미루던 중에 어느 날 그 여인은 병으로 그만 죽고 만다. 이에 절망한 어린 벗은 깊은 고통과 번뇌에 빠져 있다가 결국 사랑하는 사람의 두 번째 기일을 마치고 자살하고 만다.

이 소설의 화자는 '어린 벗'의 죽음 소식을 듣고 비통해한다.

> 아아! 엇지홀신? 이를 엇지히? 늬 마음 속에 이 슯흠을! 임이 간 임의 쩌는 어린 벗이여! 잘 쩌나 씰 쩌나 언졔든지 슯흠을 갓치 ᄒ고 깃븜을 갓치 ᄒ던 그! 그와 나의 사이에는 임의 世界 다르고 運命이 다른 帶으로 가리웟다. 아아 昨年 그쩍! 昨年 그날 멀니 쩌나는 나를 보늬랴고 仁川港신지 홈께 나왓던 그! 삑ー하는 汽笛소리에 꼭 쥐엿든 손을 슬며시 놋코 그는 陸賛의 사람 나는 船中의 사람이 되어 距離가 멀어지고 海霧가 사이를 막아 보이지 아니ᄒ기신지 그와 나와 두 사람이 눈에 눈물 먹음고 서로ᄉ 마주보든 그 離別이 아아 마즈막 離別이 될 쥴이야! 아ᄉ! 그와 나는 永遠히 다시 맛나지 못홀가!

여기에 화자와 어린 친구와의 우정이 얼마나 깊은지 알 수 있다. 깊은 우정도 어떤 의미에서 남녀간의 사랑만큼 고귀하고 진할 수 있다.

화자는 세상을 떠난 어린 후배 친구를 보낼 수밖에 없다.

> 아아! 임의 간 어린 벗 ― 그에게도 사랑이 잇섯고나 ― 그이에게 熱烈흔 戀愛가 잇섯고나 ― 아아 그도 秋月館에 잇섯고 나도 只今 秋月館에 잇다 만은ᄉ 그와 나는 다시 맛늘 수 업구나. 아아! 벌서 運命이 다르고나. 비야 오너라. 바

람아 부러라. 元山 짜 北山에 바람아 마른 풀을 날리고 비야 말은 흙을 적시어라. 北山에ㅅ무덤에 金君의 무덤에 밝은 달아 네빗을 빗최어라.

주요섭의 첫 단편소설은 남녀간의 사랑 그리고 죽음으로 시작된다. 이 두 가지 주제는 그 후 50년간 반복적으로 나타난다. 사랑은 인간이 결코 피해갈 수 없는 젊은 시절의 열병이다. 이 열병을 치유하지 못하면 인간적으로 성장하기 쉽지 않다. 물론 사랑에도 여러 가지가 있다. 부모 자식의 사랑, 친구들 간의 우정, 나라와 민족에 대한 사랑, 더 나아가서는 인간 사랑, 자연 사랑 등이 그것이다. 이 비극적 사랑의 주제는 몇 년 후 중편소설 「첫사랑 값」에서 재연된다. 청년 시절 주요섭의 큰 관심사의 하나는 "사랑"이었고 그 후 「사랑손님과 어머니」, 「미완성」, 「떠름한 사랑」 등으로 계속 이어진다.

「치운 밤」: 무책임한 가장이 버린 가족들의 비극

주요섭은 자신의 두 번째 단편소설 「치운 밤」을 쓴 배경에 대해 문학적 회고인 「재미있는 이야깃군」(1966)에서 "1921년에 중국 상해(上海)로 간 나는 그곳 신문 보도에 힌트를 얻어 「치운 밤」 단편을 써 서울로 우송하여 『개벽』지에 실렸"다고 적고 있다. 이 소설을 통해 주요섭은 명실공히 소설가로서 조선 문단에 정식 등단한 셈이 되었다.

주요섭은 1920년대 초 중국의 춥고 배고픈 어두운 현실을 거의 자연주의 수법에 따라 적나라하게 사실적으로 그리고 있다. 이 소설의 주인공 13세의 어린 소년 병서는 엄동설한에 지금 다 쓰러져가는 가난한 오두막집에서 병들어 드러누운 엄마와 어린 여동생과 함께 먹을 것도 없고 불도 못 땐 지붕이 벗겨진 방에서 삭풍의 추위 속에 떨고 있다. 그러나 약과 양식을 구하러 간 아버지는 어느 술집에서 벌써 가족 일을 다 잊어버리고 술에 취해 잠들어 있다. 죽음에 임박한 어머니는 아들 병서에게 다음과 같이 말한다.

"불상한 炳瑞야! 내가 죽으면 너는 어떠케 하겟니, 또 애기는! 아아! 너는 참으로 불상한 아이이다. 그러나 炳瑞야, 決(결)코 너이 아버지는 원망치 마라. 그리고 또 이 치운 겨울에 너를 내어버리고 혼자 가는 이 어미를 야속되게 생각치 마라. 죽음이라는 것은 到底(도저)히 自己 힘으로는 할 수가 업는 것이니라. 너는 只今(지금) 어렷스니깐 잘 모르겟지만 너도 이제 크면 알게 되리라…… 참으로 이 世上이란 것은 괴로우니라. 참으로 나는 그새 눈물도 만히 흘리고 氣맥히는 일도 만히 當(당)햇다. 너도 그 사이에 如干 當(여간 당)하기는 햇지만…… 아아! 炳瑞야, 이 치운 겨울에 너 혼자 어린 애기를 다리고 어써케 지낼터이냐. 아아! 너이 아버지는 넘우도 無心하다. 그러나…… 그러나 決코 죽음도 원망치는 말아라……. 아니 나는 죽지 안는다. 결단코 너를 두고 애기를 두고 어떠케 죽겟니……."

어머니는 "나를 이 지경에 이르게 한 것은 누구인가"라는 말을 되뇌고 있다. 아들 병서는 "어머니를 이 지경에 이르게 한 것은…… 그것은…… 그것은…… 아아! 아버지…… 아니…… 아니."라고 울부짖는다. 그는 박차고 일어나 멀지 않은 곳에 있는 술집으로 달려간다. 가장으로서의 역할을 하지 못하고 심지어 평소에 어머니를 때리기까지 하는, 술에 취해 쓰러져 자고 있는 아버지를 보고 나서는 복수나 증오를 표하기보다는 불쌍하게 여겨 연민의 정을 느낀다.

그는 왼 웃간에 배를 내여노코 누어 잇는 그의 아버지를 보앗다. 그러고 一種 원망스럽고도 경멸스러운 眼光(안광)으로 그를 一秒間 쏘아보앗다. 그러고 그는 곧 살이 피둥피둥한 이 집 主人, 곧 술장수인 老人을 보앗다. 그리고 견댈 수 업는 憎惡(증오)의 念이 그의 마음을 괴롭게 햇다. 그는 다시 그에 父親(부친)을 보앗다. 아무 근심 걱정 없는 듯이 단꿈을 꾸고 잇는 그의 父親이 슯흐기도 하고 원망스럽기도 햇다. …(중략)… 그는 뛰어들어가 집 主人 영감을 실컷 싸려 주고 십헛다. 그러나 그가 그 房 알에묵 머리마테 노힌 술단지를 볼 째 그의 全 視力(시력)과 全 精神, 全 能力은 다 그리로 모이고 말엇다. 쓰거운 피가 좍 머리로 모엿다. 그는 바쎄 뛰어들어가,

"이 미운 놈아" 하고 몽동이를 들엇다. 一擊之下(일격지하)에 그 몽동이는 猛烈(맹렬)한 소리와 한쯰 그 술단지를 쌔처 버리고 말엇다.

어린 병서는 술, 술집, 술집 주인, 술주정뱅이들 모두 증오하고 저주했다. 그러나 병서는 그들을 해치지 않고 술단지들만 모두 부숴버렸다. 술장수 노인도 밉지만 그도 살아가야 하니 어쩌겠는가? 소년 병서는 이런 한계상황에서도 휴머니즘의 최후의 선을 넘지 않고 지킨다.

결국 어머니와 아기는 추위 속에 세상을 떠난다. 어머니는 세상을 떠나기 직전 병서와 아기를 양손에 안고 "재미있는 말로 위로"해주었다. 이제 병서는 춥지도 않고 슬프지도 않고 괴롭지도 않고 따뜻하고 즐거웠다. "그는 꼭 어떤 재미있는 꿈을 꾸는 얼굴 같았다. 어머니의 가슴 우에 쪼굴이고 안저 영원히 잠자는 듯한 숨이 끊어진 그의 얼굴에는 '나는 행복이외다' 하는 표정이 똑똑히 나타낫다".

이 이야기는 세 가족이 모두 동사하는 무섭고 차가운 비극인데도 어쩐지 우리의 가슴을 따스하게 하는 이유는 무엇인가? 목숨까지 내버려야 하는 황폐한 상황 속에서도 소년 병서가 우리에게 주는 어떤 인간성의 가능성 때문이다. 작가는 이 참혹한 환경 속에서 인간성, 즉 "정 즉 사랑"을 노래하고 있는 것이다. 어린 병서가 나이답지 않게 술주정뱅이 아버지를 비롯해 여러 사람들을 용서해주는 것에는 개연성의 문제는 있다. 그러나 이것이 진정으로 "비극 속의 환희"라면 과장된 것일까? 여기에서 주요섭은 참혹한 자연주의에서 벗어나 따스한 인정주의로 되돌아오고 있다.

「인력거꾼」: 천민자본주의 시대의 한 막노동자의 최후

주요섭은 「나의 문학편력기: 기연과 우연 속에 점철된 작가 생활」(1959)에서 "上海서 늘 타고 다니는 인력거를 끄는 인력거꾼들의 비참한 생활을 동정과 분노를 억제할 수 없어서 「인력거꾼」이라는 단편소설을 써서 『개벽』지에 투고했더니 실어주었고 그 당시 비평가들의 좋은 평도 받았다. 청탁받은 원고도 아니요 원고료라는 것이 있을 턱이 없지만 내내 작품이 활자가 되고 또 싫지 않은 평을 받은 것만으로도 대만족이었다."고 적고 있다. 「재미있는 이야깃군」(1966)이라는 또 다른 문학적 회고에서 단편 소설 「인력거꾼」을 쓰게 된 동기를 "호강 2학년 재학 때(1925) 사회학 교수의 지도로 인력거꾼들의 합숙소 현지 조사 연구에서 너무나 심한 충격을 느껴 「인력거꾼」을 썼다"고 적고 있다.

이 소설은 1920년대 초 상하이 이른 새벽에 고단한 인력거꾼인 주인공 아찡이 일하는 장면부터 시작된다. 제대로 된 아침식사도 못 하고 싸구려 음식으로 때운 아찡은 인력거꾼들이 모여드는 상하이 기차역 앞에서 서서 손님 쟁탈전을 벌이고 손님이 결정되어도 요금 흥정하기에 바쁘다. 깎아대는 손님들이지만 가끔 두툼한 팁까지 받는 재수 좋은 날도 있다. 그러나 그날은 어젯밤에 불길한 꿈을 꾸어서인지 정오 무렵에 아찡은 손님이 부르는 소리를 듣고 급히 달려나가다 펄떡 나자빠져버렸다. 그는 인력거를 버리고 비틀거리며 정신없이 무료 병원을 찾았다.

그러나 의사는 오후 2시에나 온다고 한다. 아찡은 여러 다른 환자들과 함께 속절없이 무작정 기다릴 수밖에 없다. 문이 열리면서 양복을 입고 금테 안경을 쓴 뚱뚱한 신사가 들어왔다. 아찡은 그를 의사로 착각하고 벌떡 일어나 "의사 나리님, 제가 오늘 갑자기…"라고 말하려 했으나 그는 의사가 아니었다. 이 젊은 신사는 의사만을 눈 빠지게 기다리는 환자들에게 "세상은 괴롭지요! 죄 때문이외다! 아담 이와가 한 번 죄를 진 후로 그 죄가 세상에 관영해서 세상이 이렇게 괴롭게 되었습니다" 하고 예수를 믿어야 죽은 후에 천당에 가서 무궁한 복락을 누린다고 소리치며 전도한다.

아찡은 죽은 후에 잘 살면 무엇하나. 지금 당장이 고통스럽고 어려운데 지금 이 병이나 낫게 해주소 하고 생각한다. 아찡은 무료 병원의 의사를 기다리다가 지쳐서 누추한 하숙집에 겨우 돌아와 쓰러져 숨을 거둔다. 아찡은 밤새 일하고 새벽에 돌아온 같은 동숙자인 뚱뚱이 쭐루(돼지)에 의해 발견된다. 영국 순사부장과 의사가 아찡의 방으로 와서 쭐루에게 몇 가지 묻고는 검시하고 사인에 관한 결론을 내린다.

"네, 네 아씽이 제 말로는 이 노릇한 지가 今年(금년)까지 팔년째라구 그러구 합디다요, 나리!"

순사부장은 알았다는드시 고개를 끄덕끄덕 하더니 안에서 검시하고 나오는 의사를 향하야 우스면서 영어로 이러케 말햇다.

"무엇 저 죽을 쌔 되여서 죽엇소이다. 八年동안 人力車를 끌엇다는데요. 남보다 한 一年 일즉 죽은 세음이지만 지난번 公部國調査(공부국조사)에 보면 人力車 끄는지 九年만에 모다 죽지안습니가?"

의사는 고개를 싯덕싯덕 하면서

"八年으로 十年까지. 每日(매일) 과도한 다름질쌔문에………"

뚱뚱이는 다시 인력거에 손님을 태우고 기운차게 이리저리 달린다. 그러나 그도 "5년이나 6년 후에 아찡의 뒤를 따르게 될 것을 모르므로 뚱뚱이는 흐르는 땀을 씻으면서 껑충껑충 아스팔트 매끈한 길을 홀로 달아나는 것이었다…… 마치도 한 백 년 더 살 것같이……." 아찡의 동숙자였던 인력거꾼 뚱뚱이는 아까 순사부장과 의사와의 영어로 하는 말을 못 들은 것은 다행이다. 그도 아찡처럼 몇 년 후면 상하이 길거리에서 과로와 영양실조로 쓰러져 죽을 것이다. 뚱뚱이는 이 사실을 과연 알고 있을까?

「인력거꾼」은 1920년대 근대 중국의 국제도시 상하이를 배경으로 하여 서구의 식민지 수탈에 빠진 하급 막노동자인 인력거꾼으로 대변되는 중국 서민들의 고단하고 척박한 생활을 사실적으로 보여준다. 작가는 이 작품을 통해 정이 없이 자본의 논리로만 작동되는 무섭고도 비참한 세계, 종교(기독교)도 힘을 못 쓰는 약육강식의 살벌한 천민자본주의 사회에서 한 인력거꾼의 과로로 인한 죽음을 통해 당대의 극심한 빈부격차의 문제를 적절하게 그리고 있다. 이것은 일종의 비판적 리얼리즘 나아가 자본주의 리얼리즘 소설이라 부를 수 있다.

주요섭은 미국 스탠퍼드대학교 대학원에서 교육학 석사과정을 밟고 있던 1928년, 국내 잡지 『별건곤』 12월호에 「미국의 사상계와 재미조선인」이란 글을 발표했다. 이 글이 발표된 시기는 미국의 경제공황(1929) 직전이긴 하지만 당시 미국 서부에서도 자본가의 노동자 착취가 극심했던 것으로 보인다. 주요섭은 노동자에 관해 다음과 같이 의견을 내고 있다.

> 내가 직접 노동자가 되여보기 전에 노동계급을 운운하는 것은 잠고대에 지나지 안는 줄 알엇습니다. 내가 직접 노동자가 되어보고 또 간간업이 업서서 배골아가지고 거리로 나아가 방황하며 음식점 유리창을 물끄럼히 들여다보고서 잇쓸 때 그때에야 참으로 노동자 계급의 생활이 엇더하다는 것을 깨닷게 됩니다. 지금에 와서 저는 노동계급을 위하여 일하는 사람이 아니고 노동계급과 함께 일하는 사람이 될 수 잇는 것입니다.

주요섭은 상하이에서 대학 시절 노동자 계급을 목도하고 관찰하였지만 미국 유학 기간 중에는 접시 닦기, 도로 청소, 오렌지 따기 등 각종 허드렛일을 해서 직접 막노동자로 돈 벌어가면서 고학하였다. 이 과정에서 주요섭은 당시 미국의 천민자본주의의 노동력 착취를 뼈저리게 직접 경험하였다.

북한 문예출판사에서 현대조선문학선집 16번으로 김창현이 편집한 소설집 『인력거꾼』(1998)이 출간되었다. 이 소설집에는 주요섭, 전영택, 김동인, 염상섭 등의 단편소설이 실려 있다. 그 「해제」의 일부를 살펴보자.

> 여기서 작가는 다시한번 최하층인간의 비참한 운명을 보여주었다. 물론 작가는 작품에서 로동자들의 비참한 생활처지만을 보여주었을뿐 그로부터의 출로는 확인하지 못하였다.

북한의 해설가는 「인력거꾼」은 당대의 노동자의 현실을 묘사한 것을 인정하고 있지만 그 대책을 마련하지 못함을 비판하고 있는 듯하다. 그러나 문학은 해결책을 제시하는 정치경제학 담론이 아니다. 다만 작가 주요섭은 궁극적인 사회적 정의를 이루기 위한 독자들에게 "시적 정의(poetic justice)"를 제시하는 "무목적의 목적"을 수행할 뿐이 아니겠는가?

「살인」 : 한 창녀의 슬픈 첫사랑과 진정한 자아 찾기

단편소설 「살인」(1925)의 주인공 우뽀는 창녀이다. 우뽀는 극도로 가난한 부모에 의해 보리 서 말에 팔려 도로 공사 십장인 양고자(서양 사람)에게 정조를 빼앗기고 성노리개로 전락했다. 그 후 우뽀는 대양 칠 원에 팔려 호남에서 기차를 타고 상하이까지 와서 포주 뚱뚱할미에게 팔려와 매음굴에서 하룻밤에 손님을 너댓 명, 많을 때는 열두 명까지 받는 과도한 생식기 노동에 종사하면서 갑자기 늙어버렸다.

> 요새 '우샛'의 몸이 상해 드러가는 것과 한가지로 그의 가슴, 그의 마음, 그의 靈(영)이 쏘한 상해 들어가는 것이엿다. 육톄적 쇠퇴는 다만 靈의 번민의 그림자인지도 모른다.

이렇게 고통스럽게 살아가던 갈보 우뽀의 생활에 어느 날 갑자기 새로운 전기가 마련된다. 우뽀는 매일 아침 자기 방 앞으로 미남자가 지나가는 것을 보게 되었다. 우뽀의 마음이 처음으로 울렁거리기 시작했다. 말라 죽어버렸다고 생각한 사랑의 열병이 창녀 우뽀에게 운명처럼 다가왔다.

> 사랑! 사랑은 인류의 가슴에 영구히 잠겨 잇는 불멸의 씨일다. 이 씨가 구박과, 무식과, 차티와, 무렴티라는 돌멍이 밋헤 눌니여 잇는 동안 자라지도 안코 짜라서 당자도 그 씨의 존재를 인식치 못한다. 그러나 이 씨가 엇든 우연한 기회를 맛나 한 번 해빗을 엿보는 날에는 이 씨는 맛치 비온 뒤 참대 순과도 갓치 하로밤 새에 싹이 쑥 소사오르고 하로 새에 꼿이 피고 열매가 맷는 것이며 이 자람을 막을 자는 세상 아모것도 업다. 이 자람의 세력은 세상 모-든 무력을 압도하고 부서 업새고 마는 것이다.

어느 학교 교사로 추정되는 준수한 청년이 자신의 방 창문 앞을 매일 지나는 모습을 보면서 점점 인간으로서 여성으로서 정체성을 생각하는 시간을 가지게 되었다. 우뽀는 자신을 이렇게 만든, 자신을 성적 노리개로 과다하게 부려먹어 이렇게 누추하고 타락한 존재로 만든 포주인 주인 할미를 원수로 생각하고 극도로 미워하고 반항하게 되었다. 우뽀는 그 청년을 보고 생각할 때마다 깨닫기 시작한다.

> 사랑은 사람을 깨끗케 한다. 삼 년 동안이나 아모런 생각이나 관념도 업시 이러케 하는 것이 사는 것이… 참말로 견댈 수 업시 붓그러운 일이요 욕스러운 일처럼 생각이 되엿다.…
> "오! 더러운 년, 더러운 몸! 더러운 피!…"
> 사랑은 사람을 쌔게 한다. 무식이 사랑 압헤서 스러진다.…
> 사랑은 사람을 용감하게 한다. 그것이 짝사랑이엿든 희망이든 절망 업는 사랑이엿든 그것이 관게잇스랴. 사랑은 사랑 그것으로 위대한 것이엿다.

우뽀는 청년을 사랑하게 됨으로써 새 삶을 꿈꾸고 있다. 그러기 위해서 그 원수인 주인 할미를 부엌칼로 잔인하게 찔러 살해하고 그 감옥 같은 집을 뛰쳐나와 "죠롱을 버서난 종달새가 파-란 하늘 우흐로 노래하며 춤추며 웃드시 …(중략)… 영원히 영원히 우뽀는 다름질했다".

「살인」이 발표된 직후 김기진은 주요섭의 이 소설에 대해 다음과 같이 탁월한 해석을 제시했다.

> 근대에 창작계에는, 이야기의 주인공이 죽는지 그러치 아니하면 사람을 죽이든지 하는 소설이 만히 발표되얏다. 6월에 발표된 창작 중에서도 주요섭의 「살인」은 …(중략)… 기약하였든거나 가티 주인공이 살인을 하는 것으로 그 종국을 닷첫다. …(중략)… 자살하든지 하게 맨드는 것이 한 개의 문단적 유행이라고 할 만큼, 그것은 여러 사람의 손으로 시험되고 잇다. 그리고 이것은 내가 보는 한에서 잇서저 한 개의 색달은 경향을 이루어 노앗다. …(중략)… 살인 자살을 그린다는 것은 살인, 자살을 유치하는 원인을 그린다는 것이요, 경향이라 말함은 즉 그 원인을 그리는 점에 있어서의 경향을 가리켜 말함이다. …(중략)… 즉 경향은 사회가 엇던 고민시기에 드럿슬대에 필연적으로 이러나는 경

향이며, 동시에 그것은 한 개의 과도기적 현상이나 그러나 다만 기교나 유희의 세계에 안주한다든가 혹은 쓸데업시 관능적 퇴폐한 기분속에 방황, 탐닉(耽溺)하는 경향보다 백배나 더 유의미하고 사람다웁고, 진실한 경향이라는 것이다.[1]

김기진은 기본적으로 「인력거꾼」과 「살인」의 수법은 차이가 없고 이 두 단편소설을 쓴 작가의 동기와 정신을 존경한다고 적고 있다. 주요섭의 「인력거꾼」과 「살인」은 1920년대 동아시아에 서구의 식민제국주의와 더불어 자본주의가 밀려 들어오는 소용돌이 속에서 빈부격차라는 사회의 경제적 불평등의 문제를 소설화한 작업으로서 한국 현대 소설문학사에서 큰 문학적 성과라 할 수 있다. 「살인」은 결국 주요섭 문학의 주요 주제의 하나인 "죽음"과 연결된다.

한국문학자 김윤식은 「살인」을 "신경향적 작품"으로 평가한다.

> 1924년과 1926년에 다음과 같이 신경향적(新傾向的) 작품이 나타났는데 이것은 이미 문단에 커다란 세력권을 형성하게 된 모습인 것이다.
> 김기진의 「붉은 쥐」(『개벽』, 1924.11), …(중략)… 이기영의 「가난한 사람들」(『개벽』, 1925.5), 주요섭의 「살인」(『개벽』, 1925.6), 최학송의 「기아와 살인」(『조선문단』, 1925.6) …(중략)… 박영희 「전투」(『개벽』, 1925.1) …(중략)… 등의 작품은 그 공통된 요소로서 계급 의식을 볼 수 있으며 또 소재가 빈곤으로 되어 있어,[2]

「영원히 사는 사람」: 이웃을 향한 조건 없는 숭고한 사랑과 희생

주요섭은 「살인」과 같은 해인 1925년에 단편 「영원히 사는 사람」을 발표하였다. 이 소설의 주인공 아쩨는 중국 북방 자그마한 시골인 연산촌 역에서 기수(旗手)로 일하는 하급 철도 노무자이다. 어느 눈보라 휘날리는 추운 겨울날 커다란

---

1   김기진, 「문단 최근의 일 경향: 6월의 창작물 보고서」, 『개벽』, 1925.7, 124~125쪽.
2   김윤식, 『한국 근대문예비평사 연구』, 한얼문고, 1973, 32~33쪽.

장작 난로가 있는 역무실에서 다른 노무자들과 시간을 보내고 있었다. 당시 신문에 크게 보도되었던, 일대를 분탕질하던 마적왕 손미요가 총살당했다는 이야기도 하였다.

그 후 북경을 출발하여 만주 봉천으로 가는 천진행 최대급행이 이 시골역을 지나갈 시간이 많이 남지 않아 아째는 플랫폼으로 나갔다. 바로 그때 탕탕 하는 총소리가 들리면서 한 떼의 마적들이 순식간에 연산촌역을 습격하였다. 그들은 역장실, 무전실, 대합실을 일시에 점령하였다. 그는 이 사실을 본부에 알리려는 전신원을 살해하고 역을 삼엄하게 통제했다. 아째는 마침 플랫폼에 나와 있어서 총에 맞거나 잡히지 않고 플랫폼 근처에 숨을 수 있었다.

이 마적 떼의 대장은 여성이었다. 그리고 조금 전까지 역에서 노무자로 함께 일했던 산동 젊은이도 나중에 알고 보니 그들의 끄나풀이었다. 산동 젊은이는 여대장을 곁에서 도와주고 있었다. 그들의 목적은 분명하다. 조금 후 이 작은 역을 통과하는 대급행열차를 탈선시켜 세워 귀중 수화물을 탈취하고 승객에게 강도질하기 위해서였다. 순식간에 연산촌역을 장악한 마적 떼는 어둠 속에 횃불을 들고 철도 선로를 절단하고 이탈시켜놓았고 곳곳에 보초를 세워두고 있다. 아째가 보기에 이제 10여 분이면 급행열차가 지나갈 텐데 큰일이다. 역에서 기차가 탈선하여 정차하게 되면 그 다음은 마적 떼가 벌일 살인, 방화, 절도의 아수라장이 될 것이 틀림없다.

아째는 기수로서 어떻게 할 것인가를 골똘히 생각하였다. 자기 혼자 힘으로 마적들의 경계가 삼엄한 상태에서 선로를 제대로 돌려놓는다는 것은 거의 불가능해 보였다. 그러나 아째는 자신이 죽더라도 제대로 복구시켜 많은 죄 없는 생명을 구하는 역무원으로서의 임무를 수행할 것을 결심한다. 그러나 병든 어머니, 아내와 아들 생각에 망설이고 또 망설이며 괴로워했다. 그러나 '사람'답게 살고 싶었다.

어느 구석에선가 그의 머릿속에는 끊침없이 法律(법률)이나 風俗(풍속)의 책임이라는 것보다 '사람'이라는 이 人生의 책임이라는 거시 더 중한 거시라는 암시가 기여오르는 거시엿다. 그러타 법률상으로 볼 째 지금 렬차를 타고오는 수백 혹은 수천 사람이 몰사를 한다구 하드래도 그에게는 아모 책임도 도라갈 것이 업섯다. 짜라서 아모 별도 밧을 리가 업섯다. 오늘 밤만 이채로 지내가면 내일부터는 다시 평화스럽게 일을 계속할 거시오, 월급을 바다서는 사랑하는 부모처자를 기를 거시다. 그러나 아쩨는 '사람'이엿다. 과연 오늘 밤 일과 갓흔 경우에 '사람'으로써의 아쩨에게 '사람'으로써의 아모런 책임도 업스며 짜라 별도 업슬 거신가.

저 멀리서 급행열차 소리가 들린다. 아쩨는 번갯불처럼 벌덕 일어나 절단된 선로로 뛰어가 그것을 이어놓았다. 그 와중에 큰 소동이 일어났고 사방에서 총구가 불을 뿜었다. 그는 마적들의 총을 맞고 말았다. 심각한 부상을 입은 아쩨는 숨을 죽이고 급행열차가 들어오는 모습을 지켜보았다.

아쩨는 안심하는 한숨을 훅 내쉬엿다. 그러면 기관수는 아쩨의 신호를 보고 기차를 급히 멈추엇다가 총소래를 듯고 급히 뒤거름을 쳐서 다라난 거시다. 아쩨의 일은 일우워진 거시엿다. 근 십 년이나 매일하든 직무를 번디지 안코 끗까지 계속한 거시다. 그러고 오늘이 그 직무리행하는 마즈막 날인 거시엿다. 그러고 그 마즈막 리행으로 "죽엄"을 엇엇고 그 죽엄으로 그 "영원한 삶"을 산 거시엿다.

아쩨는 "사람 노릇 했다"는 뿌듯한 감정에 싸여 눈을 맞으며 조용히 숨을 거두고 있었다. 아쩨는 거의 꿈속에서 아버지를 부르는 아들의 목소리를 듣는다. 아쩨는 "오! 너도 사람 구실을 하여라" 하고 말하고 싶었다. 함박눈을 맞으며 아쩨는 조금씩 의식을 잃고 있었다. 여기에서 아쩨의 희생은 거의 종교적인 수준이다. 자신은 물론 늙은 어머니와 가족까지 버리고 얼굴도 이름도 모르는 여러 사람들을 위해서 아무런 대가도 없이 희생한 것이 아닌가? 교육도 많이 받지 못한 하급 노동자 시골역 기수가 어떻게 이런 위대한 자기 희생을 감행할 수 있단 말인가? 문학에서만 가능한 일인가? 주요섭은 이 소설을 통해 아째라는 한 노동자의 놀라운 인류애를 장엄하게 펼쳐놓고 있다. 주요섭의 작품 중 이 소설을 읽는 것은 누구에게나 가장 숭고한 순간이 될 것이다. 아째는 우리 가슴에 앞으로도 영원히 살아 있을 것이다.

「개밥」: 가난한 일가족의 슬프고도 끔찍한 이야기

단편소설 「개밥」은 1927년 흥사단의 수양동우회 잡지 『동광』 1월호에 실렸다. 이 소설의 기막힌 줄거리는 다음과 같다. 주인공인 '어멈'은 주인나리와 주인아씨를 모시고 그 집안 살림을 하는 식모이다. 어느 날 주인나리가 일본인 사냥꾼에게서 서양 사냥개 새끼를 한 마리를 데려와 기르기 시작하였다. '바둑이'라는 이 개는 우유 이외에는 아무것도 먹으려 들지 않았다. 그래서 주인은 그 값비싼 우유를 7일 동안이나 사서 먹였다. 그러나 주인아씨는 경비를 줄이기 위해 당시 아무나 먹을 수 없었던 '흰 밥'(흰 밥, 쌀밥)에 고깃국물을 섞어 먹이기로 하였다. 어멈은 무슨 개에게 흰 밥과 고깃국이냐고 말도 안 된다고 생각했으나 주인에게 불평을 털어놓을 수는 없었다.

처음에는 서양 사냥개 새끼는 흰 밥과 고깃국에 입도 대지 않았다. 주인아씨가 개에게 한 번 주었던 흰 밥과 고깃국을 버리라 해서 어멈은 좋았다. 그것을 버리지 않고 집에 가져가 어린 딸 단성이에게 주었다. 단성이는 처음 먹는 흰 밥과 고깃국을 아주 맛있게 먹었다. 어멈이 그 개밥을 잔칫집에서 얻어왔다며 단성이 아범(남편)에게도 주었더니 또한 맛있다고 잘 먹었다. 그러나 서양 사냥개 녀석도 결국 흰 밥 고깃국에 입을 대기 시작하더니 남기지 않고 다 먹어치우게 되었다. 어멈은 더 이상 개밥을 얻을 수 없게 된 것이다. 단성이가 흰 밥에 고깃국을 달라고 계속 졸랐지만 어멈은 딸에게 그건 이제 없다고 포기시켰다.

일본에서 노동자를 모집한다는 얘기를 들은 남편이 삼 년간 돈을 벌어 오겠다고 하자 어멈은 있는 돈을 털어서 여비를 마련하고 옷을 사 입혀 남편을 일본으로 보냈다. 개는 제법 커졌다. 단성이를 깨물어 삼킬 것같은 무서운 개로 성장했다. 단성이가 만성 영양실조 등으로 거의 죽게 되니 어멈은 주인아씨에게 부탁하여 의사를 불러 진찰을 받았다. 의사는 어멈에게 "헛던 것은 먹이지 말고 고기국물 우유 가튼 것이 됴코 밥은 니팝을 멕이고 병이 조곰 낫거던 닭고기도 좀 먹이구 닭알 가튼 것을 먹이면 됴치요. 다른 병보다두 먹지 못한 병"이라고 말하고 갔다. 어멈은 없는 돈에 가불해서 약도 지어 먹였으나 소용이 없었다. 이제 단성이는 삶과 죽음 사이를 왔다 갔다 할 정도로 병세가 악화되었다. 단성이는 '니밥에 고기국'을 달라고 계속 졸라댔다.

어멈은 할 수 없이 개에게 주는 고깃국물이라도 좀 얻어가려고 했으나 개가 으르렁거리며 거부하였다. 이렇게 해서 악에 받친 어멈과 사냥개가 격렬한 격투를 벌였다.

밥궁이로 어더마즌 개는 저도 지지 안켓다는 듯이 달려들어 어멈의 팔을 덤석 물엇다. 어멈은 통분과 본능적 자의심과 복수심으로 왼몸이 썰리엇다. 그의 아페는 세계도 업고 아무것도 업고 다못 개 한머리가 잇슬 싸름이엇다. 어멈은 달려들어 개허리를 두 다리 새에 씨고 언땅 우에 딩굴엇다. 그리고 그 억세인 어금니로 개 몸동이를 되는대로 물어 쓰덧다. 어멈의 물린 팔에서 피가 흐르고 개 몸동이에서도 이곳저곳 어멈에게 물린 곳에서 피가 흘럿다. 피투성이가 된 두 동물은 미친 듯이 서로 애쓰며 쓸 우에 딩굴엇다.

단성 어멈은 개에게 물리면서도 개를 입으로 물어뜯어 쓰러뜨려 죽이고는 피투성이가 되어 단성이에게로 달려갔다. 그러나 단성이는 이미 숨을 거둔 뒤였다. 어멈은 실성하여 단성이 시체를 버려두고 문밖으로 뛰쳐나와 단성이 이름을 계속 부르면서 피 묻은 치마를 펄럭거리며 대로를 뛰어다녔다. 이 모든 광경을 지켜보면서 무서워진 주인아씨는 경찰서에 전화하여 "지금 미치광이 할미 하나이 피로 샛빨개진 붉은 적삼을 입고 미친 고함을 소리소리 지르면서 대로"로 나갔다고 신고하였다.

아무리 궁핍하고 어려운 시대로기서니 부잣집 '개'와 가난한 '사람'이 개밥을 가지고 서로 죽기살기로 싸우는 이 광경은 한국 현대문학에서도 보기 드문 비극적인 장면이다. 부잣집 가축은 값비싼 우유에 흰 쌀밥, 고깃국을 먹고 남의 집 식모살이하는 어멈은 겨우 조밥 등으로 입에 풀칠하면서 찢어지게 가난한 삶을 살고 있는 이러한 극한적인 빈부격차의 상황에서, 어멈은 개와 밥그릇 가지고 죽기살기로 싸우다 미쳐버렸다.

이 소설은 비참한 모습을 있는 그대로 적나라하게 그리는 자연주의 소설 기법의 정점에 서 있다. '서양 사냥개'로 상징되는 서구의 천민자본주의와 식민주의와 더불어 함께 들어온 황금만능주의로 부익부 빈익빈이 심화된 불공평한 자본주의 사회에서 힘없고 억눌린 극빈층 문제를 어떻게 할 수 있는가?

「사랑손님과 어머니」: 이룰 수 없는 애틋한 사랑의 끝

주요섭은 1920년대 중후반에 경향파에 가까운 작품들을 계속해서 발표했다. 1925년 6월에 「살인」을 발표하고 9월부터 11월에 사랑과 죽음을 주제로 한 중편소설 「첫사랑 값 1」을 『조선문단』에 발표하였다. 1927년 1월에 단편소설 「개밥」을 발표한 후 2월과 3월에 걸쳐 『조선문단』에 중편소설 「첫사랑 값 2」를 발표했다. 1927년 7월에 상하이의 후장대학을 졸업함과 동시에 미국 서부 스탠퍼드대학교 교육학 석사과정을 시작한다. 그는 거의 고학을 해가면서 1929년에 석사 학위를 받고 1930년대 초에 귀국하기까지 학업에 바빠서 작품은 거의 쓰지 못했다. 귀국 후 그는 새로 창간된 『동아일보』의 자매잡지 『신동아』의 편집일을 하는 동시에 미국 생활을 토대로 「유미외기(留美外記)」(1930년 2~4월호) 등 몇 편의 산문을 썼다.

그 후 주요섭은 1920년대 초 상하이에서 흥사단우가 된 일로 국내에서는 "불령선인(반일반동분자)"으로 취급되어 변변한 취직도 못 하였다. 그러다 1934년 가을부터 중국 베이징의 가톨릭계 푸런대학교 교수로서 영문학(소설)을 가르치게 되었다. 그 당시 주요섭은 지난날에 쓴 소설들에 전면적인 회의가 들었다.

> 그 당시 나는 내 창작에 대하여 격심한 幻滅(환멸)을 느끼고 있는 때였다. 과거에 쓴 작품이 하나도 돼먹은 것이 없다고 생각되어서 그 쓰레기 같은 작품들은 火葬(화장)해버리고 싶었고, 創作家(창작가)가 될 소질이 나에게는 전연 없다고 믿고 있었다. 그뒤 그 출판사에서는 다시 아무런 연락도 없었다.
>
> 창작에서 아주 손을 뗀다고 결심했던 나의 결심은 몇 해 못 가서 무너지고 말았다.

이렇게 5~6년 동안 절필하였으나 곧 창작 의욕을 회복했고 첫 장편소설을 『동아일보』에 연재하기 시작했다. 이 장편소설이 『구름을 잡으려고』이다.[3] 1935년부터 『동아일보』에 미국 유학 생활을 토대로 첫번째 장편소설 『구름을 잡으려고』(1935)를 연재했다.

> 一九三一년 초 고향으로 돌아온 나는 곧 『구름을 잡으려고』라는 장편을 東亞日報(동아일보)에 연재했다. 미국에 사는 교포들의 경험담과 내가 직접 겪은 것을 토대로 한 일종의 더큐멘타리 소설이다.

이 연재가 끝난 후 주요섭은 『조광』(1935년 11월호)에 단편소설 「사랑손님과 어머니」를 발표했다. 주요섭은 "우연한 기회에 힌트를 얻어서 쓴 것인데, 발표되던 당시 각 신문잡지 평판에서 분수에 넘치는 과찬을 받았었고, 지금까지도 내 대표작으로 누구나 치는 모양"이라고 적고 있다.

「사랑손님과 어머니」는 6세 소녀 옥희라는 어린아이 화자의 시선에서 쓰여진 소설이다. 어린이가 보여줄 수 있는 어른들의 사랑 이야기는 솔직담백한 전개가 자연스럽고 참신하고 흥미롭다. 어린 여자아이가 본 여성 심리 묘사도 탁월할 뿐 아니라 엄마와 딸의 심리 묘사도 출중하다. 젊은 나이에 과부가 된 옥희의

---

3   주요섭, 『구름을 잡으려고』, 푸른사상사, 2019. 작품 해설 참조.

어머니와 이곳 소학교 교사로 부임해 와서 옥희네 집 사랑에 하숙하며 사는 죽은 남편의 친구 사랑방 손님과의 미묘한 감정이 잘 그려지고 있다.

그러나 1930년대 중반 과부에 대한 사회의 통념적 인습 속에서 아이까지 딸린 여자가 재혼하기란 쉽지 않다. 갈등과 희비가 엇갈리면서 결국 어머니와 사랑손님과의 짧은 사랑의 감정은 끝내 무산되고 사랑손님은 마을을 떠나게 된다. 사랑손님이 떠나던 날 어머니와 옥희는 마을 뒷동산에 올라 저 아래 멀리 보이는 정거장에서 떠나는 기차를 바라본다.

이 단편소설은 읽을 때마다 한 폭의 수채화가 된다. 이 소설을 시작으로 주요섭의 작품은 초기의 신경향파적이고 자연주의적 경향을 확연히 벗어나 여성편향적이고 내면화된 순수문학으로 전환된다. 아마도 1936년에 『신가정』 기자였던 8년 연하 김자혜와 베이징에서 결혼하며 오랜만에 신혼 가정의 안정과 평강을 얻은 것이 이유일 수도 있다.

이 소설은 단순히 한 과부와 총각 선생의 사랑 이야기를 넘어 1930년 중반 조선 사회에서 여성의 지위 문제에 대한 보고이다. 당시만 해도 사회 통념상 남편을 먼저 보낸 여성은 재가가 허용되지 않았다. 이 두 남녀는 결국 이 통념을 넘어서지 못하고 헤어지고 말았다. 옥희 엄마의 경우는 또 다른 문제가 있었다. 홀몸이 아니라 양육해야 할 딸이 있었다. 옥희 엄마는 딸을 남들 손가락질받지 않도록 잘 키우고자 하였다. 이것이 옥희 엄마가 과감하게 나가지 못한 또 다른 이유일 것이다. 이 소설은 사회 통념에 도전하는 시도보다는 그저 아쉽고 아름답고 안타까운 사랑의 이야기로 끝나고 있다. 그것은 작품의 한계라기보다 시대의 제약이다.

그러나 다음에 나오는 단편소설 「아네모네의 마담」에서 주요섭은 「사랑손님과 어머니」에서 보여주지 않은 사랑의 또 다른 모습을 보여주고 있다.

「아네모네의 마담」 : 금지된 사랑이 가져온 어떤 짝사랑의 희비극

「아네모네의 마담」은 「사랑손님과 어머니」와 같은 사랑 이야기이다. 주요섭은 이 단편소설에 대해 다음과 같이 후일 회고하였다.

> 「아네모네의 마담」이 발표되자 소설가 친구들이 찾아와 "오 헨리의 수법을 묘하게 쓴 태는 탄복하지만, 여주인공 영숙이의 귀에 귀걸이를 끼워준 건 어색하기 짝이 없어요. 중국 · 미국 등을 다녀온 주 형은 귀걸이 낀 여성들을 봤겠지만 지금 우리나라에서 귀걸이 낀 여자를 어디서 볼 수 있단 말요. 아무리 모던한 걸들도 귀걸이 낀 것 보지 못했는데" 하고 항의했다. 나로서도 변명할 도리가 없었다. 지금과는 달리 그 당시 귀걸이 끼는 여자는 서울에서도 없었다.

「아네모네의 마담」은 아네모네 다방 마담인 영숙의 전문대 학생에 대한 짝사랑 이야기이다. 다방에 자주 오던 그 전문대 학생은 항시 슈베르트의 〈미완성 교향곡〉만을 신청했다. 그 사각모 쓴 대학생은 다방에 여러 번 왔으나 영숙에게는 이상하리만치 접근하지 않았다. 영숙이 이 점에 대해 매우 안타깝게 생각했다. 자기를 좋아한다면 왜 말을 못 하는 걸까? 그러던 어느 날 갑자기 이 대학생은 술 취해 다방에서 난동을 부렸다. 그 친구 말에 따르면 그 대학생은 교수 부인을 남몰래 사랑하였으나 그 부인이 결국 병으로 죽었기에 짝사랑하던 슬픔을 견디지 못하고 그 난동을 부린 것이다.

영숙이는 극도의 허탈감에 빠져버린다. 다방에 오면 신청하는 곡 〈미완성 교향곡〉도 교수 부인과의 이루어지지 못하는 사랑을 떠올리게 하는 음악이고 그 대학생이 자주 카운터 쪽의 영숙을 바라본 것도 사실은 그 뒤에 걸려 있는 레오나르도 다 빈치의 〈모나리자〉 복사 그림을 보기 위한 것이었다. 대학생은 교수 부인을 모나리자로 미화시켰던 것이다.

이 소설의 절정은 결말에 있다. 영숙이라는 여성의 완벽한 무지의 결과로 생겨난 환멸로 끝나는 대반전의 사랑 이야기이다. 이 이야기는 조선 사회가 근대화를 겪었던 1930년대의 자유연애의 한 단면이기도 하여 앞의 전통적인 사랑

이야기인 「사랑손님과 어머니」와 대비된다. 인간의 애욕(愛慾)은 강렬하지만 허망하고 우스운 이야기를 만들어내는가? 작가 주요섭은 사랑의 신비에 대해 「첫사랑 값」, 「미완성」, 「극진한 사랑」에서 심도 있게 다루었다. 이들 모두 이룰 수 없는 미완성의 사랑 이야기들이다. 사랑이란 이룰 수 없을 때 더 강렬하고 순수하고 아름다운 것이 아닌가? 그렇다면 사랑은 역설일 수밖에 없다.

1930년대 중반에 발표한 단편소설 「사랑손님과 어머니」와 「아네모네의 마담」, 1920년대에 쓴 사랑 이야기들 그리고 그 이후에 계속 쓰여지는 사랑 이야기들은 대부분 사랑과 죽음, 사랑과 배반 등 사랑의 승리보다 사랑의 고통에 더 치우쳐 있다. 주요섭이 『동광』지 1927년 6월호에 발표한 「서러운 사랑」이란 시에도 사랑의 슬픔과 허무가 고스란히 담겨 있다.

> 사랑은 물속에 얼른거리는 둥그런 달
> 물속에 달을 건지려는 술취한 이백(李白)
>
> "용서하시오 내게는 어려서부터
> 약혼한 사내가 있어요!" 하고
> 그는 마지막 편지를 썼다.
> 그래도 술취한 마음은
> 물속에 달을 건지려고!
>
> 물속에 달이 으지러진 때
> 술취한 시인은 울엇더라
> 그러나 달이 다시 둥그러진 때
> 시인은 팔 벌리고 강물로
> 달빛이 흘러넘치는 물결 위로
> 죽엄을 찾다 안식을 얻다
> 그러나 이지러진 사랑은 다시
> 둥그러질 리 바이 없어
> 지난 날을 울고 탄식하는 선술 깬 가슴이

물거품 위로 혼자 헤매며 두루 찾으나
얼른거리는 달빛은 지나간 꿈
어둡고 찹게도 휩싸는 조류
아! 온몸을 적시는 차고도 서러운 물거품

「추물」: 유전적 결정론에 저항하기

언년이가 임신했다는 소식이 마을에 전해지자 모두들 믿을 수 없었다. 언년이는 소문난 추녀였기 때문이다. 어떤 남자가 그 추녀를 사랑했을까? 그렇다면 그녀는 얼마나 추물이었나?

> 툭툭 불거진 이마가 떡을 두어 말 치리만치 넓은 데다가 그 밑에 툭 불거진 두 알의 왕방울 눈은 붕어를 연상시키었다. 두 눈이 툭 불거진 사이로 콧마루는 아주 없는 셈이어서 이른바 "꺼꺼대 상판"인 데다가 편편하게 내려오든 코가 입 바로 우에까지 와서는 몽톨하게 솟아오른 콧잔등 좌우쪽으로 개발코가 벌룩벌룩하였다. 웃입술은 언청이가 되어서 왼편이 버그러졌는데 아랫니는 버드렁니가 되어 언제나 입을 꼭 담을 수는 없는 형편이었다. 턱은 웬일인지 앞으로 삐죽 내어 버티어서 고개를 숙이고 있어도 남보기에는 언제나 쳐들고 있는 듯이 보이는 것이었다.

못생긴 여성의 얼굴 모습에 대한 이렇게 적나라하게 묘사한 것은 문학이 현실보다도 더 사실적임을 증명하고 있다. 소설가의 상상력은 항상 현실을 더 아름답게 만들기도 하지만 그 반대로 현실보다 더 추하게 만들 수 있다.

언년이 부모는 언년이를 시집보낼 일에 걱정이 태산 같았다. 그래서 먼 곳으로 시집보내려고 중매쟁이를 넣어 언년이를 부잣집 맏며느리 감으로 넣어놓았다. 바느질은 최고급 수준이고 감기 한 번 걸리지 않고 건강하고 황소같이 일을 잘한다고 소문을 내었다. 이 선전이 효과가 있었던지 어떤 농가와 혼사가 이루어졌다. 그러나 언년이는 첫날밤에 소박맞고 남편은 일본 대판으로 돈벌이 간다고 떠나버렸다. 언년이는 그 후에도 시집에서 열심히 일하며 살았으나 결국에는 보따리만 들고 경성(서울)으로 올라왔다.

언년이는 사촌 형뻘 되는 집에 얹혀 살게 되었다. 언년이는 창경원 구경도 하면서도 못생긴 얼굴로 수많은 모욕을 당했다. 그녀는 여러 집에 가정부(식모)로 전전하게 된다. 대부분 너무 못생겨 오래 못 있고 쫓겨났다. 그러다가 생긴 것보다 일 잘하는 것이 더 중요하다고 생각하는 어떤 집에서 오래 있게 되었다. 그러던 중 어떤 일요일에 주인 내외가 아이들과 야외로 놀러 나갔다. 바로 그날 물을 정기적으로 배달하는 물지게꾼 영감이 물을 가져왔다. 언년이는 그 텁석부리 영감에게 겁탈을 당해 임신하게 되었다. 언년이는 혹시 그 노인네가 다시 찾아와 자기를 데려가지 않을까 하고 기대하였으나 야속하게도 물지게꾼은 그 후 다시는 나타나지 않았다.

임신한 언년은 딸을 낳아 자기와는 전혀 다른 예쁜 여성으로 만드는 것이 꿈이었다.

> 아무리 불행한 일생을 보냈더라도 세상에서 제일 이쁜 여자의 어머니로써의 자랑이면 족히 위안이 되고도 남음이 있으리라고 생각하였다. 지금 그에게 있어서 이 세상 희망이라구는 오직 그것 하나밖에 없다고 단정하였다. 그의 원 장래가 여기에 결정되어진다고 생각하였다.
> 기적(奇蹟)을 비는 마음! 그것은 우리 못나고 천대받고 조롱받고 무능하고 또 눌림받는 인간들의 공통된 기원(祈願)인 것이었다.

드디어 언년이는 그렇게 바라던 딸을 낳았다. 그러나 "추물이 추물을 낳았다!" 하고 사람들은 엄마와 똑같이 못생긴 딸을 조롱했다. 가장 충격을 받은 사람은 언년이 자신이었다. 아아! DNA는 결코 뛰어넘을 수 없이 모든 것을 결정하는 폭군인가? 언년이는 너무 화가 나서 어린 아기를 억센 손으로 계속 누르면서 "돼저라, 돼저라" 하고 절규했다. 그러나 언년이는 "그래두 자라남은 좀 나디갓디…… 그래두 체니티가 남은 좀 고와디갓디!" 하면서 불어오른 자기의 젖을 누르며 어린 딸아이의 피부를 느끼면서 잠이 들었다.

주요섭은 어느 글에서 많은 독자들이 「사랑손님과 어머니」를 걸작이라 여기지만 작가 자신은 「추물」이 가장 애착이 간다고 말한 바 있다. 왜일까? "지금까지도 내 대표작으로 (「사랑손님과 어머니」를) 누구나 치는 모양인데 나 자신으로서는 이보다도 「추물」을 더 좋게 평가하고 싶다"고 적었다. 이 소설은 결정론적 또는 유물론적 사고방식의 철저한 재현이다. 환경과 유전 중 어떤 것이 더 우리의 삶을 결정하는가? 한때는 선천적 유전보다 후천적 환경이 더 중요하다고도 생각해왔지만 지금은 유전공학과 DNA 이론이 새롭게 등장하면서 선천적인 유전을 더 결정적 요인이라고 느낄 수밖에 없게 된 것이 아닌가?

소설가 주요섭은 이미 1930년 후반에 우리의 삶의 누추함과 비참함을 실제보다 더 고통스러울 정도로 적나라하게 재현하고자 하는 자연주의의 영향으로 생물학적 또는 유전학적 결정론이 우리 삶을 지배한다는 명제를 이 단편소설에서 박진감 있는 이야기로 치열하게 재현하였다.

이 단편소설의 또 다른 주제는 사람의 외모 문제이다. 소설 앞부분에서 "사람을 외모로 비판하지 말라"는 예수님의 말도 인용하고 있다. 사람에게 흔히 하는 잘생겼다, 예쁘다 등의 칭찬은 대단히 주관적인 동시에 사회 통념에 따른 외모에 대한 오해와 편견이 반영된 것이다. 오늘날 이 세상에 80억 가까운 사람들이 살고 있다. 이러한 놀랍고도 무한한 다양성은 분명 우주 만물을 창조하신 섭리와 관련이 있을 것이다. 언년이의 추한 얼굴 모습은 보통 사람들에게 혐오감을 주겠지만 그 혐오감은 일종의 차별이다.

우리는 어떤 경우라도 혐오스런 외모를 가진 사람들을 차별하려는 유혹을 과감하게 포기해야 할 것이다. 이 지상의 생명체들은 눈에 보이지도 않는 바이러스 세균부터 거대한 공룡에 이르기까지 실로 다양하고 복잡한 생태계 체계를 이루고 있다. 우리 인간은 커다란 존재의 고리 속에 한 작은 부분에 속할 뿐이다. 미남이 있으면 추남이 있고 키 큰 사람이 있으면 키 작은 사람도 있다. 홀쭉한 사람이 있으면 뚱뚱한 사람도 있게 마련이다. 우리는 생명 공동체인 이 땅에서 여러 가지 무지와 편견을 억누르고 이러한 놀라운 생물종의 다양성 속에 모두 조화롭게 살아가야 할 것이 아닌가?

「북소리 두둥둥」 : 독립군으로 전사한 아버지가 남긴 비장한 유산

복실이 어머니에게는 딸 복실과 아들 인선이 있다. 이 집 가장은 오래전 가족들과 두만강 건너 북간도에 건너가 살았다. 20여 년 전 만주에서 활동하던 독립군에 가담하였다가 전사하자 남은 가족 세 사람은 다시 조선반도로 돌아온 것이다. 어쩌다가 그들은 남편 친구의 친척인 '나'(화자)의 집 살림을 도와주는 가정부로 일하게 되었다. 딸 복실이는 몇 년 전 함경도 함흥으로 시집보냈고 아들 인선은 상업고등학교를 마치고 백화점 점원으로 일하고 있어서 복실이 어머니는 남편 없이 고생을 많이 했지만 지금은 만족하고 살고 있다.

그러나 복실이 어머니가 걱정하는 것은 아들 인선이 가끔 특이한 행동을 보이는 것이다. 가끔 이상한 꿈을 꾸는지 눈을 뜨고 천장을 오랫동안 바라보곤 하였다. 하루는 아들 인선이 자다 일어나더니 사람들이 나팔을 자꾸 분다고 말했다. 인선이가 열일곱 살 되던 해 어느 날 밤, 바람이 심하게 불고 비가 세차게 퍼부었다. 복실이 어머니가 밤에 잠자다 깨어보니 인선이는 비바람이 엄청나게 들이치는 방문 밖에서 비를 맞으며 우두커니 서서 하는 말이, "오마니, 데게 무슨 소리요? 데게?" 어머니가 아무 소리 안 들린다 하니 그는 말한다. "아니, 오마니, 저 소릴 못 듣소? 저 북소리! 두둥둥 두둥둥 하는 거, 저것이 북소리 아니오?"

인선이 어머니는 15년 전 북간도 살던 마을에서 이른 새벽에 들은 두둥둥! 두둥둥! 북소리가 기억났다. 그 북소리는 적이 침투하자 독립군을 소집하는 소리였다. 인선이 아버지는 아내에게 아무래도 총을 가지고 긴급 소집에 응해야 되겠다고 말한 후 탄환 혁대를 차고 총을 메고 어둠 속으로 나갔다. 그날 전투에서 남편은 전사하였다.

먼동이 환하게 터왔다. 북소리도 멎고 총소리도 멎고, 오직 "으아, 으아, 으아" 계속해 웨치는 어린애 우름소리만이 들렸다.

핏덩이처럼 뻘건 해가 초가집웅들을 빤히 비칠 때에는 그 동리 젊은 사람의 거의 절반이 시체가 되어 길거리에 너머져 있었다. 복실이 아버지도 그들 중 하나이었다. 이것은 북간도 조선인 생활의 중요한 역사의 한 페지이었다.

바로 이 순간 인선이 어머니는 복통을 느끼고 "으아" 하고 울며 나오는 인선이를 낳았다. 어미 배 속에서 나오기 직전에 두둥둥 두둥둥 하는 그 북소리를 인선이는 들었던 것이다. 인선이는 빗속에서 홀쩍 젖은 몸으로 밤에 들어와 쓰러져 누웠다. 아들 인선이는 어머니에게 "북소리가 자꾸 들려서 그래요…… 또 아바지가 …(중략)… 아버지가 어데서 날 자꾸만 부르는 것 같아요."라고 말하는 것이다. 인선이는 자라면서 아버지가 조선 독립을 위해 싸우다가 돌아가셨다는 소리를 한두 번 들은 것이 아니었다.

그런데 마침 그즈음에 이 소설의 화자인 '나'는 네 살 난 내 아들에게 북을 사 주었다. 어린 아들은 두둥둥 소리에 신이 나서 오랫동안 북을 두들겨대곤 했다. 인선은 생일 전날 밤에 새벽이 밝기도 전에 평양시내 모란봉과 을밀대 등을 헤메고 다니었다. 인선이는 점점 침착해지고 침울해지고 있었다. 인선은 멀리서 들려오는 두둥둥 북소리 ─ 사실은 네 살짜리 '나'의 아들이 두드리는 ─ 를 따라 빠른 걸음으로 계속 걸었다. 어머니는 20년 전 남편이 전사하던 날 새벽 두둥둥 북소리를 기억하며 아들 인선의 뒤를 부지런히 따라갔다. 평양의 보통강까지는 따라왔으나 늙은 어머니는 결국 아들을 놓치고 말았다. 인선에게 그 북소리는 뒤따라오는 어머니 울부짖는 목소리보다 더 힘센 것이었다.

20여 년 전 자신이 태어난 날 배 속에서 들었던 두둥둥 두둥둥 북소리에 스무 번째 생일날 아침에 같은 집에 사는 네 살짜리 꼬마가 계속 두드려대는 북소리가 신비롭게 합쳐지면서 인선은 북소리에 총 들고 나가 조국을 위해 싸우다 돌아가신 아버지를 따라 나라를 위해 북간도로 건너간 것일까?

1910년 한일합병 훨씬 이전부터 북한에 살던 많은 조선 주민들은 살림살이가 궁핍해지자 북간도로 건너가 새 삶을 개척하였다. 그 후 일제강점기가 되고 일본 제국주의가 중국대륙을 침략하기 위한 전초기지로 만주를 점령하여 1932년에 만주국까지 건설하였다. 그때부터 만주에 사는 조선인들은 여러 가지 방식으로 일제에 항거하는 무력투쟁을 벌였다. 대표적인 전투가 1920년 6월의 봉오동전투이고 1920년 10월에 청산리대첩이 있었다. 이 소설은 이러한 엄혹한 시대의 한복판에서 망국민으로 살아가는 한 가족의 비극을 그렸다. 그리고 21세기를 사는 그들의 후손인 우리로 하여금 당대의 황폐한 역사 속에서 독립을 위해 고군분투한 선조들의 삶의 한 단편을 생생하게 경험하게 만드는 것이다.

「봉천역 식당」: 일제강점기 만주의 한 조선 여성의 고단한 생활

이 소설의 주인공 화자인 '나'는 "삼십 평생 절반을 해외루 떠돌아다니는" 사람이다. 일제강점기 만주 지방에 거주하며 조선 땅에 이미 20여 회 왔다 갔다 했고 그때 반드시 들러서 열차를 갈아타는 정거장이 봉천역(지금의 심양)으로 당시 만주 지방의 교통 요충지였다. '나'에 의하면 당시 봉천역이 경성역과 규모의 크고 작음 외에는 정거장 구조 등이 매우 유사하여 일 년에 한두 번씩 봉천역에 내려서 다른 기차를 갈아타려고 몇 시간씩 기다리는 동안 경성역과 비슷해 향수도 달래고 거기서 만나는 사람들로부터 고국 소식을 간간이 듣기도 한다. 주인공 '나'는 특히 봉천역에 딸린 식당을 좋아한다. 역 주변 식당들보다 가격 대비 음식도 다양하고 맛있기 때문이다.

일인칭 소설인 이 소설의 화자가 지금부터 이야기하려는 것은 지난 8~9년 전부터 2~3년에 한 번씩 네 번 정도 봉천역 식당에서 만난 조선인 여성에 관한 것이다. 봉천 군벌의 막강한 수장이었던 장작림(1873~1928)이 봉천 부근 열차 폭파로 사망한 것이 1928년 6월이다. '나'의 봉천역에서 조선 여인과 첫 번째 만남이 이 무렵이다. 그 여인은 '나'에게 어떤 모습이었을까?

이 식당에 혼자 앉아서 삼지창으로 밥을 퍼먹고 있다가 갑작이 조선말이 들려오는데 더구나 그 조선말 목소리가 옥을 굴리는 듯한 쏘푸라노일 적에 문득 눈을 들어 그 소리 나는 편을 바라다보는 것이 무엇 괴이할 것 없는 평범한 일이겠지요 더구나 그 목소리의 주인공이 꼭 찌르면 터질 것같이 맑고 또 복사꽃같이 발그스레한 두 뺨의 소유자인 것을 발견할 적에 또 그 쏘푸라노 목소리가 우슴소리로 변할 때마다 그 좌우쪽 뺨에 우물이 옴폭 패우고 메워지고 하는 광경이 눈앞에 나타날 때에 그때 나이 수물 안팎인 총각이었든 내가 먹든 밥을 잊고 한참이나 멀거니 바라다보고 있었다는 것을 지금 고백한다고 나를 가라처 미친놈이라구 욕할 사람이 있습니까? …(중략)… 더구나 그 이성의 동포가 흑진주같이 빛나는 맑은 눈의 소유자일 적에 양장한 두 팔목이 대리석처럼 히고 부드러워 보일 적에 열칠팔 세 난 처녀로 보일 적에 고독하게 외지를 헤매는 한 사나이가 미련스럽게도 공연히 가슴을 두근거리고 앉아 있었다고 나를 미친놈이라고 욕을 할 사람이 있습니까?

그때 그 조선 여성은 20세 이전의 젊은 여성이었다.

3년 후 '나'는 다시 봉천역 식당에서 또다시 그 조선 여성을 만난다. 그러나 이번에는 3년 전 만났을 때와는 태도와 그녀가 만나는 남자들이 낯설게 느꼈다. 그 후 2~3년 뒤 1931년 9월 18일에 만주사변이 터졌다. 이 사변은 일본 관동군이 만주를 중국 본토 침략의 병참기지로 삼고자 일으킨 전쟁이었다. 이 사변 직후에 봉천역에서 화자인 '나'가 만난 조선 여성의 모습은 어땠을까?

그러나 이번에 나도 어찌도 놀랐는지 모릅니다. 세상에 사람의 얼골이 불과 이삼 년간에 그렇게 틀려지는 수도 있는지요. 꼭 누르면 터질 듯이 말롱말롱하던 그 두 뺨이 피끼 하나 없이 노래저 버린 데다가 입가에는 벌서 가는 주름이 잡혀서 입을 꼭 다물면 우는 상 비슷한 기분을 이르키는 얼골 그 명낭하던 우슴은 어데로 가고 아주 우울한 얼골의 한 전형이 되어버린걸요. 팔꼬뱅이부터 들어내논 그의 팔은 오륙 년 전 그때보다도 더 하야젓는데 그때에는 대리석처럼 반즈르하고 아름답던 것이 지금에는 회벽처럼 푸수수하고 거칠어저버렸읍니다. 오직 그 흑진주같이 빛나는 두 눈만이 그대로 옛날 그 아름다움을 간직해 내려왔읍니다. 그래 그 눈만을 잠시 바라다보면 그 얼골은 옛날 순진성은 없어젓지마는 그 대신 더 요염한 매력을 아니 끼낄 수 없읍니다.

'나'는 슬프고 기분이 이상했다. 그 조선 여성은 왜 그렇게 변한 것인가?

그 후 몇 년 지난 후 '나'는 봉천역 식당에서 그 조선 여인을 마지막으로 네 번째 만났다. 딸로 보이는 어린아이를 데리고 있고 맥이 확 풀린 모습이고 밥 먹는 모습도 구슬퍼 보였다.

그렇게도 우울한 얼골이 세상에 다시 또 있을 수 있을까요? 그 흑진주같이 빛나든 눈도 왼일인지 그 광채를 잃고 언제나 눈물이 고여 있은 것같이 보여서 금시에 그는 밥을 먹다 말고 울고 쓰러질 것같이 마음이 조마조마해지드군요.

이 조선 여인은 지난 8~9년간에 왜 이렇게 모습이 변했을까? '나'는 단순히 나이가 들어서만은 아닌 이 여성에 대해 "우울하고 구슬픈 생각"을 가지지 않을 수 없었다. '나'는 일제강점기의 조선반도를 떠나 중국 땅이면서 일본이 지배했던 만주 지역에 살던 수많은 조선 여성들의 공통된 서글픈 운명을 보았던 것일까?

어머니가 딸에게 그 딸이 또 딸의 대에 대를 이어서…… 조선인으로서의 비극, 여자로서의 비극, 인류로서의 비극을 부단히 대 이어나갈 이 딸……. 이 쇠사슬 같은 연쇄의 영원을 생각할 때 나는 나도 모르게 한숨을 길게 쉬었읍니다.

우리는 거의 10년간 이 조선 여성의 만주에서의 삶의 변화를 통해 이주 조선인들의 삶을 유추해볼 수 있다. 제국주의 일본의 세력이 점점 강해지고 만주 지역에 대한 지배를 확대할수록 그곳에 살던 조선인들의 생활은 점점 더 악화되고 있었음을 이 조선 여성의 외모의 변화에서 역사적으로 유추할 수 있다. 이 단편소설이 발표된 1937년은 일제의 수탈과 탄압이 최고조로 치닫고 있었던 시대였다. 이 소설은 이러한 식민지 시대 상황을 개연성 있게 재현해주고 있다.

작품 해설

주요섭 중단편소설 전집 제1권에 실린 단편소설들은 주요섭의 작가 생활 중 가장 빛났던 순간들의 결과이다. 그의 단편, 중편, 장편 중 대표작들이 모두 이 시기에 나왔기 때문이다. 주요섭의 작가적 일생의 50년을 되돌아보면 중간중간에 짧은 공백기들을 제외하면 항상 "재미있는 이야기꾼"으로서의 재능과 서사적 충동을 벗어날 수 없었던 "타고난" 소설가였다고밖에 볼 수 없다.

■1902년(0세) 11월 24일, 평안남도 평양에서 아버지 주공삼(朱孔三)과 어머니 양
진심(梁眞心) 사이의 5남매 중 둘째 아들로 태어남. 아버지는 목사로
서 부유한 편이었음. 형은 시인으로 「불놀이」라는 시로 유명한 주요
한(朱耀翰)으로, 많은 문학적 영향을 받음.

■1915년(13세) 숭덕소학교를 졸업하고 숭실중학에 입학.

■1918년(16세) 숭실중학교 3학년 때 일본으로 유학을 가 도쿄 아오야마(靑山) 학원
중학부 3학년에 편입.

■1919년(17세) 3·1만세운동이 일어나자 귀국하여 평양에서 소설가 김동인(金東
仁) 등과 어울려 등사판 지하신문 「독립운동」을 발간하며 독립운동
에 가담. 이로 인해 체포되어 유년감 10개월간 옥고를 치르게 됨.

■1920년(18세) 『매일신보』에 단편 「이미 떠난 어린 벗」이 입선. 4월, 형 시인 주요
한과 소설가 김동인이 주관하던 우리나라 최초의 동인지 『개벽』에
「치운 밤」을 발표하면서 문단에 정식으로 등단.

■1921년(19세) 중국 상하이(上海)로 건너가 소주(蘇州)의 안성중학에 들어갔다가 후
에 후장대학(滬江大學) 중학부 3학년에 편입. 독립운동을 하기 위해
중국으로 간 것이었으나, 도산 안창호의 가르침에 따라 학업을 계속
하기로 결정.

■1923년(21세) 상하이 후장대학 교육학과에 입학함. 이후 본격적인 문학 활동을
시작.

■1925년(23세) 단편소설 「인력거꾼」(『개벽』 4월호), 「살인(殺人)」(『개벽』 6월호), 중편
소설 「첫사랑 값 1」(『조선문단』 8~11월호), 「영원히 사는 사람」(『신여
성』 10월호) 등을 발표해 신경향파 작가로서 이름을 얻음.

■1926년(24세) 상하이로 유학 온 8세 연하의 피천득을 만나 일생 동안 가깝게 지냄.

▼1927년(25세) 상하이 후장대학을 졸업. 곧장 미국으로 건너가 스탠퍼드대학 대학
원 교육학과에 입학함. 미국에서의 생활은 매우 어려워 접시 닦기,
운전수, 청소부 등의 일을 하면서 고학.

▼1929년(27세) 스탠퍼드대학 대학원에서 교육학 석사과정을 수료하고 귀국. 평양
에 머물며 황해도 출신의 여인 유씨(劉氏)와 결혼.

▼1930년(28세) 유씨와 이혼.

▼1931년(29세) 『동아일보』에 입사함. 새로 창간된 『신동아』지의 주간으로 있으면서
같은 잡지에 짧은 수필과 단편소설을 발표. 이은상, 이상범 등과 친
교. 아동잡지 『아이 생활』 편집장.

▼1932년(30세) 『신동아』 주간 취임.

▼1934년(32세) 중국 베이징에 있는 푸런대학(輔仁大學)에 영문학과 교수로 임용되
어 1943년까지 재직. 이때부터 그의 작품은 초기의 신경향파적이고
자연주의적 경향에서 벗어나 여성편향적이고 내면화된 순수문학으
로 전환되기 시작.

▼1935년(33세) 첫 장편소설 『구름을 잡으려고』를 『동아일보』에 2월 17일부터 연재
하기 시작. 대표작이라 할 수 있는 단편소설 「사랑손님과 어머니」를
『조광』 11월호에 발표. 이 작품으로 작가로서 새로운 전성기를 맞음.

▼1936년(34세) 『신가정』지 기자로 있던 8년 연하의 김자혜(金慈惠)와 재혼.

▼1938년(36세) 장편소설 『길』을 『동아일보』에 9월 6일부터 연재했으나 얼마 안 가
알 수 없는 이유로 중단. (일제의 방해와 총독부의 검열 때문일 것이다.)

▼1941년(39세) 장남 북명(北明) 출생.

▼1942년(40세) 차남 동명(東明) 출생.

▼1943년(41세) 일제의 식민지 군국주의가 극에 달해 있던 이 시기에 일본의 대륙
침략에 협조하지 않는다는 이유로 중국 정부로부터 추방당해 귀국.
(이 기간 중 당시 중국을 침략한 일제경찰에 의해 검거되어 폴란드 출신
영국 소설가 조지프 콘래드와 미국 소설가 펄 S.벅의 소설 『대지』의 영향
으로 쓴 영문 장편소설도 압수당하고 수개월간 유치장에서 격심한 고문
을 받음) 장녀 승희(勝喜) 출생.

▼1945년(43세) 평양에 머물며 감격의 해방을 맞음. 해방이 되자 월남해 서울에 정착.

▼1947년(45세) 상호출판사 주간 취임. 영문 중편소설 *Kim Yu-Shin*(김유신)을 출간.

▼1950년(48세) 10월, 영자신문 『코리아 타임스』의 주필로 취임.

▼1953년(51세) 부산 피난 시절 2월 20일부터 『동아일보』에 장편소설 『길』 연재 시작. 경희대학교 영문학과 교수로 임용.

▼1954년(52세) 국제펜(PEN)클럽 한국본부 사무국장으로 출발하여 부위원장, 위원장을 역임함.

▼1957년(56세) 장편소설 『1억 5천만 대 1』을 『자유문학』 6월호부터 연재 시작.

▼1958년(56세) 『1억 5천만 대 1』의 속편인 장편소설 『망국노군상(亡國奴群像)』을 『자유문학』 6월호부터 연재 시작.

▼1959년(57세) 국제펜(PEN)클럽 주최 제30차 세계작가대회(프랑크푸르트) 한국 대표로 참가.

▼1961년(59세) 『코리언 리퍼블릭』 이사장 역임.

▼1962년(60세) 작품집 『미완성』을 을유문화사에서 출간.

▼1963년(61세) 1년간 미국으로 가서 미주리대학 등 6개의 대학을 순회하며 '아시아 문화 및 문학'을 강의. 영문 장편소설 *The Forest of the White Cock*(『흰 수탉의 숲』)을 출간.

▼1965년(63세) 경희대학교 교수직을 사임. 사임과 함께 7년여의 침묵을 깨고 다시 작품을 발표하기 시작. 단편소설 「세 죽음」과 「비명횡사한 유령의 수기」를 『현대문학』 10월호에 발표함. 한국아메리카학회 초대회장 선임.

▼1970년(68세) 단편소설 「여대생과 밍크코우트」를 『월간문학』 6월호에 발표. 그 뒤 건강상의 문제로 더 이상 창작 활동을 계속하지 못함.

▼1971년(69세) 한국번역가협회 초대 회장에 선임.

▼1972년(70세) 4월 전신 신경통으로 세브란스병원에 잠시 입원. 11월 14일, 서울 연희동의 자택에서 심근경색으로 갑작스레 사망. (파주 기독교 공원 묘지에 안장)

[2004년에 주요섭은 1919년 3·1만세운동에 참여하고 등사판 신문 『독립운동』을 발행한 죄로 10개월간 유년감에서 옥고를 치른 것이 뒤늦게 인정받아 독립운동가로 추서되었다. 현재 대전 현충원 독립유공자묘역으로 이장.]

작품 연보[1]

1920. 1. 3	「이미 떠난 어린 벗」(『매일신보』)
1921. 4	「치운 밤」(『개벽』)
7	「죽음」(『新民公論』)
1922. 10	동화 「해와 달」(『개벽』)(번안)(조선전래이야기 각색)
1924. 3	번역 「기적(汽笛)」(『신여성』)
10	번역시 「무제(無題)」(『개벽』)
11	수필 「선봉대」(『開闢』)
1925. 3. 1	시 「이상(理想)」(『新女性』)
4	「인력거꾼」(『開闢』)
6	「살인」(『開闢』)
9~11	『첫사랑 값 1』(『朝鮮文壇』 연재)
10	「영원히 사는 사람」(『新女性』)
1926. 1	「천당」(『新女性』)
5	평론 「말」(『東光』)
10	시 「물결」, 「진화」, 「자유」(『東光』)
1927. 1	「개밥」(『東光』)
2~3	『첫사랑 값 2』(『조선문단』 연재)
6	시 「젊은 사랑」(『東光』)
7	수필 「문명(文明)한 세상?」(『東光』), 희곡 「긴 밤」
11	번역 희곡 『토적군(討赤軍)』(『東光』)
1928. 12	수필 「미국(美國)의 사상계(思想界)와 재미(在美) 조선인(朝鮮人)」(『별건곤』)

---

1   장르 표시가 없는 것은 모두 단편, 중편, 장편소설임.

1930	동화 『옹철이의 모험』
2.22~4.11	회고담 「할머니」(『우라키』 제4호)
8	『유미외기(留美外記)』(『동아일보』)
9	시 「낯서른 고향」(『大潮』)
	기행 「4천 년 전 고도 평양행진곡 지방소개」
1931. 4	평론 「교육 의무 면제는 조선 아동의 특전(特典)」(『東光』)
10	평설 「공민 훈련(公民訓練)에 관한 구미 각국(歐美各國)의 시설 (施設)」(『新東亞』)
11	수필 「웰스와 쇼우와 러시아」(『文藝月刊』)
1932. 3	수필 「음력 설날」(『新東亞』)
3	수필 「상해 관전기」
4	수필 「봄과 등진 마음」(『新東亞』)
5	수필 「혼자 듣는 밤비 소리」(『新東亞』)
5	수필 「문단 잡화 — 아미리가(아메리카)계의 부진」(『三千里』)
6	수필 「마른 솔방울」(『新東亞』)
9	수필 「미운 간호부」(『新東亞』)
10	「진남포행」(『新東亞』)
12	수필 「십 년과 네 친구」(『新東亞』)
12	수필 「아메리카의 일야(一夜)」(『三千里』)
1933. 1	수필 「사람의 살림살이」(『新東亞』), 「마담 X」(『三千里』)
3	동화 『미친 참새 새끼』(『新家庭』)
5	「셀스 껄」(『新家庭』)
7	가정용 영어 일람 (여자 하계 대학 강좌 外語科)(『신가정』)
8	수필 「금붕어」(『新東亞』)
8	수필 「하늘, 물결, 마음」(『신가정』)
10	평론 「아동문학 연구 대강(研究大綱)」(『學燈』)
1934. 4	수필 「안성 중학 시절」(『學燈』)
5	수필 「1925년 5·30」(『新東亞』)
7~8	수필 「호강(扈江)의 첫여름」(『學燈』)
11	수필 「상해(上海) 특급(特急)과 북평(北平)」(『동아일보』)

1935. 2	수필 「심양성(瀋陽城)을 떠나서」(『新東亞』)
2. 17~8. 4	『구름을 잡으려고(첫 장편소설)』(『동아일보』 연재)
7	「대서(代書)」(『新家庭』)
11	수필 「취미생활과 돈」(『新東亞』)
	「사랑손님과 어머니」(『朝光』)
1936. 1	「아네모네의 마담」(『朝光』)
3	「북소리 두둥둥」(『조선문단』)
4	「추물(醜物)」(『신동아』)
9~1937. 6	중편소설 『미완성(未完成)』(『朝光』 연재)
1937. 1	「봉천역 식당」(『사해공론』)
6	수필 「중국인들의 생활을 존경한다」(『朝鮮文學』)
6	수필 「북평 잡감」(『백민』)
11	「왜 왔던고?」(『女性』)
1938. 5. 17~25	「의학박사」(『동아일보』)
6~7	「죽마지우」(『女性』)
9.6~11.23	『길』(장편소설)(『동아일보』)
1939. 2	「낙랑고분의 비밀」(『朝光』)
1941	『웅철이의 모험』(장편동화)(『조선아동문화협회』)
1946. 11	「입을 열어 말하라」(『新文學』)
	「눈은 눈으로」(『大潮』)
1947	「시계당 주인」
	「극진한 사랑」(『서울신문』)
	영문소설 "Kim Yushin: The Romance of a Korean Warrior of 7th Century"(「김유신 : 7세기 한국 전사의 이야기」)(상호출판사)(중편)
1948. 9	「대학교수와 모리배」(『서울신문』)
11	수필 「과학적 생활」(『學風』)
1949. 7	「혼혈(混血)」(『大潮』)
1950. 2	「이십오 년」(『學風』)

1953. 2. 20	『길』 (장편소설)(『동아일보』 연재 시작)
1954. 8 10	「해방 1주년」(『新天地』) 번역 『현대미국 소설론』(프레데릭 호프만)(박문출판사) 영문 수필 "One Summer Day"(「어느 한 여름날」)(『펜』)
1955. 2	「이것이 꿈이라면」(『思想界』) 번역 『서부개척의 영웅 버지니언』(오웬 위스티어)(진문사(進文 社))
1957. 6~1958. 4	『1억 5천만대 1』 (장편소설)(『自由文學』 연재)
1957	번역 『불멸의 신앙』(윌라 캐더)(을유문화사) 번역 『현대 영미 단편선』(공역)(한일문화사)
1958. 4 5 6~1960. 5 11	「잡초」(『思想界』) 「붙느냐, 떨어지느냐」(『自由文學』) 『망국노 군상(亡國奴 群像)』(장편소설)(『自由文學』 연재) 수필 「내가 배운 호강 대학」(『사조』)
1959. 6	수필 「나의 문학 편력기」(『신태양』)
1962	『미완성』(중단편소설집)(을유문화사) 번역 『펄 벅 단편선』(펄 벅)(을유문화사) 보고서 「제3차 아세아 작가회의 소득」(『현대문학』) 번역 『연애 대위법』(올더스 헉슬리)(을유문화사) 영문 장편소설 *The Forest of the White Cock: Tales and Legends of the Silla Period* (『흰 수탉의 숲: 신라시대 이야기와 전설』)(어문 각)
1963. 3	수필 「이성 · 독서 · 상상 · 유머」(『自由文學』)
1964 10	번역 『천로역정』, 『유토피아』(을유문화사) 수필 「다시 타향에서 들여다 본 조국」(『문학』)
1965. 10 11	「세 죽음」, 「비명횡사한 유령의 수기」(『現代文學』) 수필 「죽음과 삶과」(『現代文學』) 번역 『크리스마스 휴일』(서머싯 몸)(정음사)

1966. 3	수필 「공약 삼장(公約三章)의 3월」(『思想界』)
7	영문소설 "I Want to Go Home"(*The Korea Times*)(단편)
11	수필 「재미있는 이야기꾼 ― 나의 문학적 회고」(『文學』)
1967. 5	「열 줌의 흙」(『現代文學』)
1968. 7	「죽고 싶어 하는 여인」(『現代文學』)
1969	『영미 소설론』(한국영어영문학회편 공저, 신구문화사)
6	「나는 유령이다」(『月刊文學』)
1970. 4	영역 주요섭 「사랑손님과 어머니」·최정희 「수탉」·이상 「날개」, *Modern Korean Short Stories and Plays*(국제PEN한국본부)
6	「여대생과 밍크코트」(『月刊文學』)
1972	『길』(장편소설)(삼성출판사)
4	「마음의 상채기」(『月刊文學』)
1973. 1	「진화」(『문학사상』)
	「여수」(『문학사상』)
1974	번역 『나의 안토니아』(윌라 캐더)(을유문화사)
1987. 4	「떠름한 로맨스」(『현대문학』) 중편소설